GRAND CALME

Pour Janna

J'ai vécu avec une enfant de la neige
Lorsque j'étais soldat
Je me suis battu pour elle avec tous les gars
Jusqu'à ce que sur les nuits s'abatte le froid.

— Leonard Cohen

Extrait du cahier bleu

Nous avons entendu l'avion avant de l'apercevoir. La tempête qui nous avait encerclés pendant trois jours et trois nuits s'était enfin éloignée, laissant derrière elle une épaisse couverture nuageuse et le silence alentour.

Hunter avait passé la matinée à déblayer la piste d'atterrissage, à supposer que l'on puisse désigner ainsi la bande de glace qui allait, droite comme une tringle, du labo à l'une des dernières balises. On arrivait sur la base dérivante Arcosaur par cette porte d'entrée bleu pâle.

Wyndham et moi étions sortis du labo pour assister à l'atterrissage. Les Twin Otter qui passaient tous les quinze jours étaient notre unique source de ravitaillement et nous guettions leur venue avec une impatience pathétique.

Nos coordonnées étaient alors 82°8′ Nord 55°20′ Ouest. Nous avions dérivé sans gouvernail sur plus de cent quarante-cinq kilomètres depuis notre position initiale dans la mer de Lincoln, emportés par le gyre arctique. Nous avions dépassé la base militaire deux semaines plus tôt et nous avions même émis une requête pour pouvoir utiliser comme point de ravitaillement leur aérodrome, plutôt que celui de Resolute, mais leur réponse avait été aussi brève que négative. Vanderbyl n'avait pas décoléré pendant des jours.

Kurt Vanderbyl, notre directeur de recherche, était présentement occupé par une moisson de données sur des radiomètres et des détecteurs qui lui arrivaient à hauteur de hanche. C'était le plus vieux d'entre nous, un Hollandais ascétique aux cheveux argentés qui se déplaçait parmi les instruments avec la gravité d'un prêtre donnant la communion. Son doctorant, Ray Deville, avait passé la matinée à ses côtés : un bloc-notes ambulant doté de lunettes de soleil et d'une doudoune bleue. Quand ils ont entendu l'avion, ils se sont tous deux retournés pour le regarder, en mettant leur main en visière malgré les nuages.

L'appareil a entamé sa descente et a soudain paru dangereusement proche. Un novice de l'Arctique aurait pu croire que le pilote risquait de rater la piste et de venir s'encastrer dans le labo. J'avais moi-même eu un brevet de pilote pendant des années, mais les types de l'Arctique étaient une race à part dont le savoir-faire m'impressionnait toujours. L'Otter a atterri sur ses skis et rebondi jusqu'à nous, s'arrêtant finalement à moins de cinquante mètres. Le pilote est descendu et nous a fait un signe de la main.

Wyndham s'est attaché un harnais autour de la poitrine et je l'ai harnaché au traîneau. Un passager est sorti de l'avion alors que nous approchions.

C'est qui, ça ? ai-je demandé.

Rebecca Fenn – la femme de Kurt.

Sa femme ? Je croyais qu'ils s'étaient séparés.

Oui, mais elle est là pour un projet perso. C'est strictement professionnel, du moins à entendre Kurt.

C'est une très mauvaise idée.

J'en sais rien. Il n'aurait pas accepté s'il avait pensé que ça pourrait affecter ses recherches ou celles des autres.

Vanderbyl est arrivé à l'avion le premier. Il lui a pris sa valise mais ils ne se sont pas serrés dans les bras et n'ont eu aucun contact.

Je crois que tu connais Rebecca, a-t-il lancé à Wyndham.

Oui, bien sûr. Salut, Rebecca.

Salut, Gordon. Contente de te revoir.

Elle a tendu la main et Gordon a retiré sa moufle pour la lui serrer. Vanderbyl s'est alors tourné vers moi.

Et voici Karson Durie, alias Kit, notre homme des glaces.

Ah oui, j'ai beaucoup entendu parler de vous.

Nous nous sommes serré la main. La sienne était fine et encore tiède.

Elle a remis sa moufle et, les poings sur les hanches, a jeté un rapide coup d'œil autour d'elle. Ouah.

J'espère que c'est un ouah positif, a dit Vanderbyl tandis que Wyndham et moi entreprenions de charger le ravitaillement sur le traîneau.

Je ne suis pas sûre. Sa voix basse et sa diction veloutée donnaient l'impression d'une immense confiance en soi. Je lisais quelque chose sur la première équipe à avoir débarqué sur une île de glace, a-t-elle expliqué. Une de ces expéditions militaires américaines emmenées par un général. Les premiers mots qu'il a prononcés : « À l'évidence, nul homme ne peut survivre ici. Nous devons repartir immédiatement si nous le pouvons. »

Tous les habitués des lieux connaissent cette anecdote, a rétorqué Wyndham en laissant tomber un carton Patak's Curry Paste sur le traîneau. C'est le genre de bon sens qu'on préfère ignorer dans le coin – c'est le seul moyen d'arriver à quoi que ce soit.

Ouah, a-t-elle répété. Cet endroit est…

Je vais te montrer ton labo, a dit Vanderbyl.

Ils sont partis vers le camp et quelque chose dans leur façon de marcher ensemble aurait permis à n'importe quel observateur de deviner qu'ils étaient mari et femme.

C'est débile de l'avoir amenée ici, ai-je dit à Wyndham.

Pourquoi ? Tout le monde a plein de choses à faire. Elle a ses projets et Dieu sait que Kurt a de quoi s'occuper.

Je ne veux pas de drame romantique.

Ça n'arrivera pas. Rebecca est une chercheuse de talent. Et une fille super, tu ne trouves pas ? Enfin, une femme super.

Mon opinion n'a pas d'importance.

1

Un vent rugissant balaya le lac Nipissing avec une force telle qu'il tira John Cardinal du lit avant même que son réveil sonne 6 heures. Le soleil n'était pas près de se lever mais la pleine lune éclairait le lac gelé et les arbres qui ployaient sur le rivage. Comme toujours à cette époque de l'année, la surface était parsemée de cabanes destinées à la pêche sur glace. De petites branches traversèrent la pelouse derrière son bâtiment et un couvercle de poubelle s'envola pour aller s'écraser contre un arbre. Il roula sur le sol comme une pièce de monnaie et disparut à nouveau.

« C'est pas vrai », souffla Cardinal. Il éteignit la lumière de la cuisine pour mieux voir le spectacle. Il était né et avait grandi à Algonquin Bay et, hormis une douzaine d'années passées à Toronto, il y avait vécu toute sa vie. « La Baie », comme l'appelaient les gens d'ici, n'était qu'à trois cent quarante kilomètres au nord de Toronto – encore bien loin de l'Arctique – mais sa conception de l'hiver était féroce. Cardinal avait beau avoir été témoin de bien des phénomènes météorologiques surprenants au fil des années, il n'avait jamais rien vu de tel. Les cabanes de pêche – pas toutes, mais quelques-unes – arrachées à leurs amarres par ce vent implacable migraient sur la glace.

Son téléphone sonna. C'était Chouinard qui lui disait de se rendre directement sur une scène de crime sur l'autoroute 17. Le temps que Cardinal grimpe dans sa voiture, le vent était passé de l'autre côté des collines.

Le motel se trouvait en haut d'une petite côte et était dissimulé par un bosquet, à l'exception de son enseigne criarde. Cardinal se gara derrière la BMW du légiste et coupa le moteur. Il serra le frein à main et se tourna vers Lise Delorme, mais celle-ci descendait déjà de la voiture.

Le jour se levait, sans nuage ni vent, mais le soleil de janvier perçait à peine au-dessus de la cime des arbres. Ils gravirent la côte en direction du motel, passant devant les autres véhicules : les voitures de patrouille, une ou deux voitures de civils et le fourgon de la brigade scientifique.

« Tu voudrais dormir dans un établissement qui s'appelle Motel 17, toi ? demanda Delorme en désignant l'enseigne. Non mais franchement, quelle idée ?

– Si tu aimes Motel 6[1], tu vas adorer Motel 17, répondit Cardinal. C'est mathématique. »

Une agente en uniforme qui se tenait devant le ruban délimitant la scène de crime leur fit signe de passer.

Ils rejoignirent le petit groupe réuni sur le parking. Deux hommes étaient agenouillés et Cardinal y vit des airs de crèche de Noël. L'inspecteur Vernon Loach se releva. « Ils ont bien choisi leur jour, pas vrai ?

– Moins vingt-huit aux dernières nouvelles, répondit Cardinal.

– Vous avez vu la grande marche des cabanes de pêche ?

– Ouais. Il faut croire qu'il y a un début à tout.

– J'ai halluciné. On aurait dit une invasion de chiottes de chantier, ou un truc comme ça. Je suis en charge de cette affaire, pour info.

– Quoi ? s'exclama Delorme. Comment ça se fait, inspecteur Loach ?

– Demandez à Chouinard. »

Delorme sortit immédiatement son téléphone et s'éloigna. Elle revint vers le groupe, le visage fermé à double tour.

1. Chaîne de motels nord-américaine. (*N.d.T.*)

« Il y a deux retardataires, Doc, lança Loach au médecin légiste. Vous pouvez les mettre au parfum ? »

Le Dr Barnhouse portait une casquette de pilote doublée de fourrure qui lui donnait quelque chose d'un animal de cartoon. C'était un Écossais grincheux dont l'humeur était directement corrélée à la température. « Vous voulez peut-être qu'on prévoie aussi une représentation en matinée, sergent Loach ?

– Inspecteur, le corrigea Delorme, pas sergent.

– Allez, on s'y met, fit Loach.

– C'est bon, tout le monde est prêt ? Vous avez pris vos petites précautions ? Vous avez bien taillé vos crayons ?

– Vous pourriez même avoir déjà fini, depuis le temps. »

Cardinal s'efforçait de ne pas juger hâtivement Loach, qui arrivait juste de Toronto. Jusqu'à présent, la seule chose intéressante chez lui était qu'il semblait ne pas se soucier que les gens l'apprécient ou non. Sans doute la bonne attitude quand on travaille aux stups dans une métropole, mais qui, pour enquêter sur un meurtre – n'importe où, et plus encore dans une petite ville du Nord –, pouvait s'avérer risquée.

« Homme, blanc, bien nourri, détailla Barnhouse. La quarantaine, exposé aux éléments depuis environ huit heures, peut-être dix. Le froid extrême empêche une estimation même sommaire de l'heure de décès.

« Une inspection rapide de sa lividité montre qu'il est mort ici, dans cette position. Sans doute par suffocation : pas de marques de ligatures, ni de doigts ou de pouces, mais l'os hyoïde est fracturé et on a une hémorragie pétéchiale dans les yeux. Celui qui a fait ça lui a certainement écrasé la gorge avec le pied. On remarque une ou deux traces de semelle.

– Sympa, fit Cardinal.

– Rentrons, dit Loach. Nous avons réquisitionné une chambre. Jetez un œil aux deux véhicules en passant. »

Ils laissèrent Barnhouse remplir la paperasse et pénétrèrent tous les trois dans la chambre adjacente à la réception.

« Est-ce que la police scientifique a pris des photos de la gorge ? demanda Cardinal. On pourra peut-être relier les empreintes à une chaussure en particulier.

– Bonne idée », dit Loach sans que Cardinal arrive à savoir si c'était ironique. Il l'interrogea à propos des deux véhicules civils garés sur le parking.

« Bien, sortez vos crayons car on a un paquet de personnages. La Nissan noire appartient à une dénommée Laura Lacroix, une femme du coin qui n'est ni ici ni chez elle. Elle est mariée à un certain Keith Rettig, mais ils sont séparés. Celui-ci réside toujours dans votre belle ville. Pardon, notre belle ville. La gorge qui nous intéresse appartient à Mark Trent, personnel administratif de l'hôpital et propriétaire de l'Audi verte garée devant la chambre 7. Les indices trouvés dans ladite chambre indiquent qu'ils avaient une liaison et le gérant confirme avoir déjà vu Trent et les deux véhicules mais jamais la femme. J'imagine qu'ils s'efforçaient d'être discrets. Si on suit le manuel, le suspect numéro un est l'ex-mari. Vous connaissez la chanson : vous découvrez que votre femme vous trompe, ça vous fout en boule et il n'y a pas grand-chose d'autre à faire si ce n'est des claquettes sur la gorge d'un pauvre bougre.

– La victime était mariée aussi ? demanda Delorme.

– À Melinda Trent, elle aussi administrative à l'hosto. En vertu des préceptes de l'égalité des genres, Mme Trent est aussi une suspecte de premier plan. Elle a signalé la disparition par téléphone ce matin mais elle n'a pas encore été mise au courant du décès. Je m'en occuperai (Loach releva la manche de sa parka pour consulter sa montre) incessamment sous peu. »

Dehors, dans la fumée du pot d'échappement, on fixait le harnais d'une dépanneuse sous l'Audi.

« Donc, Mme Lacroix a disparu mais sa voiture est toujours là. Des pistes sur un troisième véhicule ?

– Rien. Pas de neige dans l'allée donc pas de traces. D'ailleurs, c'est quoi cette météo à la con ? On a plus de neige à Toronto. Je suis venu pour le ski, moi, comme vous savez.

– Faites dix kilomètres vers le nord, ils en ont des tonnes.

– C'est bien ce que je dis, c'est n'importe quoi. Où j'en étais ? Le gérant. Le gérant habite dans la maison derrière le motel. Il dit qu'il était au lit et qu'il n'a rien entendu. Pas d'autre client et, à notre connaissance, aucun autre témoin. Notre théorie pour le moment – ou disons ma théorie –, c'est que nos deux tourtereaux ont décidé de se rentrer. Laura Lacroix part la première, en essayant de rester discrète, son manteau n'est plus là mais M. Trent sort en bras de chemise. On a retrouvé un petit bracelet près du corps et je me dis qu'elle a dû l'oublier et qu'il est sorti précipitamment pour le lui rendre.

– Vous ne traînez pas, dit Cardinal.

– C'est plutôt une bonne chose, non ? On dirait bien que quelqu'un lui est tombé dessus pendant qu'elle regagnait sa voiture. Autrement, dans quel véhicule serait-elle repartie et pourquoi ? Trent sort de la chambre avec le bracelet à la main, le suspect n'est pas trop ravi d'avoir des témoins potentiels et le tue.

– Si c'était le mari jaloux, alors Trent aurait de toute façon été le prochain sur la liste, remarqua Delorme. C'était peut-être même le premier.

– Possible.

– Vous allez parler à la femme de Trent, vous voulez qu'on s'occupe de M. Rettig ? demanda Cardinal.

– Ouais. Et s'il n'a pas un alibi en béton armé, vous l'embarquez et on le cuisine. Parce que si jamais ce n'est pas le mari cocu, j'ai bien l'impression qu'on va se retrouver avec un sacré mystère sur les bras. Et moi, les mystères, je n'aime pas ça. »

Ils restèrent plantés là une bonne minute pendant que Cardinal regardait dans le vide. Loach jeta un coup d'œil vers Delorme et dit : « L'inspecteur Cardinal a un air contemplatif. Je crois bien qu'une idée lui est venue.

– Ce n'est pas grand-chose, dit Cardinal. C'est juste que rien de tout ça – une liaison, la jalousie, la femme disparue – ne signifie qu'elle a forcément été tuée. Elle a pu engager un homme de main et mettre en scène sa disparition en guise de couverture. Ou elle a plus probablement été enlevée par un tiers mais pour quelle raison...

– Exactement, fit Loach. Dans ce genre d'enquête, le meilleur ami d'un flic, c'est un esprit mal placé. »

Keith Rettig habitait un pavillon blanc dans une petite rue qui partait de Lakeshore. Il était bien plus vieux que ce à quoi Cardinal s'attendait et devait avoir la soixantaine. Il ouvrit la porte vêtu d'un jean et d'un sweat-shirt taché de peinture.

Cardinal se présenta, fit de même avec Delorme et demanda s'ils pouvaient entrer.

« J'aimerais mieux pas, je suis en train de peindre.

– Monsieur Rettig, savez-vous où se trouve votre femme ?

– Eh bien, pas là. Elle ne vit pas ici. Pourquoi la cherchez-vous ?

– Sa voiture a été retrouvée dans un motel où un homme a été tué et nous pensons qu'elle peut être en danger.

– Tué ? Attendez, qui a été tué ? Est-ce que Laura va bien ?

– L'homme est mort, votre épouse a disparu. Elle va peut-être se présenter à son travail, mais comme je vous le disais, elle n'est pas chez elle et sa voiture est toujours au motel.

– C'est difficile à encaisser.

– Je sais, ça fait un choc, dit Delorme. Pouvons-nous entrer pour discuter ?

– Oui, bien sûr, pardon. » Il s'écarta et leur tint la porte.

Ils entrèrent et retirèrent leurs bottes. Une forte odeur de peinture et d'encre. Du papier journal et des chiffons éparpillés par terre.

« Venez dans le salon, dit Rettig, c'est la seule pièce qui a échappé au chaos. J'ai emménagé la semaine dernière. »

Les meubles avaient l'air coûteux mais ils étaient trop gros et trop nombreux. Cardinal et Delorme s'assirent sur le canapé, Rettig dans un fauteuil club usé à côté duquel était posée une lampe en cuivre. « Mon Dieu, quel choc. Je savais que Laura voyait quelqu'un. La victime, est-ce qu'elle s'appelait Mark ?

– Mark Trent, confirma Delorme. Vous le connaissiez ? »

Rettig secoua la tête. « Laura m'a dit son nom. Enfin, son prénom. C'est à cause de lui que nous ne sommes plus ensemble.

– Pouvez-vous nous dire où vous étiez hier soir ? »

Rettig jeta un regard à Cardinal puis revint à Delorme. « Euh, bien sûr. J'étais ici toute la soirée. Toute la journée aussi, en dehors des trajets au magasin de bricolage. J'ai repeint l'entrée, accroché un ou deux miroirs et puis je me suis affalé devant la télé.

– Quelqu'un peut le confirmer ?

– Je n'ai pas organisé de soirée peinture, si c'est votre question. Ah si, attendez une seconde – j'ai regardé un programme à la demande. Quatre épisodes de *Mad Men* à la suite. Mon fournisseur d'accès doit avoir une trace, non ?

– Il devrait, oui.

– Et j'ai appelé un ami vers 21 h 30, pour voir s'il voulait aller boire une bière mais on n'a pas parlé longtemps.

– Il nous faudrait quand même son nom et son numéro de téléphone, dit Cardinal.

– Vous ne devriez pas être en train de chercher Laura ? »

Delorme s'avança au bord du canapé. « Des éléments nous poussent à penser que votre femme a été agressée en premier, monsieur Rettig, et que M. Trent a pu essayer d'intervenir.

– Des éléments ? Comme quoi, du sang ?

– Non. Je ne veux pas noircir le tableau et elle va peut-être refaire surface indemne, mais pour le moment nous ne savons pas où elle se trouve et elle ne s'est pas servi de son téléphone, de sa carte bleue ni de sa voiture.

– Vous saviez qu'elle avait une liaison avant votre séparation, reprit Cardinal. Ça a dû être douloureux.

– Douloureux ? Non, ça ne m'a pas fait mal. Ça m'a dévasté.

– Laura a, quoi, trente-sept, trente-huit ans ? Et vous avez bien la soixantaine, non ?

– Cinquante-huit. Ouais, ouais, je sais, ça fait un gros écart. Mais nous étions ensemble depuis huit ans. Ce n'est pas comme si quoi que ce soit avait changé ou que je lui avais caché quelque chose. Je croyais qu'elle était heureuse. Elle avait l'air. Jusqu'à l'an dernier.

– Une grande différence d'âge, ça peut vous filer des complexes.

– Jamais. Laura ne m'avait jamais donné de raison de douter. Jusqu'à ce qu'elle rencontre ce type.

– C'était il y a un an ?

– Plutôt huit ou neuf mois. Après, tout s'est cassé la gueule assez vite.

– Ça a dû vous mettre en colère.

– Évidemment. Mais la colère, ce n'était pas tout. J'étais désespéré, humilié. Beaucoup de choses. Ce n'était pas exactement comme ça que je voyais mon avenir, dit-il en désignant les bâches et la petite pièce encombrée. Bien sûr, je haïssais ce Mark. Mais je ne l'ai jamais rencontré, jamais vu et je ne l'ai pas abattu.

– Personne n'a dit qu'on lui avait tiré dessus, dit Delorme.

– Ah bon ? Qu'est-ce qui lui est arrivé alors ?

– Nous attendons les rapports d'autopsie, dit Cardinal. Combien pesez-vous, M. Rettig ?

– Combien je pèse ?

– Oui, combien ? Soixante-dix kilos ?

– Plutôt soixante-cinq. Pourquoi vous me… est-ce que ça a un rapport ?

– Ça se pourrait.

– Monsieur Rettig, ça vous dérange si j'utilise vos toilettes ? demanda Delorme en se levant. J'ai bu beaucoup de café ce matin.

– Allez-y. La porte de droite, juste avant la cuisine.

– Je comprends que votre vie soit chamboulée en ce moment, reprit Cardinal, mais il est essentiel que nous ayons une liste de tous les contacts de votre femme – amis, famille, collègues – tout le monde.

– Je vous donnerai ce que j'ai, évidemment, mais son ordinateur ou son téléphone seraient plus utiles.

– Savez-vous si elle avait des ennemis ?

– Des ennemis ? Laura est infirmière, elle n'a pas d'ennemis.

– Eh bien, vous n'étiez peut-être pas au courant mais l'homme qu'elle fréquentait, Mark Trent, était marié. Alors Mme Trent, par exemple, ne devait pas forcément la porter dans son cœur. »

Rettig posa les mains sur les accoudoirs de son fauteuil, leva les yeux vers le plafond et secoua la tête. « Laura ne m'avait jamais dit qu'il était marié. C'est tellement fou. Tellement bête. Pourquoi quitter un mari qui vous aime et prend soin de vous pour… Bon, vous n'avez pas besoin d'entendre tout ça.

– Et des harceleurs : anciens petits amis, patients contrariés, quelque chose comme ça ?

– Pas que je sache. »

Delorme réapparut dans l'encadrement de la porte.

« D'accord, dit Cardinal. Donnez-nous simplement tous les noms que vous avez, nous n'avons pas besoin de plus pour le moment. Vous comprenez que nous allons devoir poser des questions sur vous et votre femme. Nous ne cherchons rien de compromettant, mais ça peut être désagréable.

– Essayez simplement de ne pas me causer d'ennuis au boulot, j'aimerais bien partir avec une retraite à taux plein, si possible.

– Où travaillez-vous ?

– Brunswick Geo.

– Dans les mines ?

– Côté financier. Je gère surtout la partie régulations. Ça coûte cher d'être vert. » Il se leva. « J'ai peut-être un vieux répertoire de Laura là-dedans, dit-il en désignant les cartons.

– Ça ne vous dérange pas si nous jetons un œil à votre voiture pendant que vous cherchez ?

– Ma voiture ? Mon Dieu. » Il prit tout de même les clés sur un crochet du vestibule et les leur donna.

Cardinal et Delorme sortirent observer la Prius de Rettig. Aucune trace de lutte, ni de propreté excessive. Cardinal ouvrit le coffre. Pendant qu'il soulevait la moquette, il demanda : « Tu as trouvé quelque chose durant ton opportun passage aux toilettes ?

– M. Rettig souffre d'indigestions, ballonnements, diarrhées, constipations, migraines, maux de dos, calvitie et insomnies.

– Tu confonds avec mon armoire à pharmacie.

– Non, je ne confonds pas. »

Le trafic était ralenti sur Twickenham à cause d'une fuite dans une conduite d'eau. Cardinal sentait que Delorme l'observait, sans rien dire. Il leur fallut dix minutes pour atteindre Algonquin et une fois qu'il eut pris le virage, il dit : « Bon, qu'est-ce qui se trame dans ton petit esprit retors ? Tu penses que j'aurais dû être plus dur avec lui ?

– Pas vraiment.

– Tu as l'air tendue. Plus que d'habitude en tout cas. »

Elle desserra sa ceinture de sécurité et se tourna vers lui. « Il faut que je te demande quelque chose : est-ce que tu penses honnêtement que Vernon Loach devrait être en charge de cette affaire ?

– Ouah. OK, changeons de braquet. Non, je ne pense pas, Lise. Tu as évidemment le plus d'ancienneté.

– Alors pourquoi c'est lui ?

– Il faut demander à Chouinard.

– Chouinard va dire que c'est un enquêteur de la crim' très expérimenté…

– Ce qui est vrai.

– Et que la seule raison pour laquelle il n'est qu'inspecteur, c'est que *tout le monde*, quelle que soit son expérience, doit commencer à cet échelon.

– Ce qui est vrai aussi. Loach a fait dix ans à la crim' de Toronto. Ce serait idiot de se passer de lui.

– Alors tu penses qu'il devrait être responsable de l'enquête.

– Non. Tu as plus d'ancienneté et d'expérience.

– Alors pourquoi Chouinard a pris cette décision ?

– Je pense que Toronto, ça pèse énormément. Et apparemment il a fait du super boulot dans l'enquête sur le meurtre de Montrose. Personne ne croyait qu'ils retrouveraient le meurtrier et il l'a coincé. Si tu veux être candidat à un poste, c'est comme ça qu'il faut s'y prendre, juste après avoir résolu une enquête comme celle de Montrose.

– Et s'il est si populaire à la grande ville, pourquoi il est venu à Algonquin Bay pour redémarrer comme inspecteur ?

– Attends, moi aussi je suis arrivé de Toronto.

– Quand tu avais, quoi, trente ans ? Loach en a quarante-cinq.

– Je crois que sa femme est originaire de la région.

– Elle a vécu ici une semaine quand elle avait dix ans. Tu savais qu'il entraînait l'équipe de hockey du fils Chouinard ?

– Chouinard ne se laisserait pas influencer par un truc pareil. C'est le coup de Montrose qui compte pour lui. Ne le prends pas personnellement.

– Tu connais mes résultats, John.

– Oui et je reconnais que c'est injuste.

– C'est vrai ?

– Bien sûr.

– Mais tu es d'accord avec le chef pour dire que Loach est une sorte de super-flic ? La crème de la crème ?

– Il est trop tôt pour le dire.

– Alors pour être prise au sérieux, il suffit que je résolve une grosse affaire ?

– Apparemment.

– Et que je sois un homme. »

Laura Lacroix ne vint pas travailler. Tous les agents de la criminelle passèrent le reste de la journée à interroger ses connaissances. Personne n'avait la moindre idée d'où elle pouvait être.

Cardinal dîna seul dans sa cuisine puis il alla chez Delorme pour regarder un film. Ça faisait plus d'un an qu'ils faisaient ça et Cardinal se demandait parfois si ce n'était pas une mauvaise idée. D'un autre côté, aucune loi n'interdisait d'être ami avec sa collègue.

Delorme avait loué *Mission*, Jeremy Irons y jouait un prêtre jésuite qui essaie de sauver l'âme – et la vie – des tribus sud-américaines du XVIIIe siècle qu'il est venu convertir. Quand le film se termina, ils laissèrent le générique se dérouler en silence.

Cardinal se tourna vers Delorme et alors qu'il était sur le point de dire qu'il avait trouvé ça pas mal, il s'aperçut qu'elle pleurait.

Il ne savait pas quoi faire, ni même s'il fallait qu'il fasse quelque chose. « Ça t'a vraiment touchée, hein ? » finit-il par dire.

Elle haussa les épaules. Elle se pencha vers l'avant, la main sur les yeux, et ses sanglots redoublèrent.

« Lise... »

Cardinal alla chercher une boîte de Kleenex dans la cuisine et lui tapota le genou avec. Elle saisit une poignée de mouchoirs à l'aveuglette. Elle s'essuya les yeux, se moucha puis dit « Mon Dieu » une ou deux fois en secouant la tête.

Cardinal resta silencieux.

« Je ne pense pas que ce soit le film, dit finalement Delorme.

– Ah non ?

– Cette histoire avec Loach. Ça a dû plus me toucher que je le pensais. Je n'avais pas vu à quel point j'avais de l'ego, jusqu'à ce qu'il soit blessé. » Elle prit un autre Kleenex et se moucha de nouveau. « Et maintenant je vais me sentir encore plus mal d'avoir pleuré devant toi.

– Laisse tomber, Lise. On est amis avant d'être collègues.

– D'un autre côté, c'est peut-être juste les hormones.

– Ouais, dit Cardinal. Ça m'arrive aussi. »

Extrait du cahier bleu

Avant de raconter ce qui est réellement arrivé au projet Arcosaur, il faut que je fasse une description un peu plus précise du terrain.

La base dérivante Arcosaur (pour *Arctic Ocean Synoptic Automatic Resource*[1]) se trouvait sur une île de glace portant le nom de T-6, le T venant du mot *target*, « cible », un vestige de la guerre froide. Nous vivions sur ce qui avait appartenu autrefois à la barrière de Ward Hunt jusqu'à ce qu'elle se sépare de l'île d'Ellesmere au milieu des années 1950 pour devenir une île à son tour. L'île avait été rattachée au Canada pendant plus de trois millénaires mais, en 1992, elle avait déjà fait plusieurs fois le tour de la calotte polaire, dérivant sans but – mais toujours dans le sens pendulaire –, entraînée par le gyre arctique. Elle était bien loin à l'est de son point de départ quand le camp y a été monté, mais les gorges et les crêtes à sa surface ne laissaient aucun doute : elles partaient toutes dans la même direction, correspondant à un axe est-ouest à l'époque où l'île était stationnaire.

Avec ses vingt kilomètres de longueur et sa surélévation de quatre à huit mètres au-dessus des glaces alentour, notre île avait surtout été choisie par l'Institut de recherches polaires parce qu'elle était suffisamment grande pour y faire atterrir des avions. De temps à autre, nous nous retrouvions bloqués dans la calotte, avant de repartir quand le vent tournait ou que les courants nous emportaient, dès le premier contact avec d'autres glaces

1. Ressource synoptique automatique pour l'océan Arctique. (*N.d.T.*)

flottantes. Notre balise radio nous rendait toutefois facilement repérables.

(Un peu d'histoire : on suppose que Robert Peary a pris une île de glace comme la nôtre pour de la terre ferme, l'a baptisée Crocker's Land – Crocker était le mécène de Peary – et l'a inscrite sur la carte. Certains font l'hypothèse que Peary a été trompé par un mirage arctique, mais ceux-ci sont fréquents et c'était un explorateur bien trop chevronné pour commettre une erreur pareille. Tout comme les paléontologues aiment découvrir des espèces, les explorateurs ont besoin de découvrir des terres. Quoi qu'il en soit, une expédition a péri quelques années plus tard faute d'avoir trouvé autre chose qu'une immense étendue d'eau aux coordonnées qu'il avait indiquées.)

Trois d'entre nous – Wyndham, Vanderbyl et moi – étions là depuis avril, accompagnés d'une équipe logistique. Les autres nous ont rejoints en juillet. De longs lacs issus de la fonte des glaces s'étaient formés dans les gorges de l'île, certains s'étendant sur dix kilomètres, et ils faisaient l'objet d'intenses recherches biologiques. Leur bleu est d'un ton et d'une brillance que je n'ai vus nulle part ailleurs et il évoque les yeux de certaines stars de cinéma nordiques.

Lorsqu'ils entendent parler pour la première fois d'expéditions arctiques – des recherches hivernales en particulier –, les gens se demandent comment on peut supporter un tel isolement, sans même parler des températures extrêmes. C'est surtout la perspective de passer vingt-quatre heures sur vingt-quatre dans l'obscurité pendant des mois qu'ils trouvent terriblement déprimante. Mais ce sont en fait les étés arctiques qui vous mettent à l'épreuve, du moins sur une île de glace. Bien que la température ne dépasse que rarement le zéro, le soleil incessant fait fondre la surface, avec parfois soixante centimètres de soupe, ce qui rend toute activité en extérieur beaucoup plus pénible. Les avions de ravitaillement ne peuvent plus atterrir, rendant l'isolement encore plus pesant, et puis il y a le soleil. Si un chercheur doit craquer, ce sera plus probablement pendant une aveuglante journée d'été, quand il n'en peut plus de trimballer l'équipement même sur de courtes distances, que ses vêtements sont mouillés (et qu'il a donc bien plus froid qu'en hiver) et que les bienfaits d'un sommeil réparateur ne sont plus qu'un lointain souvenir.

Mais l'été était encore bien loin quand Rebecca est arrivée. Le sol était encore ferme, on pouvait croire à sa solidité. Je n'avais aucune raison d'être troublé par sa simple arrivée dans une pièce.

Alors que nous discutions avec Wyndham, un soir après le dîner, j'ai dit : Avant de mourir, j'aimerais bien goûter le whisky de Shackleton. (Une caisse avait été retrouvée sous le plancher de son abri.)

Ça n'arrivera pas, a dit Wyndham. Il sera conservé pour la postérité.

Il aurait voulu qu'on boive un coup.

Ce n'est pas le bon pôle. Dans tous les cas, ne cherche même pas à savoir ce que Shackleton aurait souhaité. Je ne te savais pas aussi porté sur la picole, a-t-il ajouté dans un sourire.

Il était impossible de ne pas aimer Wyndham. Même au sein de la communauté scientifique/universitaire, où la concurrence est si rude – pour un poste, une bourse, des reconnaissances –, où le sang coule à flots, vous n'entendrez jamais la moindre médisance au sujet de Gord Wyndham et lui n'a jamais eu une parole mauvaise pour un de ses semblables. Ce simple fait le rendait remarquable, mais c'était aussi un chercheur de premier ordre, ouvert d'esprit quoique sceptique, précis, consciencieux, généreux.

Je n'avais pas d'informations directes sur sa vie de famille, mais il nous parlait tout le temps de sa femme qu'il trouvait merveilleusement ascientifique et de ses deux jeunes garçons dont il nous racontait les exploits comme s'il s'agissait d'anecdotes de terrain. Je lui conseillais d'écrire une monographie dans le style des anciennes sociétés géographiques : *Quelques observations sur le curieux comportement des garçons prépubères de la vallée d'Ottawa*. Il en parlait avec un mélange d'amour et de fascination si charmant que même moi, que les histoires de famille des autres ennuient à mourir, je garde un souvenir attendri des histoires de Phil et Milo – je me souviens même de leurs noms !

Onze bouteilles de 1907 emballées dans de la paille et du papier, ai-je dit. L'expédition Nimrod. Une distillerie disparue. Mackinlay's, si ma mémoire est bonne.

Dommage que le pauvre homme n'ait jamais pu en boire.

Et puis :

L'odeur des cheveux de Rebecca quand elle s'assoit sur la chaise à côté de la mienne. Menthe et romarin ? Thym ? Une herbe en tout cas. Elle m'ignore, comme depuis le début de sa première semaine ici. Elle est tout à fait chaleureuse avec tous les autres, en particulier Wyndham, mais avec moi, silence radio.

Je me penche vers elle et quand elle finit par s'apercevoir de l'invasion de son espace personnel, elle se tourne vers moi. Je la regarde dans les yeux et je l'appelle, doucement, Vostok.

Vostok ? Ce n'est pas à moi mais à Wyndham qu'elle pose la question, lequel est occupé à gribouiller une équation à côté de son reste d'œufs. Pourquoi est-ce qu'il m'appelle Vostok ?

Wyndham retourne son crayon pour effacer quelque chose et reprend son calcul. Les stylos ne servent pas à grand-chose ici, l'encre a tendance à figer. Il lève la tête, surpris, et dit : Vostok ? C'est l'endroit le plus froid sur terre.

Je croyais que c'était Oïmiakon, en Sibérie.

Vostok est l'endroit inhabité le plus froid.

Rebecca me regarde de nouveau. Elle porte un gros pull de laine irlandais et ses boucles sombres tombent en cascade sur ses épaules. Son col roulé ivoire lui donne des airs de nonne.

Moins quatre-vingt-huit degrés, lui dis-je. Sans compter le vent.

À côté, on est dans une étuve, remarque Wyndham, en raclant son assiette, mais Rebecca a quitté la pièce.

2

Le commissaire Chouinard passa toute la réunion du matin assis sur le bord de son siège à tapoter son carnet avec la pointe de son stylo à bille. L'un après l'autre, les inspecteurs résumèrent leurs interrogatoires avec les amis, la famille et les collègues de Laura Lacroix. McLeod et Szelagy avaient parlé aux proches de Mark Trent. Cardinal avait l'impression que Chouinard n'écoutait que d'une oreille, comme s'il y avait eu autre chose dont il aurait largement préféré parler.

« Tout ce qu'on a trouvé, dit Szelagy, c'est que Mark Trent avait travaillé pour We Are One, une fondation caritative d'Ottawa. Vous vous souvenez qu'ils ont été impliqués dans un scandale il y a quelques années ? Il n'a pas été condamné mais d'autres ont fini en prison. Ça peut avoir un rapport.

– Suivons cette piste, dit Loach. Je n'arrive pas vraiment à cerner la femme de Trent. Elle était tellement hystérique hier que je n'ai pas su dire si c'était du cinéma. Mon impression, c'est qu'elle savait que pépère allait voir ailleurs et que ça ne lui plaisait pas trop. Elle n'a pas d'alibi et je vais retourner lui causer un peu. Marcher sur la gorge de quelqu'un, ça me paraît très personnel quand même, pas le genre de chose qu'on fait pour des embrouilles financières.

– Est-ce qu'elle est assez lourde ? » demanda Delorme.

Loach acquiesça. « C'est une grosse dame.

– Marcher sur la trachée de quelqu'un, je n'avais entendu ça qu'une fois, remarqua Cardinal, c'était dans un hôpital psychiatrique.

– Bien vu, fit Loach en claquant des doigts. McLeod, passez-leur un coup de fil pour voir s'il leur manque quelqu'un.

– Déjà fait, Votre Altesse, rétorqua McLeod.

– Et ?

– Tous les fous sont bien gardés.

– D'accord. Et arrêtez vos conneries d'Altesse.

– Tout de suite, Votre Majesté.

– Je ne pensais pas vraiment aux institutions psychiatriques, intervint Cardinal, mais plutôt aux prisons. C'est le genre de meurtre qui arrive quand il n'y a pas d'arme à portée de main. Ce qui va à l'encontre de la thèse de la vengeance. »

Loach haussa les épaules. « Possible. Mais ça me paraît crédible quand même : un type vient pour dessouder Trent, la femme est là et il saisit l'occasion. Au moins, pour elle, on a un mobile.

– C'est peut-être l'inverse, dit Cardinal. Un type veut violer Laura Lacroix et alors qu'il l'agresse, Trent se pointe. Il tue Trent et s'enfuit.

– Dans tous les cas, quelqu'un avait l'un des deux à l'œil, conclut Loach. On doit encore parler à une tonne de personnes, alors que chacun poursuive avec les noms sur sa liste et, s'il vous plaît, pensez bien aux suiveurs, harceleurs, aux ex, aux anciennes copines. Et aux inconnus qui traînent et posent trop de questions. La scientifique est encore sur place, avec un peu de chance ils trouveront quelque chose pour nous relancer. »

Szelagy et McLeod se levèrent pour partir.

« Hep, hep, hep, fit Chouinard, n'oubliez pas que nous avons d'autres enquêtes en cours. Szelagy, vous avez votre vol sur un chantier. De la dynamite qui disparaît, ça ne plaît à personne. McLeod, il y a le bâtiment vandalisé sur Woodward. Delorme, ça donne quoi du côté de votre femme battue ?

– Elle ne veut pas porter plainte, ni me donner le nom du type et elle refuse d'admettre qu'elle a été violentée.

– Retournez lui parler.

– Commissaire, elle ne veut rien dire. Vous savez comment sont ces femmes.

– Écoutez-la, lança McLeod. Ce serait moi, tu m'accuserais de sexisme.

– Bien sûr, et j'aurais raison.

– Ça suffit, coupa Chouinard. Et tant qu'on parle de femmes battues ou disparues, n'oublions pas non plus Marjorie Flint. L'épouse du sénateur s'est volatilisée il y a dix jours à Ottawa et personne n'a la moindre idée d'où elle se trouve. » Il brandit une petite photo d'elle. « Vous l'avez tous vue. La dernière fois qu'elle a été aperçue, elle portait un manteau en cachemire noir, un foulard Hermès et des bottes à talons.

– Elle a des liens avec Algonquin Bay ? demande Loach.

– Aucun. Mais c'est la femme d'un sénateur, ça en fait une enquête nationale. Alors gardez l'œil ouvert. »

Du point de vue de Lise Delorme, le plus agaçant avec l'arrivée de Loach était qu'ils avaient bien besoin d'une autre femme à la crim'. Étant la seule, Delorme se retrouvait affectée à tous les dossiers d'agressions sexuelles et de violences conjugales et elle en avait franchement marre.

Quand elle s'était engagée, elle s'était réjouie de se faire la défenseure des femmes et au fil des années elle avait eu la satisfaction d'envoyer derrière les barreaux plusieurs maris violents et au moins trois violeurs. Mais le métier lui avait réservé deux vilaines surprises. D'abord, le nombre de cas où la femme (ou plus souvent la fille) mentait : il n'y avait pas eu d'agression et elle voulait simplement se venger. Le plus triste était que cela entamait la crédibilité des véritables victimes.

L'autre choc venait du nombre de femmes qui choisissaient de ne pas porter plainte et qui en plus retournaient auprès de l'homme qui les tabassait dans l'espoir de le voir changer. Delorme connaissait l'existence de ce syndrome mais elle ne cessait de s'étonner de son pouvoir sur des femmes qui semblaient par ailleurs, disons, rationnelles.

Miranda Heap était une femme séduisante de quarante-cinq ans propriétaire d'une entreprise de services qui jusqu'à présent avait réussi à se développer dans une niche trop petite pour que la concurrence venue des grandes villes s'y intéresse. Elle travaillait principalement de chez elle et ce fut là que Delorme la trouva.

« Votre visage est beaucoup moins tuméfié, remarqua-t-elle.

– Ouais, je ne ressemble plus trop à un raton laveur. C'est fou l'effet que ça peut faire, un peu de fond de teint. Vous voulez un café ? J'allais faire une pause.

– Non, merci. Je suis juste passée voir comment vous alliez.

– Très bien. Je pense que j'ai réagi un peu trop fort.

– Pas du tout. Il vous a fait du mal. Vous devriez me donner son nom pour qu'on puisse le poursuivre.

– Il ne voulait pas me faire mal, c'est juste un homme passionné. Ça fait partie de son charme, vous savez, c'est même une grande partie. C'est dur à comprendre parce que vous ne l'avez jamais rencontré.

– Donnez-moi son nom, je vais aller me présenter tout de suite. »

Miranda éclata de rire. « Vous vous entendriez à merveille. Vous avez l'air passionnée, vous aussi.

– Passionné, ça ne veut pas dire violent. Vous allez le laisser continuer de vous frapper, tout ça parce qu'il est bon au pieu ?

– Vous n'avez vu que sa face la plus sombre. Il déteste cette part de lui-même. Il a tellement honte après coup. Il attend que je sorte et il me laisse de longs messages tellement sincères sur mon répondeur. C'est vrai. Ses excuses sont des chefs-d'œuvre.

– Il a l'air d'avoir pas mal de pratique.

– Vous ne pourriez jamais le croire capable de perdre les pédales comme ça si vous le rencontriez. Il est si intelligent, si généreux : c'est un homme bien, à vraiment plein d'égards.

– Pour ce que ça change. Vous avez contacté la psychologue que je vous ai recommandée ?

– Oui, oui. Elle est super. Je la vois deux fois par semaine. Je sens qu'elle me fait du bien et je vous en suis reconnaissante. Vraiment. »

« C'est ça, le truc avec les femmes, dit Delorme quand elle retrouva Cardinal au café, nous avons une capacité infinie à nous voiler la face. À voir ce que nous voulons voir – et rien d'autre – surtout chez les hommes. Je le fais aussi.

– Mais non, pas du tout. » Il aurait pu creuser le sujet mais il voyait bien qu'elle n'était pas d'humeur. « Écoute, j'ai entendu un nom très intéressant dans un de mes interrogatoires.

– Qui ça ?

– Tu ne vas pas commander un café ?

– Il y trop de queue, raconte-moi ça dehors. »

Ils retournèrent à la voiture et Cardinal prit la route d'Airport Hill. « J'ai enfin pu parler à la meilleure amie de Laura Lacroix, Mia Neff. Elle n'a eu aucune nouvelle, elle n'a aucune idée d'où elle peut être. C'est le témoin le plus bouleversé à qui j'ai parlé jusqu'à présent. Elle dit que ça ne lui ressemble pas du tout, enfin la disparition, pas la liaison. Mlle Neff était au courant de la rupture et de la relation avec Trent. Il s'avère que ce genre d'histoire n'était pas une première chez elle.

– Ah oui ?

– Apparemment, l'ex-Mme Rettig avait eu un autre amant avant Mark Trent.

– Et c'est lui que nous allons voir ?

– Leonard Priest.

– C'est pas vrai, s'exclama Delorme. Sérieusement ?

– Je n'ai pas de raison de ne pas la croire, tout le monde s'accorde à dire que c'était la meilleure amie de Laura. Elle m'a dit tout de suite que personne d'autre n'était au courant.

– Leonard Priest, fit Delorme. Ouah, ça devient beaucoup plus intéressant d'un coup. J'adorerais faire tomber cet enfoiré.

– Ne m'en parle pas. Je pensais que je l'avais coincé pour Choquette. »

Régine Choquette avait été assassinée dans un hangar à bateaux sur le lac Trout. Elle avait été retrouvée enchaînée à une poutre transversale, entièrement nue à l'exception d'une cagoule en cuir zippée qui lui recouvrait le visage. Les preuves poussaient fortement vers l'hypothèse d'une soirée sadomasochiste intense qui avait dérapé et s'était achevée par une balle expédiée entre les deux yeux de Régine Choquette à l'aide d'un Luger datant de l'époque nazie.

« Je n'ai jamais compris pourquoi le ministère public ne l'avait pas poursuivi. C'était Garth Romney, non ?

– Il était substitut du procureur, mais ouais, c'était Garth.

– Je me souviens de cette photo de lui, le masque à la main, luttant contre les forces du mal.

– Ne me lance pas là-dessus. Jette un œil à l'enveloppe sur la banquette arrière. »

Delorme détacha sa ceinture pour l'attraper. Elle ouvrit l'enveloppe et sortit deux photos.

« Tu vois une ressemblance ?

– Cheveux longs et ondulés. Yeux marron, sourcils naturels, pommettes saillantes. Les deux pourraient plaire au même homme, c'est certain.

– Eh les deux sont menues. Un mètre cinquante-huit pour Régine, un mètre soixante-quatre pour Laura.

– Mais je croyais que Priest avait vendu sa maison dans le coin après toute cette histoire.

– Eh non. Et apparemment il était en ville ce week-end. Mlle Neff l'a aperçu au Quiet Pint vendredi soir.

– Leonard Priest, répéta Delorme. Ouah. »

Ils empruntèrent Airport Road puis plusieurs petites rues jusqu'à atteindre une impasse nommée Crosier Place. Il n'y avait qu'une seule grande maison en cèdre, en forme de chalet, dans laquelle Delorme voyait un petit morceau de la Suisse. Une Jaguar X rutilait dans l'allée.

Cardinal se gara derrière la Jaguar et coupa le contact. En général, ils décidaient ensemble dans la voiture de qui mènerait les échanges, mais elle sortit immédiatement et alla sonner à la porte.

« Tu es pressée ? demanda Cardinal.

– Pas toi ? »

La porte s'ouvrit sur Leonard Priest, son portable à l'oreille et une expression agacée sur le visage. Il referma son téléphone d'un coup sec et le glissa dans sa poche de chemise. « Ouais ? »

Delorme commença à se présenter mais Priest les reconnut avant qu'elle eût terminé.

« Non merci, dit-il. Pas intéressé. »

Delorme bloqua la porte avec son pied. « Nous avons simplement quelques questions à vous poser.

– Je m'en fous. Enlevez votre pied, vous faites entrer le froid.

– C'est sur Laura Lacroix.

– M'en fous aussi. Alors maintenant faites-moi plaisir et cassez-vous. » Douze années passées au Canada n'avaient pas atténué son accent londonien, sans parler de son attitude de rock star.

« Monsieur Priest, juste quelques questions. Une femme a disparu, dans des circonstances violentes, et nous rencontrons toutes les personnes qui la connaissent. Pourquoi en faire toute une histoire ? »

Cette fois-ci Priest s'adressa à Cardinal. « Vous avez essayé de me coffrer et maintenant vous vous pointez ici en espérant que je sois ravi de vous voir ?

– Non, je m'attendais à ce que vous vous comportiez comme un connard et je ne suis pas déçu. »

Priest ressortit son portable et appuya sur une touche. « J'ai un raccourci vers le numéro de mon avocat, prévint-il.

– Vraiment ? fit Delorme. Il y a de quoi être fier. »

« On n'obtiendra jamais une assignation avec ce qu'on a pour l'instant, dit Cardinal quand ils furent de retour dans la voiture. Une seule personne qui a entendu dire qu'il était sorti un jour avec Laura Lacroix.

– Je sais. Il le sait aussi. Il a un super accent, cela dit, je dois lui accorder ça.

– Tu savais qu'il était d'ici au départ ? Il a déménagé en Angleterre quand il était gamin et il est revenu quand son groupe s'est séparé. C'est marrant d'ailleurs, un type comme ça, on l'imagine rester à Londres ou à Los Angeles. »

Cardinal prit à l'angle et s'engagea dans la descente. Il dut s'arrêter de nouveau à un carrefour avec l'artère principale. Le feu durait et ils restèrent silencieux. Puis il passa au vert et ils débouchèrent enfin sur Algonquin.

« Je crois me souvenir que Priest t'a draguée à un moment pendant le procès, dit Cardinal.

– Plus d'une fois.

– Ouais, je me dis que tu es peut-être son genre. Régine Choquette et Laura Lacroix ? Tu as la même couleur de cheveux, les mêmes yeux, à peu près la même taille. Le même âge aussi, plus ou moins. Et regarde leurs noms de famille.

– Choquette. Lacroix. *Alors comme ça on est toutes les trois canadiennes françaises, là. Trois sœurs, comme qui dirait** [1]. Toutes les Canadiennes françaises se ressemblent maintenant ?

– Non, mais avez toutes les trois le type.

– Tu penses que je devrais lui rentrer dedans ? Un rencard, un dîner, le tout avec un micro ?

– Surtout pas. Il découvrirait le fil tout de suite.

– Très drôle. »

1. Tous les mots ou expressions en italiques suivis d'un astérisque sont en français dans le texte original. (*N.d.T.*)

Extrait du cahier bleu

Il y a quelque chose de ridicule à voir un homme déblayer de la neige dans l'Arctique. Wyndham avait accroché au-dessus de son bureau une photo de lui et moi occupés à ça. Nous y étions jour et nuit, avec une ou deux autres personnes, parfois équipés de pelles, parfois à genoux avec des grattoirs plus petits que des spatules de cuisine.

Il y avait en moyenne un mètre de neige sur l'île T-6. Et pourtant, la calotte polaire est un désert. La plupart des zones reçoivent moins de vingt centimètres de précipitations par an mais tout ce qui tombe reste et s'accumule. Les blizzards sont plutôt causés par le vent que par des chutes de neige mais ils peuvent faire des ravages sur la piste d'atterrissage. Maintenir les baraquements et les équipements en état était la mission de Murray Washburn, un vieil habitué de l'Arctique, mais dégager notre piste d'atterrissage incombait à Hunter Oklaga, un Inuit et ex-ranger qui était sans doute le seul homme sur Terre – et en tout cas le seul d'entre nous – à avoir été parachuté en Antarctique et dans l'Arctique, un exploit que personne ne tenait à imiter. Si quelqu'un se plaignait de notre environnement, il disait : Tu es fou, mec. Tu devrais aller voir comment c'est sur l'île Laurie. L'Antarctique ? *Là-bas*, il fait froid. Ici, c'est Miami.

Nous nous trouvions à moins de mille trois cents kilomètres du pôle.

Son nom était la traduction d'un mot de neuf syllabes qu'aucun anglophone ne pouvait prononcer ni même retenir. Hunter me disait qu'il signifiait en fait « chasseur au sexe très impressionnant » mais qu'il n'avait gardé que la première partie, *hunter*, pour la vie de tous les jours. C'était un homme joyeux et bavard, toujours en train de me montrer des photos de l'Antarctique ou d'autres expéditions auxquelles il avait pris part. Je pense que parce qu'il savait que j'avais été dans l'aviation de brousse, il avait l'impression, erronée, que lui et moi étions de la même trempe. Toutes ses photos avaient été prises par des journées ensoleillées.

Il n'existe pas beaucoup de photos d'Arcosaur et la plupart de celles que j'ai vues donnent l'impression d'être en noir et blanc. C'est en fait une conséquence du temps qui est si souvent couvert. L'objet le plus haut sur tous les clichés est l'antenne radio, haute de dix-huit mètres, recouverte d'instruments. On s'habitue au côté rudimentaire d'une station polaire. Je ne le remarque plus dans mes souvenirs, je le vois seulement sur les photos. Les bidons de carburant. Nous ne cherchions pas à les regrouper. Ils étaient baladés par le vent comme des buissons desséchés jusqu'à ce qu'ils soient bloqués par la neige, certains debout, d'autres couchés.

Nous avions disposé des planches sur des barils lestés à l'eau de mer, créant une passerelle surélevée entre la cabane radio, le labo et les baraquements. Malgré tout, nous devions parfois dégager de hautes congères. Je me souviens d'une photo de Rebecca – ça devait être une journée chaude – assise sur les planches, l'antenne radio dressée derrière elle comme une vilaine tour Eiffel. Elle mange une pomme et tourne le dos à l'objectif. Sa parka rouge est la seule touche de couleur de la photo. Ses cheveux foncés sont soulevés par une légère brise.

Il y en a une autre, de Ray Deville, mal rasé et hirsute posant devant une balise AARI. Il a un genou au sol, les bras écartés et un grand sourire sur le visage, comme à Broadway. À côté de la balise, un traîneau Nansen rempli de caisses de dynamite qui doivent servir pour la crête sismique et une série d'expérimentations sur la réflexion. Je n'ai jamais vu Ray sourire ailleurs que sur cette photo.

Quelque part sur Internet, il y a une photo de l'avion de ravitaillement en plein atterrissage. Le ciel est gris pâle au zénith, gris profond à l'horizon. La neige et la glace cannelées et tordues en bandes de gris sur gris, pratiquement blanches au premier plan. L'objet le plus blanc est un nuage qui embrasse l'horizon NE. Ce n'est pas du tout un nuage, bien sûr, mais un vent de tempête. Wyndham est au milieu de la photo, un calibre .12 à la main. Nous avions pas mal de problèmes avec les ours à ce moment-là.

Rebecca. Assise dans le faible rai de lumière pénétrant par le hublot. Ce n'est pas une photo – je n'ai jamais eu de don pour et je n'ai jamais compris ceux que ça passionne – mais l'image est fixée dans mon esprit comme un portrait posé : Rebecca vêtue d'un jean et de son col roulé ivoire, plongée dans un volume de poésie. Je fais des calculs dans mon carnet. Je suis de plus en plus inquiet à cause de certains résultats et j'essaie, pas très fort à cet instant précis, de retrouver les erreurs.

Je ne connais personne qui lise de la poésie, dis-je.

Elle ne réagit pas. Il n'y a pas un bruit en dehors du raclement du générateur. Nous sommes au début d'une nouvelle rotation de six semaines et tous les autres sont ailleurs, peut-être devant une vidéo d'un match qui s'est joué il y a plusieurs semaines. Peut-être qu'ils travaillent. Les gens adoptent un rythme curieux quand il n'y a pas de nuit. Le premier jour, on ressent une sorte d'excitation causée par le fait d'être soudain affranchi de l'obscurité. Beaucoup restent debout jusqu'à ce que la fatigue les conduise au lit et à un sommeil agité. Des scientifiques sortent à toute heure du jour et de la nuit.

Je pose le carnet, je me mets devant elle et je passe la main dans ses épaisses boucles. La chaleur de son visage sur mon poignet. Elle ne bouge pas. Ne relève pas la tête.

Tu te sers toujours sans demander quand tu veux quelque chose ?

Je ne peux pas dans ce cas précis. Il s'agirait de ton cœur.

Il est pris.

On ne dirait pas.

Beaucoup de choses sont plus compliquées qu'il n'y paraît.

Elle a le doigt posé sur la page d'après, prête à reprendre sa lecture. Le papier tremble. Il y a des marques de crayon à côté d'une strophe : *Laisse-moi briser/ Laisse-moi réaliser/ cette chose à vif, cette chose brute/ cette chose difficile à attraper.*

Je retire la main de ses cheveux et je me penche. Je suis si proche d'elle que je sens l'odeur de ses cheveux, de sa peau, les notes de cèdre sur son pull. Je sais qu'elle perçoit mon souffle sur son oreille quand je murmure un simple mot.

Vostok.

3

Le procureur adjoint de la Couronne, Garth Romney, prit une pile de dossiers dans une armoire et les plaça dans un carton ouvert sur son siège de bureau. Après huit ans à ce poste, il était promu comme juge à la Cour supérieure. « Vous ne pouvez pas savoir ce que ça me fait de transférer ces dossiers à quelqu'un d'autre. Plus que deux semaines ici puis je pars un mois en Toscane, leur dit-il. Et la prochaine fois que vous me verrez, je siégerai avec un bronzage impeccable. »

Cardinal lui expliqua la raison de leur venue.

« Vous n'êtes pas près d'obtenir une assignation. Que vous ayez eu un rencard il y a un an avec une femme portée disparue ne fait pas de vous un suspect, même si vous vous appelez Leonard Priest.

– La femme ressemble beaucoup à Régine Choquette.

– Ah, oui, Régine Choquette. » Romney posa le carton par terre et s'assit à son bureau. Il ouvrit une chemise en carton et la referma rapidement. « Régine Choquette m'a brisé le cœur. J'aurais adoré coffrer Leonard Priest pour ça, si on avait eu des preuves.

– Je pensais que c'était le cas, dit Cardinal.

– Je sais. Mais ce n'est pas votre cul à vous qui chauffe si le juge décide que la Couronne a porté une accusation injustifiée.

– Nous avions un témoin oculaire qui plaçait Priest sur les lieux. Il a vu Priest et Reicher descendre le sentier qui mène au hangar alors qu'il partait.

– Vous parlez de Thomas Waite. Mais il n'a pas vu Régine Choquette. Et il a *affirmé* avoir vu Leonard Priest et Fritz

Reicher, puis, d'un coup, sa mémoire s'est mystérieusement embrumée.

– Oui, parce que plusieurs semaines auparavant, Leonard Priest avait déguisé Reicher en nazi avant d'attacher ce Waite et de le tabasser jusqu'à ce qu'il soit à deux doigts d'y passer. Pour Priest, ce sont des préliminaires. Waite était convaincu qu'il serait mort s'il n'avait pas réussi à s'échapper.

– Des faits antérieurs. Irrecevables à moins que la défense ne les mentionne, ce que les avocats de Priest se sont bien gardés de faire. Et puis Waite n'a pas porté plainte au moment des faits.

– Ce n'est pas rare chez les victimes de crime sexuel, intervint Delorme.

– Écoutez, il a changé d'avis et je ne peux rien y faire. De toute façon, ça n'est plus pertinent puisqu'il est mort.

– Quoi ? Quand ça ?

– Je ne sais pas, il y a six mois environ. Un AVC apparemment.

– Mais il y avait Fritz Reicher, reprit Delorme. Dans ses dépositions, il nous a dit que c'était l'idée de Priest, qu'il lui avait ordonné de tirer.

– Les cours sont très réticentes à condamner sur la seule base du témoignage d'un complice, surtout dans le cas d'un meurtre. Et encore, c'est quand ils sont sous serment. Fritz Reicher n'avait pas prêté serment quand il a fait ces déclarations et vous semblez oublier qu'il est revenu dessus et a ensuite refusé de dire le moindre mot contre Priest.

– Nous avions les empreintes de Priest sur la scène de crime, dit Cardinal. Rien que ça…

– Et qui dataient d'une occasion précédente, le coupa Romney. Priest n'a jamais nié être allé là-bas, ni avoir eu des rapports sexuels dans cette baraque sordide. Il a juste nié s'y être rendu le soir en question.

– On aurait pu retourner Reicher, dit Delorme. Il serait revenu à sa première version. Vous auriez pu lui proposer un meilleur arrangement. »

Romney éclata de rire. « Vous avez déjà rencontré Reicher ?

– Une fois pour les dépositions, c'est tout.

– Fritz Reicher – en plus d'avoir un QI remarquablement bas – est un illuminé de première, pour dire les choses gentiment. Toutes sortes d'affirmations sur son passé et de grandes idées sur son avenir, les unes et les autres dépourvues de tout lien avec la réalité. Ça aurait été le pire témoin possible : il a l'affect d'un zombie et un accent sorti tout droit d'un bunker berlinois.

– Le Luger a été retrouvé dans l'un des clubs libertins de Priest, remarqua Cardinal.

– Un club où Reicher était employé. Il avait accès au club d'Ottawa vingt-quatre heures sur vingt-quatre. Et c'étaient les empreintes de Reicher qui ont été retrouvées sur l'arme, pas celles de Priest. Allez. Vous êtes tous les deux des enquêteurs de talent, mais c'était un dossier faiblard il y a deux ans et il est encore plus léger aujourd'hui. » Romney se leva et reposa le carton sur son fauteuil. « Honnêtement, je ne comprends pas ce que vous faites là.

– Nous sommes venus parce que nous avons porté beaucoup d'affaires ensemble, dit Cardinal, et nous sommes généralement d'accord. Ça ne vous ressemblait pas de laisser filer Priest. »

Romney balança des dossiers au fond du carton. « C'est la Charte canadienne des droits et libertés qui l'a laissé filer. Ce sont les faits qui l'ont laissé filer. Vous pensez vraiment que je ne l'aurais pas poursuivi si j'avais pensé que nous avions un dossier solide ? Vous pensez qu'il m'a payé ou quelque chose dans le genre ?

– J'aurais pu, si ç'avait été quelqu'un d'autre, dit Cardinal. Mais vous aimez trop gagner.

– Exactement. Et maintenant, je vais pouvoir prendre plaisir à juger. »

Delorme était devant le miroir depuis plus d'une demi-heure et piochait dans la partie professionnelle de sa garde-robe.

Elle sortit l'une de ses tenues les plus sobres. Tailleur gris, chemisier blanc à col large, sans doute le moins sexy de tous ses ensembles. Elle l'avait porté plus d'une fois au tribunal.

Elle considéra l'effet produit.

Elle retira la veste et changea le chemisier pour un haut sombre soyeux. Toujours aussi sérieux mais on voyait bien plus son cou et son décolleté. Elle changea encore d'avis et revint à la tenue austère.

Leonard Priest était surtout connu pour sa présence au sein d'un groupe anglais de fusion nommé Ward Nine. Il n'en était pas le leader – un honneur qui était revenu à un type déglingué du nom de Patch, mort d'une crise cardiaque à l'âge de trente-deux ans – mais un honnête bassiste et le seul membre de la formation doté du moindre sens des affaires. La flamme de Ward Nine était vacillante et une fois Patch disparu, elle s'éteignit complètement et les fans rentrèrent chez eux.

De retour au Canada, Priest mit son dynamisme entrepreneurial et son sens du spectacle à profit pour créer des nightclubs très prisés à Toronto, Montréal et Ottawa. D'autres clubs suivirent ainsi qu'un ou deux restaurants. Sa présence commerciale à Algonquin Bay se limitait à un petit pub à l'anglaise baptisé The Quiet Pint. Le journal local l'avait interviewé lors de l'inauguration et lui avait demandé comment un prince de la nuit – propriétaire d'affaires florissantes dans de grandes villes – pouvait décider de revenir dans le Nord, même s'il y était né. Il avait répondu qu'il cherchait un refuge, qu'il adorait le calme de la région et que ça lui rappelait son enfance.

Le pub se trouvait dans une petite rue, à deux pas de la bibliothèque municipale. Le petit parking était vide et Delorme se gara juste à côté du bâtiment, près d'un panneau promettant qu'il n'y avait « PAS DE TÉLÉ ! » à l'intérieur.

Elle y était venue une fois pendant l'enquête sur Choquette mais n'avait jamais fréquenté le pub comme cliente. Le lieu n'avait pas changé : des box de bois sombre le long du mur, des tables au centre et une ou deux banquettes moelleuses à l'avant. Une cheminée à gaz dégageait une forte chaleur. Deux jeunes couples riaient dans l'un des box et un homme entre deux âges était installé à l'une des tables du centre, mais les seules autres personnes dans l'établissement étaient le barman et une serveuse vêtue d'un chemisier blanc et d'une jupe à carreaux très courte. Blue Rodeo passait sur le jukebox, à faible volume. L'endroit idéal pour boire une pinte tranquille, en effet.

Delorme s'assit au bout du bar, sous l'un des plafonniers, et commanda un verre de vin rouge. Elle sortit une liasse de feuilles de son attaché-case. Elle lut un mémo sur le parking des employés, un autre sur la décoration des bureaux et une circulaire incroyablement détaillée sur un gala de charité prévu pour le nouvel an.

« Je peux vous offrir un verre ? »

C'était l'homme à la table du milieu. Il avait un long visage de lévrier et le regard de celui qui s'attend à essuyer un refus.

« Non merci, répondit Delorme en tapotant ses documents, il faut vraiment que je lise tout ça.

– Qui va au pub pour bosser ?

– C'est là que j'ai envie de travailler.

– Ouais, c'est ça. »

L'homme repartit et Delorme le regarda quitter l'établissement dans le miroir du bar. Un autre couple rejoignit les quatre de devant et le niveau sonore monta d'un cran. Le jukebox jouait maintenant Sarah McLachlan et Delorme en était à son deuxième verre quand Priest entra. Elle se souvenait de ses habitudes : à 21 heures, il venait s'asseoir au bout du bar pendant une heure.

Elle ne leva pas les yeux quand il salua le barman et commanda une Guinness. De l'air froid s'éleva de son manteau tandis qu'il le retirait pour le suspendre à un crochet du comptoir. Le barman lui apporta sa pinte et ils discutèrent des consommations de la journée et des questions d'inventaire. Puis l'employé repartit préparer des boissons pour la serveuse, et Delorme, bien qu'elle eût le dos tourné, sentit le regard de Priest sur elle.

Elle but une gorgée de vin et tourna une page. Elle prit un stylo dans son attaché-case et annota le document.

Priest se leva et vint se poster à côté d'elle. « Qu'est-ce que vous foutez dans mon pub ?

– Je pensais que *pub* venait du mot "public".

– Vous ne faites pas partie du public mais de la police. Qu'est-ce que vous foutez là ?

– Je ne suis pas en service, si c'est ce qui vous inquiète.

– Mon cul. La mallette ? Le tailleur de directrice d'école ? Vous avez l'air d'être sur le point de débiter un paquet de mensonges sous serment pour envoyer un pauvre couillon au mitard.

– Ce n'est pas mon métier.

– Vous allez me harceler sur mon lieu de travail, c'est ça le projet ?

– Pour l'instant, j'ai plutôt l'impression que c'est l'inverse qui se produit. Je ne vous ai pas vu contre-interroger le groupe de devant.

– Ils ne sont pas de la maison poulaga, si ? Vous n'avez jamais mis les pieds ici, pourquoi maintenant ?

– Je lis des documents que j'ai laissés de côté depuis des semaines en buvant un verre de vin. J'en profitais pleinement jusqu'à ce que vous arriviez – du vin en tout cas. »

Priest croisa les bras et la toisa, parfaitement immobile. Il scrutait le visage de Delorme, la topographie de son mensonge. Le sien était anguleux, expressionniste : des sourcils en deltas jumeaux, des pommettes saillantes, des yeux d'un bleu intense.

Delorme revint à ses documents et relut le mémo sur la façon d'assister la Children's Aid Society dans le placement d'enfants maltraités.

Priest montra le verre de Delorme au barman et dit : « C'est la mienne, Tommy.

– Non, non, fit Delorme en couvrant son verre de la main, ça ira.

– Je croyais que vous n'étiez pas en service.

– C'est vrai, mais je préfère payer ce que je bois.

– Bien sûr. Les preuves sont caduques si vous avez accepté des cadeaux. Pourquoi décliner un geste amical autrement ?

– Il n'avait rien d'amical. »

Il se tourna de nouveau vers le barman. « C'est pour moi, Tommy. Tout ce qu'elle laisse, c'est pour ta poche. »

Il retourna à sa Guinness à l'autre bout du bar.

Delorme fit non de la tête au barman, qui haussa les épaules. C'était un gamin, il avait l'âge de commencer la fac.

Delorme garda les yeux rivés sur ses documents quelques instants avant de conclure que venir dans le bar de Leonard Priest était l'idée la plus conne qu'elle ait jamais eue. Elle sortit son portefeuille et demanda l'addition.

Le barman secoua la tête en souriant.

Delorme posa quinze dollars sur le bar et les poussa vers lui. Elle rangea ses papiers dans sa mallette et enfila son manteau. Quand elle se retourna, Priest lui faisait face.

« Vous voulez parler de Laura Lacroix ?

– Comme je vous l'ai dit, je ne suis pas en service...

– Vous voulez parler de Laura Lacroix, on va s'asseoir ici et régler ça tout de suite. »

Il montra du doigt une petite table près de la cheminée.

« D'accord. »

Priest lui tira une chaise. Delorme enleva son manteau avant de s'asseoir. Priest fit signe au barman de leur apporter deux verres et prit place à son tour.

« Je n'ai plus envie de vin, dit Delorme.

– Je ne sais pas grand-chose sur Laura Lacroix, commença-t-il sans prêter attention à sa remarque. Je l'ai vue quatre fois exactement. Qu'est-ce que vous voulez savoir ?

– Quand l'avez-vous vue pour la dernière fois ?

– Il faudra que je recherche la date précise, mais c'était il y a un an, peut-être un peu moins. Au Club Risqué, à Ottawa.

– Votre club libertin.

– L'un d'entre eux. » Le barman arriva et posa leurs verres sur la table. « Merci, Tommy.

– Elle y était allée avec vous ?

– Enlève ta main de ma bite.

– Pardon ?

– Enlève ta main de ma bite, espèce de traînée.

– Vous pensez que j'ai un micro ? »

Priest sourit et croisa les bras, ses muscles moulés dans son pull. Delorme voyait ce que les femmes lui trouvaient. Il avait un charisme saisissant.

« De ce que j'en sais, Laura Lacroix est arrivée seule, les femmes non accompagnées rentrent sans problème. Je lui avais déjà dit que je ne voulais plus la revoir. Je ne couche pas avec les clientes, en tout cas pas dans la boîte ni quand elles ont payé pour y entrer. C'est trop complexe d'un point de vue légal. » Il but une gorgée de bière et reposa sa pinte sur son dessous-de-verre Guinness. « Elle est arrivée seule. Je ne m'attendais pas à la voir et je n'étais pas très content. Elle voulait parler mais j'ai refusé, je lui ai clairement fait comprendre que j'avais du travail. Vous êtes déjà venue au club ?

– Je l'ai vu, quand il était vide.

– Vous aviez besoin de le préciser, hein ? Des fois que je pense que vous y auriez baisé ?

– Pour que vous sachiez que je ne l'ai pas vu en activité.

– Qu'est-ce que vous en avez pensé ? »

Delorme haussa les épaules. « Mieux que ce à quoi je m'attendais. Niveau décoration.

– Niveau moralité, bien sûr, vous avez trouvé ça répugnant, en bonne petite catholique que vous êtes. »

Delorme secoua la tête et prit une gorgée de vin avant de se rappeler qu'elle ne voulait plus boire. « Vous avez déjà joué avec des aimants quand vous étiez petit ? Vous voyez cette impression quand vous essayez de rapprocher deux pôles positifs ? Ou deux négatifs ? Vous n'arrivez jamais à les joindre complètement ? C'est ce que j'ai ressenti.

– On appelle ça la frousse.

– On appelle ça se connaître. »

Il leva son verre, comme pour porter un toast à la connaissance de soi. « Bref, j'ai trouvé à m'occuper dans le bureau pendant un moment, je l'ai évitée pendant une heure ou deux, vous voyez ? Elle avait un peu bu mais on ne laisse pas les clients se soûler. On ne veut pas qu'ils tombent raides et aillent dire ensuite qu'ils n'étaient en état de donner leur consentement.

« Quand je l'ai revue, elle était dans la salle Tudor en train de se faire prendre par-derrière par un gars pendant qu'elle suçait un autre type. Il y avait trois autres mecs qui se caressaient et un ou deux couples sur le bord qui s'arrêtaient de temps en temps pour mater. Vous avez déjà regardé des gens faire l'amour ?

– Restons sur Laura Lacroix.

– Vous me posez des questions sur le sexe, je n'ai pas le droit de vous en poser ?

– Vous l'avez fait et je vous ai répondu.

– Vous en avez eu envie. Vous y avez pensé. Vous en avez sans doute rêvé. Vous avez peut-être déjà écouté un couple à l'occasion. Vous admettez que vous êtes humaine, non ?

– L'idée que je me fais de l'humanité est sans doute différente de la vôtre. Vous allez finir de me raconter ce qu'il s'est passé ? Parce qu'il se fait tard et je dois aller bosser demain.

– Vous déconnez, vous ne manqueriez ça pour rien au monde. Parce que je vais te dire, chérie, tu ne portes peut-être pas de parfum et tu fais semblant d'être totalement étrangère au désir, mais tu pues l'ambition. Ça émane de toi comme des phéromones. » Il releva le menton et ferma les yeux, les narines dilatées, comme pour humer un grand cru. « Oui, l'ambition. C'est bien ça. Elle rêve de piéger le grand méchant loup et de protéger les petites vierges de ce monde. Avouez.

– C'est mon métier, j'essaie de bien le faire.

– Moi aussi, j'aime mon métier. » Il secoua la tête, comme s'il revenait à lui. « Les hommes sont passés chacun leur tour : ils la baisaient un moment puis ils passaient de l'autre côté, elle a donc bien dû sentir son propre goût sur leur queue, ça excite beaucoup de femmes, comme vous avez dû le remarquer. Et puis elle s'est agenouillée et ils lui ont balancé la purée façon podium de formule 1. »

Delorme posa l'avant-bras sur la table et se pencha vers lui. Elle parla doucement, d'une voix calme, s'efforçant de dire uniquement ce qu'elle avait prévu et rien de plus : « Cette personne dont vous parlez, Laura Lacroix ? Elle a disparu. Nous avons de bonnes raisons de penser qu'elle a été assassinée ou qu'elle le sera bientôt, alors je dois vous demander, s'il vous plaît, de ne pas déshonorer la moindre petite partie de vous qui pourrait encore l'être en me mentant à son sujet. »

Priest haussa les sourcils. « Mentir ? C'était il y a un an, je n'ai pas de raison de mentir.

– Je vous demande simplement de ne pas en rajouter. À l'évidence, ça vous amuse d'essayer de me mettre mal à l'aise.

– Le sujet suffit, vous ne pouvez pas m'en vouloir.

– Son comportement vous a surpris ?

– Totalement. J'ai couché avec elle deux fois, pour être précis : complètement plan-plan. Mais elle a commencé à être pénible, à m'appeler, à se pointer ici ; ça ne m'a pas plu.

« Quant à sa performance au club, peut-être espérait-elle me rendre jaloux ? Ou peut-être qu'une fois qu'elle a commencé à tromper son mari, elle n'a pas pu s'arrêter ? Ou bien elle croyait piquer mon intérêt avec cette démonstration de virtuosité ? C'est vous la femme, à vous de me le dire.

– Pouvez-vous me donner les noms des hommes qui ont eu des rapports avec elle ?

– Vous êtes pas bien. Les gens qui fréquentent les Clubs Risqués ne s'attendent pas à ce qu'on divulgue leur identité comme ça.

Je n'ai pas reconnu ces hommes, je ne sais pas s'ils sont arrivés seuls ou en groupe et je ne vous donnerais pas leurs noms si je les avais. Vous pensez vraiment qu'un inconnu qui l'a tronchée dans une boîte il y a un an va décider du jour au lendemain de se pointer dans le Nord pour la descendre ? Vous n'obtiendrez aucun nom de ma part, ma jolie. Point final. »

Delorme tendit les mains pour l'arrêter. « Je ne suis pas en service, vous vous rappelez ? Je ne vous ai pas demandé de me parler, c'est vous qui avez proposé.

– Parce que je ne veux pas voir des inspecteurs juniors traîner dans mon pub, c'est clair ? Ou alors vous pensiez que j'en avais après votre joli petit cul ? » Priest pencha légèrement la tête, les flammes de la cheminée se reflétant dans ses yeux. « Au fait, vous aimez la prendre dans le cul ?

– Est-ce que Laura a parlé d'un Mark Trent ?

– Les Canadiennes françaises adorent ça, j'ai remarqué. L'héritage du Vatican. Rien de tel qu'un bon vieux tabou pour donner chaud. Et vous avez un cul magnifique, il faut le dire.

– C'est assez puéril, toutes ces insanités. »

Priest se pencha vers elle et répondit dans un chuchotement pressé, comme pour divulguer une information importante. « Mais il ne restera pas comme ça éternellement, pas vrai ? Alors autant en profiter tant que vous pouvez. Mon diagnostic ? DOC : déficit orgasmique chronique. Si vous ne faites rien, ça va empirer. Vous allez devenir une vieille mémère ronchon qui pue la naphtaline et la pisse de chat.

– Vous allez me dire comment vous avez rencontré Laura Lacroix ?

– Désolé. » Priest se leva et se tourna vers le barman. « Si elle essaie de payer, tu lui en colles une. »

« Dis-moi, fit Ronnie Babstock en remplissant le verre à vin de Cardinal, est-ce que tu crois aux fantômes ?

– Non. Je ne crois pas non plus qu'Elvis est encore en vie. »

Babstock fit tourner son verre comme pour observer toutes ses nuances de vermeil. « Mais tu n'y penses pas ? Je n'y pensais jamais avant la mort d'Evelyn, mais maintenant oui. Je me demande parfois si elle est... je ne sais pas. Tu ne t'interroges jamais sur ta femme ? »

Cardinal et Babstock avaient été copains au lycée, en bons termes mais jamais proches. Ils s'étaient perdus de vue pendant de nombreuses années. Cardinal était devenu flic à Toronto puis à Algonquin Bay et Babstock avait mené une carrière brillante dans l'industrie jusqu'à fonder une entreprise de robotique qui devint une contributrice de premier plan aux programmes spatiaux et à l'exploration de Mars. C'était l'une des dernières boîtes de l'Ontario qui employaient encore des gens pour fabriquer des choses.

Cardinal était encore une fois frappé par la variété de personnes qui choisissaient de revenir à Algonquin Bay. En vérité, sa décision de rentrer, après dix ans dans la police de Toronto, l'avait surpris lui-même. Et qui aurait misé sur des hommes comme Leonard Priest ou Ronnie Babstock ?

Babstock avait choqué le milieu de la high-tech en relocalisant son entreprise dans cette enclave du Nord plus de dix ans auparavant. Il n'avait pas contacté Cardinal à l'époque et Cardinal n'avait pas envisagé de lui faire signe : son vieux camarade de classe avait changé de milieu.

Mais quand ils devinrent l'un et l'autre veufs à quelques mois d'intervalle, Cardinal fut surpris – et touché – de recevoir une carte de condoléances signée « ton vieil ami, Ronnie Babstock ». Quelques mois plus tard, Babstock l'appela au boulot pour lui proposer d'aller prendre une bière et un burger.

Cardinal n'en avait pas attendu grand-chose, tant leurs vies étaient différentes. Mais ils avaient tous deux perdu leur femme, ils avaient des filles adultes et approchaient de la soixantaine, et ils découvrirent qu'ils appréciaient la compagnie de l'autre. Ils s'aperçurent aussi qu'ils pouvaient parler de politique, un sujet que Cardinal évitait avec à peu près tout le monde.

« Tu sais que tu es incroyablement gauchiste pour un flic, lui avait dit Babstock.

– Et tu es incroyablement gauchiste pour un entrepreneur.

– C'est l'influence d'Evelyn. Et de Hayley, ma fille surdiplômée. Je serais sans doute bien plus riche si je ne les avais pas écoutées, mais aussi bien plus malheureux. »

Babstock était devenu un philanthrope réputé, il avait contribué à de grandes causes internationales et à des initiatives locales comme l'amélioration de la grand-rue et des bords du lac. Cardinal avait un profond respect pour lui.

« Je suis content que tu m'aies appelé, Ronnie, lui avait-il dit quand ils s'étaient séparés après leur première soirée. Comment ça t'est venu ?

– J'en sais rien. D'un coup, tu as cinquante-huit ans et tu n'as pas pris soin de tes amitiés depuis trente ou quarante ans, tu te réveilles et l'intérieur de ta tête ressemble au fin fond du Yukon. C'est sans doute pour ça que je t'ai appelé, pour tout dire. On finit par se sentir seul, bordel. »

L'entendre parler ouvertement de sa solitude le fit frissonner. Il n'employait jamais ces mots pour parler de lui-même mais il comprenait ce qu'il voulait dire. Les amitiés comptent d'un coup beaucoup plus quand on vit seul. Il ne savait pas comment il aurait fait si Delorme n'avait pas trouvé le moyen de devenir son pote au cours des deux dernières années.

« Tu évites la question, lui dit Ronnie. Si je te dis que je crois parfois qu'Evelyn essaie de me contacter, tu vas te dire que c'est dingue, non ? Tu ne te poses jamais la question avec... ?

– Catherine me manque. Tous les jours. Et je ne pense pas que ça s'arrêtera. Mais nous avions notre vie ensemble et maintenant c'est terminé et...

– Et quoi ? »

Une jolie jeune femme entra dans la salle à manger pour demander s'ils voulaient encore du dessert.

« Non merci, Esmé. C'était délicieux. Tu peux finir de ranger et y aller. »

Cardinal dînait une fois par mois chez Babstock depuis un an et il ne savait toujours pas si Esmé était une employée, le traiteur ou une nièce. Babstock lui parlait respectueusement mais ne témoignait d'aucun autre intérêt. Le traiteur, se dit Cardinal. Les repas étaient toujours parfaits et il appréciait les conversations paisibles qu'ils avaient avant que les autres – l'architecte qui avait dessiné la maison de Babstock et un commandant en charge du radar météorologique local – arrivent pour les battre au poker.

« C'était délicieux, dit Cardinal avant de tapoter son verre du bout du doigt. Le vin aussi.

– Tu n'as jamais pensé que Catherine essayait de rentrer en contact avec toi ?

– Non, Ron. Pourquoi, Evelyn t'a appelé ?

– Non. Mais j'entends sa voix parfois. J'ai l'impression en tout cas. Suffisamment pour aller consulter.

– Et qu'a dit le médecin ?

– Le stress, bien sûr. Surmenage.

– Et ?

– OK, j'arrête. Je dis n'importe quoi, passons à autre chose. »

Cardinal le suivit dans la salle de jeux. La maison était composée de rectangles, principalement en verre, qui donnaient sur le lac Nipissing. Les lumières d'Algonquin Bay scintillaient sur l'autre rive du lac gelé, donnant l'impression d'une ville bien plus grande qu'elle ne l'était en réalité. Babstock avait une autre maison dans le centre mais Cardinal n'y était jamais allé.

Ils s'assirent à la table de poker et Babstock tapota ses poches à la recherche de ses lunettes. « Ah, oui, avant que j'oublie, j'aimerais que tu viennes à la fête que j'organise.

– C'est gentil de me proposer, mais je ne suis pas un gros fêtard.

– Je ne veux pas de fêtards, je veux de vraies personnes. Tu peux venir accompagné, bien sûr. Tu vois quelqu'un ?

– Pas en ce moment.

– Et ta collègue dont tu m'as parlé ? Pourquoi pas elle ? Tu m'as dit que tu l'aimais bien.

– Elle est encore moins fêtarde que moi.

– Encore mieux. Ça vous fera du bien. Et qu'est-ce que tu penses de cette affaire en Californie ? La petite fille qui a disparu pendant huit ans ? »

C'était une charmante attention de Babstock que de se tenir au courant des affaires susceptibles d'intéresser Cardinal, même si elles se déroulaient bien loin de chez eux. Il s'agissait d'une petite fille qui avait été enlevée en Californie à l'âge de deux ans. Sa mère l'avait reconnue, dix ans plus tard, dans une aire de jeux d'une autre ville. Les tests ADN avaient confirmé son identité et le couple qui l'avait kidnappée était maintenant dans une prison fédérale. Cardinal n'avait pas trop suivi ces développements.

« Bien sûr, ce sur quoi je voudrais vraiment t'interroger, c'est le meurtre du motel, mais je sais que tu ne peux pas en parler.

– C'est une enquête en cours, en effet.

– Je sais, je sais. J'entends la sonnette. Viens à la soirée, John. Et d'ici là, prépare-toi à perdre un sérieux paquet de fric. »

Extrait du cahier bleu

Pendant l'hiver, après que l'avion nous a déposés, Wyndham, moi et l'équipe chargée de la construction du camp sur T-6, nous avions assemblé dans l'obscurité polaire le préfabriqué qui devait devenir le mess de telle façon que nous nous étions retrouvés avec une petite pièce en plus, une sorte d'alcôve. J'y avais disposé l'un de nos fauteuils les plus confortables et j'avais empilé mes livres tout autour. J'aimais m'y installer le soir pour lire.

Rebecca (bien des semaines plus tard) faisait des mots croisés dans le mess. De nous tous, c'était elle la plus capable de conserver un rythme régulier malgré l'interminable crépuscule. Quand elle avait fini d'enregistrer et de trier ses données de la journée, elle passait sa soirée à faire des mots croisés, à jouer aux jeux de société ou à lire. De mon alcôve, je voyais Wyndham mais pas Rebecca. Il consultait son ordinateur portable pour essayer d'améliorer l'enveloppe isolante autour de sa batterie de voiture bricolée. Nous n'étions pas censés faire ce genre de chose dans le mess, mais Wyndham était coutumier du fait.

Je ne sais pas lequel des deux avait lancé le sujet – sans doute Wyndham, toujours à l'aise dans les considérations philosophiques – mais ils parlaient des différentes formes de froid. Pour une raison ou une autre, leur conversation cordiale m'avait mis d'humeur sarcastique et je n'arrivais pas à me concentrer sur mon livre. Rebecca s'est alors lancée dans l'histoire d'un jeune moine qui avait parcouru des milliers de kilomètres pour étudier auprès d'un grand maître zen.

La voix de Rebecca, dans le crépuscule :

Le maître dit à l'élève de s'asseoir et de méditer. De méditer chaque jour. De méditer chaque heure d'éveil et d'ignorer le reste du monde en dehors de ses besoins en nourriture et en sommeil.

Je ne la voyais pas mais j'imaginais son visage, sa bouche. Ses lèvres charnues qui formaient chaque mot.

Alors l'élève médita pendant des mois, jusqu'à ce qu'il n'en puisse plus. Il allait voir le maître et disait : Pourquoi n'ai-je pas atteint l'illumination ? J'ai fait tout ce que vous avez dit. Le maître se fâcha et lui ordonna de ne pas revenir le déranger avec ses plaintes. De ne pas revenir le voir tant qu'il n'avait pas atteint l'illumination.

Je sais comment ça se termine, ai-je pensé. J'étais presque tenté de l'interrompre.

L'élève repartit et parvint à méditer pendant un mois de plus. Puis il gravit de nouveau la colline pour aller voir le maître. Tout ce qu'il voulait lui demander c'était : Est-ce que j'y suis presque ? Est-ce que je fais des progrès ? Y a-t-il le moindre espoir ? Mais au moment où il commença à parler, le maître dégaina son épée. D'un simple geste – un seul rayon du soleil venant frapper la lame – il coupa le doigt de son disciple.

Hébété, hurlant, l'élève redescendit la colline en titubant. Il n'était pas arrivé bien loin quand le maître cria son nom. L'élève s'arrêta, la main autour de son articulation ensanglantée, et leva les yeux vers le sommet de la colline. Le maître leva lentement la main et, un sourire de parfaite félicité sur le visage, agita l'index.

Rebecca marqua un temps, je savais qu'elle faisait le geste pour Wyndham. Wyndham releva la tête et vit son visage imperturbable. Son beau doigt fin qui remuait.

Et, à cet instant, le disciple trouva la lumière.

Ah, oui, une forme de froid bien différente, a dit Wyndham.

Mon estime pour les religions, quelles qu'elles soient, a toujours été très faible, mais le bouddhisme zen – sans doute parce qu'il est à la mode dans ces enclaves urbaines où la mode est tout – me semblait particulièrement bidon et apprêté, ses maîtres ne valant, à mes yeux, guère plus qu'un spectacle de mimes. Quant à la pédagogie du moins que zéro, le haut Arctique est le plus froid des professeurs : j'ai perdu bien plus qu'un doigt sous ses ordres – mais je n'ai pas encore atteint la moindre once de sagesse, sans même parler d'illumination, malgré la vaste gamme de lames qu'il propose.

Pas comme Vostok, a ajouté Wyndham.

Le rire de Rebecca, court, guttural. Pas du tout comme Vostok.

Oh, la suffisance ! Oh, l'Annexe ! me suis-je dit, mon sarcasme débridé, quand, soudain, celui-ci fut emporté par une détonation soudaine, une onde de choc qui émanait de leur entente spontanée. J'avais été idiot d'imaginer que Rebecca et moi partagerions la chaleur de ce *contra mundum* tacite qui semblait envelopper certains couples.

Quelques jours plus tard, j'ai de nouveau changé d'avis. Nous avions un globe à Arcosaur, assez gros. Rien de tel quand on est proche des pôles pour avoir une bonne idée des rapports géographiques. Mais j'avais aussi un globe à moi que j'exposais dans ma partie du labo. C'était un objet usé et d'un goût douteux que j'avais trouvé aux puces. (Je fréquente ces lieux quand je suis dans une grande ville, non pas parce que j'ai une expertise ou un intérêt particuliers pour les antiquités, mais parce que j'ai une certaine affection pour les choses qui survivent, surtout si c'est sans raison apparente.) Il y avait deux globes sur le stand, des modèles scolaires qui devaient dater de la même époque. L'un était classique : bleu et blanc parsemé de nations aux formes et couleurs bien moins naturelles, dont beaucoup portaient des noms disparus. Siam. Yougoslavie. RDA.

Quelqu'un avait peint l'autre globe, de taille identique, en noir.

Combien ? ai-je demandé au vendeur. On dirait un accessoire pour une adaptation télévisée d'*Hamlet*.

Il jeta un œil à la sphère noire. Trois dollars.

Ma Terre noire m'a depuis suivi dans tous mes voyages. Chaque fois que quelqu'un m'interrogeait à son sujet, ce qui ne ratait jamais, je donnais une réponse différente.

Qu'est-ce que c'est ? Rebecca était debout derrière moi dans le labo. Je sentais la légère odeur de concombre de sa crème pour les mains.

Ma mère.

On dirait un accessoire d'*Hamlet*, a-t-elle remarqué. Si ça avait été écrit pour la télé.

4

Delorme se gara sur le parking de la bibliothèque municipale d'Algonquin Bay et releva sa capuche avant de descendre de sa voiture. Elle prit sa mallette sur la banquette arrière et referma la portière. Elle avança jusqu'au bord du trottoir et regarda la rue. Il y avait une demi-douzaine de voitures garées derrière le Quiet Pint mais elle n'en reconnut aucune. C'était une nuit froide et claire. Elle entendit au loin les hoquets d'une voiture qui refusait de démarrer.

Elle traversa la rue et entra dans le pub. Deux jeunes hommes avec des cheveux longs et un anneau dans le nez discutaient dans l'un des box, un exemplaire de poche des *Corrections* posé entre leurs pintes. La table près du feu où elle avait parlé avec Priest était occupée par un couple. La femme regardait le plateau d'un air pensif pendant que l'homme lui caressait la main du bout du doigt. Des amants illégitimes, songea Delorme, ou bien un couple qui se remet d'une dispute.

Priest était au comptoir, penché sur son journal. Delorme s'assit à quelques places de lui et commanda un verre de vin rouge. « Je vais payer tout de suite », dit-elle à Tommy quand il le lui apporta.

Priest jeta un œil vers elle avant de revenir à son journal. Son portable était posé sur le comptoir à côté d'une pinte de Guinness à moitié vide.

Delorme sortit quelques pages récupérées à une conférence à laquelle elle avait assisté plusieurs mois auparavant et tourna la première. « DÉVELOPPEMENTS DANS LA GESTION DES AFFAIRES CRIMINELLES : HISTOIRE D'UNE RÉUSSITE. »

« Vous comptez installer votre bureau ici ? demanda Priest sans relever la tête. C'est ça, le projet ? »

Delorme leva son verre. « Je vais bien, merci, et vous-même ?

– Allez vous faire mettre.

– À l'hospitalité britannique ! »

Ils restèrent silencieux quelques minutes. Même le jukebox était éteint. Les murmures des conversations s'élevaient des deux tables occupées. Priest replia son exemplaire du *Guardian.* Il saisit son téléphone et fit tourner son tabouret pour faire face à Delorme. Il tapa un numéro et porta l'appareil à son oreille. « Oui, c'est pour un signalement. » Il garda son téléphone à l'oreille et ne quittait pas Delorme des yeux. « Oui, monsieur l'agent, je voudrais signaler un cas de harcèlement policier.... Dans un pub. Le Quiet Pint. Oui, c'est bien ça... »

Delorme gardait les yeux rivés sur son étude de management. *La mise en place de nouveaux protocoles sur une période de plusieurs mois a donné lieu à une hausse significative du taux d'élucidation.* Elle relut cette phrase plusieurs fois. Si Priest était vraiment en train d'appeler le commissariat, ce serait très gênant.

« Delorme, poursuivit Priest, toujours au téléphone. Je ne connais pas son prénom. Elle dit qu'elle n'est pas en service mais elle n'arrête pas de revenir me poser des questions. Je lui ai demandé d'arrêter mais elle refuse... »

Delorme tourna la page. *Les commissariats où le protocole est demeuré inchangé ont fait état de taux d'élucidation plus bas ou de moyennes similaires assorties d'issues moins favorables.*

« Non, je pense que ce qui se passe, sergent, c'est que c'est le genre de pétasse qui croit qu'elle est tellement bonne que quel que soit le bordel qu'elle vienne foutre, tous les mecs tombent à la renverse et en redemandent... Certainement... »

Priest se leva et s'approcha en tendant son téléphone. « Il veut vous parler. »

Delorme fit en sorte de regarder l'écran mais il était noir. Elle entendit une voix d'homme et porta l'appareil à son oreille.

« Tu bosses dur toute la journée, dit la voix, et c'est le moment de se détendre. Appelle le 970-BITE et on te lèchera la chatte tant que tu veux. Discute avec de vrais étalons bien durs, prêts à te satisfaire, où tu veux, quand tu veux, comme tu veux. Écarte les cuisses et compose le 970... »

Delorme lui tendit le téléphone. « C'est votre père, je crois. »

Priest posa l'appareil sur le comptoir et le fit glisser vers son journal.

« Alors, dites-moi. Qu'est-ce que je dois faire pour me débarrasser de vous ?

– Je suis une cliente et je consomme, du moins j'essaie. Pourquoi vous voudriez que je m'en aille ?

– Vous savez très bien pourquoi. »

Delorme haussa les épaules. « Et vous savez très bien comment. »

Priest lui tourna le dos, alla récupérer son téléphone et sa Guinness puis s'installa dans un box. Comme Delorme ne bougeait pas, il écarta les mains et haussa les sourcils. « Alors ? »

Delorme rangea ses documents dans sa mallette et prit son verre de vin avant de le rejoindre. Leurs genoux se frôlèrent quand elle s'assit, ce qu'elle regretta tout de suite.

Priest se releva et attrapa sa mallette qu'il plaça entre leurs verres. Il se pencha vers la poignée et dit à voix basse : « 30 janvier 2011, interrogatoire de Leonard Priest au sujet de Laura Lacroix, disparue. Sont présents le sergent Machine et Dieu sait qui d'autre. »

Delorme se releva maladroitement pour ouvrir l'attaché-case et le pencha vers lui. « Pas de micro.

– Vous pouvez ouvrir votre chemisier s'il vous plaît ? »

Delorme se rassit et posa la mallette à côté d'elle sur la banquette.

« Il est déjà ouvert au troisième bouton, à ce que je vois. Des taches de rousseur. Joli.

– Comment avez-vous rencontré Laura Lacroix ?

– Allez, rien qu'un bouton.

– Comment avez-vous rencontré Laura Lacroix ? »

Il ferma les yeux et se pencha en avant, les narines dilatées. Puis il ouvrit ses yeux bleu vif pour la considérer à nouveau. « Incroyable, souffla-t-il. Vous mettez même du savon Ivory. »

C'était vrai en l'occurrence.

« Souhaitez-vous que je repasse ?

– Je vais vous dire comment j'ai rencontré Laura Lacroix. Mais je dois m'assurer que vous ne portez pas un micro entre ces deux nichons délicieusement tachetés. Vous allez me montrer, oui ou non ?

– Non.

– Alors on dirait bien que nous sommes dans une impasse. »

Delorme attrapa sa mallette. « Je reviendrai une autre...

– Attendez. » Priest lui attrapa l'avant-bras et serra légèrement.

Delorme se figea et regarda fixement sa main jusqu'à ce qu'il la relâche.

« J'ai trouvé une solution. Je vais vous dire ce que vous voulez savoir si vous me demandez si vous pouvez me sucer la bite.

– Non mais c'est pas vrai. » Elle se leva et traversa la salle pour aller chercher son manteau.

« Vous n'allez pas partir, lui lança Priest. Laura a disparu depuis, quoi, trois jours ? Et vous avez peur des mots ? Tellement refoulée que vous préférez faire foirer une affaire plutôt que de prononcer quelques termes que sœur Marie-Coincée réprouverait ? »

Delorme décrocha son manteau de la patère et peina à enfiler les manches.

« Elle est peut-être attachée quelque part. Ou perdue dans les bois ? En train de mourir de froid. Mais vous ne pouvez pas vous résoudre à dire quelques petits... »

Delorme revint à la table, manteau sur le dos, et s'assit face à lui, lui cognant le genou au passage. Elle l'attrapa par son col roulé et le tira vers elle, le regard planté dans ses yeux bleu brillant. « Oh, s'il vous plaît maître, s'il vous plaît, pitié, monsieur la rock star anglaise, est-ce que vous pouvez me laisser sucer votre énorme queue ? Pitié, pitié. Allez, s'il vous plaît ? Hein ? Oh mon Dieu, ce qu'elle est grosse. Elle est énorme. Comment vous arrivez à marcher ? Sans rire, un engin pareil, vous devriez le mettre dans une chaussure. Ou lui construire un petit garage. » Elle le repoussa et se laissa retomber sur la banquette.

Priest fronça les sourcils et se releva pour se regarder dans le miroir. Il réajusta son col roulé et se rassit.

« Vous êtes vraiment aussi minable que ça ? demanda Delorme. C'est vraiment ça que vous avez besoin d'entendre ?

– Pour tout dire, je trouve que tout se passe à merveille. »

Il fit un geste en direction du bar et quand leurs verres arrivèrent, ils commencèrent à parler.

Onze mois plus tôt. Il s'en souvenait parce qu'il venait de rentrer de vacances de Noël qu'il avait passées à Londres avec ses vieux – à Hampstead Garden pour être précis. Puis retour à Algonquin Bay pour skier un peu et profiter de la solitude du Nord avant de retourner dans le ventre de la bête à Ottawa et Toronto.

« J'étais invité à dîner chez un mec qui s'appelle Brian, un copain du squash. J'ai oublié pourquoi Laura était là, ils n'essayaient pas de me caser. Je crois qu'elle travaille à l'hôpital avec la femme de Brian. Soirée délicieuse, bla-bla-bla. Bref, quelques jours plus tard, je retourne à Ottawa et...

– Vous habitez où exactement ? Ici ? À Ottawa ? Toronto ?

– À Ottawa. J'ai mon chalet suisse ici et mon loft à Toronto mais le club de Toronto tourne tout seul maintenant. C'est à Ottawa que je dois surveiller les affaires, grâce à vos collègues. Croyez-le ou non, les enquêtes policières ont tendance à produire un effet négatif sur la libido.

– Ça n'a pas l'air de vous avoir trop affecté.

– Ouais, mais je suis exceptionnel. » Il but une gorgée de Guinness et considéra son verre. « Bref, je suis de retour à Ottawa depuis une ou deux semaines quand je reçois un appel de Laura.

Elle est en ville pour une conférence. Est-ce que j'ai le temps de boire un verre. Pas un dîner. Pas un café. Un verre. Je sais ce que ça veut dire et vous aussi. Alors, très bien. On se retrouve au château pour boire un verre.

– Pardon, le Shadow...

– Ouais, l'hôtel. Le *château* Laurier. Vous n'êtes quand même pas en train de vous foutre de mon accent là, si ?

– J'avais entendu Shadow. Je croyais que c'était un autre club.

– *Non, c'est une plaisanterie. Que tu es snob ! Tu penses que tu es tellement supérieure ? La petite Pepsi avec son accent qui donne l'impression d'une chatte en chaleur ? C'est insupportable**. » Son français était exaspérément bon.

« D'abord, dit Delorme, vous n'avez jamais entendu mon accent en français. Et puis, vous venez vraiment de me traiter de Pepsi, là ? » C'était une vieille insulte aux origines incertaines contre les Canadiens français, notamment les jeunes filles écervelées.

« Tout juste. Et je remarque que vous continuez de parler anglais. On aurait un petit complexe ? Je vais te donner un conseil, chérie : ne viens jamais te mettre entre un Anglais et son accent. On a grandi avec des centaines d'accents qui bourdonnaient dans nos oreilles, chacun venant avec son petit marqueur social, et crois-moi, on a tous très rapidement appris à s'orienter dans ce champ de mines. C'est pour ça qu'on a produit les meilleurs acteurs de cette foutue planète.

– Alors pourquoi vous parlez comme ça ?

– Parce que j'ai envie. Je pourrais parler comme ce fils de pute de Bertie Russell mais je préfère donner l'impression que j'en ai dans le froc. C'est clair, frangine ?

– Alors vous avez bu un verre. »

Il acquiesça. « Laura en avait déjà bu un ou deux. Elle était marrante, dans le genre provincial. Très innocente. Son mariage battait de l'aile, elle me l'a dit tout de suite. Elle disait qu'elle s'inquiétait car elle se sentait sexuellement insatiable. *Sexuellement insatiable*, je ne l'avais jamais entendue, celle-là.

« Alors je l'ai ramenée au Lord Elgin, où se tenait la conférence, et au risque de vous choquer, sœur Delorme, nous avons partagé la même couche. Je ne peux pas mentir. Vous voulez les détails ?

– Non.

– J'ai eu le sentiment que ses tétons avaient été cruellement ignorés. Très réactive sur cette zone, électrique, pour tout dire. Et apparemment, personne, pas même un QI sexuel moyen, ne s'était intéressé à son clitoris. Incroyable, ce que les femmes doivent supporter. Les hommes sont des amants pitoyables, ainsi que vos recherches le confirmeront certainement.

– Comment vous pouvez le savoir ? »

Priest éclata de rire. « Vous plaisantez ?

– Vous voulez dire que vous avez couché avec beaucoup d'hommes ?

– Exact ! » Il lui toucha la main, juste une brève pression. « Vous êtes vraiment incroyable. Vous avez déjà vu un pénis ?

– Vous pouvez vous en tenir à l'histoire ?

– Une semaine plus tard, elle me retrouve ici. Au bar, exactement comme vous. Elle a pris le même siège, en attendant que je la remarque. Subtile. On cause un peu, elle mentionne en passant le blaireau qu'elle se tape, me dit qu'il est marié. Ça ne l'a pas empêchée d'essayer de remettre le couvert. Mais ce coup-ci, c'était non.

– Pourquoi ?

– Parce que quand je regarde quelqu'un comme Laura Lacroix, je vois des larmes, des coups de fil, des overdoses et beaucoup d'emmerdes pour pas grand-chose. Très belle femme, Laura – elle vous ressemble un peu pour tout dire –, mais malheureusement un peu envahissante.

– Vous l'avez revue ?

– Ouais, je vous l'ai dit. À Ottawa. Elle s'est pointée au Club Risqué et elle s'est fait défoncer. Vous devriez essayer à l'occasion.

– Vous avez dit par le passé que vous aimiez les jeux sexuels. Le bondage, les jeux de rôle.

– Ça s'appelle se faire plaisir, ma sœur. C'est mon unique occupation.

– Et vous aimez aussi avoir des rapports dans la nature.

– Votre intérêt devient suspect.

– Alors imaginons que vous vouliez enlever une femme à des fins sexuelles. Qu'est-ce que vous feriez ? Vous l'emmenez dans un jardin et vous la prenez contre le mur du garage ?

– Je n'enlève pas les femmes. Ça ne m'intéresse pas. Les séduire, oui. Leur permettre de libérer leur véritable nature sexuelle, oui. Les enlever, non. Pas mon style.

– Et si c'était votre style ?

– Ce n'est pas le cas. Mais je peux vous donner une super adresse. Vous connaissez l'ancien hôtel, le Deep Forest ?

– Ce n'est pas un ancien hôtel, il n'a jamais ouvert.

– Par une nuit de pleine lune, croyez-moi, c'est exceptionnel. C'est à la fois comme baiser dans une maison hantée et en plein air.

– Ça a l'air horrible.

– Il y en a qui aiment ça. Des femmes qui aiment se faire attacher. Qui aiment se faire peur. » Il agita ses longs doigts et imita le cri lugubre d'un fantôme. « Ouuuuuh…

– Vous pensez que les femmes aiment aussi se faire battre et tuer ?

– J'ai dit se faire *peur*. J'ai parlé de *frisson*, ou est-ce que c'est un mot qui ne fait pas partie de votre vocabulaire ? Je dois avouer qu'au début je pensais que vous étiez simplement un peu coincée, un peu froide. Mais plus je vous connais, plus je commence à penser que vous êtes tout simplement chiante. »

Delorme se leva et posa un billet de vingt sur la table. « C'est ma tournée, Roméo.

– Oh, merde, l'agent Delorme a regardé trop de séries policières.

– C'est inspecteur Delorme ou officier Delorme quand je suis en service.

– Alors, promettez-moi une chose, officier. Promettez-moi de ne pas revenir à moins d'avoir vraiment l'intention de me sucer la bite. »

Ronnie Babstock se réveilla dans les ténèbres. Plus tôt, la lune avait éclairé la chambre comme un lampadaire, mais elle n'était plus là. Il se trouvait dans son ancienne maison, en ville, celle qu'il avait partagée avec Evelyn. Il avait voulu la vendre et avait même acheté la nouvelle, sur le lac, mais il ne pouvait pas se résoudre à quitter ces lieux. Il y dormait mieux. D'habitude.

Il roula pour tourner le radioréveil vers lui. 3h22. Le sifflement de l'air dans les conduits. Ce n'était pas une vieille maison, mais toutes font du bruit, surtout par temps froid. Il entendait parfois un tintement métallique à des intervalles étranges.

Babstock avait souffert d'insomnie dans ses jeunes années, mais, à l'approche de la soixantaine, il dormait globalement comme un bébé. Ce n'était pas dans l'ordre des choses mais il ne s'en plaignait pas. Alors par quoi avait-il été réveillé cette nuit-là à 3h22 ? Il n'avait pas besoin d'aller aux toilettes et la maison n'était pas anormalement froide, bien qu'il baissât le thermostat pour dormir.

Certains réveils étaient désagréables – un cri déchirant qui vous tire de votre sommeil au milieu de la nuit ou un téléphone qui sonne dans l'obscurité – mais ils ne vous empêchaient pas pour autant de vous rendormir tout de suite. D'autres fois, vous ouvriez les yeux sans raison particulière et il était hors de question d'espérer retrouver le sommeil. Il resta immobile, essayant de prendre la mesure de sa réaction.

Au bout d'un moment, il se leva, enfila sa robe de chambre et descendit à la salle de bains. Il ouvrit le petit placard et sortit une pilule de son flacon. Il la coupa en deux et remit une moitié dans le flacon, remplit un verre d'eau au quart et avala l'autre moitié. Alors qu'il refermait la porte du placard, il se figea.

Pitié, à l'aide.

La voix d'une jeune femme, peut-être même une fille. Il se retourna et se pencha pour regarder le couloir. Les lumières de la nuit scintillaient au sommet de l'escalier. Ce tintement, de nouveau. Il resta immobile.

Ça ne pouvait pas être les voisins : il avait une grande propriété et aucun voisin proche. Ce devait être le souvenir d'un rêve.

Oh, mon Dieu, que j'ai froid...

« Qui est là ? » Il dut se racler la gorge et répéta : « Il y a quelqu'un ? »

Il savait que ce n'était pas Evelyn, malgré ce qu'il avait dit à Cardinal. Mais qui peut dire si la voix survit ou non quand on passe de l'autre côté ? Il alluma les lumières, en haut et en bas. Une arme aurait semblé utile à cet instant mais il ne chassait pas et ne possédait pas de fusil.

Il descendit l'escalier et parcourut rapidement toutes les pièces, en allumant les lumières. Rien. Personne. Aucun meuble déplacé. Fenêtres et portes intactes.

Je perds la tête, se dit-il. C'était une voix dans un rêve et le rêve déborde maintenant sur la réalité.

La voix à nouveau. *Je vais mourir. Je le sais.*

Ce n'était pas un rêve. La voix provenait de la maison. Il se rendit dans l'entrée et ouvrit un coffre en bois richement décoré qui était dans la famille depuis toujours. Puis l'armoire. Il poussa la porte du vestibule et sentit le mur du froid venant de l'extérieur.

Il regarda derrière le canapé. Il remonta l'escalier et alla voir dans l'autre chambre. Les placards. Personne.

Les paroles étaient si déconnectées, si discontinues, qu'il n'était pas sûr d'où elles provenaient.

Terreur nocturne, se dit-il. Tu n'en as pas eu depuis quinze ans. La démence, peut-être. Je perds la tête.

Il descendit et sortit un Highland Cream du meuble à bouteilles. Il prit sur l'étagère du haut un verre en cristal vraiment cher – en période de stress, il trouvait un certain réconfort dans les symboles matériels de sa fortune – et se servit deux doigts de whisky. Il prit une gorgée. Puis une autre. Le tremblement de ses genoux se calma un peu.

Dans la cuisine, son verre à la main, il tendit l'oreille. Il pivota de quarante-cinq degrés vers la droite. Rien. Puis vers la gauche. Le silence. Rien que ce tintement métallique irrégulier qui, en temps normal, aurait été inaudible.

Il regagna le salon, s'assit dans son fauteuil en cuir préféré et ouvrit son John Le Carré. Il lui fallait la compagnie d'un homme qui comprenait la paranoïa. Et les dangers des illusions.

Extrait du cahier bleu

La première fois que j'ai posé le pied sur une île de glace à quatre-vingts degrés de latitude nord, j'ai été totalement terrassé par l'immensité du blanc et du bleu. Une voix étrangère résonnait dans mon crâne et ma cage thoracique : *Tu n'as rien à faire là*, me disait-elle, *personne n'est à sa place ici.* Un ami neurochirurgien a entendu exactement la même chose la première fois qu'il a introduit un doigt ganté dans le cortex cérébral d'un autre être humain.

Ça coûte une petite fortune de maintenir un homme en vie dans l'Arctique, les pouvoirs publics et les agences de financements préfèrent donc s'assurer que la personne qu'ils y envoient sera apte à accomplir sa mission. Nous avions tous dû passer des tests physiques mais aussi psychologiques avant d'être autorisés à partir. C'était aussi pour cette raison qu'Arcosaur bénéficiait des services de Jens Dahlberg, expert en médecine et nutrition arctiques et médecin du camp.

Je ne suis pas à ma place est une pensée qui peut rapidement vous paralyser. Beaucoup d'aventuriers de l'Arctique ont dû vivre l'humiliation d'un appel au secours pour se faire rapatrier au bout de quelques jours, défaits non par le froid mais par le face-à-face avec ce que l'on aurait pu appeler – avant que l'utilisation intensive du mot le rende inopérant – le sublime. L'air est d'une pureté si surnaturelle que l'on peut percevoir la courbe de la Terre. Et dans ce panorama, on ne voit rien d'autre que la neige, la glace et, en été, des ruisseaux. Même l'athée le plus convaincu peut se trouver déstabilisé en posant le pied dans une demeure qui ne devrait être fréquentée que par les dieux. Dans ce désert immaculé, la seule chose pire qu'une fissure s'ouvrant sous vos pieds est une fissure dans la psyché de celui qui se trouve à vos côtés. Les missions arctiques reposent sur des hommes comme Jens pour prévenir de tels risques.

Nous avions chacun notre champ d'expertise. Vanderbyl, c'était l'océanographie, il était capable de cartographier des montagnes et des vallées que nul n'avait jamais vues. Moi, c'était la glace, Wyndham, la neige et Rebecca, les nuages. Ses armes étaient le radar, le lidar, le radiomètre et elle passait de nombreuses heures chaque jour à scruter l'affichage de ses appareils et des écrans d'ordinateur dans le but de définir la structure verticale des contenus aqueux des nuages. Elle mesurait la taille des gouttes et des cristaux, une propriété qui détermine les échanges d'énergie entre la surface arctique et l'atmosphère.

Elle était embarquée dans un projet à long terme pour mesurer l'interaction des nuages avec les aérosols et les changements qu'ils subissaient au fil des saisons et d'une année sur l'autre. À un moment ou un autre, ses résultats seraient corrélés à mes travaux et à ceux de Wyndham sur les fontes saisonnières. À cette époque déjà, en 1992, beaucoup de recherches étaient menées sur le réchauffement climatique et les modèles prédisaient un taux de réchauffement particulièrement haut dans l'Arctique. Mais jusqu'alors nous n'avions trouvé aucune preuve tangible de cela (ce qui était curieux compte tenu des inévitables malheurs qui se profilaient).

Et j'espérais du fond du cœur que nous n'en trouverions aucune. J'avais des visions cauchemardesques de plateformes pétrolières et de touristes venant détruire le seul endroit sur terre où je me sentais chez moi. De nous tous, c'était Wyndham le plus pessimiste. Quand il était déprimé, il déroulait des scénarios catastrophes : inondations, cyclones, migrations de masse. Je n'étais pas tenté de le traiter de paranoïaque, contrairement à certains parmi nous. Je prenais plutôt le parti de ne pas y penser, comme on choisit de ne pas envisager la mort de son compagnon.

Qu'est-ce qui se passe dans ton monde idéal ? ai-je un jour demandé à Rebecca.

Mon intérêt était totalement égoïste, bien sûr, et il était sans doute teinté d'une touche d'irritation. Ce n'était pas possible qu'une femme puisse être une chercheuse aussi sérieuse, une collectionneuse de données aussi humble et fiable tout en possédant un cou et une gorge aussi magnifiques. En matière d'appréciation de la beauté féminine, j'avais toujours été un impressionniste. Mais Rebecca a fait de moi un homme du détail. Je pensais aux colonnes élégantes et changeantes de ses tendons et de son cartilage. Je pensais à sa manière de cligner des yeux une fois seulement quand je lui parlais, comme pour capturer mes paroles à la manière d'un réseau de cristaux, pour les analyser plus tard. Je pensais à ses doigts, fins et fuselés, à ses ongles coupés court à la forme parfaite. Elle avait une peau plus sombre que la mienne, pas tout à fait mate, mais je devais me retenir de lui toucher la main tandis qu'elle tapait, malgré l'alliance à son doigt.

Mon monde idéal ?

Je lui avais posé la question du pas de la porte de son bureau. Seuls trois chercheurs avaient un bureau à eux : Dahlberg, Vanderbyl et Rebecca. Dans son cas, c'était pour placer ses instruments le plus loin possible du générateur car celui-ci interférait avec ses données. Il n'y avait pas beaucoup plus de place qu'au poste de travail d'un étudiant, mais elle disposait d'un hublot sur lequel elle avait accroché une serviette pour éviter d'avoir trop de lumière sur ses écrans.

Mon monde idéal ?

Elle ne se retourna pas et s'adressa à mon reflet dans l'écran de son radar.

Dans mon monde idéal, on n'a pas une station marine ici, une base dérivante là, mais un réseau international d'observatoires des nuages : Tiksi, Hammerfest, Alet et Barrow – au moins ces quatre-là. Et j'échange tous les jours sur les nuages arctiques avec les Russes, les Danois et les Américains. Et toi ?

Ça doit être formidable d'être aussi facilement satisfaite.

Là, elle s'est retournée. Pourquoi tu me poses la question si c'est pour te moquer de moi ? Un réseau coordonné de stations, c'est ça qu'il nous faut. Il va falloir beaucoup plus qu'une famille dysfonctionnelle à la dérive pour comprendre ce qui se passe ici.

Je n'ai pas répondu, me contentant de lire le règlement de l'île de Glace qui était accroché sur toutes les portes de la station.

Merci de vous souvenir que ce camp est un lieu très reculé. En cas d'accident, tous les efforts seront faits pour évacuer le(s) blessé(s). Toutefois, nous ne pouvons contrôler le mauvais temps et les coupures radio, lesquelles peuvent durer jusqu'à dix jours. Faites preuve de la plus grande prudence lors de vos travaux et de vos activités quotidiennes sur l'île. Merci pour votre coopération et bon séjour.

Quelques jours plus tard, je suis revenu sur le pas de sa porte. La température avait baissé de dix degrés et on entendait de forts craquements et des bruits secs venant de l'extérieur. La glace se contractait.

Je vais te dire ce que c'est, *mon* monde idéal. Dans mon monde idéal, tu te retournes quand tu entends des pas parce que tu espères que ce sera moi.

Elle secoua la tête sans me regarder. Tu ne peux pas me parler comme ça.

Vanderbyl et toi, vous vous séparez. Vous avez déjà rompu.

Elle secoua la tête à nouveau. Tu ne peux pas.

C'est pourtant ce que je fais. Je pense que tu en as envie.

Elle posa ses mains sur ses genoux et les regarda. Quand elle releva la tête, elle me montra les résultats de son lidar. Sur l'écran, une explosion de confettis rouges et jaunes.

Tu sais ce que c'est ?

Non.

Tu arrives de dehors. Comment évaluerais-tu la visibilité au sol ?

En ce moment ? Sans la courbe de la Terre, on pourrait voir le Danemark.

Des nuages ?

Non. Aucun.

Ça (elle tapota l'écran de son ongle taillé), c'est un nuage. Il est invisible à l'œil nu. Il est invisible au télescope. Il n'est même pas visible par infrarouge. J'ai un nuage sous les yeux et je n'ai aucune idée de ce dont il est fait. Je vais analyser ces résultats jusqu'à la fin de mes jours. Je ne veux pas en plus avoir à décider si tu m'aimes ou si tu me détestes. Il n'y a pas de place pour tous les mystères. Je ne peux pas en affronter un de plus en rentrant le soir.

Une vague d'amertume m'a submergé par surprise. Ne te fais pas d'idées, ai-je répondu. Je veux juste coucher avec toi.

Elle a cligné des yeux, une seule fois. Données bien reçues. C'était toujours un risque avec Rebecca, d'en transmettre plus que ce que l'on croyait. Elle a remis les mains sur son clavier et a recommencé à taper.

Si je pensais que c'est vrai, a-t-elle dit, il y aurait une chance pour que ça se fasse.

5

Le réveil de Delorme sonna à 4 heures du matin. Elle le chercha à tâtons sur la table de nuit pour l'éteindre, jura, et s'assit au bord du lit. Il faisait froid dans la chambre et elle ne portait rien d'autre que le long tee-shirt qu'elle mettait pour dormir. Le réveil était posé sur la chaise sur laquelle elle avait disposé ses vêtements la veille pour s'obliger à sortir du lit.

Elle éteignit le réveil, ferma la fenêtre et s'immobilisa quelques instants. Le fragment d'un rêve. Une scène très explicite impliquant Leonard Priest. « Non mais sérieusement…, souffla-t-elle. Beurk ! »

En retirant son tee-shirt, elle sentit le parfum de son savon Ivory et décida de changer de marque. Elle enfila les vêtements qu'elle avait prévus et alla à la cuisine où son café l'attendait. Elle le versa dans un Thermos, qu'elle referma. Elle mangea des céréales debout dans la cuisine et posa le bol dans l'évier.

Elle attacha l'étui de son Beretta et s'assit pour enfiler ses grosses bottes, son blazer et enfin son épaisse parka. Elle ferma la porte intérieure de son vestibule – son sas antifroid, comme elle l'appelait – et sortit dans la nuit. Ciel noir, croissant de lune et un air si glacial que ses poumons refusèrent sa première inspiration. Elle toussa, verrouilla la porte, descendit les marches puis revint sur ses pas. Elle ramassa dans le vestibule la boîte à outils qu'elle avait déposée la nuit précédente et referma la porte.

Sa Volvo était garée face à la rue, sa remorque et sa motoneige déjà attachées.

Des rues sombres. Vides. Le ronflement du chauffage de la Volvo.

À dix kilomètres au nord de la ville, comme si elle avait franchi une frontière, le monde devint blanc. Des congères qui devaient lui arriver à hauteur d'épaule s'étaient formées au bord de l'autoroute et les branches des arbres ployaient sous le poids de la neige. Delorme prit à gauche, suivant un panneau qui annonçait une série de sentiers de randonnée. Le parking était vide. Elle sortit de la voiture et descendit la motoneige de la remorque. Elle grimpa dessus et la démarra dans un vacarme assourdissant. Elle avait réussi à vivre à Algonquin Bay pendant trente-cinq ans sans en posséder mais l'année précédente, elle avait fini par craquer. Les hivers étaient longs par ici et si vous vous laissiez emprisonner, ils vous rendaient fou. Elle avait adhéré à un club, payé une cotisation, récupéré une carte des sentiers et un planning des événements. Elle avait participé à une seule et unique rencontre. Le boucan était inimaginable et l'association ne comptait apparemment dans ses rangs que des garçons de douze ans.

Le chemin sinueux longeait un minuscule lac gelé et s'enfonçait dans la forêt. Des arbres et des buissons défilaient. Les chiffres rubis du compteur de vitesse indiquaient soixante-dix kilomètres-heure mais, à quelques centimètres du sol seulement, elle avait une sensation de vitesse incroyable. Faire de la motoneige à 4 h 30 du matin, c'était de la folie pour au moins cinquante raisons différentes. C'est comme ça qu'on obtient une promotion ? se demanda-t-elle. Ou est-ce que c'est comme ça qu'on se retrouve avec la réputation d'être un peu « bizarre » et des collègues qui lèvent les yeux au ciel chaque fois que quelqu'un prononce votre nom ?

Les phares de la motoneige projetaient de longues ombres tremblantes dans les arbres. Le rugissement du moteur l'assurait de ne pas croiser le moindre animal. Elle arriva à une bifurcation et prit à droite. Il y avait sur la carte une ligne pointillée indiquant la présence d'un sentier non balisé un peu plus loin. Au bout de cinq cents mètres, elle vit une ouverture entre les arbres. Non balisé, c'était le moins qu'on puisse dire. Les motoneiges avaient toutefois laissé des sillons sur le chemin, elle passa donc par-dessus la congère et s'enfonça dans la forêt.

Le moteur hurla de plus belle. Les skis avant cognaient contre le sol bosselé. Elle arriva ensuite au pied d'un talus et gravit le vieux ballast. Elle dut faire une manœuvre pour réorienter son engin puis suivit la voie de chemin de fer. Elle n'était plus très loin. De vieux pylônes penchaient, d'autres avaient été abattus par les castors et, pratiquement parallèles au sol, reposaient sur les branches des sapins.

Le ballast faisait cinquante ou soixante kilomètres de long mais Delorme gardait un œil sur les arbres qui défilaient. Quand elle vit une nouvelle trouée sur la droite, elle tourna le volant et l'engin cahota sur un sol encore plus irrégulier. Ça avait dû être une route pour les engins de chantier mais celui-ci avait été rapidement interrompu et personne ne l'avait entretenue depuis.

Quelques minutes de secousses plus tard, elle le vit.

Quand les rails avaient été arrachés, le projet du promoteur avait d'abord été de construire une route puis un « hôtel dédié aux sports d'hiver » au beau milieu des bois. Mais il avait sous-estimé les délais qu'implique de travailler avec trois échelons administratifs, deux ou trois agences publiques, au moins une entreprise disparue et une population de baby-boomers vieillissants qui voulaient surtout qu'on laisse la forêt tranquille – à l'exception de jolis chemins dégagés pour les skieurs et les amateurs de motoneige. Par défi, il se lança dans des travaux rapides, comptant peut-être sur le fait accompli pour faire tourner les événements en sa faveur.

Delorme contemplait le résultat de cette stratégie. Quelle qu'ait pu être la réalisation rustique imaginée par l'entrepreneur, il ne restait qu'un rectangle de béton, à moitié recouvert de bardage en pin fendu et d'un toit pointu. Le reste était à nu.

Il avait voulu l'appeler le Deep Forest Lodge, mais les skieurs du coin le surnommaient l'hôtel de Glace. Il se trouvait au sommet d'un ravin qui descendait vers le sud et il était donc continuellement exposé au soleil, même en hiver. La neige fondait et coulait sur les murs avant de geler et de donner ce vernis de glace translucide et impénétrable.

Le bâtiment ne pouvait être détruit avant que des armées d'avocats aient fini leurs empoignades, au grand dam de la police locale. Malgré leurs efforts pour essayer de sécuriser les lieux, il était impossible d'en écarter les adolescents. C'était un endroit sombre, inachevé, dangereux. Chaque année, la police provinciale de l'Ontario devait aller récupérer un gamin qui s'était cassé la jambe en essayant d'y entrer.

« DANGER : DÉFENSE D'ENTRER SOUS PEINE DE POURSUITES. »

Placés en évidence, les panneaux avaient subi d'inévitables dégradations. Delorme fut parcourue d'un frisson. *Certaines femmes aiment se faire peur.* Ce n'était pas tellement l'endroit qui l'effrayait mais l'idée que quiconque puisse avoir pour fantasme d'amener une femme ici pour lui faire Dieu sait quoi.

Elle laissa le moteur de la motoneige allumé pour profiter de la lumière des phares. Elle attrapa la boîte à outils et la torche et se dirigea vers le grillage, son ombre projetée sur le béton verglacé prenant des allures de totem. Le portail était verrouillé par un cadenas mais à dix mètres sur la droite, quelqu'un avait découpé le grillage – l'ouverture n'était pas récente et elle était suffisamment haute pour permettre de s'y glisser sans trop de difficulté.

Elle enfonça encore un peu le grillage et parvint à ne pas déchirer sa parka au passage. Elle s'approcha du mur et l'éclaira jusqu'à la hauteur où celui-ci était pris dans les glaces. Les entrées avaient été murées mais il y avait des trous. Elle s'y glissa et, en se réceptionnant, elle se tordit la cheville sur les détritus cachés sous la glace.

Ses phares ne lui étaient plus d'aucune utilité. Elle leva la tête. Un léger cirrus voilait les étoiles mais le croissant de lune était bas et projetait sa lumière juste au-dessus du mur. La lueur de l'aube attendrait. Elle parcourut ce qui ressemblait à une cour de prison avec le faisceau de sa lampe de poche. Un carré blanc avec une petite congère d'environ cinquante centimètres de haut le long d'un mur, donnant l'impression que le sol penchait. Aucune trace dans la neige. Des parpaings sur trois côtés et, sur sa droite, un bâtiment partiellement effondré.

Elle commençait à souffrir du froid et préférait rester mobile. Elle poussa les planches qui barraient l'une des fenêtres mais elles ne cédèrent pas. Elle essaya une autre fenêtre. Quelqu'un avait replacé du contreplaqué dessus et l'avait renforcé avec de l'aggloméré mais rien ne le maintenait en place. Delorme arracha l'agglo et le contreplaqué sans même avoir à ouvrir sa boîte à outils.

Les ténèbres. Des ombres passaient et vacillaient dans le faisceau de sa torche. Des jambes de force et un plancher temporaire en contreplaqué pelé et fendu sur les bords. Delorme monta sur le rebord de la fenêtre pour inspecter le plancher. Elle se retourna et posa le pied dessus pour le tester. Elle posa son autre pied sans lâcher le rebord de la fenêtre.

Elle aurait aimé que Cardinal soit là. Le froid semblait encore pire dans l'obscurité. Elle se déplaçait lentement en balayant les lieux avec sa lampe torche. De vieux paquets de clopes, des bouteilles de bière et des papiers de bonbons jonchaient le sol. Les afficionados de l'endroit n'étaient en tout cas pas des amateurs de légumes bio.

Un carré béant s'ouvrit devant elle, un escalier de béton qui ressemblait à une invitation vers l'enfer. Elle fut tentée d'appeler pour voir s'il y avait quelqu'un et faire connaître sa présence, mais la perspective de l'écho que cela produirait l'en dissuada.

Elle se plaça à la moitié de l'escalier et éclaira le sous-sol. Une forêt de poutres métalliques. Mais qui pouvait bien avoir envie de faire l'amour ici, Leonard Priest y compris ?

Près des marches, un duvet, taché et déchiré. Un peu plus loin, les cendres d'un feu de camp et une pile de fèces, heureusement gelées. Dans un coin, un renard mort gisait sur le flanc, ses canines blanches sorties.

Des graffitis recouvraient les murs. Beaucoup de propositions sexuelles, beaucoup de numéros de téléphone. Une personne aux ambitions plus nobles avait écrit en lettres d'un mètre de haut « SOIS TON RÊVE ». Et Jenny P., qui que ce fût, avait apparemment le bonheur de posséder « une grosse teuch », ce qui, remarqua Delorme, ressemblait à un produit que l'on pourrait trouver au rayon bricolage. À l'évidence, pour beaucoup, le sexe et les ruines reculées étaient une combinaison qui allait de soi. Elle fut soudain prise d'une terrible envie de retourner dans sa voiture et de mettre le chauffage à fond.

De l'ambition comme des phéromones. Est-ce seulement l'ambition, ou la jalousie et le ressentiment qui me rendent idiote ? Elle ressortit et éclaira les murs, le tas de neige, le vide. Elle se félicitait de ne pas avoir appelé Cardinal pour qu'il l'accompagne dans cette équipée. Il n'aurait pas accepté de toute façon, se dit-elle, car il aurait vu à quel point c'était débile.

Revenue à l'ouverture, elle attrapa sa boîte à outils et la posa de l'autre côté. Elle se retourna pour jeter un dernier coup d'œil à la courette et à la longue congère au pied du mur. Elle montait jusqu'à hauteur de genou, mais dans le coin opposé, elle semblait un peu plus haute et à présent qu'elle maintenait son faisceau sur ce point, elle vit qu'elle contenait quelque chose. Un morceau de tissu qui dépassait. Impossible d'en distinguer la couleur.

Elle traversa la cour blanche en diagonale. C'était sans doute un autre duvet. Elle se pencha et vit que c'était un tissu bleu qui ressemblait plutôt à un manteau qu'à un sac de couchage. Elle entreprit de gratter la neige avec sa moufle de motoneige. Elle avait durci à force de fondre et de geler et Delorme dut en arracher un morceau.

Une épaule, une écharpe, des cheveux.

Elle retira sa moufle, passa les doigts sous la croûte de glace et tira un autre morceau. De la neige poudreuse tomba par terre. Elle s'agenouilla pour regarder de plus près.

Le visage d'une femme, les yeux fermés, des croissants de neige accrochés à ses cils.

Delorme sortit son portable de la poche de sa parka. Cardinal mit un petit moment à répondre.

« Tu ne vas pas me croire, John. Je suis devant un cadavre. Une femme… Non, c'est ça qui est fou. Ce n'est pas Laura Lacroix. »

Extrait du cahier bleu

Dans l'Arctique, il arrive – parfois – qu'on se prenne pour un super-héros tant ses facultés et ses perceptions peuvent être transformées. Ce sont des phénomènes optiques et acoustiques. C'est un moment particulier, la première fois que l'on s'aperçoit qu'on entend une conversation qui se déroule à plus d'un kilomètre. Il n'est pas rare que le son porte jusqu'à trois kilomètres selon la température, la vitesse du vent, les conditions de la surface. Contrairement aux zones tempérées, l'air de l'Arctique est plus froid près du sol et il réfracte les ondes sonores vers le bas plutôt que vers le haut.

Ce genre d'instant ressemble à un rêve merveilleux – ce sentiment enivrant et triomphal que l'on ressent parfois au cœur d'un récit subconscient enthousiaste : Oui, bien sûr ! C'est moi ! J'ai toujours possédé une perception infiniment supérieure !

Wyndham, le candide Wyndham, m'a raconté une fois avoir fait un de ces rêves, pendant notre petit déjeuner de minuit.

J'étais avec Isaac Newton, m'a-t-il dit. Dans sa chambre à Cambridge. On faisait des calculs différentiels ensemble, comme si on jouait en duo. Un énorme registre était ouvert sur la table devant nous. Un chat était assis à côté et nous regardait de ses yeux verts, un regard pénétrant. Nous travaillions sur un tas d'équations – incroyablement compliquées, incroyablement précises – mais elles coulaient sans effort, l'une après l'autre, et nous les rédigions chacun notre tour. Je débordais d'une joie incroyable. Nous étions meilleurs amis et l'avions toujours été. Et je me disais : Mais comment j'ai pu oublier ça ? Comment j'ai pu oublier qu'Isaac Newton est mon meilleur ami et que nous faisons des équations ensemble ?

Une expression mélancolique passa sur son visage.

Quand je me suis réveillé, je me suis dit qu'il fallait vraiment que je passe un coup de fil à Isaac. Et j'ai d'abord refusé de reconnaître que ce n'était pas vrai. Que ce n'était qu'un rêve. Il m'avait semblé si parfait. Si juste. Et je me suis retrouvé allongé là, avec la réalité qui s'infiltrait dans mon esprit comme de l'eau de vaisselle grise et sale, et j'étais défait. J'ai déprimé pendant des jours.

Ça se passe comme ça pour certains hommes, certains chercheurs. Ils rentrent de l'Arctique où leur vision surhumaine leur a permis de voir des parhélies et des halos. Une Fata Morgana. Oui ! Ça a toujours été ainsi ! Mes pouvoirs se sont manifestés ! Et ils retrouvent leur vie à Calgary, Edmonton, Peterborough ou Waterloo.

Ceux-là, moins d'une semaine plus tard, avant même d'avoir retranscrit les données qu'ils ont collectées, commencent les démarches pour trouver de nouveaux financements.

Du scintillement des stalagmites sur les rives du lac Hanzen à la beauté subtile d'un arc blanc – rendu incolore par la finesse de la vapeur – en passant par les tempêtes destructrices du fjord de Tanquary, l'Arctique supérieur est un pays qui rend fou. Où l'on tombe amoureux. Une terre de mirages.

Dans un sens, tout n'y est que mirage, avec quelques poches de réalité. L'Antarctique a beau être plus sauvage et hostile – quoique les opinions sur le sujet varient –, on y trouve au moins une terre solide quelque part sous ses bottes. Il n'y a pas de terre au pôle Nord, rien que la mer gelée, les pas que l'on y fait sont donc une sorte de mensonge eux aussi.

J'ai dit un jour à Rebecca que j'avais fini par comprendre qu'elle n'était qu'un mirage.

Merci. Et j'imagine que toi tu es réel.

Complètement. Totalement.

Elle a eu un petit grognement moqueur.

Tu as mal compris. Je veux dire que tu sembles parfois pratiquement inaccessible. Comme dans un mirage supérieur. La lumière s'enroule dans le froid et des choses qui ne sont pas vraiment là apparaissent à l'horizon. Ou bien des choses qui ne sont pas encore là. Tu es sur mon horizon mais jamais tout à fait palpable.

Je viens d'avaler trente millilitres de ton sperme, Karson. Ça me semble plutôt palpable.

Elle m'appelait encore Karson à ce moment-là, pas Kit. Je me suis allongé sur le dos en soupirant. Irrité. Boudeur. Mais c'est un fait. Je suis – j'étais – un homme qui avait choisi une vie de solitude. Pas étranger aux femmes. Pas gay. Solitaire. Les émotions et notre façon d'y faire face sont des données tout aussi darwiniennes que des palmes, un appareil génital ou des tentacules. Nous trouvons tous – ou non – des mécanismes de survie. Le mien, c'était une solitude monacale. Ça me convenait. Depuis plus d'une décennie. Je redoutais la perte de mon équanimité.

Au bout d'un moment, Rebecca s'est tournée sur le flanc et, appuyée sur son coude, m'a regardé avec l'intensité qu'elle réservait à ses formations nuageuses, ses écrans, ses gouttelettes.

Tu es vexé ? C'est possible, ça ?

Écoute, je ne suis pas poète. Je n'ai pas les mots pour dire ça.

Elle a passé son index sur ma pommette. Je ne veux pas d'un poète. Je veux Karson Durie, physicien des glaces et séducteur. Tu n'as pas besoin de faire des vers, dis-moi les choses. Je n'ai pas de radar pour toi. Je ne peux pas savoir ce que tu veux, ce que tu ressens, ni où tu vas, si tu ne me le dis pas. Directement. Sans mirage.

J'essayais.

Tu essayais de te cacher surtout.

Tu ne peux pas t'attendre à ce que je partage mes sentiments si tu t'en moques ensuite.

Elle s'est redressée, a saisi mon visage entre ses paumes brûlantes et a secoué la tête. Des yeux verts comme un stade un soir de match. Pas de moquerie, mon chéri. S'il te plaît. Essaye encore. Je t'écoute, promis.

D'accord. Je vais essayer une citation. Une chanson. Ne t'inquiète pas, je ne vais pas essayer de chanter. Mais il y a des paroles que je n'ai jamais oubliées, j'y repense souvent. J'essaie de donner l'impression que je m'en fous…

Elle me secoua légèrement par les épaules, ses seins pressés contre moi. Et ?

J'essaie de donner l'impression que je m'en fous. Comment ? En m'en foutant vraiment.

Un blanc.

C'est ce que tu n'arrives pas à me dire ? Que tu t'en fous vraiment ?

Non. Ce que je dis, c'est que m'en foutre est depuis longtemps mon mode d'existence. C'est ce que j'ai peur de perdre. Tu ne peux pas m'en vouloir. Je perds ça et quand j'atteins l'horizon, je découvre…

Que j'étais un mirage.

Un mirage supérieur.

Bien sûr.

Ça va sans dire.

Elle s'est relevée et s'est assise sur mon torse, à califourchon, les mains sur mes épaules. Elle a tendu le bras pour s'appuyer contre le mur derrière moi. Quelques ajustements et elle est là. Mes narines s'emplissent de son odeur enivrante. Je relève la tête pour lui embrasser la chatte, une volée de baisers, mais elle bouge encore et m'écrase contre l'oreiller.

Oh, il faut que tu te rases.

Toi aussi, lui dis-je non sans difficulté.

Gros dégueulasse. Tu peux oublier.

Elle s'est frottée sur mon visage comme dans une sorte de délire onirique. Appelle-moi quand je serai assez réelle à ton goût.

Je me suis ensuite endormi et quand je me suis réveillé, elle lisait son gros exemplaire de Robertson Davies. Je l'ai regardée un moment tandis qu'elle faisait semblant de ne pas l'avoir remarqué.

Tu es la première personne que je rencontre qui soit aussi canadienne que la CBC.

Elle a souri, de son sourire de chat, mais a continué à lire.

Tu es une piste de curling. Tu as probablement un pyjama avec une toque et des moufles assorties.

Elle se forçait à ne pas rire mais refusait de lever les yeux de son livre.

Tu te gaves de poutine, tu engouffres des donuts et du sirop d'érable quand personne ne regarde. Tu as un service entier de tasses Tim Hortons[1].

Va-t'en, a-t-elle fini par dire, exaspérée.

Je me suis habillé, j'ai pris mon manteau et je l'ai laissée lire. J'ai traversé le rectangle de neige molle entre les baraquements pour gagner le mess où Wyndham, Vanderbyl, le Dr Dahlberg et Ray Deville étaient assis autour d'une table comme les personnages d'un tableau. Des tasses et des magazines traînaient au milieu des restes de leurs dîners et de leurs snacks. Ils écoutaient du Mozart et dehors le cordon du drapeau cognait contre le mât. Nous restions souvent ensemble après le dîner, sans forcément parler.

Il est frais ? ai-je demandé en attrapant la théière.

Assez, a répondu Wyndham. C'était le seul qui semblait ne rien faire. Vanderbyl lisait une biographie de Niels Bohr, crayon en main, toujours prêt à corriger des coquilles, y compris dans des textes publiés. Ray Deville reprenait un article qu'il allait bientôt soumettre. Et Jens Dahlberg peinait sur un Rubik's Cube.

Je me suis assis entre Wyndham et Dahlberg et j'ai avoué au bon docteur que je pensais que ces cubes multicolores avaient disparu de la surface de la Terre.

1. Chaîne de fast-food canadienne. (*N.d.T.*)

Je crois fermement qu'il faut s'exercer aux choses pour lesquelles on n'a aucun talent, m'a-t-il répondu en continuant de manipuler l'objet.

Ça a l'air douloureux.

Inconfortable, oui. Mais pas douloureux.

J'ai pris un cookie sur une assiette et je l'ai trempé dans mon thé.

Ray avait posé son stylo et me dévisageait. J'ai agité les doigts vers lui en souriant.

Son expression marquait maintenant la désapprobation la plus totale. Il a ramassé ses affaires, s'est levé et a quitté la pièce. L'Arctique attire les excentriques, mais Ray Deville était étrange, même pour un doctorant. Un peu soupe au lait, le petit Ray. Du genre à vous regarder sans rien dire avant de balancer un truc bizarre avec un accent pas possible.

Je me suis retourné vers Vanderbyl pour lui faire une blague mais il me dévisageait lui aussi. Son visage, sa peau pâle de Hollandais, avait viré au carmin. Il a repoussé sa chaise, manquant de tomber dans sa fuite.

Puis Dahlberg. Il a reposé son cube sur la table et a débarrassé son assiette avant de quitter le mess.

Bon, ai-je dit, apparemment j'ai la lèpre.

Ne joue pas au con, m'a dit Wyndham. Sérieusement, Kit, jusqu'où tu comptes le pousser ?

Je sais bien que toute expédition a son paria d'office, Gordon. Je suis peut-être naïf, mais j'aurais plutôt parié sur le jeune Deville au regard de braise. Tu peux peut-être au moins m'expliquer pourquoi cet opprobre m'est tombé dessus.

Il s'est tourné vers moi, son regard restant dans l'ombre de l'éclairage surplombant. C'est peut-être à cause de ton after-shave.

Mon after-shave. Je n'en mets pas.

Ton visage, mec. Tu pues la chatte.

J'ai porté une main à ma joue encore tiède.

Eh oui, a repris Wyndham, ce miracle de la nature que nous adorons tous. Fabuleux. Miraculeux. Tant mieux pour toi. Mais Rebecca est sa femme, mon vieux. Sa femme. Il essaie de jouer les stoïques, d'être l'incarnation du calme et de la raison. C'est lui qui porte le projet, nom de Dieu. Mais il est dévasté à l'idée qu'elle couche avec un autre. Et si tu ne peux pas le voir – ou plutôt si tu ne veux pas le voir –, alors ça fait de toi le dernier des enfoirés.

6

Bob Collingwood époussetait la neige recouvrant le corps de la femme à l'aide d'un pinceau fin. Ses cheveux blonds et secs apparurent progressivement, puis les fines veines bleues sous ses tempes, ses minces lèvres aussi pâles que la neige. Ses paupières gelées ignorant la brosse du légiste. Collingwood, muet, était aussi impassible que la femme.

Cardinal regarda Delorme et vit son reflet dans ses lunettes d'actrice hollywoodienne autour desquelles la doublure en fourrure de sa capuche formait un halo flamboyant.

« Marjorie Flint. Comment la femme d'un sénateur peut-elle atterrir dans cet endroit sordide ? demanda-t-il.

– Tu as peut-être le sentiment que ce n'était pas son idée ?

– La dernière fois qu'elle a été vue, elle rentrait chez elle pour préparer le dîner. Comment est-elle passée d'Ottawa à Algonquin Bay ? » Cardinal indiqua deux petits monticules de neige de part et d'autre de sa tête et de ses épaules. « Bob, on peut regarder ça d'un peu plus près ? »

Collingwood fit tomber la neige, une fine couche après l'autre. Un verrou et un maillon métallique apparurent. Une chaîne.

« Remontons-la », dit Cardinal.

Collingwood faisait jouer son pinceau sur la neige, maillon après maillon. Il pouvait maintenant aller plus vite puisqu'il n'était plus en contact avec le corps. La chaîne faisait environ un mètre de long et s'achevait par une menotte molletonnée attachée au poignet de la femme.

« Mon Dieu, souffla Delorme, mais pourquoi ? »

Elle avait la main fermée et enroulée dans de fins tissus.

« Voyons l'autre main », dit Cardinal.

Collingwood changea de position et reprit son travail. Là encore, la manche bleue, la menotte, la main enveloppée.

« Qu'est-ce que c'est que ça ? demanda Cardinal en désignant un autre petit tas dans la neige.

Delorme et lui regardèrent l'éclat du métal apparaître sous les coups de pinceau.

« C'est un Thermos ?

– Exact, dit Collingwood. Vous y croyez, vous ? Elle a un Thermos dans la main. »

Ils se turent tous les trois : Collingwood, accroupi, le pinceau levé au-dessus de la main de la morte ; Delorme, bras croisés et menton baissé ; Cardinal, les mains dans les poches, les épaules voûtées.

« C'est ce manteau qui me taraude, dit Cardinal.

– Tu veux que je regarde l'étiquette ?

– Ce qui me dérange, c'est que ce n'est pas celui qu'elle portait.

– Le rapport de la police métropolitaine mentionne un manteau en cachemire noir, pas une doudoune bleue, confirma Delorme.

– Je ne veux pas te déranger dans ta routine, Bob, mais je voudrais juste jeter un œil à son portefeuille, si elle en a un, puis à ses chaussures et ensuite on te laisse tranquille. »

Collingwood photographia le Thermos et prit plusieurs clichés de la zone où son portefeuille avait des chances de se trouver. Il brisa la croûte glacée et entreprit de brosser jusqu'à atteindre l'intérieur du manteau.

Il en sortit un portefeuille qu'il tendit à Cardinal.

Celui-ci le fouilla en faisant crisser les billets. « Beaucoup de pièces d'identité. Et au moins trois cents dollars. Bon, c'est vrai qu'avec une scène comme ça, le vol n'est pas le premier motif qui vienne à l'esprit. »

Ils attendirent que Collingwood ait épousseté la neige sur ses pieds.

« De bonnes chaussures de marche, remarqua Delorme quand les semelles furent visibles. Neuves qui plus est.

– Le rapport évoque des talons hauts, dit Cardinal. Et je parie qu'elle n'avait pas non plus les mains enroulées dans du tissu quand elle est sortie de chez elle. »

Ils trouvèrent Paul Arsenault, l'autre membre de la brigade scientifique, en train de fouiller la neige à distance de la scène de crime. Il était agenouillé sous un bouleau et opérait avec des outils à main.

« Qu'est-ce que tu fais là ? demanda Cardinal. Je crois que Collingwood aurait besoin de ton aide.

– Vous arrivez juste à temps », dit Arsenault. Il se releva, un éclat de plastique noir à la main.

« Qu'est-ce que c'est ?

– À mon avis, un morceau de carrosserie de motoneige. » Il retourna le morceau de plastique. Il était légèrement incurvé et couvert de rayures. Une partie d'un mot avait été effacée, ne laissant que les lettres *r* et *b*.

« Qu'est-ce qui était écrit d'après toi ? fit Delorme.

– À toi de me le dire, rétorqua Arsenault, c'est toi l'experte en motoneiges.

– Moi ? Non, ça doit être la quatrième fois que je l'utilise. Et sur la mienne il y a juste écrit "Ski-doo".

– Tu es sûr que ça a un rapport avec le crime ? »

Arsenault montra le tronc du bouleau : un morceau d'écorce avait été arraché. « Ça m'a l'air assez récent. La victime a disparu il y a dix jours. Et j'ai regardé la météo de la zone. Au cours des deux dernières semaines, il y a eu deux épisodes de pluies verglaçantes : l'un il y a douze jours, l'autre il y a trois jours. Je l'ai retrouvé entre les deux couches de glace.

– Tu as consulté les cycles météo ? s'étonna Cardinal. Tu peux faire ça de ton téléphone ?

– J'ai regardé avant de monter dans le camion. »

Cardinal et Delorme échangèrent un regard.

« Je suis vraiment bon dans mon domaine, vous savez.

– On a remarqué, dit Delorme. Il ne reste plus qu'à le faire passer dans la base de données des motoneiges.

– Ah oui, fit Arsenault, la célèbre base de données des motoneiges. »

Cardinal et Delorme restèrent sur place plusieurs heures mais l'inspection complète de la scène prendrait des semaines. Le commissaire Chouinard exigeait un rapport et Cardinal finit par le trouver dans la salle d'interrogatoire numéro 3, une pièce spartiate pas plus grande qu'une cellule.

« Qu'est-ce qu'on fait là ? demanda Cardinal.

– Il y a encore une foutue fuite dans mon bureau et les chefs ont réservé la salle de réunion. »

Cardinal s'assit sur la chaise en plastique normalement occupée par les criminels.

« Que je comprenne bien, dit Chouinard. On a trouvé une femme enchaînée dehors par moins trente avec un Thermos dans la main ?

– Il sentait le café, mais on va attendre l'expertise du labo bien sûr. Il y avait aussi des traces de nourriture à côté d'elle.

– Quelqu'un l'a attachée dehors comme un chien.

– Soit celui qui a fait ça n'a pas pu revenir la voir pour une raison ou une autre, soit il voulait s'assurer qu'elle meure de froid et non de faim.

– À part le corps, est-ce qu'on a trouvé quelque chose d'utile ?

– Arsenault s'intéresse à un morceau de carrosserie de motoneige qu'il a ramassé au pied d'un arbre. »

Quelqu'un frappa à la porte et Delorme entra. « Pourquoi on se retrouve là ?

– Ne commencez pas », dit Chouinard.

Delorme s'assit, un carnet et un stylo sur les genoux, le visage encore rosi par le froid.

Chouinard tapota son cahier avec la pointe de son stylo. « Vous avez appelé Cardinal à 5 h 30 du matin. L'obscurité totale.

Le cœur de l'hiver. Je vais vous paraître indiscret, mais qu'est-ce que vous faisiez dans les bois à 5 h 30 du mat' ? »

Cardinal sentit que Delorme le regardait mais il l'ignora. Elle allait devoir se débrouiller seule sur ce coup-là.

« J'y suis allée sur la base d'informations que j'avais reçues.

– Arrêtez votre cirque.

– Je suis tombée sur Leonard Priest en dehors de mes heures de service. Il s'est confié à moi pour une raison que j'ignore et au cours de la conversation, il m'a dit que s'il devait avoir un rapport sexuel en plein air, ce serait à l'hôtel de Glace. »

Cardinal voyait bien que Delorme avait répété sa réponse. Chouinard l'avait forcément vu lui aussi.

Le commissaire agita la main, comme s'il essayait d'effacer un tableau invisible. « Une seconde. Vous avez pensé que Leonard Priest avouait ? Il traverse une enquête entière sans une égratignure et là, deux ans plus tard, vous vous dites qu'il a tué la femme du sénateur Flint et comme par hasard il vous dit où vous allez pouvoir trouver le corps ?

– Non, je pensais à Laura Lacroix. Il y a deux ans, Régine Choquette a été enlevée et tuée dans la nature. Leonard Priest était notre suspect numéro 1. Et il s'avère que Leonard Priest est sorti avec Laura Lacroix, je me suis dit qu'il était peut-être impliqué. Tu l'as pensé aussi, ajouta-t-elle à l'adresse de Cardinal.

– On a eu l'info par la meilleure amie de Laura Lacroix, précisa-t-il.

– Je ne sais pas pourquoi Priest a mentionné l'hôtel de Glace – en dehors du fait qu'il parle de sexe sans arrêt – mais je me suis dit que ça valait la peine d'aller voir.

– À 5 h 30 du matin.

– Je n'étais pas du tout sûre de mon coup, je voulais vérifier par moi-même au cas où je me serais trompée.

– Et vous vous êtes bel et bien trompée. C'est Marjorie Flint qui est en route pour la morgue d'Ottawa, pas Laura Lacroix. Vous vous êtes plantée.

– Allons, sergent, c'est une immense avancée dans ce dossier.

– Ce dossier ? Aux dernières nouvelles, nous avions *deux* dossiers. OK, l'amie de Laura Lacroix dit qu'elle a eu une aventure avec Leonard Priest. Nous ne sommes même pas encore en mesure d'affirmer qu'un *crime* a été commis en ce qui la concerne. On n'a pas de cadavre. Et en quoi ça relie Priest à Marjorie Flint ? Ça n'est jamais venu à l'idée d'un seul d'entre nous – ni à personne du côté de la police d'Ottawa, je peux vous le dire – d'interroger Leonard Priest au sujet de Marjorie Flint. Il vous dit que l'hôtel de Glace est un super coin pour baiser, mais elle était intégralement habillée non ? Où est la preuve qu'il y a eu des rapports ?

– Il n'y en a aucune pour le moment, répondit Delorme, mais je parie que l'autopsie le démontrera.

– Un super coin pour baiser. Et au passage, Leonard Priest n'est pas le premier à l'avoir remarqué, à ce qu'on dit. Vous avez pris des notes quand il vous en a parlé ?

– Dès que je suis rentrée chez moi.

– Et vous avez informé M. Priest de ses droits ?

– J'étais en civil, commissaire.

– Alors pourquoi avoir pris des notes ?

– Pour ne pas oublier ce qu'il m'avait dit, bien sûr.

– Non, ce que vous voulez dire, en réalité, c'est que vous avez pris des notes parce que c'est la procédure régulière lors d'une enquête. Et si vous enquêtiez sur M. Priest, alors vous étiez dans l'obligation de l'informer de ses droits garantis par la Charte. Vous êtes allée chez lui. J'imagine que vous l'avez accompagnée ? demanda-t-il à Cardinal.

– Ouais. Mais il me déteste. Il a refusé de nous parler.

– Mettez-y du vôtre, Delorme. Où est-ce que vous lui avez parlé exactement ?

– Dans un pub. Le Quiet Pint.

– Oh merde.

– J'y suis passée pour boire un verre de vin et...

– De mieux en mieux. Le Quiet Pint n'est pas *un* pub, c'est *son* pub. Vous vous êtes pointée sur son lieu de travail pour le bombarder de questions sans l'informer de ses droits ?

– Commissaire, je ne l'ai pas interrogé, il a proposé de me parler. Qu'est-ce que j'étais censée faire, lui dire que je n'étais pas intéressée ?

– Non, vous étiez censée le chartiriser. »

Le commissaire parlait d'une voix douce mais Cardinal comptait les secondes avant l'explosion.

« C'était une conversation, je n'étais pas en service.

– Et de but en blanc il vous dit qu'il connaît un endroit super pour emmener les femmes après un kidnapping ?

– Non, répondit Delorme, ça ne s'est pas passé comme ça. »

Ne perds pas ton self-control, pensa Cardinal. Ne va pas aggraver la situation.

« Il était mécontent que je sois là, expliqua Delorme. Je lui ai dit que c'était un pays libre. Il m'a dit : "Si je vous parle de Laura Lacroix, vous partirez ?" Et j'ai dit oui. C'était sur le ton de la plaisanterie, pour ainsi dire. Je le pensais en tout cas. Mais là il m'a raconté comment il l'avait rencontrée et il m'a parlé un peu de leur histoire. Ce type est totalement obsédé. Vous ne pourriez pas croire certaines des choses qu'il m'a dites. Le sexe avec des femmes, avec des hommes, en public, dans la nature... Alors je lui ai dit : "Si vous deviez enlever une femme pour avoir des rapports sexuels, où est-ce que vous l'emmèneriez ?"

– Et il a répondu : l'hôtel de Glace.

– Pas tout à fait. Il a dit : "Je n'enlève pas les femmes, mais si vous voulez baiser en plein air, il n'y a pas mieux." Il a dit que ça donnait l'impression d'être à la fois dans une maison hantée et dans la nature. Je lui ai dit que ça avait l'air horrible et il m'a répondu que certaines aimaient ça justement. »

Chouinard secouait la tête.

« Il y a deux ans, on a cru l'avoir pour le meurtre de Régine Choquette, dit Delorme. Nous avons pensé qu'il méritait d'être interrogé pour Laura Lacroix. Nous ne pouvons pas avoir d'assignation. L'occasion s'est présentée, je lui ai posé des questions et là, sergent, on a retrouvé Marjorie Flint. *On a retrouvé Marjorie Flint.* C'est plus que ce qu'ont réussi la police d'Ottawa et la gendarmerie royale.

– Et pourquoi il vous l'a dit, d'après vous ? »

Delorme s'appuya contre le dossier de sa chaise. « Je n'en sais rien. Vraiment.

– Et ça n'a rien à voir, disons, avec votre apparence ? Ou avec ce que vous portiez ce jour-là peut-être ?

– Je vous demande pardon ? Qu'est-ce que vous...

– Commissaire, intervint Cardinal, franchement.

– Quoi *franchement* ? Commencez pas avec les histoires de sexisme. Je tiens simplement compte de l'apparence d'un officier. Un flic costaud entre dans une pièce, ça fait un effet. Un petit flic, ça fait un autre effet. Une femme très séduisante – et en civil de surcroît –, ça a un effet aussi. Alors ne jouons pas les niais en faisant semblant de ne pas le savoir.

– Je portais le costume gris que je mets au tribunal. Rien de bien provocant donc.

– C'est une question d'opinion. Il y a des gens qui trouvent les nonnes super sexy. Vous avez essayé de le chauffer ?

– Je ne m'abaisserai pas à répondre, commissaire, et je vous déconseille de me reposer cette question.

– Sur un autre ton, inspecteur. Et n'essayez pas de me rentrer dedans.

– C'est probablement une coïncidence, intervint Cardinal. Si Priest lui a parlé de l'hôtel de Glace, ça devait être une coïncidence.

– Pardon ? dit Chouinard. Vous plaisantez ?

– Malgré les apparences, je ne pense pas qu'il ait quoi que ce soit à voir avec le meurtre de Marjorie Flint. Si c'était le cas, jamais il ne serait allé dire à un flic où la trouver. Jamais de la vie. Je pense que vous avez raison : l'inspecteur Delorme, malgré elle – tout le monde a bien entendu, *malgré elle* –, a éveillé l'intérêt de M. Priest. Il a joué avec elle, il a essayé de la provoquer. Il ne pouvait pas savoir dans quoi il s'embarquait. Parce que, comme vous l'avez dit, rien ne le relie au dossier – pour l'instant.

– Ça vous paraît crédible ? demanda Chouinard à Delorme.

– Oui, dit Delorme, mais je trouve ça regrettable.

– Très bien. Loach dirige l'enquête sur Lacroix.

– Oh, mais c'est pas vrai, s'exclama Delorme.

– Cardinal, vous prenez en main le dossier Flint. Mais je...

– Commissaire, c'est Lise qui a fait tout le travail. Vous ne pouvez pas...

– Et pourtant, je l'ai fait. » Il se leva et pointa son stylo sur Delorme. « Et vous savez pourquoi. Vous voulez mener une enquête sous mes ordres, vous apprenez à le faire correctement. En attendant, estimez-vous heureuse d'avoir encore le droit d'enquêter tout court. »

Extrait du cahier bleu

Il y a une nuit au sein de la nuit. Même à des latitudes tempérées, même au cours de nuits dont on considère la durée comme « normale », il peut y avoir un moment, une heure ou deux, qui ressemble à une nuit dans la nuit. L'heure où une femme comprend qu'elle ne peut plus faire semblant d'aimer son mari. L'heure où un jeune homme estime que le monde ne lui offrira jamais la vie dont il rêve et juge préférable de mettre un terme à celle qu'il a.

Ce n'était pas encore le printemps. La station était toujours coincée dans les glaces. L'aurore arctique n'était pas encore là. Nous formions une équipée minimaliste, en attendant la première relève. En d'autres termes, c'était avant Rebecca.

Wyndham, Vanderbyl, son doctorant Ray Deville, et moi. Nous avions en plus notre cuisinier Paul Bélanger, le responsable de l'intendance Murray Wasburn, Hunter et bien sûr Jens Dahlberg. Nous étions dans le mess, à la fin d'une longue journée. Sans Paul pour nous préparer des repas à heure fixe, nous serions sûrement tombés dans un cycle de quarante-huit heures, ce qui finit par être moins productif qu'il n'y paraît.

Il faisait un temps abominable depuis plusieurs jours. Terriblement froid et un vent insupportable. Mais le vent était retombé et des millions d'étoiles avaient fait leur apparition. Il régnait un froid immense et profond. Nous pouvions enfin recommencer à travailler dehors.

Nous avons enfilé plusieurs couches de nos vêtements les plus chauds, brisant au passage l'une des règles cardinales du travail dans l'Arctique : si tu n'as pas froid quand tu t'aventures à l'extérieur, tu auras bientôt trop chaud. Nous avons trop travaillé et transpiré toute la journée avant de retourner au mess l'un après l'autre en titubant, puants, épuisés et humides. Nous avons dû ingérer trois ou quatre mille calories chacun pour le dîner.

Paul nous a fait un long discours qu'il avait visiblement préparé sur les tours de vaisselle, car nous mangions comme si nous avions été trois fois plus nombreux. Paul avait passé la journée à trimer aux fourneaux et les tourtes et gâteaux qu'il avait préparés disparaissaient sous ses yeux. Tout en nous faisant la leçon, il s'est emmitouflé dans sa parka, a enroulé son écharpe jusque sur son nez et a remonté sa capuche. On aurait dit un astronaute sur le point de faire une sortie dans l'espace, alors même que le cabanon qu'il partageait avec Hunter se trouvait entre le mess et la cabane radio, soit à environ dix mètres.

Jens Dahlberg a eu le bon sens d'aller se coucher peu après, mais nous sommes restés assis dans le mess sans rien dire. Nous étions dans un état de lassitude collective, parfaitement entretenu par l'épuisement partagé et la chaleur du poêle. Nous avions largement dépassé le point où la fatigue vous conduit au bord des larmes. Même Vanderbyl, dont l'énergie vous faisait soupçonner l'existence d'une réserve secrète de Dexedrine, restait assis, avec cette angulosité expressionniste, le coude sur la table, la tête dans la main, avec dans ses yeux le regard mort de l'hébétude terminale. Wyndham dormait, le menton sur la poitrine en ronflant doucement. Ray Deville griffonnait à toute vitesse sur son carnet, le grattement de son crayon pareil à la course d'une souris. Je n'ai aucune idée de ce qu'il écrivait, mais je pense que ça n'avait rien à voir avec sa recherche.

Si l'un d'entre nous avait tiré un coup de feu en l'air, je ne pense pas que la suite des événements nous aurait plus choqués. Des coups sur la porte, d'une violence satanique, ont secoué les murs du mess. Nous nous sommes tous les quatre tournés vers la porte, dont la construction solide nous paraissait soudain affaiblie. Vanderbyl, qui n'est pas du genre à jurer, s'est levé en criant *Nom de Dieu*. Ray, bouche bée, yeux écarquillés, ressemblait à un personnage de dessin animé.

Les coups ont recommencé. Nous étions prostrés, aussi statiques que les personnages d'une toile historique.

Je désigne Ray pour aller ouvrir, a dit Wyndham doucement.

Ray a secoué la tête. Il semblait rapetisser sur sa chaise, comme s'il allait bientôt passer sous la table.

Je me suis levé pour aller à la porte. Jens ?

La chose a tambouriné à nouveau.

J'ai ouvert la porte sur un Inuit immense, voûté, aussi solide et monolithique que l'une de leurs sculptures, baigné par la lueur de notre lampe. La profondeur de sa capuche transformait son visage en un cercle noir.

Bienvenue, ai-je dit en inuktitut. C'était à l'évidence une tentative éhontée pour masquer ma peur, pas le fruit de mes bonnes manières.

Il a replié son bras couvert de neige pour me faire signe. Il était enveloppé dans la froideur de l'enfer.

Faites-nous l'honneur, ai-je poursuivi en désignant le poêle et la table. Sans tarder, si vous le voulez bien.

Il est entré du pas lourd que provoquent les tenues de l'Arctique. Il était vêtu de la tête aux pieds de peau de phoque et de fourrure de loup. J'ai refermé la porte.

Je m'appelle Karson Durie. Voulez-vous du thé ?

Dans d'autres pays, j'aurais proposé de la vodka ou du cognac mais dans certaines communautés proposer de l'alcool est perçu comme une agression, et pas pour des raisons religieuses.

Il a retiré sa capuche. Le visage lisse et sans âge d'un adulte inuk. C'était l'homme le plus grand que j'aie jamais rencontré. Je lui arrivais au niveau des épaules.

Karson Durie, ai-je répété. Comment vous appelez-vous ?

Il a accueilli mes paroles comme une assiette de cailloux.

Entrez, a lancé Vanderbyl du fond du mess. Il parlait l'inuktitut couramment. Vous êtes parmi des amis.

Aucun changement dans son expression, aucun signe de compréhension. Il montra la porte du doigt et inclina la tête dans le prolongement de sa direction.

Vanderbyl se tourna vers moi.

Mais où est Hunter ?

Je ne pense pas que ce type parle tuk, ai-je remarqué.

Tu crois qu'il est quoi, roumain ? Entrez, cria Vanderbyl, vous pouvez profiter de notre nourriture et de notre feu. Venez partager votre histoire.

Je vois pas pourquoi on doit l'inviter alors qu'il n'essaie même pas de copiner, a dit Ray. Il était livide et semblait sur le point de s'évanouir. Et puis comment il a fait pour arriver ici ?

Il doit y avoir un sacré embouteillage derrière nous, ai-je répondu.

Pas l'ombre d'une réponse de la part de l'Inuk. J'avais une sensation dérangeante de figure-fond, comme si l'atmosphère du mess s'était solidifiée et que la silhouette devant moi était faite de vide. Il a de nouveau désigné la porte et penché la tête. Je suis allé décrocher ma parka de sa patère.

Putain, va pas avec lui, s'est exclamé Ray.

C'est super, a dit Wyndham. J'adore. Bonne chance, Kit, n'oublie pas de nous écrire.

J'ai mis ma capuche et j'ai ouvert la porte. L'Inuk est sorti devant moi. Le générateur m'a soudain paru incroyablement bruyant et les lumières de notre camp aussi étourdissantes que Times Square.

Comment avions-nous fait pour ne pas entendre ses chiens ? L'attelage entier était allongé devant un traîneau inuit traditionnel. Leurs yeux ont reflété la lumière quand ils ont relevé la tête. Pourquoi nos chiens n'avaient-ils pas réagi à leur présence ?

L'Inuk ne m'a pas attendu et n'a pas parlé, ni à moi, ni aux chiens. Il s'est approché de son traîneau et a tiré la cloison latérale.

Un tas de peaux de phoque. Il s'est penché pour retirer les couches les unes après les autres. Le visage du jeune homme était tourné vers les étoiles, les yeux laiteux. Il avait le visage sombre et j'ai d'abord cru qu'il appartenait à un peuple exotique, mais ce que je voyais là, c'était bien évidemment les effets d'engelures extrêmes.

Il n'est pas à nous, ai-je dit.

L'Inuk a retiré d'autres peaux. Penché sur le corps, il attendait.

J'ai attrapé les pieds et nous avons soulevé ce poids mort du traîneau. L'Inuk a commencé à se diriger à reculons vers le mess.

Attendez.

Il s'est arrêté et nous avons reposé le garçon sur la glace. Ses vêtements étaient bizarres. Veste en peau, un pantalon dans une matière que je ne reconnaissais pas. De hautes bottes en peau de phoque, cousues main avec du boyau.

J'arrivais à la porte quand elle s'est ouverte. Kurt Vanderbyl a fait un pas avant de s'arrêter net. Wyndham et Deville lui sont rentrés dedans. Tous les quatre, dans nos parkas, la capuche remontée, nous regardions le jeune mort.

Qui c'est ? a demandé Kurt.

Je ne pense pas qu'on va le savoir prochainement, ai-je répondu.

D'où il vient ? On est le seul groupe dans un rayon de deux mille kilomètres.

Oui.

On ne peut pas le garder à l'intérieur. Il va dégeler. Où l'avez-vous trouvé ? ai-je demandé à l'Inuk.

Il est resté silencieux, aussi immobile qu'une statue.

Il devait être abrité quelque part, ai-je dit. Peut-être une grotte de glace.

Les ours l'auraient retrouvé. Ou les renards. Il a l'air intact en dehors des engelures.

C'est quoi ces conneries ? a dit Ray en passant devant Kurt. Pourquoi tu viens nous déranger comme ça ? Tu penses qu'il y a que nous sur Terre ?

Arrête, a dit Kurt en le retenant.

Des conneries, a répété Ray. Il y a un truc pas net chez ce type.

Ray est retourné au mess en faisant crisser ses bottes dans la neige, une main contre le mur comme s'il avait été à bord d'un bateau, grommelant des jurons en français.

Regardez sa tenue, ai-je dit. Il n'est pas contemporain. Il n'est même pas de ce siècle.

Incroyable, a soufflé Wyndham.

Mettons-le dans une cabine inoccupée. Il y a un Otter qui doit venir dans cinq jours, ils le remporteront.

Prends-le par un bout, a dit Vanderbyl, on va l'emmener à Paris.

Ça se fait dans certains camps : donner des noms amusants à des lieux pour que ce soit plus facile d'expliquer où se trouvent les choses. Personne ne sait d'où vient cet usage, et tous les camps ne le font pas, mais le nôtre oui. Mon cabanon était surnommé Pluton car c'était le plus éloigné du mess.

Alors Kurt et moi avons soulevé le garçon pour l'emmener à Paris, son corps offrant autant de prises que de l'inox.

Pour une raison ou une autre – sauf quand il y a beaucoup de vent –, un espace intérieur non chauffé semble toujours plus froid que l'extérieur. Ce n'est qu'en posant le pied dans cette pièce obscure que je me suis souvenu qu'il faisait moins cinquante dehors. J'avais le visage en feu, malgré ma capuche.

Nous avons décidé de ne pas réveiller Jens Dahlberg, puisque la médecine ne pouvait rien pour ce jeune homme, et nous sommes lentement retournés au mess. Ray avait fort heureusement regagné son cabanon. Les chiens étaient assis calmement devant le traîneau.

J'ai demandé à Vanderbyl comment nos chiens avaient pu ne pas se réveiller.

C'est bizarre, a-t-il admis, la buée de ses paroles s'échappant de sous sa capuche. Toute cette histoire est bizarre. Bordel, qu'il fait froid.

Il refuse de s'asseoir, a lancé Wyndham quand nous sommes rentrés. Je lui ai proposé mais il ne veut pas. Il ne veut même pas se réchauffer près du feu.

L'Inuk se tenait dans l'ombre, près de la porte, ses mains enfoncées dans d'énormes moufles en peau de phoque croisées devant lui.

Wyndham avait tiré sa chaise à côté du poêle. La bouilloire a sifflé et il s'est levé pour verser de l'eau dans quatre tasses d'où dépassait l'étiquette d'un sachet de thé.

Vanderbyl a accroché son manteau et s'est placé à côté de l'homme pour adopter, pour ainsi dire, son point de vue. J'ai remarqué ça chez les peuples isolés : ils préfèrent se parler côte à côte plutôt que face à face pour partager la même perspective, même en cas de désaccord.

Merci de nous avoir amené ce garçon, a dit Vanderbyl. Ça n'a pas dû être facile pour vous. Sa famille sera très reconnaissante. Un avion atterrira ici dans quelques jours et l'emmènera dans un endroit où il pourra être enterré dignement.

L'Inuk pencha la tête. Impossible de savoir s'il acquiesçait, ruminait ou ne comprenait rien du tout. Si ça vous évoque le cliché de l'Indien taiseux, c'est parce que c'est le cas. J'ai déjà croisé les stéréotypes du professeur étourdi, du Latin sanguin et de l'officier britannique coincé, on n'y peut rien. C'était sa façon de se comporter.

De manière générale, les Inuits ne sont pas un peuple taciturne. Hunter Oklaga était capable de faire durer une histoire toute la nuit si vous le laissiez faire et sa femme était comme lui. J'ai dîné un soir dans leur maison de Resolute, une expérience qui m'a complètement épuisé. Ses deux filles adolescentes ont donné un récital impromptu de chants gutturaux, une étrange tradition inuite. Deux femmes – ce sont toujours des femmes – se font face et se tiennent par les coudes. La première entame une ligne de basse constituée d'une phrase qui peut avoir du sens ou non, pendant que l'autre entonne une sorte de mélodie bourdonnante par-dessus. Le son s'approche plus de deux créatures à poils qui s'accouplent, voire d'un didjeridoo, que d'un son humain. Elles se regardent dans les yeux ou fixent la bouche de l'autre, à quelques centimètres d'écart seulement, et accompagnent les sons d'une danse. Cela produit un effet légèrement érotique mais c'est en réalité un petit jeu, le but étant de tenir le plus longtemps possible sans éclater de rire.

Mais l'épais fantôme que nous avions devant nous, des volutes de vapeur s'élevant de ses peaux de phoque, était d'un tout autre métal. On aurait cru qu'il vivait sur un autre plan. C'était comme de parler à un poisson, un éclat argenté sous la surface, un ombre hydrodynamique sous les profondeurs. Ça paraissait idiot de communiquer et plus encore d'attendre une réponse.

Vanderbyl lui dit qu'il pouvait passer la nuit avec nous ou rester plus longtemps encore. Nous serions ravis d'héberger et de nourrir ses chiens également. Il parlait en tuk et traduisait en anglais.

Wyndham est arrivé avec deux tasses de thé et en a proposé une à l'Inuk, qui l'a ignoré. Il a tendu l'autre à Vanderbyl et est revenu s'asseoir à côté de moi.

Il ne comprend pas un mot, a dit Wyndham.

C'est un Inuit polaire, de la pointe de Groenland. Ils ne sortent pas beaucoup.

C'est à six cent cinquante kilomètres d'ici. Qu'est-ce qu'il fout là ? a demandé Vanderbyl en se réchauffant les mains au-dessus du poêle.

Lika-Lodinn.

Quoi ?

Dans les sagas nordiques, Lika-Lodinn ramasse les corps gelés des aventuriers et les ramènent à leur peuple.

Eh bien, il montre assez clairement qu'il ne veut rien avoir à faire avec nous, alors pourquoi est-ce qu'il traîne dans le mess ?

Il attend d'être payé.

7

Ils arrivèrent à Ottawa par un temps gris, une pluie glaciale tombait et il faisait pratiquement zéro degré. Leur décollage avait été retardé à cause de difficultés techniques et le temps qu'ils arrivent au centre médico-légal de Vanier, l'autopsie de Marjorie Flint était terminée et ils durent faire redescendre le pathologiste.

Le Dr Motram était un jeune homme qui mâchait du chewing-gum constamment, quand il les écoutait mais aussi entre ses phrases. Cardinal avait une aversion irrationnelle pour les mâchonneurs et s'efforça de se souvenir que ce n'était pas nécessairement synonyme de manque d'intelligence. Dans son cas, il s'agissait peut-être d'une barrière de protection contre ses patients les plus odorants.

« Elle est encore sur la table, dit-il. Vous voulez la voir ? »

La salle d'autopsie était banale mais bien plus grande que la moyenne. Elle comportait huit tables mais seule l'une d'entre elles était occupée.

Le Dr Motram souleva le drap. Un moment auquel vous ne vous habituez jamais vraiment. Une impitoyable incision en Y grossièrement recousue. Tout en parlant, Motram pointait des parties du corps de la femme comme autant de points d'intérêt sur une carte.

« Comme vous pouvez le voir, nous avons des engelures sur les deux mains et même sur le nez et les oreilles. Les taches violettes sur l'articulation de la hanche et sur les genoux sont ce qu'on appelle un érythème de la gelure – sans doute causé par une lésion capillaire due au froid et à une perte de plasma. Ottawa est une ville froide entourée d'une campagne rugueuse et on a autant de sans-abri qu'ailleurs, mais je n'avais jamais vu de telles engelures de ma vie. Elle est restée dehors longtemps avant de mourir.

– Elle a disparu il y a près de deux semaines », dit Cardinal.

Motram hocha la tête. « Il y a aussi des traumatismes *post mortem*, notamment une fracture du crâne causée par le gel du cerveau. Au niveau interne, on a également des taches de Wischnewsky sur la muqueuse de l'estomac. Celles-ci, en plus des érythèmes, font de l'hypothermie la cause du décès. Les électrolytes partent alors complètement en vrille et vous vous retrouvez avec une fibrillation ventriculaire. C'est ça qui l'a achevée.

– Quand est-elle morte selon vous ?

– Avec le gel, c'est difficile d'être précis, mais je dirais il y a cinq ou six jours.

– Alors elle a passé plusieurs jours dans le froid, dit Delorme. Il lui a laissé de la nourriture et du café. Il voulait que ça dure.

– Ou bien il ne voulait pas vraiment qu'elle meure, remarqua Motram. Peut-être qu'il a cru que quelqu'un d'autre passerait par là.

– Vous n'avez pas vu où on l'a retrouvée. »

Motram croisa les bras et mâcha son chewing-gum pendant quelques instants. Il montra les poignets et les chevilles. « Des marques d'entraves à l'évidence, des liens molletonnés je pense. Ils ont pu contribuer aux engelures avancées aux mains.

– Vous avez vu des traces de lutte ? » demanda Cardinal. Le corps – rougi ici, noirci là – ne laissait apparaître aucune coupure ni griffure.

« Elle a sans doute cherché à se défaire de ses liens. Mais vous voulez parler de coups et blessures ?

– Oui, de violence physique.

– Là, je dois dire que non. Pas de plaies de défense, pas de marques. Aucun signe de trauma sexuel ni d'activité sexuelle quelconque d'ailleurs. Rien sous les ongles, du moins ce qu'il en reste. Elle a clairement essayé d'arracher ses liens, quels qu'ils aient pu être.

– Des menottes, intervint Delorme. Des menottes en métal molletonnées. »

Motram la regarda et arrêta de mâcher. « *C'est triste, non** ? »

Delorme hocha la tête en regardant ce qui était étendu sur la table et qui, peu de temps auparavant, avait aimé, pleuré et nourri des espoirs. Marjorie Flint rentre chez elle pour préparer le dîner de son mari, le sénateur, sans aucune idée de ce que la nuit va lui apporter.

Motram se retourna pour allumer le caisson lumineux et montra l'une des radios où l'on voyait clairement une fracture. « C'était une skieuse. De vieilles fractures du cubitus et de la clavicule, mais ça, c'est le tibia gauche. Elle se l'est fracturé en essayant d'ouvrir ces menottes. »

Il fit un geste vers la rangée de bocaux dans lesquels des contenus organiques flottaient dans un fluide. « Elle était en bonne santé pour une femme de cinquante-cinq ans. Ses organes principaux étaient sains. Artères, cœur et poumons clairs. On peut voir les traces de l'hémorragie ici. Le contenu de son estomac indique que son dernier repas a eu lieu environ vingt-quatre heures avant sa mort.

– C'est précis comme estimation ? demanda Cardinal. Elle était bien immobilisée.

– J'en ai tenu compte. Vingt-quatre heures, à deux heures près. La digestion était terminée depuis longtemps. Mais j'ai gardé le meilleur pour la fin. »

Il éteignit le caisson lumineux et ils se retournèrent tous trois vers le corps. Il montra la région délicate derrière la clavicule, à la base de la nuque. « Vous voyez ? »

Cardinal et Delorme se penchèrent ensemble.

« Des traces d'aiguille. Comme vous pouvez le voir, celui ou celle qui a administré les piqûres n'était pas un expert. Il a piqué plusieurs fois. D'ailleurs, vous m'avez parlé de lutte, mais c'est peut-être le signe qu'elle s'est débattue quand il l'a piquée. Difficile à dire. En tout cas, les résidus sous-cutanés montrent des traces de kétamine.

– Ça fait effet longtemps ? » Cardinal se souvint de la chambre d'hôpital, de l'odeur de plastique et de désinfectant, de sa mère, à moitié rongée par la maladie.

« Pas vraiment. Il n'était pas dans une veine, il aurait fallu qu'il réinjecte. J'ai le rapport des services de toxicologie dans mon bureau, je vous le donnerai en remontant. Les conclusions indiquent que les effets se sont dissipés longtemps avant qu'elle meure. »

Cardinal et Delorme allèrent dans la pièce où les vêtements de Marjorie Flint étaient étalés sur une table.

« Il y avait plus de trois cents dollars dans son portefeuille, dit Cardinal. Et il n'y a pas de signe d'agression sexuelle. Pas de vol, pas de viol. Qu'est-ce que tu en penses ?

– Sur le mobile ? Je ne pense pas que celui qui a fait ça avait le moindre mobile. Sa seule motivation, c'est qu'elle meure – une mort lente et douloureuse – et ça me rend malade. Une femme ne fera jamais une chose pareille. Sous le coup de la colère une femme ira tuer son mari, et même ses enfants, mais ça ? Il n'y a qu'un homme pour faire ça, ce sont toujours les hommes qui brutalisent les femmes et j'en ai assez. Quand tu vois un crime comme celui-ci, tu ne te dis jamais qu'il y a trop d'hommes sur terre ? Pas trop d'humains, trop d'hommes.

– Oui, Lise, ça m'arrive. Qu'est-ce que tu peux me dire sur ses vêtements ?

– Le manteau, on était au courant : une doudoune North Wind en plumes d'oie, d'un bleu très à la mode. Pas le manteau en cachemire noir qu'elle portait quand elle a été vue pour la dernière fois. Le chemisier, le pull, les sous-vêtements : que des grandes marques. C'est la femme d'un sénateur, à quoi tu t'attendais ?

– Tu peux faire mieux. Rien que les chaussures…

– Tout à fait, John. Rien que les chaussures. Quelle est la probabilité qu'une femme qui porte du Hermès, du Holt Renfrew, une montre Patek Philippe aille se balader dans les rues de la capitale avec une paire de Kodiak ?

– Je sais, dit Cardinal. Si elle n'avait pas été enchaînée, on aurait presque pu croire que ce type s'inquiétait de sa sécurité.

– C'est fou ce que de petites chaînes peuvent faire la différence. Et pas de gants ?

– Je sais. » Cardinal prit l'un des chiffons, un morceau de chemise déchiré qui avait été entortillé autour des mains de la victime. « Et où est-ce qu'elle a trouvé tout ça ?

– Les collègues d'Ottawa disent que le mari n'a pas reconnu la doudoune, ni les chaussures de randonnée. Quelqu'un est allé les lui acheter, John. Il a cherché des vêtements de randonnée à sa taille. Je ne pense pas que c'était par bonté d'âme.

– Lise…

– Quoi ?

– Calme-toi. L'enquête sera longue.

– Moins quarante, John. Moins quarante.

– Je sais. Je comprends. Il y a là dehors un homme qui arpente les rues et qui ne devrait pas. Et une femme morte qui devrait être encore en vie. Mais il y a des choses que l'on peut faire – pour *elle*, Lise – et si on s'y prend correctement, on aura une réponse ici et là et tôt ou tard ces réponses nous mettront sur la bonne piste. Et au bout du compte, on retrouvera cet homme et on le mettra à l'ombre pour de bon.

– Et tout ira pour le mieux dans le meilleur des mondes.

– Non. On l'envoie derrière les barreaux et on passe au suivant. Tout le reste, c'est un aller simple vers le malheur. »

Cardinal déposa Delorme au siège de la police d'Ottawa, où on avait mis à leur disposition un bureau dans un coin et guère plus. La pluie semblait sur le point de geler. Il traversa la ville jusqu'à

Rockcliffe Park en écoutant les émissions en français de la CBC. Il essayait d'apprendre le français par intermittence depuis un ou deux ans, ce qu'il n'avait pas révélé à Delorme car il sentait qu'elle se moquerait de lui. Le présentateur parlait du changement climatique et d'une mer de glace, ça il l'avait compris, mais uniquement parce qu'il avait lu un article sur le même sujet dans le *Globe and Mail* à l'aéroport.

Cardinal n'était jamais venu à Rockcliffe Park auparavant. C'était au beau milieu de la ville et pourtant ça ressemblait par endroits à une forêt privée. Il n'y avait pas de trottoirs mais c'était très construit, et encore, beaucoup de maisons n'étaient pas visibles de la route. Il passa devant une bâtisse qui semblait faite de verre et d'or.

La maison des Flint était plus modeste, c'était une demeure style Tudor de trois étages entourée d'un parc de la taille d'une petite réserve de chasse. Cardinal remonta l'allée et s'arrêta devant un garage plus grand que la maison où il avait vécu. Il coupa le moteur, prit sa mallette et réfléchit quelques instants à ce qu'il allait dire. Il avait parlé à quelques députés en son temps, mais jamais à un sénateur. Dans la sombre forêt de la politique canadienne, le sénateur est une créature mythique, que l'on voit rarement et dont les pouvoirs (à supposer qu'il en ait) sont un mystère. Cardinal ne savait pas à quoi s'attendre.

Il sortit, grimpa sur le perron sous le froid crachin et sonna à la porte. Ce fut la fille du sénateur, visiblement sur le point de partir, qui vint lui ouvrir.

« Il m'attend, expliqua Cardinal. J'ai appelé avant de venir.

– Pour l'amour du ciel, il est en deuil. Il a déjà parlé à la police d'Ottawa. Vous ne pouvez pas revenir plus tard ?

– Quelqu'un a commis un acte atroce contre vous et votre famille, et je veux envoyer cette personne derrière les barreaux. Je suis à peu près certain que votre père voudra collaborer. »

Elle scruta son visage et ouvrit la porte en grand. Cardinal pénétra dans un large vestibule composé uniquement de lambris et d'œuvres d'art. Elle prit son manteau et Cardinal retira les caoutchoucs qui protégeaient ses chaussures.

« Je peux vous donner un petit conseil, inspecteur ?

– Je vous en prie.

– Malgré les apparences, mon père n'est pas le dur qu'il prétend être. C'est facile de mal le cerner.

– Merci de m'avoir prévenu. »

Il la suivit dans un petit couloir menant à une pièce modeste où son père regardait un grand écran plat. Un film en noir et blanc.

Le sénateur se leva pour lui serrer la main. Il avait l'âge de Cardinal mais dut s'appuyer contre l'accoudoir de son fauteuil pour se rasseoir. Vidé par le chagrin, comme s'il risquait d'être emporté par le moindre coup de vent. Un teint gris, de ceux qui trahissent un stress extrême. La couleur que prennent les délinquants en col blanc au bout d'une semaine en prison. Et celle des personnes qui ont perdu ce qui leur était le plus cher.

Le sénateur coupa le son de la télévision. Edward G. Robinson en habit de prêtre, l'air dyspeptique mais compatissant.

« Je voulais tout d'abord vous présenter mes condoléances pour l'épreuve que vous traversez, monsieur le sénateur.

– Merci. » Le sénateur le regarda, les yeux rougis. « Asseyez-vous. Et appelez-moi David. »

Le débit lent de la côte ouest. Cardinal se souvint que le sénateur David J. Flint avait grandi dans le Yukon.

« Je vais vous dire, des moments comme ça, en plus de tout le reste – et quel que soit le reste, c'est surtout épuisant, putain. J'espère que ça ne vous choque pas si je jure un peu.

– Tant que vous voudrez, monsieur le sénateur.

– Personne n'a la moindre idée de ce que ça fait. Pas un micron d'idée de ce que ça fait, bordel. Un ou deux copains à moi, oui, leur femme est *morte*, mais ça, c'est complètement différent… C'est juste… un truc auquel aucun homme ne peut se préparer.

– Je sais. »

Le sénateur ferma les yeux et Cardinal sut ce qu'il pensait. Avant qu'il les rouvre, il dit : « Ma femme a été assassinée, elle aussi. »

Le sénateur ouvrit les yeux. « Vraiment.

– Il y a quelques années.

– Et vous continuez de vivre.

– Je ne sais pas ce qu'on peut faire d'autre.

– Vous racontez ça à beaucoup de monde dans votre boulot ? Aux personnes endeuillées, pour qu'elles vous fassent confiance ?

– Vous êtes le premier. Ça n'est pas particulièrement recommandé. Vous me ferez confiance ou pas, je n'attends pas que quelques mots y suffisent.

– En tout cas vous parlez bien. Vous voulez un café ?

– Non merci, ça ira.

– Il tombe de la merde dehors. Ça vous réchauffera. Allons à la cuisine. »

C'était une grande cuisine, principalement carrelée de blanc, avec une table ronde en pin dans un coin. Une porte vitrée donnait sur les congères rongées par la pluie. Le sénateur ouvrit un placard, sortit un filtre et le plaça dans la cafetière. Il ouvrit ensuite la porte du réfrigérateur et parla à l'intérieur de celui-ci. « Les gens ont l'air décidés à m'approvisionner. Ils m'apportent tellement de nourriture, je ne retrouve plus rien. Mais c'est gentil de leur part. Vraiment adorable. »

Il sortit une boîte de café President's Choice, remplit le filtre et alluma la cafetière.

« Vous feriez mieux d'y mettre un peu d'eau.

– De l'eau. » Il claqua des doigts. « Bien sûr. » Il s'en occupa et se rassit. « Si vous avez des questions, vous feriez bien de les poser. Je ne peux pas promettre d'être cohérent. »

Cardinal procéda à l'interrogatoire habituel, ce que la police d'Ottawa avait déjà couvert. Le sénateur Flint ne se plaignit pas d'avoir à répéter ses réponses. Cela leur prit une demi-heure.

« Encore une ou deux questions, monsieur le sénateur, et je vous laisse tranquille. La voiture de votre femme est restée devant le bureau de son thérapeute, c'est le dernier endroit où elle a été vue. La séance s'est terminée à 16 heures, c'était une consultation régulière, c'est bien ça ? Hebdomadaire, d'après vos déclarations ?

– Marjorie essayait constamment de se soigner. Elle n'en avait pas besoin, mais elle imaginait que si. C'était une femme très occupée, des œuvres de charité dans tous les sens et trois postes bénévoles. Je pense qu'elle avait surtout besoin de la coupure : un petit moment rien que pour elle. Et une heure de réflexion, ça ne peut pas faire de mal. Elle aimait bien son thérapeute.

– C'est très improbable que nous ayons affaire à une rencontre fortuite. Le kidnappeur de votre femme connaissait visiblement son emploi du temps, ce qui signifie que c'était soit quelqu'un qui était familier de son quotidien, soit une personne qui l'avait observée pendant quelque temps.

– Je ne sais pas qui pourrait vouloir faire du mal à Marjorie. On ne peut pas imaginer une personne moins belliqueuse. Généreuse, douce. Mon Dieu... » Il se pinça l'arête du nez et se couvrit les yeux. « Désolé, euh, j'essaie de me reprendre, là.

– Prenez votre temps. »

Il s'essuya les yeux et se moucha. « Je ne suis pas du genre émotif d'habitude.

– Mais vous êtes humain.

– Ah, ça, bien trop.

– Je sais que je me répète, mais est-ce que vous êtes sûr de ne pas avoir reçu de visite inhabituelle à la maison avant la disparition de votre femme ? Des ouvriers que vous n'attendiez pas peut-être ? Des sondeurs ? Des témoins de Jéhovah ? Des inconnus, quels qu'ils soient ?

– Je ne passe pas ma journée à la fenêtre à guetter les inconnus. Et je ne regarde pas dans mon rétroviseur. Ça ferait de moi un bien mauvais enquêteur. De toute façon, ni Marjorie ni moi ne sommes beaucoup à la maison. Quelqu'un a pu entrer ici, je ne sais pas. Je n'ai vu aucune trace. Bon Dieu, vous pensez que quelqu'un a planifié tout ça ? Mais pourquoi ? Pourquoi Marjorie ?

– Si j'étais capable de répondre à cette question, je serais sûrement en mesure de vous dire qui l'a tuée. N'oubliez pas que c'était peut-être après vous qu'ils en avaient.

– Au moins, ça aurait du sens. Je mets les gens en boule de temps en temps, parfois sans le faire exprès. Mais je vais vous dire : je suis sénateur, pas député, et les sénateurs dans ce pays sont nommés et non élus. C'est antidémocratique et franchement complètement con, mais au moins ça veut dire que vous êtes libéré d'un paquet de méchanceté très politique. Le Sénat, c'est collégial. Du moins ça l'était.

– Et dans votre vie d'avant ? Quand vous étiez ingénieur électrique ?

– Spécialisé dans les systèmes électriques. Les microsystèmes. J'ai eu du bol dans ma vie professionnelle comme dans ma vie personnelle. Je ne sais pas pourquoi. Un ou deux brevets et ça m'a permis de m'offrir toute cette extravagance. On n'est pas de la haute mais nous avons de la chance. Nous sommes aisés. J'ai pris ma retraite à cinquante ans, je me suis présenté aux élections et j'ai perdu rapidement. J'ai travaillé en coulisse pour un ou deux candidats et puis je leur ai fait ma danse de la pluie et, tadam, M. Flint va à Ottawa. C'est ridicule mais autant que ce soit moi plutôt que certains des tocards qu'ils désignent. La plupart ont pas plus de bons sens qu'une poignée de porte, c'est moi qui vous le dis. Je prie juste pour que notre cher dirigeant nous envoie un projet de loi pour nous abolir. Je signerais ce bébé en un claquement de doigts. Des adversaires, oui, j'en ai. Mais des ennemis ? Non. »

Cardinal sortit son portefeuille de sa veste et y prit un ticket qu'il tendit au sénateur. « C'était dans le portefeuille de votre épouse. »

Le sénateur le prit pour l'examiner. Il le retourna pour regarder le numéro. « C'était à un gala de charité.

– Il faut un ticket pour entrer ?

– Non, mais il y a toujours une sorte de tombola. Vous payez mille dollars pour pouvoir venir et vous pouvez gagner quelque chose : une œuvre d'art, une première édition dédicacée, ce genre de choses. Alors on garde son ticket.

– Et le numéro de l'autre côté ? Le 25 ?

– Numéro de table. C'était au château Laurier. Contre l'analphabétisme, si je me souviens bien. Je n'y aurais jamais pensé, mais Marjorie si. » Il lui rendit le ticket.

Cardinal ouvrit sa mallette, il y rangea le ticket et son carnet et la referma d'un claquement sec. « Merci, monsieur le sénateur. Encore une fois, je m'excuse d'être venu vous déranger dans un moment comme celui-ci. »

Le sénateur balaya ses craintes d'un geste de la main. « Je suis désolé de ne pas pouvoir vous aider plus que ça. »

Ils gagnèrent le vestibule. Le sénateur regardait par les fenêtres pendant que Cardinal remettait ses caoutchoucs et son manteau.

« Vous avez retrouvé le type qui a tué votre femme, inspecteur ?

– Oui. Il purge une peine à perpétuité à Kingston.

– Tant mieux. Et cet enfoiré-ci ?

– Sans garantie. Mais je ferai de mon mieux.

– Écoutez, je ne veux pas me mêler ou quoi que ce soit, mais vous ne pouvez pas faire appel à la gendarmerie royale sur ce coup-là ?

– On a déjà recours à leurs services scientifiques et ils nous ont proposé une assistance supplémentaire en cas de besoin. La police d'Ottawa nous aide beaucoup aussi.

– Eh bien, dites-moi si je peux contribuer.

– Si ça ne vous dérange pas, je voudrais inspecter votre propriété.

– Aucun problème. Vous avez été très compréhensif, inspecteur, ça me touche. »

Cardinal ne savait pas quoi dire et répondit par une question. « Vous avez un rapport avec une femme nommée Laura Lacroix ? Ou vous savez si votre femme la connaissait ?

– Laura Lacroix ? Ça ne me dit rien. Mais je rencontre beaucoup de monde. Trop de monde. » L'esquisse d'un sourire, un souvenir qui passe.

Cardinal remarqua un portrait grandeur nature de la femme du sénateur. Il était imposant et coloré mais ressemblait à une esquisse. Elle riait, il y avait un bateau sur un lac au deuxième plan. « C'est très beau.

– Charles Comfort. Vous le connaissez ?

– Ma femme aurait connu.

– Il a loué la villa à côté de la nôtre un été. Il a déposé ça le jour de son départ. Ça vaut un peu de sous en réalité.

– C'est généreux.

– J'ai remarqué ça : quand vous avez déjà beaucoup, on vous offre tout le temps des trucs.

– Alors ça ne vous dérange pas si je vais voir dans votre garage et que j'inspecte le reste de votre propriété ? Ça peut m'aider à trouver une piste sur ce type.

– Faites comme chez vous, inspecteur. La police d'Ottawa est déjà passée, bien sûr, mais vous pouvez regarder aussi, tout ce qui peut aider. »

Cardinal sortit une carte de visite et écrivit quelque chose au verso avant de la tendre au sénateur. « Ce n'est pas parce que vous possédez beaucoup. C'est mon numéro personnel. Au cas où vous penseriez à quelque chose. Je suis sincère : appelez quand vous voulez. »

Le sénateur prit à la carte à deux mains par les coins et la considéra. « J'ai comme l'impression que ça non plus, ce n'est pas recommandé. »

Extrait du cahier bleu

Et ça vaut combien en ce moment, les cadavres d'adolescents victoriens ? a demandé Dahlberg. Avec son épaisse barbe rousse, il ressemblait chaque jour un peu plus au général Lee.

Je lui ai expliqué que Vanderbyl avait offert deux gros jambons à l'Inuk qui les avait pris dans ses bras comme des jumeaux, puis que Vanderbyl lui avait ouvert la porte, le laissant repartir dans la nuit.

Qu'en dit Hunter ?

Il est effondré d'avoir raté tout ça. Je pense qu'on aurait dû le réveiller.

Dahlberg était agenouillé à côté du lit où nous avions disposé l'adolescent. Il ne peut pas avoir fait partie de l'expédition Franklin, a-t-il dit. Nous sommes très loin de leur dernier emplacement connu.

Nous avons évoqué les différentes expéditions, les tombes et les marques isolées. Les trois pierres tombales sur l'île de Beechey.

Ses vêtements sont trop anciens pour l'expédition Greely, a dit Dahlberg. C'était dans les années 1880 et puis ils ont fini par s'entredévorer, non ?

Les engelures avaient donné au visage et aux mains du garçon une teinte violet profond.

Tu penses que d'autres l'ont trouvé et ont pris le reste de ses vêtements ? a demandé Dahlberg. Il n'a pas pu tenir longtemps dans cette tenue.

Qui qu'il ait pu être, tu ne peux plus grand-chose pour lui, mais tu devrais voir comment va Ray. Il me paraît un peu... instable.

Dahlberg m'a lancé un regard par-dessus son épaule. Je ne peux pas parler de lui avec toi. C'est un patient.

Je suis étonné que Vanderbyl n'ait encore rien dit.

S'il l'avait fait, je ne pourrais pas en parler non plus. Dahlberg a fouillé les poches du garçon. Il en a ressorti une pièce minuscule et l'a portée dans la lumière de la fenêtre. Six pence, 1832. Il a fouillé l'autre poche et y a trouvé une boussole. Il s'est alors relevé et nous l'avons observée ensemble.

Une Tinsly. Ils ont fait faillite avant l'époque de la Gutta Percha Company. Quand il a ouvert le couvercle, l'aiguille est partie dans une direction, puis dans l'autre.

Ça ne lui aura pas servi à grand-chose, ai-je remarqué. On est trop près du pôle magnétique.

Il n'y a que du feu et de la nourriture qui auraient pu lui servir et je ne pense pas que ce pauvre bougre ait eu accès à l'un ou l'autre.

Dahlberg a passé quelques instants à régler son appareil photo. Quand il a fini par prendre un cliché, le flash a laissé une impression sur ma rétine, le visage du garçon mort suspendu dans l'air glacial.

8

Le parc du sénateur Flint était très beau malgré la pénombre. Une odeur de neige fondue et de feu de bois flottait dans l'air, le bruissement des feuilles et le craquement des branches montaient des vieux chênes et des érables. Dans la lumière déclinante, les fenêtres de la maison étaient désormais noires.

Le garage et l'ancien appartement du chauffeur, transformés en espace de rangement, étaient un point de surveillance crédible mais la famille n'avait remarqué aucune empreinte de pas dans la neige et les inspecteurs d'Ottawa avaient retrouvé l'alarme en état de marche, la serrure intacte et la poussière dépourvue de traces. Cardinal n'avait aucune raison de douter de leur compétence.

Le patio à l'arrière de la maison était en partie vide. Cardinal passa entre les bacs pour le recyclage et les formes curieuses des meubles couverts de neige. La propriété s'étendait sur environ cinq cents mètres, un terrain vallonné où surgissaient çà et là des blocs de granit et des bosquets de pins, le tout ceint d'un mur de pierre d'environ deux mètres de haut. Pour voir par-dessus celui-ci, il aurait fallu se poster dans un arbre ou sur la nacelle d'un ouvrier de ligne, des perchoirs bien inconfortables au beau milieu de l'hiver à Ottawa. Aucun voisin proche. À travers les arbres de l'autre côté du garage, il distinguait un simple pignon.

Il sortit par une porte latérale et s'engagea sur un chemin tortueux que surplombait un enchevêtrement de branches noires. Les enfants étaient sortis de l'école, leurs cris et les aboiements des chiens lui parvenaient par-delà les clôtures de pierre et les rues humides. Il prit un virage et vit que la structure qu'il avait prise pour le pignon d'une maison était en fait une cabane dans un arbre, très élaborée, ou plutôt ce qu'il en restait. Les enfants pour qui elle avait été bâtie étaient certainement partis depuis longtemps, rejoignant des écoles et des villes lointaines. Il pensa à sa fille, qui cherchait à percer dans le monde de l'art new-yorkais, et aux distances qui ne se mesurent pas en kilomètres.

Il grimpa sur le muret de pierre. Il y avait des trous au pied de l'arbre, des traces de pas sur lesquelles il avait neigé et plu et qui avaient pu être l'œuvre de la police d'Ottawa ou de quelqu'un d'autre. Il n'était fait état d'aucune cabane dans les rapports qu'ils lui avaient transmis. Il sauta du muret et jura quand il sentit la neige pénétrer dans ses caoutchoucs.

De côté, la cabane semblait encore plus dégradée. Un mur entier avait disparu, l'autre penchait à quarante-cinq degrés. La structure, du moins vue d'en dessous, paraissait solide. On y accédait par une série de blocs de bois fixés dans le tronc par des pointes rouillées. Certaines des premières marches étaient apparemment tombées.

Les caoutchoucs étaient loin d'être un équipement d'escalade idéal et Cardinal dut y aller doucement. Il s'arrêta à chaque échelon en serrant le tronc humide. Ce ne fut qu'en arrivant juste en dessous du plancher qu'il fut en mesure de voir par-dessus le mur d'enceinte du sénateur. L'arrière du garage bloquait toujours sa vue sur la maison elle-même.

Cardinal se hissa dans la cabane, l'angle d'un morceau d'une plaque d'aggloméré s'enfonçant dans son genou, puis il s'agenouilla sur le sol. Pas de jeu, pas de craquement suspect. Il manquait quelques planches et quand il se releva, il testa les autres avant de s'appuyer totalement dessus.

Aucune vue sur la maison des Flint. Elle était bloquée par l'un des murs encore intacts de cette construction bosselée. Dans l'autre direction, du côté où le mur manquait, il apercevait un manoir de brique et de pierre. Cardinal n'était pas homme à s'intéresser à la façon dont vivait les plus riches mais il était – et ce depuis longtemps – passionné par la menuiserie et la charpente. Après la mort de Catherine et son aménagement dans un appartement, il avait remisé ses outils sans pouvoir pour autant se résoudre à s'en débarrasser. Les choses bien faites lui parlaient et il se laissa aller à un soupçon de jalousie vis-à-vis de quiconque vivait dans une maison si bien bâtie.

Un morceau de bâche pendait d'un petit crochet qui avait été fixé dans le montant. Le crochet comme la bâche lui parurent neufs. Des crochets identiques – il en compta trois – avaient été fixés dans le poteau d'en face. Il tendit la bâche et la fixa à celui du haut. Il obtint un quatrième mur qui permettait de le dissimuler. Il était désormais l'unique occupant d'une propriété rurale de deux mètres carrés. Idéal pour un bricoleur, comme disaient les annonces immobilières. Les équipements comprenaient une « table » faite de deux planches soutenues par d'autres planches posées en travers sur le sol et une chaise en osier bancale, utilisable en cas d'urgence mais qui aurait eu bien besoin d'un rempaillage.

La lumière hivernale déclinait et avec elle l'intérêt de Cardinal. Qu'il reste debout ou s'assoie, tant bien que mal, il ne voyait rien de la propriété des Flint. Il pouvait jeter un œil par-dessus la bâche si l'envie lui prenait. Et à travers le mur penché sur sa droite, il voyait les phares des voitures sur Rockcliffe Road. Le mur le plus solide était recouvert de dessins et de mots d'enfants. « ALEX À L'AIDE ! » « MARNIE ÉTAIT ICI. » Il était difficile de déchiffrer les plus petites inscriptions.

Il décrocha la bâche pour y voir plus clair. Des dessins de Charlie Brown, Lucy, Snoopy ou Garfield et beaucoup de bonhommes en bâtons très affairés. Charlie Brown donnait l'impression d'avoir subi une opération du cerveau qui lui avait laissé le sommet du crâne légèrement décalé. La coupe de cheveux de Lucy avait subi le même sort.

Cardinal toucha la deuxième planche en partant du haut. Elle était détachée. En la faisant glisser légèrement sur la gauche, Charlie Brown et Lucy retrouvaient une forme correcte. Il la retira complètement et la posa sur la table. Il avait désormais une vue parfaite sur tout un côté de la maison du sénateur et sur la grande grille d'entrée. De l'autre côté du garage, le portail s'ouvrit pour laisser passer une voiture qui quittait la propriété. Cardinal regarda les battants se refermer.

Une place au balcon. La meilleure de toute la salle.

Cardinal se pencha sur le trou laissé par la planche manquante. Une inscription. Il sortit son téléphone et approcha l'écran. Dans la lueur pâle, il put lire le nombre 25. Aucun autre chiffre sur le reste du cadre, ni sur la planche amovible. Il prit quelques photos de la planche et de la cabane puis appela la brigade d'Ottawa et Delorme.

Delorme lui avait donné rendez-vous au café Max, un petit bistro d'inspiration parisienne près du canal. Elle commanda une bouteille de cabernet sauvignon et une corbeille de pain et s'enfonça dans la banquette pour consulter le menu. Certains plats étaient des spécialités canadiennes françaises mais il y en avait beaucoup d'autres qu'elle ne connaissait pas. Elle n'était jamais allée en France et encore moins à Paris. Elle avait caressé l'idée à la fin de l'adolescence, mais avec le temps son envie s'était émoussée.

Cardinal entra, s'assit face à elle et elle lui versa un verre de vin. Il mit ses lunettes pour lire le menu.

« Qu'est-ce que tu en dis ? demanda Delorme. Ça passera en note de frais ou c'est trop cher ?

– Ça ira.

– Ma mère m'emmenait ici quand j'allais à l'université d'Ottawa. Je leur ai demandé un menu en anglais mais ils ont l'air d'avoir oublié.

– Je vais me débrouiller. Le vin est très bon. »

Le serveur arriva et leur décrivit les plats du jour en français. Un Québécois, remarqua Delorme avec soulagement : les serveurs qui se sentaient comme de *vrais Français** lui demandaient toujours de tout répéter.

Cardinal la surprit en commandant en français. Une salade de betteraves et un steak-frites. Il s'en sortit très bien, employant même le terme *entrée** à bon escient, mais le serveur lui posa une question. Quelle cuisson pour le steak de *monsieur** ? Cardinal était sûr de lui : il le voulait mi-cuit.

Le serveur sourit et lui demanda en anglais s'il le voulait bien cuit.

« Oui, c'est ça », répondit Cardinal. Puis, quand le serveur fut reparti : « Ce n'est pas ce que j'ai dit ?

– Le mi-cuit, c'est un gâteau. Mais je suis surprise que tu connaisses ce mot, tu as lu les livres de Julia Child ou quoi ? »

Cardinal grommela une réponse inintelligible et lui demanda comment s'était passée son après-midi.

« Oh, ce fut tout à fait exaltant. J'ai lu tout le dossier, tous les rapports, du début à la fin. Les policiers ne sont pas de très bons écrivains, tu avais remarqué ? Je n'ai pas l'impression qu'ils étaient très avancés, mais ils nous ont économisé beaucoup de travail.

– Ils ont dû envoyer leurs experts dans la cabane à l'heure qu'il est. S'il y a quoi que ce soit, ils le retrouveront. Qu'est-ce que ça t'inspire, ce numéro 25 ? »

Delorme se sentit soudain un peu oppressée, sans qu'elle sache pourquoi. Elle ne voulait pas parler de l'enquête mais Cardinal était excité, les yeux brillants. Bien sûr, ça faisait partie des raisons pour lesquelles elle et les autres inspecteurs aimaient travailler avec lui : ça ne lui arrivait jamais de se lasser d'un dossier. « Il n'y avait rien dans les rapports sur le nombre 25, dit-elle. Il va falloir que tu consultes un numérologue.

– Ce n'est peut-être rien. D'un autre côté, il n'y avait aucune autre marque similaire. Ils devraient pouvoir nous dire si c'est une inscription récente. Qu'est-ce qu'il y a ? Tu es fâchée contre moi ?

– Bon, quand est-ce qu'elle arrive, notre bouffe ? »

Cardinal baissa la tête et tapota la nappe à carreaux avec sa fourchette. Il détournait toujours le regard quand elle était énervée, comme si elle était trop pathétique pour mériter que l'on s'attarde sur elle. Le mec a vécu avec une femme qui passait son temps à faire des allers-retours en HP sans ciller mais si moi je m'agace un peu, il ne le supporte pas. Bien sûr, Catherine était belle et talentueuse, c'était autre chose que sa collègue super chiante.

« Il y a au moins l'un de nous deux qui a eu un après-midi productif, dit-elle. Ça doit être sympa. »

Cardinal releva la tête, son impatience de petit garçon remplacée par son expression calme et insondable.

« John, ça t'est venu à l'idée une seule seconde que je puisse avoir envie de participer à la partie intéressante ? Pourquoi c'est moi qui dois m'enterrer dans le placard à archives pendant que tu vas explorer la possible planque du tueur ?

– Hé, attention, souffla John en regardant autour d'eux si quelqu'un pouvait les entendre.

– Tu es d'accord avec Chouinard, c'est ça ? N'importe qui, même un type comme Loach, vaut mieux que moi sur une enquête ?

– Qu'est-ce que Loach vient faire là-dedans ? Il fallait se répartir le travail, c'est tout. Je ne m'attendais pas à découvrir quoi que ce soit chez les Flint et si ça se trouve ça ne donnera rien. »

Le serveur arriva avec leurs assiettes et Delorme se vit redevenir un être humain normal et courtois. Elle fit même quelques amabilités en français. Quand il fut reparti, elle dit : « Ne me mets pas à l'écart pour les trucs intéressants, c'est tout ce que je te demande.

– C'est ça, dit Cardinal, maintenant tu es mon McLeod.

– McLeod. Vraiment ? Je suis grosse et raciste ?

– Irritable et imprévisible.

– C'est injuste. McLeod est totalement prévisible. »

Ils mangèrent en silence. C'était bon mais Delorme ne pouvait se résoudre à le dire. Elle regrettait, comme trop souvent quand elle était avec Cardinal, de se montrer aussi puérile.

Quand ils rentrèrent à l'hôtel, Cardinal regagna sa chambre au cinquième étage tandis qu'elle montait au septième. Elle retira son manteau et ses bottes, se déshabilla et enfila le tee-shirt trop grand qui lui servait de pyjama. Elle s'assit au bout de l'un des lits jumeaux et envisagea d'appeler Cardinal pour lui proposer de venir regarder un film.

Elle contempla son reflet, spectre gris dans l'écran de la télé. « Je n'ai pas envie de regarder un film », dit-elle.

Extrait du cahier bleu

Deux fois par semaine, Vanderbyl partait à skis à la cabane sismique. Celle-ci se trouvait à plusieurs kilomètres, vers ce qui avait autrefois été l'extrémité occidentale de l'île mais qui était devenu, à cause des vents, des contacts avec les autres îles et les bancs sous-marins, la pointe sud. Il avait obtenu des financements de l'État pour cartographier la dorsale de Lomonossov, l'espoir d'Ottawa étant de prouver qu'elle était fermement reliée au Canada plutôt qu'au Groenland ou, pire encore, à la Russie. Kurt dormait alors dans le baraquement pour pouvoir commencer le minage le plus tôt possible.

Parfois, quand les autres étaient totalement pris par leurs recherches respectives, j'allais dans le laboratoire de Rebecca. Contrairement à ce que laissent croire les films, les bureaux et les comptoirs ne sont pas des surfaces idéales pour les rencontres amoureuses, quand bien même Rebecca ne les aurait pas recouvertes de ses appareils électroniques. Je m'asseyais parfois sur sa chaise de bureau pour qu'elle me chevauche et je pouvais alors me laisser emporter par le parfum des cheveux dans sa nuque et le goût de sa sueur.

Les nuits où Vanderbyl était absent – c'était encore le début du printemps, les nuits étaient toujours extrêmement longues – nous pouvions aller dans sa cabine. Mais si Vanderbyl était au camp, elle venait dans la mienne, ma planète naine, comme elle l'appelait, et nous couchions ensemble. C'était ensuite un déchirement pour elle de quitter le lit et de repartir dans le froid polaire. Nous nous y sentions mieux car il semblait peu probable que Vanderbyl vienne me rendre visite.

Une nuit, j'étais au lit et venais de reposer mon livre. C'était encore un bouquin que Rebecca m'avait mis dans les mains, un « roman d'apprentissage » sur un petit Pakistanais de Muskoka. Son vécu ressemblait étrangement à celui de la petite catholique de Terre-Neuve dans le livre qu'elle m'avait prêté avant celui-ci et j'étais bien décidé à ne plus en accepter. Il doit y avoir une usine qui les produit à la chaîne, lui avais-je dit pour la taquiner.

Pourquoi est-ce que tout le monde se sent obligé d'être cinglé ? ai-je crié en réponse aux petits coups frappés à ma porte. Pourquoi faut-il que tout le monde ait un cœur d'or ? Entre, bon Dieu, j'ai deux mots à te dire.

Mais c'est Vanderbyl qui a ouvert la porte, est entré et l'a refermée rapidement derrière lui.

Il a enlevé ses gants et abaissé sa capuche et il est resté planté là, un peu voûté, comme toujours. Son visage était fripé par l'épuisement et les tentatives pour le lisser quelque peu semblaient avoir échoué. Des poches noires sous les yeux, des points blancs aux coins des lèvres. Un homme à qui le sommeil était étranger.

Je te prie de m'excuser pour le dérangement. Puis-je m'asseoir ?

Il a retiré ses bottes et s'est assis sur ma chaise de bureau sans retirer sa parka. Il a tendu ses mains devant lui comme pour mesurer la longueur de ses bras avant de les reposer sur ses genoux, un assortiment de longs doigts et de poignets osseux. Il est resté immobile.

Je n'avais rien à dire dans ces circonstances. Je me suis appuyé contre le mur, enfoncé dans mon duvet qui avait l'odeur de Rebecca.

Le crissement de la parka de Vanderbyl lorsqu'il s'est relevé. Je croyais qu'il allait repartir dans la nuit, mais il s'est mis à genoux. Il a serré les mains devant lui et les a secouées comme s'il était menotté.

C'est ça que tu veux ? m'a-t-il demandé.

Kurt, bon Dieu.

Si c'est ce que tu veux, prends-le. D'accord ? C'est à toi. Ça doit te faire plaisir, non ? Ça doit te remplir de joie ?

Bien sûr que non. Lève-toi, s'il te plaît.

Mais c'est toi qui m'as amené là. Tu dois avoir envie que j'y sois, non ?

Non.

Toi et ma femme. Ensemble vous m'avez anéanti. Elle avait ses raisons, toi non.

Kurt, tu l'as quittée. Vous êtes séparés.

Une simple pause. Je voulais qu'elle comprenne qu'au fond d'elle elle voulait rester avec moi. C'est en fait moi qui fais les frais de cette expérience.

C'est le problème de la démarche expérimentale. On obtient rarement les résultats que l'on cherche.

C'est à cause du comité de sélection ? C'est parce que tu n'as pas eu le poste ?

C'était il y a des années, Kurt.

Il faut que tu comprennes que ça n'avait rien de personnel. Il y avait simplement un candidat plus indiqué.

C'est discutable.

Et ce fut pleinement discuté. Ça n'a pas été une décision facile à prendre. Et elle n'a pas fait l'unanimité. Mais en fin de compte – pour diverses raisons – le choix du comité s'est porté sur Klimov.

Tu étais président. Tu avais le dernier mot.

Et me voilà.

Il a de nouveau tendu ses mains jointes vers moi. Même à genoux, il me prenait de haut.

J'étais en colère à l'époque, ai-je dit. Plein de ressentiment et même de haine. Mais je suis très heureux à Carleton et je ne crois pas à la vengeance.

Tu es certain ? Je ne croyais pas à la jalousie avant.

Il s'est relevé pour regagner la chaise. J'ai eu peur, l'espace d'un instant, qu'il la saisisse pour me fracasser le crâne avec mais il s'est contenté de la tirer près du lit pour s'y asseoir.

J'y crois désormais. Un axiome éprouvé, comme dit le poète. Comme il est ridicule que moi – moi qui ne me targue de rien d'autre que de ma raison – je doive voir ma raison bouleversée par un simple fait anatomique. Toute logique, tout jugement, disparus, me laissant réduit à ce qui reste quand on n'a plus rien. Je ne suis que désir et appétit, solitude et envie. Je suis rage, chagrin et désespoir, cette chose pitoyable – non, la chose la plus faible, la plus pitoyable qui soit, rongée par des nuits sans sommeil. C'est amusant pour toi, bien sûr, de me voir écorché vif.

Non, Kurt. Je suis navré que tu souffres autant.

Oui, oui, c'est ça.

C'est la nature de la jalousie, non ? Elle te maintient au cœur de l'histoire.

Quand tu te fais dévorer par un requin, il est difficile d'adopter son point de vue.

Je suis amoureux d'elle, Kurt.

Alors je te demande, en tant qu'homme amoureux, de reconnaître ce que je vis. Et si c'est la vengeance qui t'anime, je suis là pour te dire que le poignard est planté dans mon cœur et que tu as la main sur le manche. Je m'agenouille devant toi, te suppliant d'arrêter.

Kurt.

Nous avons souvent travaillé ensemble. Nous ne nous connaissons pas bien mais un peu. Tu sais que j'ai un gros ego. C'est une cible si commode. Je te demande de mesurer mes paroles en connaissance de cause et de voir ce qu'il m'en coûte.

Kurt.

Je ne suis pas venu les mains vides. Brenner prend sa retraite l'an prochain. Tu commencerais directement comme titulaire.

Je suis titulaire à Carleton.

Tu n'aurais pratiquement aucun enseignement, aucun comité. Des congés de recherche. Et le salaire serait plus élevé. Tu pourrais probablement gagner autant que moi.

Arrête, Kurt.

Si j'avais de l'argent, je te le proposerais, mais tu en as sûrement plus que moi. Je ne suis pas un investisseur très avisé. Nous pourrions peut-être parvenir à un arrangement discret.

Kurt, je ne peux pas la vendre.

Et elle n'est pas à toi. Rebecca est ma femme. Tu sais ce que ça veut dire ? Est-ce que tu en as la moindre idée ? Ce n'est pas qu'un papier. Ce n'est pas une question de cérémonie. Ça veut dire que je l'ai vue grandir depuis qu'elle est doctorante, ce n'était qu'une jeune fille, et que je l'ai vue devenir une femme mature et sage. J'étais là dans les grands moments de sa vie : quand elle a fini sa thèse, quand elle l'a soutenue. J'étais là pour les déceptions, les coups durs. Je l'ai vue tomber la tête la première dans les pièges les plus cruels de la vie universitaire. Elle pense que tout le monde est ami avec elle, que tout le monde lui veut du bien, jusqu'à ce qu'elle découvre le contraire.

Ce n'est pas la Rebecca que je connais, ai-je dit. M'a-t-il entendu ou non, je n'en ai aucune idée.

Je lui ai tenu la main à l'enterrement de sa mère. Je l'ai entendue parler dans son sommeil, je lui ai caressé les cheveux quand elle avait fait un cauchemar. Je l'ai conduite à l'hôpital et je suis resté assis des heures avec elle dans la salle d'attente. Je n'avais jamais vu personne d'aussi malade. Ils lui ont donné cinq poches de liquide, Durie, cinq poches de sérum isotonique en perfusion. Ça a fait chuter sa température et elle s'est convulsée sur le brancard comme une épileptique. Et l'accident de voiture – elle t'a parlé de l'accident de voiture ?

J'ai répondu non, mais ça n'avait pas d'importance, il ne m'écoutait pas.

En Norvège. Nous roulions bien trop vite. Un temps atroce, du brouillard et du verglas, le chauffeur a perdu le contrôle et nous nous sommes réveillés dans un minuscule hôpital de campagne. Je m'en suis sorti avec un bras cassé mais Rebecca avait une entaille profonde à la jambe et avait désespérément besoin d'une transfusion. Je me suis réveillé couvert de son sang, une aiguille dans le bras : nous sommes du même groupe. C'est mon sang qui coule dans ses veines, Durie, c'est ça que le mot *femme* veut dire ici, si jamais tu l'ignores ou si tu t'en fiches.

J'ai essayé de le calmer mais il était incontrôlable.

Ça veut aussi dire, oui, que je l'ai fait souffrir. Parce que je suis un homme et que je suis orgueilleux, stupide et faible. Je lui ai fait du mal et j'ai senti ses larmes inonder ma chemise quand je lui ai présenté mes excuses abjectes. Mais ce n'est pas que ça. Il n'y a pas que les grandes choses. Il y a peu, je cherchais un timbre ou des ciseaux et j'ai ouvert le tiroir de mon bureau et tu sais ce que j'y ai trouvé ? J'ai trouvé un ticket, déchiré, pour un récital de concertos de Bach. Pas par un grand virtuose, ni un orchestre célèbre, mais c'était la première sortie que nous avions faite ensemble et elle avait gardé le ticket, qu'elle a collé sur une belle feuille de papier et elle a écrit en dessous, de sa magnifique écriture, la date et les mots *Ma première sortie avec Kurt.*

Kurt, je t'en prie. Il est tard. Faisons au mieux pour travailler ensemble.

Je l'ai entendue rire au téléphone comme une lycéenne, je l'ai entendue chanter à tue-tête quand elle se croyait seule à la maison. Tu penses que, parce que tu la baises, tu es plus proche d'elle ? C'est ça, détourne le regard, je ne te le reproche pas. Et il n'y a pas que les petites choses, c'est moins que ça. Les petits riens. Je me lève le matin et elle est là, Durie. Elle est là, tu comprends. Année après année, jour après jour. Cette personne dont je sais que je ne la mérite pas, chaque jour.

Elle *était* là. Tu l'as tenue pour acquise, Kurt.

Oui, bien sûr. Je suis égoïste, vaniteux et pas très prévenant. Mais ce n'est pas si mal, tu sais, de prendre l'autre pour acquis. On s'habitue, comme on s'habitue à un paysage, à la plaine de Toronto ou à l'ombre d'une montagne. Oui, ce sont nos paysages, ils nous entourent et tu oublies qu'ils sont là. D'une certaine façon, tenir une personne pour acquise est une preuve d'amour.

Bonne nuit, Kurt.

Une marque de confiance.

Il essuya ses larmes avec la manche de sa parka. Que je suis bête. Te demander ça, à toi ! J'ai toujours su que tu étais une personne froide, insensible. Mais il faudrait un microscope pour mesurer la distance qui sépare la froideur de la cruauté. Parfois, il n'y a rien à faire pour être cruel, il suffit juste de vouloir se tenir à l'écart sans agir. Je suis un homme dévoré par les flammes qui te supplie de lui pisser dessus, mais bien sûr tu refuses. La rendre ? Que je suis bête. Bien sûr que tu ne la rendras jamais.

Kurt, je n'essaie pas de te faire du mal. Tu dis que tu l'aimes. Est-ce que c'est si dur de croire que je l'aime aussi ? Pourquoi est-ce si impossible que j'aime Rebecca, peut-être même plus que vous ne vous êtes jamais aimés ?

Il peinait à remettre ses bottes. Grommelait. Oui, c'est impossible. Je vais te dire pourquoi ce n'est pas possible. Ce n'est pas possible, Durie, pour la simple et bonne raison que tu n'aimes et n'aimeras jamais personne.

Franchement, Kurt, je ne pense pas que la psychologie soit ton point fort. Tu parles comme un prêtre à moitié décérébré.

Kurt a ouvert la porte et la nuit polaire s'est engouffrée dans la cabine. Il est sorti en la claquant derrière lui. J'ai écouté ses pas s'éloigner puis j'ai éteint la lumière et me suis enfoncé dans mon sac de couchage. Aveuglé par sa rage et son impuissance, Kurt a cru que ses mots ne m'avaient pas touché. Mais la revendication de leur intimité, d'une véritable intimité avec Rebecca, m'avait blessé. J'ai respiré son parfum en prenant de profondes inspirations : mon antidote, ma morphine. Et je me suis demandé si j'étais un être mauvais ou un homme dénué de questionnement moral. Je n'ai jamais prétendu être bon. Si j'ai la moindre vertu, ça doit être de ne me prévaloir d'aucune.

9

Elle sortit de la Thomas Fischer Rare Books Library et descendit l'escalier en trottinant, son énorme sac à dos rebondissant à chaque marche. Sa moufle rouge en l'air pour saluer un homme qui montait les marches. Joli sourire.

Un soir d'hiver à l'université de Toronto. Des flots d'étudiants se croisaient au carrefour, les courants changeant à chaque feu vert. Ils discutaient, le visage animé de la beauté facile de la jeunesse, les yeux rendus brillants par les lampadaires, les joues éclairées par leur téléphone. Au milieu de cette foule, un homme, le visage dissimulé sous une capuche, était un point particulièrement tranquille.

Il regarda la jeune femme gagner le râtelier à vélos, les cheveux dans les yeux. Entre le sac qu'elle portait sur son dos et le casque qu'elle avait à la main, elle ressemblait plus à une étudiante qu'à une enseignante. Elle posa le sac dans son panier, retira une moufle qu'elle tint entre ses dents tandis qu'elle mettait le casque sur sa tête et attachait la sangle. Elle se pencha pour déverrouiller son cadenas qu'elle fixa sur le cadre et, gardant sa moufle dans la bouche, fouilla une poche de son sac à dos.

Une lumière rouge clignota dans sa main. Elle l'attacha sous sa selle et en fixa une autre – blanche, non clignotante – au guidon. Après avoir remis sa moufle, elle poussa son vélo jusqu'au bord du trottoir, grimpa dessus et pédala vers l'ouest sur Harbord Street.

Le vélo la rendait difficile à suivre à pied ou en voiture. Non pas que ça ait de l'importance en fin de compte. En fin de compte, rien n'avait d'importance.

Il le regarda rejoindre la file de cyclistes qui attendaient au prochain feu. Une femme sûre d'elle, à qui la neige fondue et le trafic dense ne faisaient pas peur. Intrépide. Elle lui inspirait une forme d'admiration craintive. C'est immense, quand vous n'êtes composé que du passé, de contempler une créature à la beauté facile, qui elle n'est qu'avenir.

« Et qu'est-ce que je suis censée porter à ce truc ? » Au téléphone, Delorme semblait un peu paniquée. « C'est très guindé ?

– Je ne sais pas, répondit Cardinal. Il ne m'a pas dit. Ronnie n'est pas du genre guindé.

– Mais il est riche, non ?

– Ouais, mais...

– OK, donc guindé. Il sait que ce n'est pas un rencard, hein ? Si on arrive ensemble, les gens vont penser qu'on est en couple et je n'ai pas envie de passer la soirée à m'expliquer. »

Cardinal avait eu un peu d'appréhension avant de l'inviter à la soirée de Ronnie Babstock, surtout après l'avoir autant agacée à Ottawa. Quand elle ouvrit la porte, il ne put s'arrêter de la complimenter sur son apparence.

« Tu as déjà commencé à boire ou quoi ? C'est juste une petite robe noire.

– Non, pas du tout. Tu as des trucs qui brillent aussi.

– Des trucs qui brillent. Super. Et puis depuis quand tu fais attention à ce que je porte ? »

Cardinal y repensa pendant leur trajet jusque chez Ronnie Babstock. Delorme avait raison, ça ne lui ressemblait pas. Bien sûr, ça ne ressemblait pas non plus à Delorme d'être aussi canon. Mais il y avait autre chose. Ça faisait deux ans que sa femme était morte et il était conscient de certains changements en lui.

Quelque temps auparavant, avant Noël, il avait regardé un film avec Delorme, chez elle. Ce n'était pas une comédie, mais il y avait des passages drôles et Cardinal avait ri trop fort. Il l'entendait lui-même – ça lui arrivait souvent ces derniers temps – mais il sentit le besoin de se défendre quand Delorme lui fit une remarque. Elle lui demanda s'il avait l'intention de devenir une de ces personnes pénibles qui dérangent tout le monde au cinéma.

« C'était drôle, c'est tout », insista-t-il. Mais il avait ri trop fort et ça lui avait fait du bien, comme si quelque chose à l'intérieur de lui, non pas son cœur mais un autre organe moins connu, siège des émotions depuis longtemps gelé, venait de fondre. Le monde commençait à lui paraître plus riche, les choses drôles plus drôles.

Les choses tristes étaient plus tristes, elles aussi. Quand Delorme lui avait parlé du chien de ses voisins qui avait dû être piqué et de la crise de larmes de la petite dernière, cela l'avait retourné. Il ne connaissait même pas ces gens. D'où ça lui venait, cette sensibilité bourgeonnante ? Il était convaincu que c'était sain – enfin, il le supposait –, comme de retrouver la sensation dans ses doigts engourdis par le froid. C'était un sentiment agréable dans l'ensemble, malgré son léger goût d'interdit. Mais c'était somme toute normal qu'il parvienne de nouveau à se montrer complètement réceptif au monde.

Delorme y était pour beaucoup. Leur amitié était si détendue et simple et ne ressemblait à rien de ce qu'il avait connu. Il ne s'inquiétait jamais pour elle. Avec Catherine, après sa première crise, très tôt dans leur mariage, il n'y avait jamais eu un moment sans inquiétude. Son amour pour son épouse, bien que profond et loyal, avait toujours eu une grande dimension protectrice. Delorme était juste une amie, il n'était pas responsable d'elle et elle n'avait besoin de la protection de personne, merci bien.

Quand ils furent arrivés à la soirée, Cardinal prit un certain plaisir à la présenter à Ronnie et aux copains du poker en guettant leur réaction. Plusieurs femmes portaient elles aussi des trucs qui brillaient. Au milieu des bougies, des flûtes et des seaux à champagne, elles scintillaient gaiement, comme des cadeaux de Noël. Mais il était heureux de rester aux côtés de Lise.

Il n'était pas très porté sur la boisson, mais une volée de jeunes femmes très apprêtées circulaient parmi les invités pour remplir leur verre sans rien demander. Quand il fut l'heure de passer à table, il découvrait chez lui des ressources ignorées d'affabilité.

Tout le monde l'interrogeait sur l'affaire Marjorie Flint. L'épouse d'un sénateur avait été assassinée dans leur ville, comment aurait-il pu en être autrement ? Ça faisait partie des choses que Cardinal détestait généralement dans les soirées, que les gens lui posent des questions sur des enquêtes médiatiques sans qu'il puisse répondre. Mais ce soir, il ne voulait pas bouder son plaisir et de toute façon, Ronnie Babstock mettait au point une sorte de brouillage de protection.

« C'est vrai qu'elle était attachée comme un chien ? demanda une invitée.

– Il ne peut pas en parler, répondit Ronnie. Dossier en cours. »

Une autre femme bien habillée dit : « Totalement nue par des températures négatives : c'est incroyable ce que cet homme a fait. »

En réalité, le fait que Marjorie Flint ait été chaudement vêtue était bien plus remarquable mais Cardinal n'en dit rien.

« Rachel, tu entends ? Il ne peut pas en parler, le pauvre vieux.

– Ça ne fait rien, dit Cardinal, c'est normal d'être curieux.

– Oui, mais bon, il y a des limites », dit Ronnie.

La conversation se porta sur le travail de celui-ci. Delorme évoqua les photos de Mars et Marti, le robot explorateur, qui avait tenu plus longtemps et voyagé plus loin qu'espéré. Cardinal se rendit compte qu'elle avait dû faire des lectures pour se préparer à la soirée, une délicatesse à laquelle il n'aurait jamais pensé lui-même.

« Vous devez être constamment inquiet, avec tous ces milliards en jeu, dit-elle.

– Nous avons des protocoles de test draconiens, répondit Ronnie. On leur fait vivre l'enfer avant même que la NASA puisse y jeter un œil. Et croyez-moi, c'est vraiment infernal.

– La NASA demande-t-elle une garantie ?

– C'est compliqué.

– Il doit bien y avoir des garanties mobiles, je suppose.

– Vous vous y connaissez en contrats ?

– Lise est notre spécialiste de la délinquance en col blanc, dit Cardinal. Ne la laisse pas s'approcher de ta déclaration d'impôts.

– Il y a différentes échéances avec diverses responsabilités engagées, expliqua Ronnie. Nous sommes largement dans les clous sur ce projet-ci.

– Oui, j'imagine. » Elle leva son verre. « À Marti. »

Ils trinquèrent à la santé du robot puis quelqu'un lança : « Quand une femme se fait assassiner, c'est toujours le mari. Et David Flint a la réputation d'être un énorme connard au Sénat.

– Mais bon Dieu, ils n'ont pas le droit d'en parler, dit Ronnie.

– Mais nous, oui. »

Il était tard quand ils firent leurs adieux et sortirent dans le froid. Cardinal tendit ses clés à Delorme, qu'elle accepta sans commentaire. Elle prit le chemin le plus long, par Lakeshore, sans doute parce que l'éclairage y était meilleur.

« J'ai passé une très bonne soirée, John. Merci de m'avoir invitée.

– Je suis content que tu sois venue, je n'y serais pas allé tout seul. » Ça ne sonnait pas tout à fait juste à son oreille, mais il ne savait pas pourquoi. Il se pencha pour baisser légèrement le chauffage.

« Ronnie Babstock est vraiment très chaleureux. C'était assez chou, la façon dont il empêchait les autres de nous parler boulot. On aurait dit qu'on était des célébrités.

– Hm-hm. » Cardinal essayait toujours de comprendre ce qu'il avait voulu dire.

Ils firent en silence le reste du trajet jusqu'à son immeuble. Delorme gara la voiture sur sa place de parking et lui tendit les clés.

« Je te raccompagne, dit Cardinal.

– Arrête, c'est à deux minutes. »

Cardinal insista. Ils gravirent la pente côte à côte, les mains dans les poches. Un fin duvet neigeux scintillait à la lueur des lampadaires. Au loin, le sifflement d'un train de marchandise roulant vers le sud.

Quand ils arrivèrent devant chez elle, Delorme s'arrêta au bout de l'allée et voulut le remercier à nouveau mais Cardinal se surprit à l'interrompre. « Il faut que je te le dise, fit-il. Je suis vraiment heureux quand je suis avec toi. Voilà. C'est tout simple, c'est sincère, et ce n'est pas le champagne qui parle. Je suis vraiment heureux quand je suis avec toi. »

Delorme plissa les yeux. Elle lui sortit le regard à la Clint Eastwood qu'elle réservait normalement aux avocats et aux collègues dont le rapport à l'honnêteté était imparfait. « Qu'est-ce que tu viens de dire ?

– Rien. On se voit lundi. Tu bosses lundi, non ?

– John, attends. » Elle se radoucit. Sa main – petite, gantée – se posa sur son bras, un contact tout juste perceptible sous sa parka. « Je ne suis juste pas sûre de t'avoir bien entendu.

– Je disais juste que je suis heureux quand je suis avec toi, c'est tout.

– Ah, c'est tout.

– C'est un fait apparemment. J'imagine que c'est évident. Ça m'a frappé à l'instant, c'est tout.

– Ah, c'est tout », dit-elle encore. Ce regard sceptique posé sur lui, ces lèvres légèrement entrouvertes.

Cardinal la prend par les épaules et l'embrasse. Dans la nuit froide, la chaleur soudaine de sa bouche contre la sienne. Elle pose la main sur sa nuque. Et pendant qu'ils s'embrassent, la sensation qu'il vient de sauter d'un avion qui volait à trente mille pieds d'altitude.

Au cours de sa carrière, Delorme avait croisé un paquet de paranoïaques. Son fameux collègue Ian McLeod était un parfait exemple. Mais avant de rencontrer l'inspecteur Vernon Loach, elle n'avait jamais rencontré d'anti-parano : Loach semblait chérir l'idée, illusoire, selon laquelle tout le monde complotait pour son bien.

« Non, je parlais avec un producteur de la CBC, criait-il au téléphone, peut-être à sa femme, la malheureuse, et je pense qu'ils vont faire un portrait de moi... un truc biographique ou quelque chose dans le genre. »

Pour un programme satirique, peut-être, songea Delorme, tout en consultant pour la troisième fois la liste des contacts e-mail de Marjorie Flint. Un peu plus tôt, Loach avait laissé entendre à un pauvre bougre que la juge Roselyn Tate, le plus récent – et le plus séduisant – membre de la Cour suprême, avait flashé sur lui.

Loach n'était pas repoussant. Delorme pouvait bien lui accorder ça. Mais il faisait partie des gens qui ont des traits réguliers, une solide carrure, une garde-robe convenable et aucun sex-appeal. Mettez-le à côté de Cardinal et c'est comme s'il n'était même pas dans la pièce, son ego mis à part bien entendu.

Elle repensa à ce baiser. Impossible de dire où ça allait les mener, ils s'étaient aventurés en territoire inconnu. Mais elle ressentait une excitation dont elle n'avait pas fait l'expérience depuis très, très longtemps. Ça l'inquiétait un peu – plus qu'un peu – et elle se força à se concentrer sur son travail.

Elle se couvrit les oreilles pour ne plus avoir à entendre Loach et essaya de ne s'intéresser qu'à la liste de contacts – noms, numéros et adresses e-mail – qui avait été autrefois la propriété de Laura Lacroix et de Marjorie Flint.

La femme du sénateur vivait à Ottawa, Laura Lacroix à Algonquin Bay, les chances qu'elles aient des connaissances communes étaient maigres. Elle fouilla les six cent treize contacts du carnet d'adresses de Lacroix et y trouva trois numéros à Ottawa : un couple nommé Sal et Jackie Gottlieb, le Club Risqué et Leonard Priest. Aucun n'apparaissait dans les contacts de Marjorie Flint.

Delorme reprit les entrées une à une, marquant chacune d'un astérisque. De temps en temps, elle était excitée de découvrir une correspondance, mais ce n'était que des entreprises nationales comme Air Canada, la banque de Montréal ou les hôtels Fairmont.

Elle essaya de se remonter le moral en se rappelant que même sans connexions entre les deux victimes, c'étaient des informations précieuses. Précieuses mais pas excitantes pour autant. Elle ne cessait d'espérer que Cardinal arrive. Ils ne s'étaient pas parlé depuis la fête et durant le reste du week-end elle avait vu une impatience ridicule grandir en elle. Le dimanche soir, elle avait appelé une vieille amie, Claire Nadeau, pour lui raconter ce qu'il s'était passé.

Claire fit preuve d'un enthousiasme absolu ; surprenant, dans la mesure où Delorme elle-même n'était pas certaine que ce soit un développement positif

« On travaille ensemble. Et si ça ne marche pas ? Ce sera horrible.

– Ne sois pas si pessimiste. Depuis le jour où tu es rentrée à Algonquin Bay, tu me parles de ce type.

– Comme d'un collègue, pas comme...

– C'est des conneries, ça, ma puce. Tu en as toujours parlé avec ce ton qui disait : "Si seulement il n'était pas marié."

– Pas du tout.

– Oh que si.

– Pas du tout.

– Lise. Écoute-toi : tu es ravie. C'est génial. Est-ce que tu vas tout faire foirer maintenant en étant complètement négative ? »

Delorme avait essayé de faire comprendre à Claire qu'elle voulait simplement se montrer raisonnable. Prudente. Ce n'était pas comme si elle avait eu vingt et un ans, bon sang. Et pourtant, elle regardait la pendule toutes les dix minutes.

À midi et demi, elle enfila sa parka et sortit. La réverbération du soleil sur les congères lui fit pleurer les yeux. Elle était au milieu du parking quand elle entendit Cardinal l'appeler. Il était devant l'entrée latérale, en bras de chemise.

« Lise, où est-ce que tu vas ?

– J'allais me chercher un sandwich. Tu veux que je te rapporte quelque chose ?

– Monte dans la voiture, on prendra un truc en chemin.

– En chemin pour où ?

– Astor Bay. Arsenault a du nouveau. »

Il lui expliqua sur la route d'Astor Bay. Arsenault avait enfin réussi à identifier le morceau de carrosserie de motoneige. Il correspondait au modèle Arctic Cat 660 Turbo produit entre 2007 et 2009.

« Turbo. C'était ça, les lettres *r* et *b* ?

– Exact.

– Et comment il a trouvé ces dates ?

– Pour le citer : "Facile, ils ont changé les polices."

– Sacrée base de données.

– En fait, ça vient de Dents 'n' Dings, magasin de pièces détachées sur la route 63. Il y est allé avec son morceau de plastique et a cherché jusqu'à ce qu'il trouve une correspondance. J'ai passé la matinée à éplucher les plaintes pour vol de motoneige.

– On est sûr qu'elle était volée ?

– Non, mais c'est probable.

– Où est-ce que tu étais ? »

Cardinal la regarda. « Comment ça ?

– Tu n'étais pas à ton bureau. Je ne savais pas que tu étais là. »

Elle avait un drôle de ton, qui rendait Cardinal un peu nerveux.

« Je suis resté avec la scientifique. Collingwood n'était pas là, alors je me suis installé à son bureau pour commencer à regarder ce qu'on avait. Pourquoi ?

– Rien. Il a dû y avoir des tonnes de motoneiges volées.

– Pas de ce modèle, pas en noir et argent. Et je me suis concentré sur la semaine avant et après l'enlèvement de Marjorie Flint. Ça nous laisse trois possibilités. Le dossier est dans ma mallette, chemise du dessus. J'adore ça quand le travail de terrain paye, pas toi ?

– Tu as choisi le concessionnaire True North comme premier arrêt ? Si tu veux voler une motoneige, pourquoi aller dans un endroit éclairé avec un système d'alarme et des caméras de surveillance ?

– C'est le plus proche. On pourra l'éliminer et avancer. »

Le showroom de True North, avec ses Yamaha et ses Ski-Doo rutilantes, était désert, exception faite du manageur. Les faibles chutes de neige faisaient apparemment monter son niveau de stress. Quand Cardinal et Delorme se présentèrent, il joua la surprise avec outrance.

« Deux semaines que je vous ai appelés. Deux semaines et c'est maintenant que vous vous pointez ? Le type a eu le temps de l'emmener jusqu'en Colombie-Britannique depuis le temps. »

Cardinal n'avait pas envie de s'engager dans cette discussion. « Dans votre plainte vous avez déclaré que le suspect avait pris le véhicule pour l'essayer. Comment a-t-il fait ? Il n'y a pas eu de neige.

– Si, environ dix centimètres il y a deux semaines, le corrigea Delorme.

– Mais qui n'ont pas tenu, soupira le manageur.

– Vous avez demandé une pièce d'identité avant de lui donner les clés ?

– Deux. Je peux vous les montrer mais l'une est fausse et l'autre est une carte de crédit volée. Faites-moi confiance, j'ai vérifié après coup. »

Cardinal désigna la caméra de surveillance au-dessus du comptoir. « Vous avez la bande ?

– On vous l'a donnée, la bande. Deux jours après que ça s'est produit. Mais qu'est-ce que vous avez foutu ? »

La plainte avait été prise par Ian McLeod. McLeod était un bon détective, sauf quand un dossier l'ennuyait, ce qui avait visiblement été le cas de celui-ci.

Cardinal s'excusa. « Il n'en était pas fait mention dans le dossier malheureusement.

– Classique. J'adore payer mes impôts, pas vous ? Heureusement que j'ai gardé l'original. Vous pouvez le regarder dans mon bureau. »

Il les y conduisit et ouvrit un coffre-fort, dont il sortit la pièce d'identité. Cardinal vit tout de suite qu'une nouvelle photo avait été ajoutée dessus. Le manageur mit un disque dans le lecteur.

Ils regardèrent un type costaud, carré parler au vendeur et désigner le parking d'un geste.

« Il a pris l'Arctic Cat, c'est ça ? demanda Cardinal. Argent et noir ?

– Argent et noir. Un modèle de 2008 sans une rayure. »

Cardinal se tourna vers Delorme. « Tu avais des questions ?

– Je pense qu'on a ce qu'il nous faut. »

Ça ne lui ressemblait pas d'être aussi silencieuse durant une enquête. Cardinal trouvait ça un peu perturbant. Il remercia le manageur et promit de le tenir au courant s'ils trouvaient quoi que ce soit.

« Je ne vois pas quelqu'un prévoir ce genre de meurtre et se faire prendre par une caméra de surveillance, remarqua Delorme quand ils furent de retour dans la voiture. J'espère qu'on ne va pas devoir aller vérifier son adresse bidon.

– On va mettre l'officier Flower sur le coup », répondit Cardinal en sortant son téléphone.

Delorme secoua la tête.

« Quoi ? Flower adore faire ce genre de chose.

– Pour toi peut-être. Si je lui demandais ça, elle m'arracherait la tête. »

Cardinal était déjà en train de lui parler. Il donna l'adresse, quelques paramètres à suivre, fit une blague et raccrocha.

Il sentait l'agacement de Delorme. Est-ce qu'il était dirigé contre lui ou pas, il n'en était pas certain. Il repensa à leur baiser de l'autre soir. C'était excitant, certes, mais il savait qu'ils allaient devoir en parler. Elle aussi, sûrement, et ça la rendait irritable.

Il n'avait pas l'habitude d'être nerveux auprès de Delorme et il était conscient de ses propres réactions inhabituelles. Ça le rendait bavard, ce qui ne lui ressemblait pas, il pérorait sur le super boulot de la brigade scientifique, sur la base de données des motoneiges, sur les gars à Ottawa qui faisaient tout ce qu'ils pouvaient sur la cabane dans l'arbre. « Ils ont même demandé à un cryptographe d'étudier le numéro 25 pour voir si ça peut avoir un rapport avec Marjorie Flint. Tu sais, je viens de me souvenir que son numéro de table au gala de charité était le 25.

– Je suis sûr que c'est la clé, John. Prends le reste de la semaine, tu as bien bossé. »

Il lui jeta un coup d'œil mais elle gardait son regard rivé sur la route.

« Hé, c'est du brainstorming, Lise.

– Si tu le dis.

– C'est généralement toi qui as les idées débiles…

– Merci.

– Laisse-moi finir. Les idées débiles qui se révèlent géniales. Tu es fâchée à cause de quelque chose ? À cause de l'autre soir ?

– Tu as l'air surexcité, c'est tout.

– C'est vrai. Je me tais. C'est quoi le numéro sur Beachfront ? »

Delorme consulta le dossier. « 25.

– Arrête.

– 139. »

La femme qui leur ouvrit avait un chat tricolore dans les bras. « Elle s'enfuit si je ne la tiens pas, s'excusa-t-elle. Elle tuerait tous les oiseaux de la province si elle pouvait. »

Delorme avait surtout l'impression que ce chat affalé sur le bras potelé de sa propriétaire venait d'ingurgiter trois Valium.

Cardinal l'interrogea sur la motoneige volée.

« Elle est revenue. Par ses propres moyens, croyez-le ou non.

– Il va falloir m'en dire un peu plus, répondit Cardinal.

– En fait, elle n'a jamais été réellement volée. C'est mon fils qui l'a prise. Il est censé faire des études de journalisme à Ryerson mais non, il a laissé tomber et il est rentré plus tôt que prévu. Il ne nous l'a dit qu'une semaine plus tard. Entre-temps, il a pris la motoneige dans le hangar pour emmener sa copine en virée. »

Cardinal lui demanda la date exacte.

« Une seconde. » Elle referma la porte et quand elle la rouvrit, le chat avait disparu. « Il l'a rapportée le 12 janvier. Ou plutôt, nous l'avons rapportée : on a dû aller la chercher chez sa copine de l'autre côté du lac. Une petite traînée qui ne sait même pas écrire "université". J'imagine qu'ils se sont bien amusés jusqu'à ce qu'ils tombent en panne.

– Pourquoi vous ne nous avez pas prévenus qu'elle avait été retrouvée ?

– Pour tout dire, je ne pensais pas que vous vous en soucieriez.

– Il va falloir qu'on y jette un œil.

– Pourquoi ? Elle n'est plus volée.

– C'est en rapport avec un autre dossier. Pouvez-vous nous la montrer s'il vous plaît ? »

Ils ouvrirent la porte du garage avec la clé qu'elle leur avait donnée.

« Elle a été ramenée avant l'enlèvement de Marjorie Flint », dit Delorme.

Le garage était spacieux et bien rangé. L'Arctic Cat était toujours sur la remorque. La carrosserie ne portait aucune trace de dégâts ou de réparation.

L'arrêt suivant était le studio d'une certaine Anne-Marie Caffrey, propriétaire et yogi en chef de Namaste Yoga qui donnait ses cours chez elle.

« Oui, ils ont aussi pris la remorque. Elle était garée juste devant le garage, donc on leur a un peu facilité la tâche, j'en ai peur. »

Assis côte à côte sur un canapé, Delorme et Cardinal écoutaient le récit du vol de la motoneige familiale. Caffrey était vêtue pour son cours de l'après-midi – collants et débardeur – et malgré ses cheveux argentés, elle avait le corps d'une personne deux fois plus jeune. Delorme se dit que ce devait être la femme la plus calme qu'elle ait jamais vue et se jura de se mettre au yoga avant la fin de la semaine.

« J'ai même hésité à signaler le vol, dit Mme Caffrey.

– Pourquoi ? » La voix de Cardinal était plus douce que d'habitude. Apparemment sa tranquillité était contagieuse.

« Eh bien, c'est possible que la personne ait juste voulu l'emprunter pour quelque temps et souhaité la rendre un peu plus tard.

– C'est possible. D'ailleurs, nous venons de rencontrer ce cas de figure, n'est-ce pas, inspecteur Delorme ?

– Un membre de la famille l'avait prise », précisa-t-elle.

Mme Caffrey sourit. « Nous n'avons pas d'enfants, donc ce ne sera pas le cas ici. De toute façon, ce n'est pas bon de trop s'attacher aux choses. Mon mari et moi avons profité de cet engin pendant quelques années et maintenant c'est au tour de quelqu'un d'autre.

– Quelqu'un qui n'en est pas propriétaire.

– Disons que c'est quelqu'un qui ne l'a pas achetée, la corrigea-t-elle avec un léger hochement de tête. Je n'ai jamais beaucoup aimé ce machin. C'est tellement bruyant et ce n'est pas franchement écologique. Mais mon mari en avait envie et ça nous a permis d'aller en forêt bien plus souvent que nous ne l'aurions fait autrement. »

Cardinal lui demanda si elle avait la moindre idée de qui avait pu la prendre.

Elle secoua la tête. « Quelqu'un qui avait besoin d'une motoneige ? Ou qui pensait en avoir besoin.

– Vous avez vu quelque chose ou quelqu'un qui pourrait vous donner une idée de qui a fait ça ?

– Personne.

– Avec vos cours de yoga, il y a beaucoup d'inconnus qui passent chez vous, remarqua Delorme.

– Je ne les considère pas comme des inconnus et je ne pense pas qu'ils iraient m'emprunter quelque chose sans me le demander.

Cela dit, j'ai vu une camionnette blanche garée dans le coin une ou deux fois et comme c'était un véhicule qu'on ne voyait pas habituellement je me suis un peu demandé ce qu'elle faisait là. C'est vrai, nous connaissons la plupart de nos voisins et ce n'était pas à eux.

– Comment le savez-vous ?

– C'était un véhicule commercial, vous savez, un utilitaire, le genre qu'utilisent les artisans ou les livreurs. Ah ! et il était de Toronto. Je me souviens avoir trouvé ça un peu curieux. Et il était blanc et très sale.

– Vieux ? Neuf ? demanda Delorme.

– Il n'avait pas l'air neuf. Le logo ou les inscriptions avaient été repeints, pas très bien d'ailleurs. Et il était terriblement sale. » Mme Caffrey prit un air grave puis sourit à nouveau. « Évidemment, posséder une camionnette un peu sale ne fait pas automatiquement de vous un voleur de motoneige. »

Ils lui demandèrent quelques informations supplémentaires sur la camionnette. Cardinal fit un croquis rapide et lui demanda d'indiquer où le logo et les inscriptions se trouvaient. Elle ne se souvenait pas de ce qui était marqué, ni de la nature de l'entreprise vantée mais elle se rappelait qu'elle n'avait pas de fenêtres. Marque, modèle ? Aucune idée.

« Tu penses qu'elle est sincère ? demanda Delorme quand ils furent de retour dans la voiture. Elle trouve ça vraiment super que quelqu'un d'autre profite de son bien ?

– C'est une façon de voir les choses. » Cardinal tourna la clé et démarra le moteur.

« Ça changerait franchement notre boulot si tout le monde était bouddhiste. » Delorme ne savait pas pourquoi elle insistait, ce n'était pas ça dont elle voulait parler. Il n'y avait qu'un sujet qu'elle souhaitait aborder, mais la poussée de bavardage intense de Cardinal était terminée et il ne disait presque plus rien.

Il se tut pendant les dix minutes au cours desquelles ils se trouvèrent bloqués à cause de travaux, se contentant de pianoter sur le volant du bout des doigts en prenant soin de ne pas la regarder.

S'il ne dit rien d'ici au Wal-Mart, alors je parle. Mais une fois le Wal-Mart passé, aucun d'eux n'avait dit quoi que ce soit.

S'il ne dit rien avant le feu sur Sumner, se promit-elle, alors là je parle. Mais il prit à gauche sur Sumner et ils passèrent devant l'église Saint-Boniface et la prison de la ville sans mot dire.

Elle décida que le parking serait le prochain moment décisif. Cardinal quitta Sumner par la gauche puis tourna à droite pour entrer dans le parking, mais au lieu de se garer à sa place, il s'arrêta devant la porte d'entrée.

« Je te laisse, j'ai rendez-vous avec le procureur.

– Tu retournes voir Romney ?

– Non, non. Hartman. Pour mon interminable affaire Wilkerson.

– D'accord. À bientôt alors. Ou à une autre fois. » Delorme détacha sa ceinture et attrapa sa mallette.

« Lise. »

Elle se retourna vers lui, la main sur la poignée de la porte.

« À propos de l'autre soir. »

Elle attendit.

« Je pense que c'était peut-être une erreur. Enfin, c'était super et j'ai beaucoup aimé et Dieu sait que je te trouve attirante mais, bon, on doit travailler ensemble.

– La femme de Chouinard travaille aux scellés. Collingwood sort avec l'agente blonde, j'ai oublié son nom.

– Ah bon ? Il a été discret.

– Évidemment qu'il est discret, il parle à peine.

– Mais c'est différent d'être dans la même unité. Si les choses se passent mal entre nous, ça pourrait devenir difficile de travailler ensemble sur des enquêtes.

– Je sais bien.

– Ce n'est pas rien, Lise.

– Je sais.

– Et en plus, je tiens beaucoup à ce qu'on a. J'adore te voir en dehors du travail et la façon dont notre amitié s'est développée. C'est très important pour moi. » Il porta la main à son front comme pour vérifier s'il avait de la fièvre. « Bon Dieu, je ne parle jamais comme ça.

– C'est important pour moi aussi.

– Et je ne crois pas qu'on doive mettre ça en danger. C'est vrai : c'était une fête et on avait pas mal bu tous les deux. Ce sont des choses qui arrivent tout le temps.

– Aux soirées de bureau, tu veux dire. Se bourrer la gueule, baiser sur la photocopieuse, etc.

– Je ne dis pas que c'est la même chose. Je dis juste que ça ne nous oblige pas à tout bazarder. Désolé, je ne m'exprime pas très bien.

– Tu es parfaitement clair. Nous avons une belle amitié, on travaille ensemble et tu ne veux pas tout risquer pour un simple baiser bourré.

– Bon, pas bourré. Un peu pompette peut-être.

– OK, tu as raison. C'est tout à fait logique. On retourne à la normale et on fait comme s'il ne s'était rien passé. Amuse-toi bien avec le procureur. » Elle ouvrit la portière et descendit de la voiture.

« Pas bourré, Lise.

– Je sais. Et il n'y a pas eu qu'un seul baiser. »

10

« Il est 9 h 30, dit Loach. Qu'est-ce qu'elle fout, Delorme ?

– Elle a appelé pour dire qu'elle était malade, répondit Chouinard.

– Vous faites ça souvent ici ? Deux meurtres d'affilée, sans doute trois et à cause d'une petite migraine vous ne venez pas bosser ?

– La dernière fois que l'inspecteur Delorme a eu un arrêt de travail, elle s'était fracturé le tibia et venait de tuer un type qui avait eu la très mauvaise idée de l'attaquer.

– Poursuivons, intervint Chouinard.

– Les bœufs-carottes ont dû apprécier.

– Ils n'ont rien trouvé à redire. Poursuivez. »

Devant un tableau blanc, Loach jouait à lancer son feutre en l'air et à le rattraper. « Pendant vos petites vacances à Ottawa où vous faisiez Dieu sait quoi…

– Qu'est-ce que ça veut dire ? » demanda Cardinal d'une voix forte. Il ne regardait pas Loach mais gardait son stylo en suspens au-dessus de son carnet. Personne d'autre ne bougeait.

« Ce que ça veut dire ? Rien d'autre que ce que je voulais dire. À savoir : je ne sais pas ce que Delorme et vous avez foutu parce que la moitié du temps vous n'êtes pas là. Si vous voulez le prendre d'une autre façon, comme dit le commissaire, ça vous regarde.

– Fais gaffe à ce que tu dis », grommela Cardinal, toujours sans le regarder.

Chouinard saisit un gros dictionnaire et le balança avec force sur la table. Cardinal se dit que c'était sûrement pour cette seule raison qu'il y avait un dictionnaire dans la pièce.

Chouinard s'adressa à Loach. « Poursuivez. »

Loach se tourna vers le tableau et écrivit les mots « Camionnette blanche », entre guillemets, et les souligna trois fois en faisant crisser son feutre.

« OK. Je me suis dit que notre ami hôtelier en charge du prestigieux Motel 17 ne nous disait pas toute la vérité. D'après son registre, seule une chambre était occupée. Alors je me dis : "Mais comment il gagne sa vie, ce brave homme ?" » Il fit tournoyer son feutre et le rattrapa. « Il se trouve qu'après un interrogatoire plus poussé, j'apprends que M. Motel a un petit arrangement avec une ou deux dames de la nuit – d'authentiques MILF du coin qui arrondissent leurs fins de mois en postant des annonces en ligne. Une certaine Millie Pankowitz, notamment.

« Je me rends au domicile de ladite Millie Pankowitz pour l'interroger sur la nuit en question. Les résultats de cette entrevue sont les suivants : Millie était dans la chambre 9, où elle avait déjà reçu deux clients de sexe masculin, ravis, *seriatim*. Ça veut dire l'un après l'autre, par opposition à…

– Sans déconner, souffla Cardinal.

– … par opposition à *pas* l'un après l'autre. Elle attendait un troisième larron avec lequel elle avait rendez-vous à 1 heure du matin. Elle lui laisse quinze minutes de marge. Comme il n'est toujours pas là, elle remballe ses affaires. Elle sort de la chambre, monte dans sa voiture et voit que le parking est aussi plein que d'habitude pour le Motel 17. Deux véhicules en plus du sien. La Nissan noire de Laura Lacroix garée deux chambres plus loin et une autre voiture – sans doute l'Audi verte de Mark Trent – près de la réception. Mais écoutez ça : quand elle sort du parking, alors qu'elle descend la rampe d'accès, une camionnette blanche sort de l'autoroute et emprunte ladite rampe. Quand elle s'arrête au carrefour, elle voit dans son rétroviseur la camionnette entrer dans le parking du motel.

– Il y a eu un meurtre à deux portes de là où elle se trouvait et elle n'a pas jugé bon d'en parler à la police ? demanda Chouinard.

– Elle n'y a pas pensé et pour ce que j'en sais, son cher et tendre travaille de nuit dans la sécurité et n'est pas au courant de ses activités nocturnes. Elle a plutôt intérêt à espérer qu'il ne tombe jamais sur son annonce.

– Et comment on sait que la camionnette blanche n'était pas son jules de 1 heure du matin ?

– Parce que c'est un habitué. Elle ne connaît pas son vrai nom – elle l'appelle Tom – mais elle sait à quoi il ressemble et elle connaît sa voiture. Il a la quarantaine, une barbe et un nez tordu et il roule en Mazda. Elle s'en souvient parce qu'elle a la même voiture. Elle n'a pas bien vu le conducteur de la camionnette, mais elle pense qu'il avait la cinquantaine, voire la soixantaine et il était bien rasé.

– Ça n'exclut pas pour autant son jules, remarqua Chouinard. Il était peut-être à l'arrière de la camionnette. Ou bien il a envoyé un copain pour le remplacer, en quelque sorte. C'était peut-être un cadeau d'anniversaire.

– Vraiment ? Vous faites ça souvent par ici ? demanda Loach. Bref, à ce moment-là Millie est trop en rogne pour traîner dans le coin et vérifier si M. Camionnette est venu pour elle. Le van entre sur le parking, Millie taille la route et c'est la fin de leur brève rencontre.

– Delorme et moi avons eu des infos sur une camionnette blanche aussi », dit Cardinal. Il leur raconta leur entrevue avec la très paisible Mme Caffrey et tendit son croquis pour que tout le monde le voie. « Elle a dit que c'était un utilitaire, sans fenêtre, avec une sorte de logo sur le côté. Et qu'il venait de Toronto.

– C'est intéressant, dit Loach. Il faudrait peut-être envoyer un portraitiste interroger ces deux dames.

– Je suis sur le coup », dit Arsenault en levant sa tasse sur laquelle son nom était inscrit en Helvetica, corps 20. « Je vais voir Millie Pankowitz ce matin et je vais essayer d'en savoir plus sur ce véhicule aussi.

– Pendant ce temps, je veux fouiller du côté de Mark Trent, dit Loach. J'ai tendance à penser que c'était lui la cible et que

Mme Lacroix, alias Mme Rettig, était simplement au mauvais endroit au mauvais moment.

– On progresse, remarqua Chouinard pendant qu'ils remballaient. Des progrès notables. Mais ce serait bien d'avoir un vrai suspect. »

À l'accueil des visiteurs, Delorme dut remettre son Beretta, son sac et même sa ceinture au gardien rondouillard assis de l'autre côté du guichet. Il lui tendit un reçu en lui lançant : « Bienvenue au centre pénitentiaire de Kingston. »

Quand elle passa le portillon de sécurité, l'alarme se déclencha.

Un gardien colossal sans vie émotionnelle discernable leva la main pour l'arrêter. « Carnet. »

Delorme le lui tendit.

Une gardienne s'approcha et la fouilla avec une minutie qui dans un autre contexte lui aurait valu une arrestation.

« Hé, fit Delorme en reculant d'un pas.

– Y a un problème ?

– Qui vous a appris à faire une fouille, Bill Cosby ? »

La femme s'approcha et regarda Delorme droit dans les yeux pendant quinze longues secondes. Une haleine caféinée. « Ouvrez votre veste. »

Delorme déboutonna son blazer. La gardienne sortit un stylo de sa poche intérieure.

« Ça, c'est non.

– Le détenu sera menotté. Ils m'ont autorisée à le garder, à l'entrée.

– À votre avis, j'en ai quelque chose à faire ?

– J'enquête sur un meurtre, j'ai besoin de prendre des notes.

– Le stylo reste à la consigne ou ressort avec vous, c'est vous qui voyez.

– Et ça, pareil », dit son collègue en tendant son carnet à Delorme.

Delorme retourna au guichet des visiteurs. Le gardien rondouillard secoua la tête. « Désolé. Vous pouvez arracher quelques pages et utiliser ça », dit-il en lui tendant un crayon à papier de la bibliothèque.

Delorme repassa le portillon de sécurité sans le faire sonner.

« Vous avez de la chance qu'il y ait pas de fil de fer dans votre soutif, dit la gardienne, sinon je l'aurais confisqué aussi. »

Un autre garde l'accompagna à partir du poste de fouille, déverrouillant et reverrouillant chaque porte sur leur passage. L'intérieur de la prison, du moins cette partie-là, ressemblait à un lycée : sols luisants, odeurs de produits ménagers, portes métalliques qui ressemblaient à du bois.

« Ça fait longtemps que vous travaillez ici ?

– Trop longtemps. »

Une autre porte, un autre couloir. Il s'arrêta à mi-chemin devant une porte qui comprenait un petit carré de Plexiglas épais sur lequel un crachat avait été mal nettoyé.

Le surveillant la fit entrer. « Je sais qu'on vous a rappelé les règles et que vous avez signé la charte des visiteurs, mais je vais vous les répéter. Vous ne touchez pas le détenu. Vous ne donnez rien au détenu. Vous ne recevez rien de la part du détenu. Rien. C'est compris ?

– Compris.

– Asseyez-vous sur cette chaise-là. Vous trouverez un bouton d'urgence sous le coin de la table. Il est assez gros pour pouvoir être actionné avec votre genou en cas de besoin. Il déclenche une alarme que vous n'entendrez pas ici mais qui me fera arriver *pronto*. Vous l'avez trouvé ? »

Delorme tâtonna sous la table. « C'est bon.

– Alors c'est parti. »

Il referma la porte et la verrouilla. Delorme essaya de rapprocher sa chaise de la table mais elle était rivée au sol. Elle nota plusieurs mots sur une feuille en guise de pense-bête mais la mine grasse empâtait ses boucles et ses déliés. La chaise était trop loin de la table et en un rien de temps elle eut mal à la nuque.

Le claquement du verrou la fit sursauter. La porte s'ouvrit sur le gardien et Fritz Reicher. Ce dernier avait les poignets et les chevilles menottés, ses entraves étant reliées par une petite chaînette qui l'obligeait à garder les mains basses comme un moine. Il avait trente ans, mesurait un mètre quatre-vingt-dix et avait des mains comme des battoirs. Les menottes n'atténuaient en rien l'impression de puissance qu'il dégageait.

« Fritz, tu vas bien te tenir, pas vrai ? dit le gardien.

– Oui, bien sûr. » Son accent allemand était toujours fort mais Reicher avait une voix agréable, mélodieuse et étonnamment douce pour un homme de son gabarit.

« Tu sais ce qui se passe si tu ne te tiens pas bien, pas vrai ?

– Oui, bien sûr.

– Oui, bien sûr. Oui, bien sûr. T'es un sacré beau parleur, Fritz. » Le gardien l'avait penché contre le mur. Il s'agenouilla et détacha les entraves de ses pieds. Il se redressa, tira sur la chaînette, retourna Fritz et lui défit ses menottes.

Delorme s'était attendue à ce qu'il les garde. Elle hésita à le signaler.

« Assieds-toi. »

Reicher s'assit et posa les mains sur ses genoux.

« Tu restes assis tout du long, compris ?

– Oui, bien sûr.

– Tu ne bouges pas de cette chaise jusqu'à ce que je vienne te chercher, compris ?

– Oui, bien sûr.

– Très bien. » Le gardien enfonça la clé dans la serrure et se tourna vers Delorme. « Je suis juste là.

– OK, merci. » Elle se demanda à nouveau s'il ne fallait pas qu'elle demande que Fritz soit attaché mais le gardien avait l'air de savoir ce qu'il faisait.

Il sortit en refermant la porte derrière lui. Des verrous glissèrent. Puis plus rien. Ni ses pas, ni le moindre bruit venu du couloir. Quelque part, au-delà des murs de la prison, un camion klaxonnait. Des cris d'hommes s'élevaient au loin, à cause d'un jeu ou d'une bagarre.

Reicher était immobile, une expression douce sur le visage. Même assis, il avait l'air extrêmement fort. Plusieurs années auparavant, à l'académie de police, son instructeur en combat rapproché avait souligné que la puissance physique n'était pas qu'une affaire de muscles. « Les gros biceps c'est bien, mais ça ne fait pas tout. Vous pouvez avoir des types charpentés, grands, larges d'épaules, et même s'ils sont assez secs, même s'ils ne font pas de muscu, ils auront un gros avantage au niveau de l'allonge, évidemment, mais aussi de la prise, sans parler de cette puissance qui leur permet de briser un os comme ça. » Son claquement de doigts avait résonné dans tout le gymnase.

Delorme se présenta et expliqua à Reicher la raison de sa visite. Des pistes inexplorées dans l'affaire Choquette. S'il l'aidait, elle ferait en sorte que sa coopération apparaisse dans son dossier.

S'il se souvenait d'elle, il ne le montrait pas. Ça n'aurait rien eu d'étonnant qu'il l'ait oubliée, tant son implication dans le dossier Choquette avait été périphérique et ses témoignages réduits à plus grand-chose.

Elle s'attendait à ce qu'il réclame une contrepartie plus excitante, des cigarettes, plus de privilèges, la monnaie d'échange habituelle. Un mot dans son dossier, ça ne pesait pas bien lourd.

« C'est une erreur », dit-il. Il tourna la tête et regarda la porte.

« Quoi donc ? »

Il se retourna vers elle. « Il n'aurait pas dû retirer les menottes. Ce n'est pas la façon de faire.

– Je suis sûre que ça ira.

– C'est une erreur à cause de la semaine dernière. Mon avocat était ici. Pour les avocats, ils retirent les menottes. C'est le protocole. Mais là, ça, non. J'ai travaillé dans la sécurité. C'est de la mauvaise sécurité.

– Vous avez accès aux infos, Fritz ?

– Haha. Oui, bien sûr.

– Alors vous avez entendu parler de Marjorie Flint ? L'épouse du sénateur ?

– Oui, bien sûr. Pauvre femme, mourir de froid comme ça.

– Est-ce que vous êtes au courant de quoi que ce soit sur elle – ou sur le sénateur – en dehors de ce que vous avez pu entendre aux infos ?

– Non, rien, désolé.

– Vous êtes sûr ? Son nom n'est jamais apparu où que ce soit ? Vous avez vu sa photo à la télé ?

– Oui, bien sûr.

– Vous l'avez reconnue ?

– Non, je ne la connais pas. Mourir de froid, comme ça, ce n'est pas drôle.

– Vous me le diriez si vous la connaissiez ?

– Haha. Oui, bien sûr.

– Fritz, vous avez pris des médicaments ?

– Vous pensez que oui ?

– Vous vous répétez beaucoup. Vous dites souvent "oui, bien sûr". Et vous riez à des moments étranges.

– Je vois. C'est possible que je sois traité sans le savoir. » Il prononçait *safoir.* « Ils pourraient me donner des trucs, je n'en saurais rien. Je suis obligé de manger ce qu'ils me donnent. Haha, vous pensez que je suis sous médicaments. Intéressant. Est-ce que quelqu'un vous en a informée ?

– Non. Et Laura Lacroix, ce nom vous dit quelque chose ?

– Qui ?

– Laura Lacroix. »

Il secoua la tête. « Je ne connais pas ce nom.

– Vous êtes sûr ? »

Reicher sembla sortir de sa torpeur. Il se redressa et s'appuya sur la table, le changement de position le faisant doubler de volume.

« Vous *afez* un chien, inspecteur ? Je vous ai déjà demandé ?

– Non.

– Merde. Dommage.

– Laura Lacroix a eu une liaison avec Leonard Priest. Une histoire brève.

– Haha. Leonard. » *Lennet.* « Oui, bien sûr. Vous savez que je ne peux rien vous dire sur Leonard. Certaines personnes, oui. Haha. Pas Leonard.

– Il dit qu'elle est venue au Club Risqué. Je me suis dit que vous vous souveniez peut-être d'elle. »

Delorme sortit la photo du dossier. Reicher tendit la main mais elle la retira.

« Haha. J'essaie juste de voir.

– Vous voyez bien, là. » Elle l'inclina pour éviter un reflet.

« Jolie.

– Vous la reconnaissez ?

– Pas vraiment. Mais c'est le genre de Leonard. Elles se ressemblent toutes, les copines de Leonard. Celles qu'il aime vraiment. Elle vous ressemble. Haha. »

La position de Garth Romney lui apparaissait de plus en plus sensée. Quoi qu'il ait pu être d'autre, Fritz Reicher n'était pas un très bon témoin. Il avait tendance à osciller, comme un signal défectueux. Et puis il y avait sa carrure, son accent et son air d'indifférence agressive. Sans oublier son rire à la con. On ne lui aurait pas immédiatement collé l'étiquette de meurtrier, mais ce n'était pas difficile de l'imaginer regarder quelqu'un d'autre commettre un meurtre en disant : « Oui bien sûr. Tue la dame, oui, bien sûr. »

Delorme commença à lui parler de la nuit du meurtre, mais il avait la tête ailleurs. « Vous n'*afez* pas de chien, OK, ce n'est pas grave. Mais vous connaissez peut-être un vétérinaire ? Ou les – comment dites-vous – les autorités animales ? Les personnes de la fourrière ? Je veux promener des chiens. C'est mon plan. Pour quand je sortirai. Leonard dit qu'il va m'aider. Je veux devenir promeneur de chiens. J'ai *fécu* un moment à New York. Ils ont *peaucoup* de promeneurs de chiens là-bas. Cinq sur une laisse, parfois six, vous devriez voir ça. C'est très amusant.

– La nuit du meurtre. Dans votre déposition initiale vous avez dit avoir conduit Leonard Priest à Algonquin Bay pour – je cite – "jouer à des jeux". Vous avez dit que c'était l'idée de Priest. Que vous étiez juste là pour le jeu de rôle.

– Oui, mais je me suis trompé. J'étais défoncé, comme vous le savez, quand j'ai été arrêté. J'ai confondu avec une autre fois. Beaucoup d'autres fois. Leonard voulait que je joue le nazi, tout le temps. Avec les gens qui aiment se faire peur et tout ça. Moi, ça ne me plaisait pas. Je n'aime pas que les gens pensent que les Allemands sont des nazis. Mais Leonard adorait ça et beaucoup de clients aussi. Pour moi, c'était comme un rôle. Du cinéma. Et c'était convaincant, je trouve. Vous savez, j'ai pris des cours de théâtre.

– En fait, vous terrorisiez des gens.

– Seulement des gens qui le *foulaient* bien. Personne n'appelait la police ou quelque chose comme ça.

– Parce qu'ils étaient terrifiés.

– Oui, bien sûr, comme quand vous êtes terrifiée par un film. Vous *afez* peur parce que vous *afez* envie d'avoir peur. » Il se leva légèrement de sa chaise en écartant ses énormes mains. « Bouh ! Haha, vous avez sursauté. » Il se rassit. « Mais ce n'est pas comme si vous faisiez une crise cardiaque ou autre chose comme ça. »

Delorme jeta un coup d'œil vers la porte.

« Il n'est pas là, probablement. Je crois.

– Ça n'était pas un jeu, Fritz. Le pistolet était chargé.

– Oui, bien sûr. C'est plus effrayant. Faire un trou dans le mur, tirer dans un arbre. *Boum !* Là c'est convaincant. Quand je prenais des cours de théâtre à New York, ils disaient toujours : "Y faut vendre la réplique." Ils disaient ça comme ça : "Y faut vendre la réplique." On vendait le pistolet, dans ce sens-là. Enfin, on ne le vendait pas vraiment bien sûr. Haha. Ce n'était pas du trafic d'armes.

– Rendez-vous service, Fritz, dites-moi quelque chose d'utile. Il n'est écrit nulle part que vous étiez drogué au moment de votre arrestation. Vous étiez barman, parfois videur. Comment pouviez-vous connaître une cliente assez bien pour l'emmener seul jusqu'à Algonquin Bay – et à plus forte raison dans un hangar à bateaux abandonné pour des jeux sexuels ? Ça n'a pas de sens.

– C'était du sexe. Il n'y a pas besoin de sens. Je me suis laissé emporter, c'est tout. Je jouais un rôle, vous savez – le salaud de nazi qui interroge la pauvre petite prisonnière, qui la menace. Je suis bourré, je suis dans le personnage, le salaud de nazi, et je l'ai fait. Je le regrette. Je n'ai jamais voulu la tuer. Je n'ai jamais voulu tuer personne, jamais de la vie. Toujours, je suis paisible. Ce n'était que des jeux et j'avais trop bu. Je suis allé trop loin et je ne peux pas réparer.

– Sauf que dans votre déposition initiale, vous avez dit que c'était l'idée de Leonard, que c'était lui qui donnait les ordres. Leonard vous a ordonné de tirer et vous l'avez fait.

– J'étais défoncé. Je me suis trompé. C'est faux. Leonard n'a rien fait. C'est moi qui ai tiré.

– Et vous vous retrouvez là pour encore, quoi, douze ou treize ans.

– Non, c'est huit ans au total. Alors il n'en reste que six.

– Vraiment ? Qui vous a dit qu'on mettait en liberté conditionnelle un type qui emmène une femme dans un hangar abandonné, qui lui met un masque en cuir sur la tête et la terrorise pendant Dieu sait combien de temps, qui la menace avec un pistolet chargé avant de lui coller une balle dans la tête ? »

Reicher changea d'expression. Il garda les yeux rivés sur Delorme, qui plaignit Régine Choquette si ce regard était effectivement la dernière chose qu'elle avait vue sur cette Terre.

« Vous êtes dure avec moi, inspecteur. Mais j'ai un bon comportement. Je prends des cours. J'aurai ma liberté conditionnelle. » De l'autre côté de la table, Delorme sentit la chaleur monter dans sa poitrine, sur son cou et enflammer sa peau pâle. Il respirait plus rapidement.

« En attendant, poursuivit Delorme, les années passent. Vous êtes là, vous vieillissez, vous fanez, entouré par des hommes bien plus méchants que vous et celui qui vous a commandé le meurtre de cette femme est dans l'une de ses belles maisons. Combien il en a, au fait ?

– OK, la vie n'est pas toujours juste. Est-ce que la vie est toujours juste avec vous ?

– Fritz, c'était *son* pistolet. Retrouvé dans *son* club. *Ses* empreintes sur la scène de crime. Pourquoi n'est-il pas en prison ?

– Leonard fait de son mieux pour me faire sortir. Il agit en coulisse, vous savez. Ça prend du temps. Il a parlé de moi au refuge pour animaux d'Ottawa aussi. Il a un ami vétérinaire à Algonquin Bay à qui il a parlé aussi. Il a pleuré, vous savez. Quand il a su que j'avais pris douze ans ? Leonard a pleuré.

– *Son* flingue. Retrouvé dans *son* club.

– Je n'avais pas les idées claires. Cacher le pistolet dans son club, ce n'était pas une très bonne idée.

– Tout ces éléments contre lui et Priest n'a jamais été condamné. Vous ne vous demandez pas pourquoi ?

– Leonard a de l'argent. Des amis. Les gens aiment Leonard.

– Fritz, je peux vous citer trois millionnaires qui sont incarcérés dans ce pays. L'argent et les amis ne suffisent pas à éviter une condamnation pour meurtre.

– C'est les femmes, pour Leonard. Je l'ai vu. Un magnétisme. Et à Ottawa, vous savez, des gens puissants. Il y a une femme qui l'aide.

– Une avocate ? De qui parlez-vous ?

– Je lui ai dit, Leonard, je lui ai dit – une fois où il est venu me voir –, j'ai dit : "C'est incroyable, je croyais qu'ils allaient te condamner. Pourquoi ils ne t'ont pas condamné ?"

– Il est venu vous voir ?

– Écoutez. Avec Leonard, si vous êtes son ami, il reste toujours votre ami. Il est généreux. Il est gentil. Il comprend. Il m'a dit : "Fritz, ce n'est pas juste." Il a dit qu'il avait eu de la chance. Il avait une arme secrète. Une personne. Une arme secrète qui s'appelle Diane quelque chose. Deborah, un nom dans le genre. Darlene ! C'est ça. Darlene. Je n'avais jamais entendu parler de Darlene alors j'ai dit Darlene qui, mais il a dit qu'il valait mieux que je ne sache rien. Vous pouvez me regarder comme ça, mais c'est vrai.

– Une avocate à Ottawa. Darlene.

– Peut-être à Toronto. Ou à Algonquin Bay.

– Non, je la connaîtrais.

– Alors à Toronto. Je ne sais pas.

– C'est des conneries, Fritz. Vous savez que c'est des conneries. Je ne crois pas à cette Darlene magique et vous non plus. La raison pour laquelle il n'a pas été condamné, c'est que vous avez changé votre version. Vous avez porté le chapeau. Vous voyez comme c'est débile ? Vous pourriez réduire votre peine en disant la vérité.

– Vous me traitez d'idiot ?

– Je dis juste que c'est débile de porter le chapeau pour un meurtrier qui n'en a rien à foutre.

– Vous pensez que je suis idiot.

– Je n'ai pas dit ça. »

Ses traits placides et indifférents s'étaient réorganisés. Reicher se leva de la chaise, se déplia et alla à la porte. Il masqua la vitre en Plexiglas avec sa main et émit un petit sifflement de désapprobation. « Ce n'est pas le protocole. C'est une mauvaise sécurité, vous ne trouvez pas ?

– Asseyez-vous, s'il vous plaît, Fritz. »

Il se retourna pour s'adosser à la porte, bras croisés. « Regardez-vous, si petite. Je pourrais vous tuer, là, tout de suite. Imaginez. Et personne ne le saurait. Personne ne l'entendrait.

– Ce serait vraiment une mauvaise idée.

– Je n'aime pas ça. Me traiter d'idiot.

– Asseyez-vous, Fritz. Si le gardien vous voit debout, vous allez avoir des problèmes et ça ne sera pas bon pour vous.

– Vous voyez un gardien ? Vous voyez une caméra ? Il n'y a pas de caméra. Qu'est-ce qui m'empêche de vous tirer de cette chaise pour vous casser en deux ?

– Fritz, je suis flic. Vous n'allez pas me toucher. »

Il lui montra son énorme main, ouvrant le bras comme le battant d'un portail, paume ouverte, doigts alignés. Il contracta le poing à deux reprises.

Delorme appuya sur le bouton d'urgence avec son genou.

« Regardez-vous. Avec une main je peux faire le tour de votre gorge. Une seule main. Vous ne pourriez même pas crier.

– À moins que je tire la première.

– Haha. Vous n'êtes pas armée.

– Vous n'en savez rien.

– Ce n'est pas autorisé. Personne n'amène d'arme ici. Pas même la gendarmerie royale. »

Delorme glissa une main sous son blazer. « Réfléchissez bien, Fritz. Pourquoi ils vous enlèveraient les menottes si je n'étais pas armée ? » Elle appuya une nouvelle fois sur le bouton.

« Il ne viendra pas. C'est l'heure du roulement. »

Des scénarios d'autodéfense défilaient dans l'esprit de Delorme. Un bond sur la table, un coup de pied à la tête.

« Revenons à Laura Lacroix. Elle est peut-être encore en vie. Si vous nous aidez à la sauver, ça pourrait faire très bonne impression dans votre dossier. » Delorme ouvrit sa pochette, sortit une photo et la lui montra.

« Qu'est-ce que vous feriez si je décidais de vous taper un peu dessus pour détruire votre joli visage ? »

Delorme se pencha vers l'avant et essaya de paraître plus costaude qu'elle ne l'était. « Et qu'est-ce que vous allez faire quand je leur dirai que vous avez formulé des menaces répétées ? Que vous avez refusé de rester assis ? Comment ça va être interprété à votre audition pour la remise en liberté ? Je vais vous dire ce que ça va donner : *Demande refusée. Ne montre aucun remords. Toujours dangereux.*

– Je n'étais pas menaçant.

– Recommencez et je ferai en sorte que vous n'obteniez jamais de remise de peine. J'y consacrerai ma vie entière s'il le faut. »

Reicher regagna sa chaise et s'assit.

« Appuyez sur le bouton, s'il vous plaît. Je ne vous aime pas. Je veux repartir.

– Dites-moi pourquoi Leonard Priest voulait que Régine Choquette meure.

– Il ne le voulait pas. Ce n'était pas intentionnel. Je vous l'ai dit. C'est moi qui l'ai fait. C'était un accident. Appelez le gardien s'il vous plaît. »

Elle appuya encore une fois sur le bouton. Mais qu'est-ce qu'il foutait ?

« Pourquoi vous protégez ce tueur, Fritz ?

– Leonard n'est pas un tueur. C'est mon ami. Il me protège. Il prend soin de moi. Il m'aime.

– Vous pensez que Leonard Priest vous aime ?

– Il ne le dit peut-être pas avec des mots mais je sais qu'il m'aime. Il m'a trouvé un avocat que je ne pourrais pas me payer. Il m'envoie de l'argent, des colis.

– Vous pensez que Leonard Priest vous aime ? C'est lui qui vous a mis dans ce pétrin et il est dehors, mort de rire.

– OK, tu veux jouer à la petite pute ? » Reicher se leva, serrant ses énormes paluches. « Tu veux jouer ça avec moi ? Petite pute de flic, je vais... »

Le claquement du loquet.

Reicher se rassit, une expression neutre sur le visage. Ses cours de théâtre avaient visiblement payé, la transformation était remarquable.

Un gardien entra. Ce n'était pas le même que tout à l'heure.

« Emmenez-moi en premier, s'il vous plaît, dit Reicher. Je veux repartir.

– Ah ouais ? Tu es pressé de retourner dans ta cellule ?

– Oui, s'il vous plaît. » Il se retourna vers Delorme, l'air chaleureux et bavard. « Je ne veux pas manquer *Des jours et des vies*. C'est la meilleure série. Il a un personnage de promeneuse de chiens parfois. Céline ? On va apprendre qu'elle fait du chantage ou que c'est un imposteur, je le sais, mais je l'aime beaucoup. Elle aime les chiens qu'elle promène. Ce n'est pas qu'un petit boulot, vous savez. C'est une profession. Pour être bon, il faut être spécial.

– Ça m'a fait plaisir de vous parler, Fritz. Je vous enverrai un livre de chiens.

– Vraiment ? Haha. Encore vos jeux. Vous êtes pire que moi, inspecteur. » Il tendit ses mains serrées vers le gardien.

« Nom de Dieu, Fritz, qu'est-ce que t'as foutu des bracelets ?

– Johnson me les a retirés. C'était une erreur visiblement.

– Contre le mur, tout de suite. »

Reicher se leva et s'appuya contre le mur.

« Un geste et je te fracasse le crâne. Compris ? Un mot et je te transforme en légume. Madame ? » Le gardien indiqua la porte d'un mouvement de tête.

Delorme se leva, trempée de sueur, et sortit.

Le surveillant menotta Reicher à la chaise, sortit derrière elle dans le couloir et verrouilla la porte.

« Je suis contente que ce soit vous et pas Johnson, dit Delorme.

– Ah ouais ? Et pourquoi ?

– Parce que je l'aurais tué. »

Extrait du cahier bleu

Conférence du soir au mess d'Arcosaur.

On faisait ça deux fois par semaine. En partie pour faire durer plus longtemps notre réserve de VHS, mais aussi de manière à nous tenir informés des progrès des uns et des autres. La recherche arctique n'est pas un champ très étendu et pourtant, au sein de celui-ci, y compris dans la même pièce au milieu du même camp, il est possible de voir deux scientifiques assis côte à côte dans une situation de totale incompréhension mutuelle.

Ces soirées étaient informelles et servaient surtout aux jeunes chercheurs car c'était l'occasion pour eux de travailler leurs présentations devant des collègues qui pourraient avoir une influence sur leur avenir et d'exposer les données qu'ils avaient collectées.

Le système électrique du mess n'était pas fiable, surtout quand la température plongeait sous les moins trente, ces présentations se faisaient donc souvent à la lueur des bougies. J'étais gagné par une rare poussée de bienveillance. Le visage de mes collègues flottant dans la lumière vacillante des bougies, la précarité de notre existence vibrait en moi, le sentiment du peu qui nous séparait d'une mort certaine si jamais le générateur venait à lâcher totalement ou que notre ravitaillement se trouvait coupé pour une longue durée. Ce genre de prise de conscience peut vous rendre un peu sentimental.

Ray Deville se tenait devant un tableau blanc éclairé par deux lampes torches posées à la verticale. Son exposé était une logorrhée répétitive et presque incohérente, mais son accent était distrayant. Vanderbyl, le directeur de thèse de Ray, s'enfonçait peu à peu dans son fauteuil, le menton sur la poitrine. Il était sûrement le pire directeur que Deville aurait pu trouver. Une âme fragile comme Ray avait besoin d'une touche parentale, maternelle si possible. Rebecca l'aurait aidé à exploiter son potentiel, mais l'océanographie ne faisait pas partie de son domaine de spécialité et leurs universités étaient distantes de deux mille trois cents kilomètres.

Wyndham a trouvé une question à lui poser, un joli geste qui a remis le jeune homme sur les rails l'espace de quelques instants. Son enthousiasme grandissant, il a commencé à énumérer des découvertes qu'aucun d'entre nous n'aurait soupçonnées.

J'ai alors repensé au jeune mort que le « fantôme » inuit nous avait apporté. Les chercheurs de l'université de Laval – des chercheurs terriblement excités, soit dit en passant – étaient à peu près sûrs qu'il s'agissait d'un membre de la funeste expédition Franklin. La récente excavation de trois tombes sur l'île Beechey avait révélé que l'une d'entre elles, sur laquelle il était inscrit « ROGER ARLINGTON, MORT DANS SA VINGT ET UNIÈME ANNÉE », était en fait vide. Leur théorie : le jeune Arlington avait été banni de l'expédition – en d'autres termes exécuté – pour un crime inconnu. La tombe vide était une tentative d'éviter les questions gênantes à leur retour.

Il avait été jugé préférable de ne rien raconter de tout cela au jeune Deville, lequel avait déjà suffisamment peur comme ça. Quoi qu'il en soit, durant ces quelques instants, grâce à l'insistance aimable de Wyndham, la lueur de la bougie a semblé l'atteindre et il irradiait.

Durant les nuits claires comme celle-ci, les étoiles brillaient d'un éclat irréel, leur ancienne énergie renouvelée. Quand, quelques heures plus tard, je me suis réveillé d'un profond sommeil, les murs de ma chambre brillaient. J'ai cru que je rêvais encore car les couleurs étaient d'une vivacité si absurde qu'on se serait cru dans un Walt Disney.

Je me suis assis dans mon sac de couchage et j'ai regardé par le hublot. La nuit était inondée de lumière. D'autres membres de l'équipe étaient déjà dehors : Rebecca et Vanderbyl, Wyndham et Dahlberg, quatre silhouettes noires, le visage tourné vers le ciel, ébahis, comme s'ils recevaient, tous en même temps, une visitation.

Une cascade rouge se déversait des cieux noirs.

Je me souviens ensuite m'être retrouvé dehors. Le froid devait être mordant, mais je n'en ai aucun souvenir. Je suis resté avec les autres, à boire l'aurore boréale. Les rouges sont les plus rares, et celle-ci était si brillante et mobile que l'on aurait cru qu'une incision avait été opérée au centre même du ciel, faisant jaillir de la plaie cette lumière rubis.

Si incroyablement rouge – je crois que c'est Jens qui a parlé –, je n'en avais jamais vu, je ne savais même pas que ça existait.

Elle est au moins à deux cents kilomètres d'altitude, ai-je dit. Le vent solaire qui rencontre de l'oxygène d'altitude. Les vert et jaune sont générées à soixante kilomètres de haut.

J'en ai vu une bleue une fois, a ajouté Vanderbyl. Ils disent qu'elles sont causées par l'azote ionisé. Je ne l'ai vue qu'une seule fois, dans le Svalbard. Notre pilote a même fondu en larmes.

Jens, toujours aussi pragmatique, a remarqué que cela allait couper notre liaison radio pendant plusieurs jours.

La lumière a commencé à se courber sur les bords, passant d'une forme de rideau à une sorte d'entonnoir. Une longue queue écarlate s'est mise à danser vers nous, penchant sur un bord avant de claquer de l'autre côté, une tornade de lumière.

Et ce n'est composé de rien, a soufflé Wyndham. Rien que des morceaux d'atomes.

Les mots m'échappaient. À cet instant, j'ai compris le pilote qui avait éclaté en sanglots. Je désirais un nouveau langage, un idiolecte capable de couvrir les distances incommensurables qui séparent les esprits humains. Ça ne me ressemblait pas et c'était plus probablement causé par Rebecca que par l'aurore.

Je voulais la serrer contre moi, sentir sa chaleur et sa réalité, l'échelle humaine de l'amour et du désir, la beauté infinitésimale dans le frottement de ses cils sur ma joue, la chaleur de son souffle dans mon cou. Mais à cet instant, elle aussi a ressenti un besoin de contact. Et là, se découpant sur la lumière rubis, encerclée par une couronne d'étoiles, elle a posé la main sur l'épaule de son mari, puis incliné la tête vers lui, le bras de Kurt venant lui ceindre la taille.

11

Cardinal était en retard. Il sortit de sa voiture et retira sa parka. Le froid lui rongeait les côtes, le ventre, les nerfs. Il balança son manteau sur la banquette arrière, ouvrit un paquet en plastique plat et en sortit une combinaison. Il gagna la chambre de motel et enfila la combinaison juste devant la porte.

Tout au Broadview Motel était générique, même l'odeur de la moquette, mais les miroirs, les lampes et l'écran de la télé étaient déjà recouverts d'empreintes digitales révélées par la poudre de la brigade scientifique. Le bureau, le téléphone et la télécommande aussi. Collingwood et Arsenault travaillaient maintenant en silence sur les tables de chevet.

Loach était près de la fenêtre, tenant de temps à autre son portable devant lui comme s'il lisait une boussole.

« Le réseau est pourri dans ce trou », lança-t-il à la cantonade. Puis, parlant au téléphone : « Je suis très heureux de vous l'entendre dire, je suis bien d'accord. C'est crucial pour le maintien de l'ordre dans ce pays. » Il raccrocha, rangea le téléphone dans sa poche et contempla le paysage par la fenêtre.

« Vous êtes en retard. » Avec les spots de la scientifique, la pièce était aussi éclairée qu'un studio de photo et Loach n'eut aucun problème à reconnaître le reflet de Cardinal dans la fenêtre.

« Je ne serais même pas là si Chouinard ne m'avait pas appelé.

– On l'a trouvée plus vite que prévu. On a réduit les recherches aux motels proches de chez Mark Trent et, faute de résultats, à ceux près de chez Laura Lacroix. Le gérant dit qu'il est resté un peu plus d'une semaine. Paiement en cash. Signalement : soixantaine, cheveux plaqués en arrière, en forme ou en tout cas pas gros. Pas de difformité particulière, mais il a remarqué qu'il boitait.

– Il boitait, à cause d'un accident ? Une malformation ?

– Il tient un motel, il n'est pas ostéo. Il dit que le type boite, sa jambe gauche est un peu raide. Ah ! et il portait des gants tout le temps.

– On ne dirait pas, fit Cardinal en désignant les empreintes digitales.

– Ouais, mais comment savoir à qui elles appartiennent ? On aurait pu se dire que la chambre a été nettoyée mais le papi qui gère les lieux fait des économies hors saison en attendant qu'il y ait une demi-douzaine de chambres crades. Voilà le registre. » Il tendit à Cardinal une feuille de papier fin. « Le numéro de plaque est bidon. Le gérant confirme l'histoire de l'Econoline blanc sale avec un logo repeint, mais la plaque ne correspond pas. On a déjà fait les recherches.

– Roger Arlington, lut Cardinal. C'est peut-être un faux nom.

– On n'a rien trouvé dans les archives en tout cas. Les poubelles sont principalement remplies d'emballages McDo et Subway. J'ai failli balancer le reçu de chez Tim Horton avant de voir la date et le lieu : autoroute 17, Pembroke, il y a douze jours.

– Le jour de la disparition de Marjorie Flint.

– Du bon travail de terrain et un bon leadership : on ne fait pas mieux. » Loach sortit son téléphone, le porta à son oreille et se retourna vers la fenêtre. « Salut, chérie. Je viens d'entendre ça par un contact à l'académie : ils vont peut-être me faire venir pour donner une conférence sur l'affaire Montrose. »

Roger Arlington. Cardinal nota le nom et s'approcha d'Arsenault qui était en train de photographier les empreintes laissées sur la Bible de la table de nuit. « Qu'est-ce que ça a donné avec les témoins ?

– Eh bien, l'une d'entre elles nous a fourni de bonnes infos sur la camionnette, l'autre ne s'est pas pointée.

– La prostituée, j'imagine ?

– Il se trouve que les prostituées ne sont pas fiables. Mais on a le manageur de cet hôtel qui fera sans doute mieux et une femme de chambre. Elle dit qu'elle a croisé le type une ou deux fois et qu'il lui a donné vingt dollars pour qu'elle le laisse tranquille.

– Intéressant. » Cardinal jeta un œil vers Loach. « Personne ne me l'avait dit.

– Malheureusement, ce n'est pas terrible côté empreintes. Bob, tu veux lui expliquer ? »

C'était charmant de voir la façon dont Arsenault essayait toujours de faire participer son collègue mutique. C'était comme essayer de faire parler un corgi. Collingwood fit comme s'il ne l'avait pas entendu, alors Arsenault conduisit Cardinal à la fenêtre qui donnait sur le parking. Le verre était dépoli dans les coins et couvert d'une poudre rouge.

« On a des tonnes de marques partielles mais j'ai le sentiment qu'elles ne nous mèneront à rien. Pourquoi ? Parce qu'elles sont toutes différentes et je suppose donc que ce ne sont pas les siennes. Ensuite, parce qu'il y a beaucoup de traces sans la moindre courbe ni arrondi. Tu vois ? Là et là. » Il lui montrait deux traînées lisses. « Et même ici. » Deux autres marques, de dix centimètres environ, légèrement incurvées l'une vers l'autre, comme deux parenthèses. « Des empreintes karaté, comme quand on fait une visière avec sa main pour regarder par la fenêtre ?

– Ou pour regarder à l'intérieur. Combien de voleurs on a attrapés comme ça ?

– Exact. Mais là encore, aucune ligne de la main. On fait chou blanc, là. Je pense qu'il portait des gants en permanence.

– Oui, le gérant a dit qu'il gardait souvent ses gants.

– C'est intéressant. » Arsenault jeta un œil vers Loach. « Personne ne me l'avait dit. Mais c'est cohérent. »

Cardinal le suivit jusqu'au bureau. Mégots de cigarettes et traces de verres d'eau. Un vieil annuaire ouvert à la page des restaurants chinois et, à côté, une marque en forme de croissant.

« Ce type n'a pas pris tant de précautions pour ne pas être vu, remarqua Cardinal, et pourtant il porte des gants à l'intérieur. Est-ce qu'il y a une chance pour qu'il ait une prothèse ?

– Tu lis dans mes pensées, répondit Arsenault.

– Bon boulot, Paul.

– Merci.

– Je vais doubler ton salaire.

– Dommage que tu ne sois pas en position de le faire.

– Mais tu sais que je le ferais si je pouvais.

– Tu me mettras une petite Porsche avec ça ?

– C'est comme si c'était fait. »

Cardinal ressortit et enleva sa combinaison avant de remonter dans sa voiture. Il coupa le chauffage : le soleil brillait tellement qu'il avait réchauffé l'habitacle. Il sortit son portable et appela Delorme. Puis il se souvint qu'elle était malade et raccrocha. Il envisagea de passer la voir plus tard pour prendre de ses nouvelles et se demanda si ce n'était pas une mauvaise idée. Il était assez sûr d'avoir mal géré la situation.

L'hôtel ARC dans le centre d'Ottawa. Le genre d'établissement où tout le personnel est vêtu de noir et où un flic en déplacement n'oserait rêver descendre. La chambre était petite et les meubles d'un minimalisme qui confinait à l'austère. Delorme s'assit sur le matelas pour le tester un peu. Ferme.

Elle sortit son portable pour consulter sa liste d'appels. Chouinard, Cardinal, Cardinal, Loach, Cardinal. Tu peux attendre, John Cardinal. Elle composa le vieux numéro qu'elle avait pour Leonard Priest. Aucune tonalité, aucune réponse. Elle appela le Club Risqué et demanda à lui parler.

« Je suis désolée, Leo n'est pas là ce soir. Est-ce que je peux vous aider ?

– On m'a dit qu'il serait là.

– Il était ici mais il est parti pour Toronto. Je peux faire autre chose pour vous ? »

Delorme referma l'annuaire et ouvrit le menu du room service. La perspective de dîner dans sa chambre la déprimait. Un poids descendit sur sa poitrine et son ventre et elle s'entendit soupirer. Ça la déprimait *vraiment*.

Une carte posée sur le bureau attira son attention. On y voyait une femme enroulée dans une serviette, un sourire rêveur sur le visage. Delorme prit le téléphone de la chambre et composa le numéro. Un message préenregistré lui annonça que le spa était fermé. Elle ouvrit son sac de voyage et en sortit une petite robe noire qu'elle suspendit dans le placard et le reste de ses affaires qu'elle plaça sur les étagères.

Elle se déshabilla, se mit une charlotte sur la tête et entra dans la douche. Les plaisirs d'une douche à forte pression et du savon haut de gamme. Elle décida de changer son pommeau dès qu'elle serait rentrée.

Elle se sécha rapidement et se brossa les cheveux. Elle ouvrit de nouveau le placard et enfila ses sous-vêtements. Son reflet dans le miroir en pied la titillait et elle s'efforça de l'ignorer. Puis, n'y tenant plus, elle se retourna pour se regarder.

Hmph. Tu étais bien foutue avant, qu'est-ce qui s'est passé ? La fille qu'elle était à vingt ans aurait détesté ce qu'elle était devenue. D'un autre côté, la boule d'ego qu'elle était alors n'était pas exactement l'idée qu'elle se faisait aujourd'hui d'une agréable compagnie.

Elle enfila la robe noire, qui était plus courte que celle qu'elle avait mise à la soirée. Elle ne l'avait pas portée depuis, quoi, cinq ans ? Elle la lissa au niveau des cuisses et se laissa gagner par un flot de pensées négatives. Elle lui irait mieux avec des chaussures mais il lui faudrait au moins deux verres de vin avant qu'elle rende vraiment bien. Elle n'avait aucune raison valable de faire un effort de toute façon. Elle allait dîner seule et remonter dans sa chambre pour regarder un mauvais film à la télé.

Elle se rendit dans un restaurant à une ou deux rues de là, dans son souvenir un endroit animé. Naturellement, ce soir-là il était pratiquement désert. Un trio d'hommes était assis au bar, trop occupé à discuter de sport pour remarquer sa petite robe provocante. Le serveur l'accueillit en français et en anglais et, pour des raisons que Delorme ne prit pas la peine de ruminer, elle choisit de répondre en anglais. Elle était normalement heureuse de pouvoir parler français – ça faisait partie de ses petits plaisirs quand elle se rendait à la capitale – mais apparemment ce soir elle était anglophone.

Le serveur demanda s'il pouvait lui apporter un apéritif, elle commanda tout son repas : un steak-frites sans frites avec supplément salade. Pas la peine de devenir encore plus informe.

Le rouge de la maison n'avait pas de relief et elle le descendit trop rapidement. Elle en était à son deuxième verre quand le steak arriva, parfaitement cuit.

L'ambiance était passée de feutrée à spectrale. Deux des hommes avaient quitté le bar, laissant le troisième, qui semblait canadien français, jouer seul avec l'étiquette de sa bière. Il avait un assez beau visage et devait avoir l'âge de Delorme. Un gaucher. Une alliance brillait à la main dans laquelle il tenait la bouteille. Il lui jeta un coup d'œil et elle sentit son ventre se serrer à l'idée qu'il vienne lui parler.

Elle mangea son steak en pensant à Leonard Priest et aux questions qu'elle voulait lui poser. Elle se souvint de leur dernière conversation et du nombre de fois où il avait prononcé le mot « bite ». Ce n'était pas le genre de chose que les hommes faisaient, d'après son expérience, en dehors des films pornos. Le mot résonnait malgré elle dans sa tête.

Le serveur lui apporta l'addition pour qu'elle la signe. L'homme au comptoir était parti. Le barman ramassa le pourboire et sa bouteille à l'étiquette arrachée.

De retour à l'hôtel, elle dut attendre l'ascenseur. Quand la porte s'ouvrit enfin, un jeune couple se détacha, sans trop se presser. La robe de la fille retomba sur ses cuisses quand son amant retira sa main. Delorme entra et ils montèrent en silence jusqu'au troisième étage, où le couple sortit. Elle les entendit éclater de rire quand les portes se refermèrent.

Une fois dans sa chambre, elle sortit le peignoir de la penderie et le jeta sur le lit. Elle enleva ses chaussures et commença à dézipper sa robe. Elle croisa les bras et se regarda dans l'écran de la télé. Une Delorme plus fine et éthérée la regardait. Si elle en croyait sa montre, elle avait porté cette robe moins de quatre-vingt-dix minutes. Elle secoua la tête.

« Aucun intérêt, soupira-t-elle. Absolument aucun intérêt. »

Elle s'assit au bout du lit, les mains sur les genoux, pour se demander pourquoi elle se sentait aussi mal. Il y avait John, bien sûr. Elle pensa à Loach et l'écarta. Elle repensa à Reicher et à la profondeur de sa peur dans la pièce verrouillée. Ce n'était pas ça. Elle avait été confrontée à son lot de tarés. Elle restait un peu tremblante pendant l'heure qui suivait puis ça passait. Elle ressentait un peu de colère contre ce débile de gardien.

Il lui apparut alors qu'elle avait peut-être totalement mal compris le mot « solitude ». Elle avait toujours pensé que ça supposait de regretter de ne pas avoir d'amis autour de soi pour parler. Surtout quand on se sentait mal par rapport à soi, sa personnalité ou sa vie. Elle avait ressenti ça assez souvent ; en revanche ce poids inconnu, étouffant, c'était une première. Cette horreur qui semblait remplir non seulement son cœur mais la pièce entière.

Elle se pencha pour ouvrir le minibar. Elle en sortit une barre de chocolat noir et une mignonnette de Peele Island rouge qu'elle posa à côté d'elle sur le lit. Elle alluma la télé. La liste de films disponibles était longue mais les titres ne lui disaient rien.

Elle passa sur huit versions d'*À peine légales*, *Femmes au foyer chaudes*, *Colocs lascives*, *Gang bangs*, *Maîtres du cul*, *Esclaves soumises* et *Débutantes DP*. Le bouton Informations lui permit d'apprendre que DP signifiait « double pénétration » et que regarder soixante-quinze minutes de film lui coûterait treize dollars quatre-vingt-dix-neuf. Les titres n'apparaîtraient pas sur sa note, était-il précisé en bas de l'écran.

Elle éteignit la télé, retira sa robe et la mit sur un cintre. Elle se glissa sous les draps et ouvrit le livre de poche, chaudement recommandé par Oprah Winfrey, qu'elle avait emporté. La première page lui sembla peu engageante et la deuxième lui parut pire. La perspective de se perdre dans l'histoire s'affaiblit puis disparut.

Elle posa la main sur l'interrupteur et aperçut de nouveau la femme en serviette et son sourire rêveur. Le blanc de la serviette, son sourire restèrent imprimés dans son esprit quand elle ferma les yeux. Elle avait oublié quand on lui avait fait un massage pour la dernière fois.

Je n'ai rien à faire ici. Je ne sais même pas pourquoi je suis là.

Deux minutes, peut-être trois. Elle écarte la couverture et allume la lumière. La petite robe noire est encore chaude.

Il fut impressionné par la simplicité des lieux. Un grenier blanchi à la chaux, des murs anguleux, un haut plafond incliné, à peine plus d'une pièce, mais par frugalité ou bon goût, elle avait réussi à donner une impression d'espace et de chaleur. Elle avait peint les plinthes en un ton noisette et tapissé un mur avec un papier à motif palmiers qui cassait la monotonie sans faire perdre en luminosité.

Le sol était recouvert de tapis de diverses nuances de gris, assemblés en parallélogrammes ou carrés aléatoires. Une seule affiche dominait l'espace, un poster du musée de Cluny, rouge vif, avec une princesse en robe médiévale. Autrement, le meuble le plus coloré était un lit double recouvert d'un dessus-de-lit en velours écarlate. À côté, une petite étagère de chevet qui débordait de livres. Pas de télévision, ni de chaîne hi-fi, mais elle n'en avait pas besoin. Au cours des cinq derniers jours, il ne l'avait pas vue plus de deux fois sans les artères auditives d'un iPod dépassant de ses oreilles.

Un ordinateur portable Apple au centre de la pièce. Il l'avait suivie jusqu'au Starbucks et l'avait vue sortir une pile de copies à noter. Ça semblait tôt dans le semestre pour un rendu de devoir mais elle arrondissait peut-être ses fins de mois en corrigeant les copies de quelqu'un d'autre.

Il était entré par l'escalier de secours, la seule entrée dans ce qui ressemblait fort à une sous-location illégale. La porte avait un verrou solide mais il avait réussi à crocheter une fenêtre sans trop de difficulté. Elle donnait sur la cuisine ouverte, si le terme n'était pas trop généreux pour désigner la petite plaque et l'évier encastrés. Elle avait oublié d'éteindre le néon.

Le salaire de contractuel, même dans une grande université, n'avait apparemment pas progressé depuis des années. Elle n'avait même pas de bibliothèque et quarante ou cinquante volumes étaient empilés le long de la plinthe. Chaucer, Dante, Villon. Des anthologies Norton. Elle ne marchait pas dans les traces de papa, à l'évidence. Et elle ne dépensait pas son argent non plus.

Sa garde-robe était principalement composée de piles de tee-shirts. Quelques tenues adaptées pour des conférences, deux petites robes, rien de bien cher. Il mémorisa sa taille.

La salle de bains n'avait pas de porte et était séparée du reste de l'espace par un mur incurvé. Dans l'armoire à pharmacie, une plaquette de pilules contraceptives, une crème contre l'eczéma, des cachets contre les allergies. Rien qui soit une question de vie ou de mort.

Il retourna à son bureau et ouvrit l'ordinateur portable. Des e-mails d'étudiants qui essayaient de négocier une meilleure note ou un devoir de rattrapage. Un ou deux messages de son père. Son calendrier était plus utile. Il indiquait les codes et les horaires de ses cours, les salles seraient faciles à retrouver. Elle avait une conférence à Chicago dans quelques semaines. Un rendez-vous chez le médecin le lendemain. Des cours de gym les lundi, mercredi et vendredi soir.

Un escalier obscur. Il le descendit, équipé d'une lampe de poche, et examina la poignée de la porte donnant sur le deuxième étage de la maison. Fermée de l'intérieur. La poussière sur la poignée et les marches confirmait que l'escalier de secours était bien le seul accès emprunté.

Il remontait les marches quand il entendit une clé tourner dans la serrure. Il se tapit dans l'ombre. Le bruit d'une porte qui se refermait, de clés balancées sur le comptoir, d'un sac qui heurtait le sol. Il s'assit sur une marche et attendit.

Ses chaussures posées sur le meuble, elle traversa la pièce. Le bruit métallique des cintres. Dans le noir, il l'écouta se déshabiller. Il l'écouta pendant encore un long moment, sans rien entendre. Au-dessus de la cage d'escalier, la lumière était toujours allumée.

Elle pleurait. Pas fort, mais c'était sans nul doute des sanglots et des reniflements. Puis le bruit de ses pieds nus, le pas léger, si léger, d'une fille de quarante-cinq kilos, cinquante tout au plus. Le jet de la douche.

Il remonta l'escalier sans bruit. Il ouvrit la porte et sortit sur l'escalier de secours enneigé. Le bruit de métal étouffé de ses pas sur les marches. Les gonds grincèrent quand il ouvrit la porte de derrière. La neige tourbillonnait dans la lueur des lampadaires de la ruelle quand il remonta sa capuche et se dirigea vers la rue.

Le bruit des larmes de la jeune femme resta dans sa tête durant sa marche sur plusieurs pâtés de maisons. Il était encore avec lui quand il monta dans sa camionnette, quand il démarra, quand il s'arrêta à la première intersection et qu'il la traversa.

Extrait du cahier bleu

Tu as entendu Ray la nuit dernière ? m'a demandé Rebecca en tournant un bouton sur son lidar. J'ai failli mourir de peur. J'ai cru qu'un petit animal se faisait torturer.

Il fait des cauchemars. À la minute où il a atterri, j'ai dit à Jens qu'il n'avait pas ce qu'il fallait. Jens, bien sûr, n'a rien voulu savoir. Je pense que Kurt lui a mis la pression pour qu'il accepte son acolyte.

Kurt n'est pas comme ça.

Personne n'est insensible à l'adoration. À part toi, peut-être.

Elle a ignoré cette remarque. Kurt cherchait Ray tout à l'heure. C'est mieux que tu n'aies pas été là quand il est passé.

C'est sûr.

Ray a l'air un peu perdu, c'est vrai. Tu penses qu'il a envie de rester ?

Envie ? Peut-être – pour peu qu'on puisse avoir envie de quelque chose qui vous tue. Il va au-devant d'un échec s'il abandonne – et de Dieu sait quoi s'il reste. L'annihilation peut-être.

Mon Dieu, ce que tu es sinistre. Ton globe noir prend tout son sens d'un coup. Tu ne fais pas partie des gens qui confondent dépression et intelligence, si ?

C'est le côté sombre de la Terre ici, au cas où tu ne l'avais pas remarqué. Et quiconque l'apprécie – du moins en hiver – a peu de chance d'être le boute-en-train que les gens ont envie de fréquenter.

Rebecca avait retiré la serviette qui masquait son hublot. Elle a levé les yeux de l'écran de son lidar pour regarder le cercle de brouillard punaisé à son mur. Le camp était embrumé depuis des jours et tout le monde avait les nerfs à vif.

Contrairement à toi, je ne ressens pas le besoin de venir ici au cœur de l'hiver. Je ne ressens pas une once d'attirance – émotionnelle j'entends – en dehors de mon objet de recherche. Et pourtant je suis attirée par ceux qui le sont. Kurt. Toi.

Les opposés s'attirent ? C'est ça, ton analyse ? Huit ans d'études et c'est ça, le résultat ?

J'étais appuyé contre sa porte, les bras croisés. Il n'y avait nulle part où s'asseoir. Je souriais mais elle ne me regardait pas et a cru que j'étais sérieux.

Elle a secoué la tête. Pas des opposés.

J'ai fait un demi-pas en avant et j'ai posé les mains sur ses épaules. Elle a fait rouler sa chaise de bureau pour m'échapper.

Je ne peux pas y faire grand-chose, il semblerait. Je suis attirée par toi comme tu es attiré par le noir.

Alors pourquoi tu t'échappes ?

Ne sois pas obtus, Kit.

Voilà ce que je vais faire, je vais réunir un répertoire de blagues. Je vais devenir le genre de personne dont on dit qu'elle « raconte super bien les histoires ». Tu te souviens, dans les albums du lycée, on disait toujours qu'untel « met de l'ambiance » et qu'unetelle « raconte vraiment bien les histoires » ? Je vais devenir ce genre de personne.

Arrête.

Rien que pour toi. C'est te dire à quel point je t'aime. Karson Durie, le conteur.

Je sais que c'est ta façon d'être léger mais pourquoi est-ce que chaque fois que je te parle de quelque chose de sérieux, j'ai l'impression de fouiller à tâtons dans un tiroir rempli de couteaux de cuisine ?

Ma mère me disait quelque chose dans ce genre : tu es si pointu que tu vas finir par te couper.

Ce n'est pas pour toi que je m'inquiète. Je ne pense pas que tu devrais continuer à venir me voir ici.

Tu ne penses pas ou tu ne veux pas ?

Va-t'en, s'il te plaît. Je n'en peux plus. On se voit dans le mess.

J'ai ouvert la porte et quand je suis sorti, le brouillard s'est refermé sur moi comme un poing. Les lumières du mess, qui n'était qu'à une quinzaine de mètres, étaient une lueur à peine perceptible. J'ai avancé, une main tendue devant moi. La température commençait à chuter. Je sentais la différence à la texture de la neige sous mes bottes.

Un craquement sonore m'a fait sursauter. Une entaille de feu qui montait vers le ciel avant de disparaître. Qu'est-ce qui se passe ? ai-je crié.

La voix de Wyndham, étonnamment proche dans le brouillard, même si je ne le voyais pas.

Ray a disparu. On ne sait pas quoi faire.

Le *tchouk* de la fusée quand elle a explosé comme un pissenlit, une légère vibration dans le brouillard.

Tu penses qu'il va la voir ?

Il fait plus froid, le brouillard doit se dissiper par endroits.

J'ai senti une parka sous ma main mais c'était Vanderbyl. Il a titubé pour m'éviter. J'ai essayé de lancer un appel radio à la base, a-t-il dit, mais je ne pense pas qu'ils me reçoivent.

Personne ne l'a vu depuis ce matin, a expliqué Wyndham, quand il est retourné dans sa chambre pour reprendre un texte que Kurt avait critiqué. Il était quoi, Kurt, 9 h 30 ?

9 h 30, oui.

J'ai demandé s'il était armé et s'il avait sa radio.

De ce que j'en sais, oui. Mais il ne répond pas.

Hmm. Elles étaient sévères, ces critiques ?

Une très légère pause avant la réponse de Kurt. C'était un compte-rendu honnête. Je ne dirais pas que c'était particulièrement dur.

Ils avaient cherché partout : l'abri de la radio, le générateur, le magasin, la cuisine, les labos et les baraquements. Ils avaient même tenté une liaison radio avec la cabane sismique. Personne n'avait vu Ray Deville.

Nous sommes restés là, trois voix désincarnées dans la brume, à nous demander où il avait pu passer. Nous n'avons même pas pris la peine de demander pourquoi il avait disparu, du moins pas à voix haute. Ray et son silence radio. Parfois, un homme peut être tellement perdu qu'il n'y a nulle part où chercher, et rien à accomplir.

Le repas et la soirée ont été sinistres. Les gens parlaient mais peu. Wyndham a essayé d'égayer l'atmosphère en racontant des choses drôles que Ray avaient dites sans s'en apercevoir, imitant son franglais à la perfection. Personne n'a franchement ri. En vérité, Ray et ses névroses étaient difficiles à supporter. On sentait que sous celles-ci coulait un épais fleuve noir de mépris.

Mon Dieu, j'espère qu'il va bien, a dit Kurt en rinçant les assiettes.

Wyndham a énuméré les raisons d'être optimistes. La température, moins cinq, était froide mais loin d'être insurmontable. La parka, l'écharpe et les bottes de Ray n'étaient pas dans sa chambre, il aurait sans doute assez chaud. Notre île de glace n'était pas si grande et avec une visibilité moyenne il n'aurait aucun mal à retrouver son chemin. Il était armé, il avait sa radio...

Kurt a ouvert la porte et sa réponse agacée est restée suspendue dans l'air tandis que le vent glacé s'engouffrait dans le mess : Alors pourquoi il ne s'en est pas servi ?

Dans mon petit lit, j'ai rêvé que je gravissais une montagne de verre éclairée par un soleil de plomb. J'étais accompagné d'un homme et d'une femme qui disaient connaître le chemin alors que c'était faux. Ils ne m'ont été d'aucune utilité quand la montagne s'est transformée en une pyramide parfaitement lisse. Elle est devenue aveuglante et quand je me suis réveillé dans l'obscurité, j'avais les yeux qui pleuraient.

Le brouillard s'était levé et ma cabine était éclairée par un flot de lumière se déversant par le hublot : ils avaient laissé les spots allumés sur le mât pour servir de phare. J'ai pensé à Ray, imaginant sa rencontre non pas avec un ours, un morse ou une crevasse mais avec l'Arctique dans toute sa pureté : une infinie indifférence, exquise et incommensurable.

Au bout d'un moment, j'ai entendu des cris qui se répondaient. Des portes qui claquaient, des voix affolées : le timbre viril de Vanderbyl et le ton de hautbois de Wyndham. Je me suis penché à mon hublot, mon duvet remonté jusqu'aux épaules. Wyndham aidait Ray à parcourir les derniers mètres dans la neige fondue. Kurt attendait, dos à mon baraquement, droit et immobile, son ombre projetée par le spot comme une tangente noire. Il a appelé Ray.

Le garçon, hagard, boiteux, a relevé la tête et j'ai vu, dans la lumière crue, le regard effaré de celui qui est entré par accident dans le palais de Dieu, a regardé son créateur dans les yeux et senti sa moelle se geler.

12

Un autre miroir. Delorme contempla les profondeurs obscures, consciente qu'il s'agissait de l'une des nombreuses surfaces réfléchissantes qu'elle avait examinées au cours des deux dernières semaines. C'était un panneau en onyx, presque aussi large qu'un écran de cinéma, placé au-dessus d'une demi-douzaine de lavabos en inox et entouré de globes lumineux à l'éclairage flatteur.

« C'est la première fois que tu viens ? »

Delorme jeta un œil vers le reflet de la grande brune qui se penchait au-dessus du plateau de marbre pour s'observer de plus près. Delorme confirma tout en se remettant un peu de poudre.

« Tu es venue seule ?

– Ouais. Et toi ? »

Elle hocha la tête. « Tu es aussi stressée que moi ? Je suis complètement flippée et pourtant ce n'est pas mon genre. »

Elle avait beau avoir l'âge de Delorme, on aurait dit qu'elle jouait le rôle de l'ingénue dans un film sur le show-business. Type « tapage en coulisse ». C'était difficile de bien voir dans le miroir, mais c'était peut-être l'idée justement, de ne pas ressembler à ce que l'on était. La perruque sombre aidait aussi. Elle était plus longue que ses cheveux et le frottement sur ses épaules avait quelque chose de rassurant.

« Tu penses que tout le monde est aussi stressé ? » demanda la femme en se tournant vers Delorme pour s'adresser directement à elle. Delorme l'imita. Elle avait une peau pâle, opalescente.

« Ce serait assez bizarre, dit Delorme, de ne pas être nerveux.

– On pourrait peut-être aller au bar toutes les deux. Pour se soutenir mutuellement. Je ne suis pas en train de te draguer ou quoi que ce soit, ce sera peut-être un peu plus facile, c'est tout.

– On n'a qu'à prendre un verre, dit Delorme, et on fera le point après.

– Cool. Je ne suis pas sûre à cent pour cent d'avoir envie d'être ici. Ou de faire quoi que ce soit avec quelqu'un. » Elle alla à la porte. « Comment tu t'appelles, au fait ?

– Stella. » Le nom, comme la perruque, lui avait déjà servi quand elle s'était fait passer pour une prostituée lors d'une infiltration.

« Moi, c'est Heidi.

– D'accord, Heidi. »

Entrer au Club Risqué lui avait donné l'impression de sauter d'un bateau et de couler vers le fond. Elle ressentit une pression immédiate et grandissante. Ses poumons lui donnaient l'impression d'avoir rétréci d'un tiers, sa robe aussi.

L'odeur de nourriture fut une surprise. Delorme avait oublié qu'il y avait un restaurant.

« Souhaitez-vous dîner ? » demanda l'hôtesse. Un sourire engageant, strictement professionnel.

« Je pense que je vais simplement boire un verre au bar. Je voudrais aller aux toilettes d'abord.

– Bien sûr. Vous connaissez le fonctionnement du club ?

– Il vaut mieux que vous m'expliquiez. »

Elle lui exposa l'étiquette des différentes pièces et étages. Elle était charmante et semblait réellement vouloir que Delorme et tous les clients – ou les membres, comme elle les appelait – passent un bon moment. Les vingt dollars d'inscription permettaient de conserver l'appellation de club privé et de contourner certaines restrictions sur les pratiques sexuelles.

L'attitude de l'hôtesse et le décor engageant auraient dû atténuer la sensation que les murs se refermaient sur elle mais en réalité cela ne faisait qu'aggraver les choses. La pression ne venait pas du personnel ni du lieu mais de Delorme elle-même. Elle signa la feuille de papier qui énumérait les termes et conditions du club et se dirigea vers les toilettes.

Au bar du premier étage, la musique était douce et l'éclairage tamisé, et l'atmosphère n'avait encore rien de glauque. Cinq ou six couples, assis à des tables ou au comptoir, sirotaient des cocktails ou des verres de vin. Pas la moindre chope de bière en vue.

« C'est étonnant que ça ait l'air aussi normal, remarqua Heidi.

– Sauf qu'il n'y a aucun homme seul.

– Ils ne les laissent pas entrer. Ou un seul soir par semaine, je crois.

– Ah bon. »

Elles ne dirent rien pendant quelques instants. Delorme était venue avec l'intention de poser plein de questions – à l'hôtesse, au barman, aux employés – mais elle était muette. La pression dans sa poitrine n'était pas de la peur. Elle connaissait la sensation que procurait la peur : la certitude soudaine que quelque chose de terrible est sur le point de se produire et que rien ne pourra y changer quoi que ce soit. Ressentir ça régulièrement faisait partie du boulot de flic. Mais la peur avait quelque chose de franc, de direct. Et ici il n'y avait aucune certitude.

Merde, songea Delorme, je ne suis même pas assez honnête pour savoir si je suis là pour le travail ou non. Pour savoir ce que je fais là.

« Ne te retourne pas, dit Heidi, mais le couple près de la murale panthère nous mate.

– Il nous faut une autre tournée. » Delorme commanda deux verres et quand elle se retourna pour tendre le sien à Heidi, l'homme du couple qu'elle avait désigné se tenait devant elles.

« Ma femme et moi nous demandions si vous vouliez vous joindre à nous. » Il avait un sourire timide et une mèche que Delorme associait à Superman.

Heidi se mordit la lèvre et regarda Delorme.

« Je pense que c'est encore un peu tôt pour nous, dit-elle. Pour moi en tout cas. Nous venons d'arriver.

– OK, pas de problème. Vous pouvez venir plus tard si ça vous dit. » Il regarda Heidi. « Tu es irlandaise ?

– Pas ce soir. »

Il rit et retourna à sa table.

« Je ne sais même pas ce que j'ai voulu dire.

– Moi si, dit Delorme.

– On devrait peut-être aller avec eux. Ça sera plus confortable que de s'aventurer toutes seules au deuxième. »

Le deuxième étage. C'était là que les gens commençaient à se déshabiller. Nudité totale acceptée mais pas requise. Nudité partielle souhaitée.

« Sur le site, ils disent que personne n'est obligé d'avoir des rapports mais que ce n'est pas une bonne idée de venir si on a l'intention de dire non toute la nuit.

– Je pense que ça s'applique au troisième.

– Non, je crois que c'est pour l'ensemble du club. » Heidi ne parlait plus comme une petite fille nerveuse. La confirmation de sa désirabilité semblait avoir agi comme un shoot de confiance.

« Pourquoi tu es venue, Heidi ? »

Elle considéra son Martini. « Je suis en colère contre quelqu'un », dit-elle avant d'en boire une gorgée.

Il y avait des casiers dans les toilettes du deuxième.

« Tout ce que je peux mettre là-dedans c'est mon sac, dit Heidi. Et qu'est-ce que je fais ensuite si je vais au troisième : je mets le reste de mes affaires dans un autre casier ?

– Sinon tu peux repasser le chercher et le prendre avec toi.

– J'ai besoin d'un autre verre. »

Le bar était circulaire et entouré d'une série d'alcôves avec de longs canapés bas et de petites tables. Des couples s'y caressaient, dont un homme et une femme qui ne portaient qu'un jean. La lumière était basse et flatteuse, la musique, une pulsation ambiguë, comme si le bâtiment entier était une sorte de moteur.

Pas de tabourets de bar. Heidi et Delorme partageaient une alcôve.

« Tu es canon, dit Heidi. Je suis sûre que tu te fais tout le temps draguer au boulot.

– Pas vraiment. C'est toujours pareil : celui que tu veux n'est pas intéressé et ceux dont tu te fiches ne veulent pas te lâcher.

– Ah, si je connais ça… » Heidi leva son verre sans rien ajouter.

Un couple approcha depuis le bar. La femme avait des cheveux blonds parfaitement lisses coupés au bol. L'homme avait l'air plus jeune, peut-être trente-cinq ans, et plus nerveux.

« On peut se joindre à vous ?

– Bien sûr, répondit Heidi, il y a plein de place. »

La femme s'assit à côté de Delorme, l'homme de l'autre côté de Heidi.

« Mon mari pense qu'il aimerait me voir tripoter une autre femme, dit la femme à Delorme.

– Voilà qui est surprenant, répondit-elle.

– Je pense que ce qu'il veut dire en réalité, c'est qu'il aimerait coucher avec plusieurs femmes en même temps.

– Non, non, intervint-il, je n'ai pas forcément besoin de participer. »

Heidi se pencha vers Delorme un peu trop brusquement, son nez froid touchant le cou de celle-ci avant qu'elle se redresse. Elle lui murmura à l'oreille : « Il est plutôt mignon, tu trouves pas ?

– Je pense que je vais me réserver pour le troisième étage, à supposer que j'ose y aller.

– Je m'appelle Janey et lui c'est Ron. On n'est jamais montés là-haut », dit la femme. Elle avait un large front et des pommettes autoritaires, le genre de physique que l'on verrait pour un rôle de juge ou de sénatrice. Pas une tête à s'appeler Janey. « On pourrait peut-être s'y aventurer ensemble, à supposer, comme tu le dis, que nous osions y aller. »

Quand Delorme posa le pied sur la première marche de l'escalier menant au troisième, elle sentit quelque chose s'effondrer en elle. Mais elle était obligée de mettre un pied devant l'autre pour suivre la femme, qui suivait l'homme.

« Je reste derrière toi, dit Heidi, au cas où tu te dégonfles. »

Dans les toilettes des femmes, devant la porte ouverte du casier, la sensation d'effondrement fut remplacée par autre chose. Delorme retira sa robe et l'accrocha, et ce fut comme si une volée d'oiseaux venait d'être libérée dans sa poitrine.

« Tu es sûre que tu es d'accord avec ça ? demandait Heidi à la femme. Ça ne te dérangera pas de voir ton mari avec quelqu'un d'autre ?

– Je pense pouvoir me débrouiller.

– Ils ne sont pas mariés », dit Delorme.

La femme éclata de rire. « Ça se voit, hein ?

– Vraiment ? » Heidi vacilla un peu en enlevant sa chaussure. « Parfois je suis tellement bête que je m'étonne moi-même.

– Tu vas garder tes sous-vêtements ? demanda la femme à Delorme. Je crois qu'on a le droit. »

Le troisième étage était prévu pour le sexe et rien d'autre. Il n'y avait aucune chaise. Toutes les surfaces étaient faites pour s'allonger, pas pour s'asseoir. Le chromatisme d'ensemble tirait uniquement sur le rouge extrême, l'obscurité n'était brisée çà et là que par quelques discrètes appliques.

Delorme crut qu'elle avait enclenché son détachement indifférent en montant à cet étage, mais la vue d'un couple en train de faire l'amour lentement, silencieusement mais sans aucun doute possible court-circuita son système de défense. Une rougeur chaude, invisible en ces lieux, monta sur sa cage thoracique. Elle avait le visage brûlant et une fine couche de sueur perlait entre ses épaules.

D'autres hommes et femmes étaient installés par terre autour du couple. Aucun des hommes n'était habillé. Deux des femmes avaient gardé leur haut, les autres portaient des culottes microscopiques.

« On pourrait s'asseoir là-bas », proposa Heidi en montrant un espace dans le cercle, de l'autre côté.

Les palpitations ventrales n'étaient pas près de cesser. Delorme n'était jamais tombée sur un couple en train de faire l'amour, sans même parler d'en regarder un ouvertement. Elle avait vu des films pornos. Grâce aux goûts de plus d'un de ses ex. Elle en avait trouvé quelques moments excitants, même si ces moments montraient des choses qu'elle n'avait pas forcément envie de faire elle-même, quoi que ses ex aient pu avoir en tête.

« Ils se connaissent ? demanda quelqu'un à voix basse.

– Ils viennent de se rencontrer », murmura un autre.

Le couple avait une petite trentaine d'années et ils se donnaient avec une sorte de dévotion solennelle, conscients de leur public mais concentrés l'un sur l'autre. Ils étaient allongés sur le flanc, face à face. Une femme s'approcha pour caresser le dos de l'homme. S'il réagit, Delorme ne l'entendit pas.

Elle était surprise de trouver tout ça aussi peu excitant. C'était peut-être l'absence totale de fantasme. C'étaient de vraies personnes et Delorme trouvait leur réalité contraignante, ce que les fantasmes n'étaient pas. Elle gardait les yeux rivés au sol pour éviter de croiser un regard. Elle sentait des pulsations dans ses poignets et ses chevilles. Comme c'était étrange que, bien que voir un couple faire l'amour n'ait pas été terriblement stimulant, le *fait* qu'ils le fassent, lui, le soit. Le *fait* que cette jeune femme séduisante écarte les cuisses pour quelqu'un qu'elle venait de rencontrer. Que ce jeune homme bien bâti, qui avait probablement un poste à responsabilités, un salaire enviable, qui était peut-être même un père aimant et un ami des bêtes, soit prêt à partager la vision de son sexe turgescent en action avec un groupe d'inconnus dénudés. Ce n'était pas ce qu'ils faisaient mais le *fait* qu'ils le fassent qui faisait sauter un verrou auparavant inconnu de la conscience que Delorme avait d'elle-même.

Une main lui effleura le haut du dos.

« Ça va ? »

Delorme jeta un œil par-dessus son épaule. Janey la regardait en haussant les sourcils. Derrière elle, Heidi avait la bouche collée à celle de Ron, son soutien-gorge déjà par terre.

Bruce Turcotte arrêta sa motoneige et resta assis quelques minutes pour contempler la magnifique tour de guet qui se dressait devant lui. Au fin fond de la forêt, cette structure parfaite : pas belle, mais totalement adaptée à son usage, bâtie avec une économie et une intégrité qui parlait à l'ingénieur en lui. Il avait fait une inspection préliminaire quelques jours plus tôt et avait attendu cette seconde sortie avec impatience.

Turcotte travaillait pour le ministère des Ressources naturelles depuis plus de vingt ans et il avait connu son lot de missions pourries. Il était pratiquement mort de froid dans la baie James une année, avait manqué périr d'ennui dans des projets proches de communautés si petites qu'elles en méritaient à peine le nom et avait été poussé au bord de la folie par des pucerons noirs plus souvent qu'il ne le fallait pour s'en rappeler.

Cette mission, c'était du velours. Avant le développement des satellites, l'État de l'Ontario avait agi pour la prévention des incendies en construisant plus d'une centaine de tours de guet. Hautes de vingt-cinq à trente mètres, ces mini tours Eiffel étaient juchées sur les points culminants de la province. Les plus anciennes étaient en bois et avaient été détruites depuis longtemps pour des raisons de sécurité. Dans les années 1950, elles avaient été remplacées par des tours en acier qui étaient l'objet de la mission actuelle de Turcotte, lequel devait les inspecter une à une et formuler une recommandation sur la base de son expertise d'ingénieur : destruction, préservation à titre d'avant-poste sans personnel pour les alertes incendie (webcam uniquement) ou restauration à des fins récréatives au sein du réseau toujours plus important de sentiers de randonnée qui remplaçaient les défuntes installations ferroviaires, minières et bûcheronnes.

Le projet reposait sur la sagesse collective d'une petite équipe d'experts : un ancien pompier dont la pression artérielle lui donnait un teint de pomme d'amour, un cadre des chemins de fer dont la première réponse à toute requête était négative, et plusieurs représentant des services des Parcs et des Espaces verts, parmi lesquels une femme sèche comme une trique, une vegan dont la moindre intervention avait un pouvoir narcoleptique qu'il avait jusqu'alors associé aux plus puissants opiacés – notamment du fait de la lenteur de son débit.

« Honnêtement, avait-il dit à sa femme, quand elle prend la parole, je me dis que je devrais sortir, démarrer la voiture, passer acheter de la bière, remplir une ou deux grilles de loto, aller chercher mon linge au pressing et peut-être même faire un saut au magasin de bricolage tant que j'y suis. Et alors peut-être, je dis bien peut-être, que quand je reviendrai à la table, elle aura atteint la fin de sa phrase. Elle doit venir d'une de ces planètes dont la période orbitale prend dix années terrestres – et encore, ça, c'est quand elle parle de quelque chose d'intéressant. »

Toutefois, l'équipe n'entrait en jeu qu'une fois que Bruce avait pris sa décision sur la sécurité de la structure, ce qui nécessitait plusieurs visites en solo. Il s'était rendu dans des endroits sauvages et avait vu beaucoup de beaux paysages durant ses années au ministère, mais rien ne l'avait préparé à la résonance que cette nouvelle expérience aurait pour lui.

Chaque tour était surmontée d'un mirador, une structure plus ou moins hexagonale pourvue de fenêtres sur tous les côtés. Les panoramas l'avaient rendu silencieux et pensif comme rien d'autre dans sa vie. « Je suis bavard, avait-il dit à sa femme, je ne te l'apprends pas. Je ne suis pas le type le plus porté sur l'introspection que tu croiseras dans ta vie… »

Ils étaient au lit, sa femme avait reposé son Patricia Cornwell et s'était tournée sur le côté pour l'écouter. Elle lui effleura le bras pour l'encourager à poursuivre.

« Mais il y a quelque chose avec ces tours, la vue qu'on y a, qui me fait taire. J'ai envie de m'asseoir et de penser, sauf que je n'ai pas vraiment de pensées qui me viennent. C'est, je ne sais pas – j'ai soudain le sentiment de n'être rien. Que je suis tout petit. Celle où j'étais l'autre jour – à Algonquin Bay –, avec l'élévation, je me trouvais à deux cents mètres au-dessus de la ville. Sept cents au-dessus du niveau de la mer. Tout ce que je peux voir, où que je regarde, c'est le ciel, des lacs, des forêts, des montagnes, toujours debout après tant d'hivers et de froid et de... *temps*. Et c'est infini, on ne voit que ça sur soixante ou soixante-dix kilomètres. L'immensité de tout ça. C'est la terre que je contemple, telle qu'elle a été créée, telle qu'elle était avant que je naisse, telle qu'elle sera après ma mort, telle qu'elle a toujours été – ou en tout cas depuis des millions d'hivers. Et j'ai quarante-sept ans. J'ai quarante-sept ans et j'ai enfin compris ce que signifiait "à couper le souffle", parce qu'avec cette tour, cette vue, j'ai vraiment eu le souffle coupé. Tu me trouves niais ? »

Sa femme avait secoué la tête en souriant.

Il lui raconta ce que la tour d'Algonquin Bay avait de spécial, « un canon » telle qu'il l'avait décrite à son supérieur. Elle avait encore une table et des chaises, le lit pour le garde forestier qui y logeait et même la table traçante avec sa plaque tournante pour déduire la localisation d'un feu ou d'un panache de fumée à partir des tours adjacentes – c'est-à-dire distantes de quarante kilomètres. Les fenêtres étaient intactes et le parquet était en bon état.

Il expliqua à sa femme la chance qu'avaient eue les gars qui avaient bossé dedans. Il y avait un générateur et même une antenne télé fixée sur le toit à quelques dizaines de centimètres de l'anémomètre. Les lieux n'avaient pas été occupés depuis les années 1950 et la télévision n'était pas encore très développée à l'époque.

« J'aimerais bien rencontrer un de ces gardes forestiers, dit-il, lui parler. » Il fallait être une sorte de philosophe pour travailler dans cette merveille. On ne pouvait pas regarder la plaine platine du lac Nipissing, la lueur noire de l'autoroute serpentant entre les collines, les nuages plats comme des tables au-dessus des vallées et ne pas se transformer en penseur, même si ce n'était pas votre truc quand vous aviez signé pour devenir un ermite professionnel.

La vieille radio Decca lui avait donné l'impression de pouvoir se remettre à grésiller à tout moment – une vraie merveille. Turcotte l'avait ouverte pour chercher des tubes mais ils avaient disparu. Le téléphone était un vieux modèle noir à cadran. Quand il souffla sur la poussière qui le recouvrait, il vit que le numéro ne comportait que cinq chiffres : GRover 2-4348.

Il était donc de nouveau au pied de la tour, à une douzaine de kilomètres d'Algonquin Bay, dans le silence qui s'était fait après qu'il eut fait cesser les rugissements de sa motoneige. Les traverses en acier brillaient sous un soleil si éclatant qu'il avait les yeux qui pleuraient. Il considéra comme un coup de chance exceptionnel que sa tâche l'oblige à un deuxième trajet jusqu'ici pour installer le nouvel équipement.

Il descendit de son engin et mit son sac sur son dos. Il était relativement léger et ne comprenait que le système de webcam sur tourelle. C'était un prototype. Si la caméra se révélait utile pour combler les trous laissés par les images satellites, ils en monteraient une autre, pivotante, pour remplacer l'anémomètre.

Il ne faisait pas de doute que la tour d'Algonquin Bay deviendrait une attraction touristique. Outre la vue spectaculaire et son état impeccable, elle n'était qu'à quelques kilomètres de la grande route et assez proche des anciens chemins de bûcherons. Les enfants allaient adorer. La vegan de service dirait sûrement que ce serait un risque pour le réchauffement climatique, mais le temps qu'elle finisse de parler ils seraient tous morts de toute façon.

Enchanté par le ciel bleu et la légère brise, Turcotte parla à voix haute. « Tu es exceptionnelle, ma chérie. Je vais faire de toi une star. Mais ce que j'aimerais savoir, ma beauté, c'est qui a découpé ce foutu grillage. Ça ne me plaît pas du tout. »

Ce n'était pas que le grillage. Quelqu'un avait réussi à descendre l'escalier de la tour, ce qui était théoriquement impossible sans l'équipement adapté : une manivelle démontable. En arrivant sous les traverses du bas, Turcotte se rendit compte, un brin coupable, qu'il avait dû la laisser en place. Et l'appareil de levage avait aussi été remonté. La semaine précédente, il était juste au-dessus du niveau du sol et il se trouvait maintenant à côté de la porte du mirador.

« Alors là, si quelqu'un est venu tout casser, il y a des têtes qui vont tomber, dit Turcotte. Je ne sais pas quelles têtes, mais elles tomberont. »

Il commença à gravir les marches en cherchant son téléphone dans ses poches. Il se souvint alors qu'il était dans son sac à dos. Il retira une bretelle sans cesser de grimper et il transpirait maintenant un peu. Il s'arrêta à un quart du chemin et s'appuya sur la rambarde de sécurité pour composer le numéro. La vue n'était pas encore très impressionnante, il se trouvait sous le niveau des cimes. Il tomba sur la boîte vocale de son patron et laissa un message : « On dirait que quelqu'un a pénétré dans la structure. Je te rappelle quand j'arrive en haut. »

Il reprit son ascension et ouvrit sa parka. Il sentait le panorama se dérouler autour de lui mais il se retenait de le regarder. Il voulait attendre d'être en haut et éprouver une nouvelle fois cette sensation. Il gardait les yeux sur ses bottes pour le moment.

Il dut faire une pause à la moitié puis aux trois quarts du parcours. Un excellent moyen de faire une crise cardiaque, se dit-il. Voilà ce qui arrive quand on ne va pas au club de sport. Angine, tachycardie et machinchosite – des infarctus. C'est le genre de choses qu'il vaut mieux éviter.

L'état de la porte ne présageait rien de bon. Le loquet était cassé. Elle n'était même pas totalement fermée. La fenêtre avait été éclatée. Il pouvait comprendre tout un tas de délits. Les braquages, voire les meurtres si on perd vraiment les pédales. Mais le vandalisme, ça, ça restait un mystère.

Il s'assit sur la dernière marche et appuya sur la touche de raccourci de son téléphone. « Je vais entrer, dit-il à son supérieur. Mais vu de l'extérieur, on va avoir des soucis. Un connard est monté là-haut, il a forcé la porte et fracassé une fenêtre.

– Pourquoi ils sont allés casser la fenêtre ? Quitte à monter là-haut, tu ne veux pas mourir du froid. Tu m'as dit qu'elle était en super état la semaine dernière.

– Je sais. Ça me rend malade. » Turcotte regarda, au-delà du X que formaient les étais, un triangle de ciel et de nuages, mais il était trop essoufflé pour les apprécier. « Attends, je vais entrer. Bon Dieu, j'espère qu'ils n'ont pas tout embarqué. C'est un morceau d'histoire. Ne quitte pas. »

Il mit le téléphone dans sa poche, sans raccrocher, poussa la porte et entra.

À Toronto, son patron, assis à son bureau du septième étage dans la brume qui baignait Bay Street, cala le combiné entre son épaule et son oreille tout en rentrant des impressions de sa présentation PowerPoint dans sa mallette brillante du ministère. Il avait exactement sept minutes et demie pour atteindre le cinquième étage. « Bruce ? Bruce, tu m'entends ? Je ne peux pas rester. Je dois aller impressionner un paquet de comptables et… »

Turcotte s'était mis à crier comme un fou dans son téléphone. Il avait dû mal comprendre ce qu'il disait. Il était dans une tour de guet abandonnée au fond des bois et il parlait d'une femme.

« Balance-lui le règlement, Bruce. Destruction de bien public, effraction, vandalisme, la totale. Elle va passer devant le juge et finir en prison. Mais je suis en retard et… »

Mais Turcotte – probablement le type le plus posé, pragmatique et susceptible d'appeler un chat un chat que vous pourrez jamais croiser – lui dit d'une voix étranglée par l'hystérie qu'ils accuseraient cette femme de que dalle et que le seul endroit où elle allait finir, ce serait la morgue.

La maison de Delorme était plongée dans l'obscurité, les rideaux tirés. Elle les fermait toujours le soir, dès qu'elle rentrait chez elle, même l'été. Elle habitait une petite rue calme et la fenêtre de devant, basse et large, ne lui laissait aucune intimité.

Sa voiture était garée dans l'allée, la neige tombée dans l'après-midi toujours accrochée sur le toit et la vitre arrière. Pas de traces de pneus récentes. Pas de traces de pas non plus, ni dans le jardin, ni vers le perron. Soit elle n'avait pas bougé de la journée, soit elle était partie le matin – peut-être en taxi – et n'était pas encore rentrée. Ça pouvait être quelqu'un qui était venu la chercher, pas forcément un taxi.

Cardinal consulta sa montre. 20 h 30, c'était tôt pour se mettre au lit, mais ce n'était pas inconcevable si on était vraiment malade.

La neige avait cessé de tomber. Il se retourna et redescendit la côte qui menait à sa maison. Il retira un gant, sortit son portable et garda le pouce au-dessus du bouton d'appel. Il avait envie de lui parler, de savoir comment elle allait, mais quelque chose lui disait qu'elle n'aurait pas envie de discuter avec lui. Elle aurait appelé, autrement. Il traversa Rayne Street et remit le téléphone dans sa poche.

Extrait du cahier bleu

Pendant les quarante-huit heures suivantes, Ray Deville est resté pelotonné dans sa cabine.

À la seconde où ce foutu brouillard se lève, je veux qu'il dégage, a dit Vanderbyl.

J'ai déjà fait la demande, a répondu Jens, sans lever les yeux. Je ne leur ai pas dit pour qui c'était. Il prenait des notes dans son tableau nutritionnel, consultant les recettes préparées par Paul au cours des derniers jours et additionnant les calories avec une calculatrice.

Ça ne sera pas bon pour sa carrière, a repris Vanderbyl, mais on ne veut pas non plus qu'il se suicide. Il s'est tourné vers Rebecca. Quand est-ce qu'il se lève, ce brouillard ? C'est toi, la spécialiste des nuages, dis-nous quelque chose d'utile pour une fois.

Rebecca a attrapé sa veste accrochée sur la patère et est sortie du mess.

C'était déplacé, ai-je dit.

Ne vient pas me donner de leçons sur le sujet, a rétorqué Vanderbyl.

Allons, allons, a dit Wyndham, l'éternel pacifiste. Restons courtois, d'accord ?

Trop tard, a dit Vanderbyl. Certains ne savent pas ce qu'est la décence.

Du calme, Kurt. C'est le brouillard qui tape sur les nerfs de tout le monde.

Wyndham a tendu sa veste à Kurt – la température était tellement montée au cours des derniers jours que nous avions laissé tomber les parkas pour des tenues plus légères – et ils sont sortis tous les deux.

Jens, est-ce que Kurt t'a dit ce qu'il s'était passé au poste de navigation à distance ? ai-je dit.

Jens a haussé ses sourcils de Viking. J'ai travaillé avec Vanderbyl sur une demi-douzaine d'expéditions et je ne l'ai jamais vu dans cet état. Tu n'as pas l'impression que tu as beaucoup de choses à te faire pardonner ?

Je ne me suis jamais vu non plus dans cet état. Est-ce qu'il t'en a parlé, oui ou non ?

Non.

Ils ont lancé un appel radio. L'un d'entre eux est tombé – littéralement – sur un ours polaire mort. Neuf balles. Un chargeur entier.

On sait si c'est Ray ?

Son automatique était vide quand il s'est décidé à revenir ici.

Eh bien, il était en danger de mort…

Il avait un pistolet à fusée, il aurait pu s'en servir pour lui faire peur. Oui, je sais, c'était peut-être trop tard. Mais en fait non. Toutes les balles ont atteint l'animal dans le dos. Il était apparemment en train de manger un bébé phoque quand Ray a décidé de le tuer.

Doux Jésus, a dit Jens. Bon, il ne va pas tarder à nous quitter. Et je vous demande, à toi et aux autres, d'être discrets sur le sujet. Le pilote sait qu'il va avoir un passager mais il ne saura pas pourquoi. La base ne sait rien à part que c'est pour « raisons médicales ».

Rebecca m'a rejoint dans ma cabine ce soir-là pour la première fois depuis une semaine. Elle a fait un effort honorable pour convoquer la passion et le désir, arrachant ses vêtements sans un mot. Et puis, au milieu de la sueur, des cris et des souffles rauques, elle s'est relâchée et a roulé loin de moi en fondant en larmes dans son oreiller. Pourquoi me déteste-t-il tant ? Je suis dévastée. Il n'a plus que du mépris pour moi.

Je l'ai serrée délicatement en lui embrassant la nuque. Il ne te déteste pas. Il ne souffrirait pas autant s'il te détestait. C'est moi qu'il hait.

Je n'ai jamais rien voulu d'autre que son amour et son respect. Et pendant un temps j'ai cru que c'était ce que j'avais. Je l'ai cru. Vraiment.

Ne fais pas attention à ce qu'il dit. Il souffre, c'est tout.

Je sais, à cause de moi. C'est ça le plus terrible : je mérite son mépris. Si c'était totalement injuste, je pourrais vivre avec. Mais je le mérite. Pourquoi est-ce que toi tu veux de moi ? Tu vois comme je suis horrible.

Non, lui ai-je répondu en lui embrassant l'épaule, je vois comme tu es parfaite – comme tu es tendre, blessée, parfaite, bonne – et je veux être avec toi pour toujours.

Comment mesure-t-on l'amour, le flot d'émotions qui passent par la connexion entre un être humain et un autre ? Les instruments n'existent pas encore. Si on devait le mesurer en baisers, le nôtre ne s'élèverait pas à grand-chose. Mais en larmes…

13

Arsenault relâcha le frein du treuil et les poulies se mirent à gémir. Le corps de Laura Lacroix, attaché à une palette et recouvert d'un sac en plastique sombre, tanguait dans le ciel bleu.

Tout le monde dans le mirador – dont Cardinal, Delorme, Loach et les deux inspecteurs de la scientifique – s'était arrêté de travailler pour regarder. Le Dr Barnhouse arracha la première page de son carnet et la tendit à Loach. « Je dirais hypothermie, pour deux raisons. D'abord, le manque de lividité, qui arrive quand les muscles sont raidis par le froid. Ensuite, l'absence d'autre cause visible. Il faudra attendre l'autopsie si vous voulez plus de détails. Quant à savoir pourquoi le Dr Harris n'a pas pu vous le dire, c'est une question pour l'Académie de médecine.

– Le Dr Harris n'a pas pu monter plus haut que la dixième marche, répondit Loach. Il a le vertige.

– Mais où est passée la normalité ? demanda Barnhouse. Il y avait des gens normaux sur cette planète autrefois.

– Heureusement qu'on vous a, vous », dit Cardinal.

Barnhouse inclina sa casquette fourrée puis attrapa la rambarde pour entamer la descente.

Arsenault et Collingwood observaient le lit où le corps avait été attaché. Ils avaient essayé en vain de trouver des empreintes sur les bandes qui l'avaient maintenu en place et examinaient maintenant le matelas. Ils avaient monté des lampes mais n'en avaient pas eu besoin jusqu'alors. Il fallait des lunettes de soleil pour regarder dans certaines directions.

Loach arriva derrière eux. « Est-ce qu'on est sûrs à cent pour cent que c'est le même tueur que celui de Flint ?

– Je n'ai jamais vu d'autre affaire où la victime avait été délibérément tuée par hypothermie, intervint Cardinal. Et là on en a deux. Là encore elle a l'air de porter des vêtements tout neufs, du moins pour certains d'entre eux. Des vêtements qui ont pu lui tenir chaud un temps, mais pas suffisamment. Il a même cassé la fenêtre pour s'assurer que le soleil ne fasse pas monter la température.

– Il n'a pas été assez efficace sur ce coup, dit Loach. Je vais devoir brûler mes fringues si ça continue.

– C'est le même type, dit Delorme. Il lui a laissé de la nourriture, comme à Flint. Il voulait que ça dure.

– Les femmes se plaignent toujours des hommes qui terminent trop vite.

– Ce n'est pas drôle, rétorqua Delorme.

– Si, à condition d'avoir de l'humour.

– Il faut qu'on trouve ce qui relie ces deux femmes, coupa Cardinal. Ce sont des crimes prémédités, elles étaient visées. Leur seul point commun pour le moment, c'était qu'elles prenaient des vols Air Canada.

– Je croyais que vous aimiez bien ce Leonard Priest, dit Loach à Delorme. Un amateur de plein air, c'est ça ?

– Ce n'est pas l'envie qui me manque d'envoyer Leonard Priest derrière les barreaux, mais il n'y a aucune trace d'agression sexuelle dans ces deux cas. Il n'avait aucun lien avec Flint d'après ce que l'on sait et aucune connexion récente avec Laura Lacroix ou son mari, Keith Rettig.

– Venez voir. » Arsenault était entre la table et le lit, une silhouette dodue qui se découpait sur la fenêtre lumineuse. Il désigna l'une des rares vitres restées intactes.

« On dirait une Volkswagen, dit Loach, merci de nous l'avoir montré.

– Pas le nuage, la fenêtre. Il faut avoir le bon angle. »

Ils penchèrent la tête dans tous les sens en plissant les yeux.

« Je suis peut-être fou, dit Arsenault, mais on dirait bien un 4 et un 5, je trouve.

– Moi aussi, opina Cardinal. C'était un 25 dans la cabane près de chez Flint.

– Vous pensez qu'ils sont liés ? N'importe qui aurait pu écrire ça ici, dit Loach. C'est peut-être là depuis des années.

– Je sais. Ce serait bien de pouvoir décider si les chiffres sont pertinents ou non.

– On va regarder ça de plus près », promit Arsenault.

Cardinal prit Delorme à part. « C'est trop parfait, tu ne trouves pas ? Trop organisé.

– De quoi ? » Elle semblait avoir la tête ailleurs.

« Il a dû faire ça avant. C'est trop bien préparé. Pareil pour Flint. On ne devient pas aussi bon aussi vite.

– Comment ça, aussi bon ? intervint Loach. Son véhicule a été vu. Des gens l'ont aperçu, ce n'est pas non plus Houdini, ce type. Et puis, merde, il laisse des empreintes partout.

– Des traces, le corrigea Cardinal, pas des empreintes.

– Exact. Il a probablement une prothèse.

– Ce qui n'a rien donné. J'ai regardé et aucun détenu équipé d'une prothèse quelconque n'a été relâché récemment. Mais je suis d'accord, il ne fait pas beaucoup d'efforts pour se couvrir. Peut-être qu'il ne craint pas de se faire prendre.

– Tout le monde a peur de se faire prendre, à part les fous.

– C'est sûr qu'il n'est pas fou. C'est peut-être tout simplement quelqu'un qui n'a plus rien à perdre. »

Il n'y avait pas grand-monde dans le magasin. C'était si calme que Larry Shawn était le seul vendeur sur tout le niveau. À 11 h 30 Rachel arriverait pour la pause-déjeuner des bureaux, mais jusque-là il était tout seul, à moins de compter Myla, à la caisse. Mais être avec Myla ou être seul, c'était pareil. Myla était une lobotomisée du téléphone du genre irréversible.

Les affaires ne marchaient pas fort depuis qu'ils avaient quitté Queen Street, mais avec le loyer moins élevé il pouvait compter sur son boulot quelque temps encore et tous les détaillants ne pouvaient pas en dire autant. Ces jours-ci, tous les magasins qui ne faisaient pas partie d'une chaîne étaient au bord du gouffre.

« Je vous en prie, dites-moi que je peux vous aider, lança-t-il au vieil homme qui entra dans le magasin. C'est plutôt calme aujourd'hui. »

L'homme regarda le magasin et leva les yeux sur les premiers rayons. Les étagères qui montaient jusqu'au plafond pouvaient être un peu impressionnantes pour les nouveaux clients.

« Je peux peut-être vous proposer une boussole pour commencer, histoire que vous retrouviez votre chemin dans le magasin ?

– Je vais juste faire du camping d'hiver. Il me faut un bon coupe-vent court, peut-être une doudoune et une paire de chaussures. »

Les allées étaient trop étroites pour y marcher de front. L'homme le suivit jusqu'au fond du magasin.

« Quelles températures ?

– Moins trente, moins trente-cinq.

– Nous avons une large gamme de parkas et de vestes d'escalade dans cette catégorie. C'est pour un trek ? Du ski ?

– Juste un peu de randonnée. »

L'homme alla au rayon femmes et souleva la manche d'une veste d'escalade.

« Ce sont des vêtements féminins. C'est pour vous ?

– Pour ma fille. Elle met du S.

– Bon, la clé, comme vous le savez peut-être, c'est la flexibilité. Plutôt que de prendre le vêtement le plus chaud, je recommande un pull à capuche en polaire sous quelque chose comme ça. » Il sortit un BioFine Trekker, d'un joli bleu poudré.

« Ça m'a l'air d'être la bonne taille.

– C'est un S.

– Parfait, je vais prendre ça.

– Il va lui falloir un Thermolactyl là-dessous. Ça ne protège que jusqu'à moins quinze environ, selon le vent, l'ensoleillement et si vous bougez beaucoup.

– Je vais juste prendre ça pour le moment.

– Elle a déjà de l'équipement, je comprends.

– On complète.

– Et vous m'avez parlé de chaussures ?

– Vous avez quelque chose qui irait aussi en ville ?

– Ici à Toronto ? C'est un peu compliqué. Tout ce qui tiendra le coup à moins trente-cinq sera trop chaud pour ici, à moins que vous ayez l'intention de ne les mettre que pour aller au travail et de changer de chaussures en arrivant.

– C'est quelle taille, celles-là ? » Il montrait une paire de chaussures de randonnée.

« Ça n'ira jamais pour de la neige, même avec des surchaussures.

– Vous les avez en 39 ?

– Vous êtes sûr pour la taille ? Il va falloir des chaussettes rembourrées pour les porter aux températures dont vous me parliez.

– En 39 ça ira. »

Larry descendit chercher les chaussures. L'homme était déjà près de la caisse. Larry n'aurait pas imaginé qu'il était amateur de grands espaces, mais on en croisait de toutes sortes maintenant. Beaucoup de randonneurs et même de trekkeurs étaient historiens, biologistes ou chercheurs en écologie à tous crins.

Myla fit passer ses achats – après que les regards noirs de Larry lui eurent fait lâcher son téléphone. Larry voulut lui parler de son expédition en canoë sur le Mackenzie, mais ça ne marcha pas. Le type n'était pas franchement impoli mais il ne voulait pas faire la conversation. Il paya en billets de cinquante, prit sa monnaie et le remercia, sans jamais retirer le gant en cuir brillant qu'il portait sur une seule main.

La voiture de Priest était garée dans l'allée et Delorme entendait de la musique à l'intérieur de la maison. Elle appuya sur la sonnette une troisième fois.

Priest ouvrit la porte, vêtu d'un simple tee-shirt, sous lequel pointait son pénis.

« J'ai quelques questions à vous poser.

– Je suis flatté. Entrez, je vous en prie, on se pèle le jonc ici. » Il s'écarta en lui tenant la porte et la referma derrière elle.

Dans l'ombre, de l'autre côté de la table du salon, une femme assise sur un canapé se cacha la poitrine. « Mais merde, Leonard, qu'est-ce que tu fous ?

– Ne t'inquiète pas, lança Priest, ne bouge pas, chérie.

– Rhabillez-vous, dit Delorme.

– Je suis chez moi, je m'habille comme je veux, merci. Mais n'hésitez pas à retirer quelques vêtements de votre côté.

– On a retrouvé le corps de Laura Lacroix.

– C'est bien triste mais ça ne me concerne pas.

– Vous avez l'air dévasté.

– Enlevez vos bottes, s'il vous plaît. Vous pouvez retirer votre jean tant que vous y êtes. »

Le cul pâlichon de Priest repartit vers le salon. Delorme laissa ses bottes dans la cuisine et s'avança jusqu'au coin salle à manger.

« Melanie, je te présente l'inspecteur Delorme. Mon amie, Melanie Smith. Ne t'en fais pas, Mel, ce n'est pas toi qu'elle cherche. Elle pense que j'ai tué une femme qui était portée disparue.

– Non, pas du tout. Je pense que vous avez tué Régine Choquette, qui a pris une balle dans le crâne. Mademoiselle Smith, je ne suis pas certaine que vous vouliez entendre la suite. »

Mlle Smith, si tel était son nom, secoua la tête. « Leo et moi, on se connaît depuis un bail. J'ai déjà tout entendu.

– Vous allez vous habiller ? » demanda Delorme à Priest.

Priest adopta le ton d'un avocat interrogeant un témoin. « Inspecteur Delorme, veuillez indiquer à la cour ce que portait l'accusé quand vous l'avez interrogé. Un tee-shirt et pas de pantalon, je vois. Et son pénis était en érection totale à votre connaissance ? Plutôt en demi-molle, je vois. Et au cours de l'interrogatoire, cela a-t-il évolué ?

– Nous avons un témoin qui dit que vous avez ordonné à Fritz Reicher d'abattre Régine Choquette.

– Melanie, on peut s'y remettre, s'il te plaît ? Ça ne te dérange pas que Lise nous regarde, si ? »

Melanie jeta son pull et s'agenouilla devant lui.

« Vous avez entendu ?

– *Oui, bien sûr.* » Son imitation de Reicher était parfaite. « Le seul soi-disant témoin qui puisse dire une chose pareille a déjà été condamné.

– Imaginons qu'il revienne sur son témoignage initial. Sur sa ligne de défense. »

Delorme voyait s'agiter les cheveux noirs et bouclés de Melanie au gré des va-et-vient de sa tête.

« Ooh, oui, comme ça. Et si vous enleviez vos habits, Lise ?

– Parlez-moi de Darlene. Qui est-elle et où est-ce que je peux la trouver ?

– Je ne connais aucune Darlene. Ooh, oui, oh mon Dieu. Joignez-vous à nous, Lise. »

Delorme retourna à la cuisine et remit ses bottes.

Même si Chouinard était toujours en charge de la réunion du matin, Loach était depuis peu devenu une présence dominante. Assis à ses côtés, il avait l'air de celui qui vient de gagner plusieurs millions de dollars et consent à écouter les petits tracas de ceux dont le revenu reste englué à des niveaux bassement terre à terre. Des enceintes avaient été placées sur la table devant lui.

Arsenault et Collingwood ouvrirent les débats. Laura Lacroix, comme Marjorie Flint, avait reçu une injection dans le cou. Ils attendaient les rapports de toxicologie de Toronto.

Quant au chiffre inscrit sur la vitre, tout ce qu'Arsenault pouvait dire, c'était que le 5 était similaire à celui gravé dans le bois de la cabane dans le dossier Flint. « Les deux sont parfaitement fermés en haut. Mais, désolé, les gars, on ne peut pas savoir de quand datent les traces sur la fenêtre. À en juger par la poussière, elles peuvent remonter à n'importe quand au cours des trois ou quatre derniers mois.

– Parlez-nous des vêtements, demanda Chouinard.

– La veste est neuve. Mais c'est une marque prisée, disponible dans tout le pays. Plus d'une centaine de points de vente.

– Est-ce qu'elle a pu se l'acheter elle-même ?

– Possible, mais ce n'est pas ce qu'elle portait pour retrouver son amant. C'était un trench-coat mi-long que l'on a retrouvé dans une benne à vêtements. C'est un bénévole observateur qui a repéré un ticket de carte bleue dans la poche et qui a reconnu le nom. Malheureusement, pas d'autre piste à partir du manteau : pas de cheveux, rien que l'on puisse suivre.

– La veste avait l'air d'être à la bonne taille, remarqua Cardinal.

– Et l'intérêt de cette observation ? demanda Loach.

– Si le tueur la lui a achetée, ça veut dire qu'il s'était approché très près. Il était peut-être même allé chez elle. Je pense qu'il faut suivre la piste des vêtements, même s'il y a une centaine de revendeurs. C'est un homme âgé qui achète des vêtements de femme, sans doute près d'ici. On peut avoir un coup de chance.

– Je vais vous dire, intervint Loach, si vous m'écoutez une seconde, on aura peut-être une occasion d'avancer un peu. » Il se leva et gagna le pupitre qui servait parfois pour les séminaires et brancha une clé USB dans un ordinateur portable. « On m'a laissé ce message sur ma boîte vocale hier soir. »

Un raclement de gorge. Le frottement d'un micro contre du tissu. De la musique dans le fond, beaucoup de cordes, du classique. Puis la voix, un vieil homme avec un accent de canadien francophone.

Officier Loach, j't'ai vu à la télé l'aut'soir, là et t'y étais encore et j'voulais juste t'appeler pour ben te congratuler. Vous avez enfin trouvé vot'deuxième victime, vous d'vez être ben fiers, tiens. Je me demandais bien combien d'temps ça vous prendrait, j'commençais à m'dire que j'l'avais trop bien planquée. Bien sûr, c'est pas toi qui as trouvé le cadavre, là. Ça aurait demandé un peu d'intelligence. Quarante-cinq ans et t'es rien qu'un p'tit flic de province, probablement que t'es pas le plus malin du lot. T'as eu d'la chance qu'y ait l'aut'ranger, là.

Mais t'as pas eu assez de chance, mon gars. Parce que moi, j'en ai pô fini. Chais pas, toi, mais moi j'ai bien du fun. J'peux bien te donner vingt-cinq raisons qui font qu'vous m'aurez pas, même si tu vis jusqu'à quat'-vingt-quinze ans. Alors je vais encore avoir bien du fun, beaucoup d'fun, bien plus tôt qu'tu l'crois.

L'atmosphère dans la pièce avait changé. Tout le monde était penché vers l'avant.

« C'est évidemment un développement majeur, commenta Loach. Écoutons-le une nouvelle fois. »

Il manipula un peu la souris et joua de nouveau l'enregistrement. Quand ils l'eurent écouté dans son intégralité une deuxième fois, il referma son ordinateur.

« Comme je vous le disais, c'est un élément majeur.

– Bien sûr, dit Cardinal, si c'est vrai.

– Vous dites que c'est bidon ?

– Je dis qu'il faut qu'on s'en assure.

– Il sort les nombres 25 et 45 par accident peut-être ? Où est-ce qu'il est allé les chercher si ce n'est pas vrai ?

– Eh bien, l'un des chiffres fait référence à votre âge, non ?

– J'ai quarante-six ans, pas quarante-cinq, ni quatre-vingt-quinze, merci bien. Et comment il a trouvé le 25 ? Je ne pense pas que ce soit une coïncidence et nous n'en avons pas parlé dans les médias.

– Vous oubliez l'affaire Montrose à Toronto. Vous avez été très médiatisé et je suis prêt à parier que plus d'un sujet mentionnait votre âge.

– C'est vrai, admit Loach, j'avais oublié ça.

– Bon, venons-en aux faits, coupa Chouinard, on pense que c'est vrai ou pas ?

– On ne peut pas être sûrs, dit Cardinal.

– Tout à fait, abonda Loach. C'est pourquoi je l'ai déjà envoyé aux profileurs de la police fédérale. En attendant, on va mettre le paquet là-dessus. L'appelant est un francophone avec un fort accent à l'évidence ; on va éplucher la liste de leurs contacts et de leurs collègues pour trouver ceux qui ont un accent.

– Les gens peuvent les imiter, remarqua Delorme, et celui-là était assez poussé.

– Ça ne veut pas dire qu'il est faux, rétorqua Loach. Vous ne l'entendez peut-être pas de la même façon que nous.

– Les Canadiens français ont un défaut de naissance ? Non seulement on parle bizarrement mais en plus on est sourds ?

– Je ne vais pas m'abaisser à répondre. C'est une bonne piste et on va s'y mettre à fond. »

Cardinal s'adressa directement à Chouinard. « Sergent, on ferait mieux de se concentrer sur quelque chose de plus solide. Les sédatifs, par exemple, ils venaient bien de quelque part. Il faut chercher du côté des vols dans les pharmacies, chez les vétérinaires, dans les hôpitaux. Et il y a aussi les vêtements. Un vieux qui achète des vêtements de randonnée pour une femme : ça dira peut-être quelque chose à quelqu'un.

– Pardon, intervint Loach, mais on a la voix d'un homme. On peut la faire écouter aux proches des victimes, quelqu'un va le reconnaître.

– Le lien est trop léger, dit Cardinal. En dehors des deux chiffres, qui pourraient bien être une coïncidence, il ne dit rien qui ne soit pas déjà connu. Et – laissez-moi finir – ça ne colle pas avec ses comportements précédents. On sait que le tueur a suivi ou observé ces deux femmes de très près, sans se faire repérer. Les crimes ont été bien planifiés et bien exécutés.

– Faux. On a un véhicule reconnaissable. Des gens l'ont vu. On est à peu près sûrs qu'il a une main artificielle, bordel.

– Le fait est que c'est une personne discrète, concentrée et méthodique. Et tout à coup il prend son téléphone et il nous appelle ? Pourquoi ?

– Pour nous narguer évidemment. Comme avec les chiffres.

– Est-ce que c'est vraiment la même chose ? Ce n'est pas aussi évident que le coup de fil.

– Pensez ce que vous voulez. Je suis en charge du dossier Lacroix et les gens de mon équipe vont récupérer les noms – et enregistrements – de tous les hommes francophones connus des victimes. Travail, parents, professionnels, je m'en fous. Et on va les avoir, les graphes de sa voix. » Il remit le capuchon de sa clé USB et se leva. « Arsenault, voyez ce que vous pouvez faire pour amplifier la musique dans le fond. Les violons, là, je veux savoir ce que c'est exactement.

– Beethoven. »

Tout le monde se retourna vers Collingwood. Il rougit et ajouta, dans sa barbe : « *Quatuor en do mineur*, opus 18. »

Loach le montra du doigt. « Il est toujours aussi bavard, lui ?

– Bob a été élevé par une famille de ratons laveurs, dit Arsenault, on est déjà bien contents quand il prend la parole. »

Cardinal regagna son bureau et y resta exactement quinze secondes avant de se relever pour aller frapper à la porte de Chouinard.

« N'essayez même pas, lui dit-il.

– Commissaire, on part sur des pistes tangentes. On ne peut pas diviser le dossier comme ça. Nommez-moi responsable du tout.

– Non. Vous prenez Flint et Loach garde Lacroix.

– C'est le même tueur. Il ne devrait y avoir qu'une enquête et un seul leader.

– Normalement je vous dirais que vous avez raison, mais cette unité est trop contente d'elle à mon goût. Je pense qu'un peu de concurrence nous fera le plus grand bien.

– Je ne veux pas qu'il y ait une autre victime, c'est tout.

– Personne ne veut de victimes. Fermez la porte en sortant. »

Extrait du cahier bleu

Wyndham a émergé du labo et attaché sa batterie d'ordinateur à un traîneau qui débordait déjà de matériel. Dans son éternelle quête de la perfection, Gordon avait mis en place une sorte de poste d'observation mobile qu'il démontait et remontait soigneusement tous les deux jours. C'était un homme compact, trapu, mais son ombre projetée sur la glace devait faire trente mètres de long. L'ombre de son traîneau chargé était bien plus courte.

Depuis quelques temps, nous dérivions vers le sud le long de la côte occidentale de l'île Axel Heiberg, notre île de glace ayant été poussée par d'autres courants dans le chenal de Sverdrup. C'était une belle journée et presque tout le monde travaillait dehors pour en profiter autant que possible. Nous avions abandonné nos épaisses parkas au profit de vestes et de coupe-vents, même si la neige molle nous obligeait toujours à porter des cuissardes. Je relevais mes balises AARI qui me donnaient des informations en continu sur la vitesse et la direction de la dérive, sur les courants, la température, etc. Mes hélices, pelles et capteurs se trouvaient au bout d'un arbre de transmission fin enfoncé dans les soixante-dix mètres de la couche de glace.

Wyndham était passé devant notre antenne radio et avait presque atteint son premier poste d'observation, peinant et avançant avec la démarche caractéristique, tête penchée en avant, de celui qui tire quelque chose de lourd. Le soleil était bas et voilé par un nuage lenticulaire pareil à un coup de pinceau rageur donné depuis l'horizon. Il avait la couleur d'une orange sanguine.

Nous étions éparpillés sur notre plateau de mer gelée comme les pions d'un jeu de société. La plupart des balises étaient fixées dans la glace directement au nord du labo et c'est normalement là que je me serais trouvé à cette heure de la journée. Mais je recevais des résultats anormaux de l'une de celles qui étaient situées à cinq cents mètres vers l'ouest, alors c'est là que je suis allé. Je faisais remonter mes capteurs à la surface tout en regardant Wyndham.

Rebecca était la plus éloignée du bâtiment central et se trouvait entre la piste d'atterrissage et moi. Agenouillée, elle pointait son appareil photo vers les nuages, visant directement le soleil. Probablement des infrarouges. Sa passion pour documenter l'invisible.

Hunter conduisait son tracteur et labourait avec soin la piste d'atterrissage jusqu'à obtenir quelque chose qui ressemblait à de la glace solide. Le Twin Otter devait venir trois jours plus tard pour récupérer Deville et nous laisser des vivres. La température devait baisser d'ici là. Malgré tout, faire atterrir l'avion sur cette surface allait être dangereux et j'étais de nouveau bien content d'avoir laissé tomber l'aviation au profit de la quiétude relative de la recherche scientifique.

Vanderbyl faisait des ajustements et relevait les résultats de ses hydrophones et autres capteurs. Ray Deville l'avait collé toute la matinée. Il avait été informé de son évacuation prochaine et au cours des derniers jours il avait multiplié les efforts pour convaincre Kurt de sa capacité à poursuivre la mission. Mais pour le moment, il n'était pas dans le coin.

Un coup de feu a retenti et je me suis retourné vers le labo. Quelqu'un qui s'entraînait au champ de tir. J'étais toujours occupé à remonter mes capteurs avec une manivelle à main, la motorisée m'ayant de nouveau lâché. Plus que quelques mètres ; Wyndham avait sorti son ordinateur portable et le branchait à un appareil qui mesurait les changements dans l'albédo, le pouvoir réfléchissant de la surface arctique.

Telle était alors notre répartition : Vanderbyl à l'est de la piste d'atterrissage, Rebecca et moi à l'ouest, Wyndham (et Hunter, toujours sur son tracteur) au nord du labo dans l'axe de l'antenne radio. Dahlberg, Washburn et Béranger étaient à l'intérieur. Je m'en souviens aussi clairement que si nous avions été des épingles plantées dans une carte.

De nouveaux coups de feu au stand de tir. Ils étaient un peu étranges à l'oreille, mais dans cet environnement acoustique imprévisible, je ne m'en suis pas inquiété. Le bras engourdi, j'ai fini par réussir à sortir mes capteurs du trou. Le problème était évident : une pieuvre arctique était prise dans l'hélice. J'ai nettoyé le bazar avec une truelle et elle est tombée mollement dans la neige.

Les chiens s'étaient mis à aboyer et j'ai jeté un œil autour de moi pour voir s'il n'y avait pas un ours. Je savais que Wyndham était armé ce jour-là et que Hunter – l'ancien soldat – l'était tous les jours. Rebecca était assez près de là où je me trouvais et je voyais son pistolet à fusées accroché à sa ceinture. Dans la plupart des cas, un tir de fusée suffit à faire réfléchir un ours à deux fois.

Les aboiements des chiens se transmuaient en plaintes et gémissements de paranoïa canine. J'ai sorti mes jumelles que j'ai d'abord pointées sur Wyndham, lequel semblait concentré sur ses observations. Hunter était pratiquement au bout de la piste.

Un peu plus loin, Vanderbyl hissait un petit sac sur son dos. Il rentrait généralement à cette heure-là pour passer une ou deux heures au labo avant le déjeuner.

J'ai sorti la radio de ma poche intérieure. Qu'est-ce qui leur arrive, aux chiens ? ai-je demandé. On a un ours quelque part ?

C'est Wyndham qui m'a répondu : Tout est calme par ici.

Il a été interrompu par un grondement de tonnerre. On s'habitue au bruit des fissures qui parcourent la glace quand elle se contracte. Elles donnent parfois un gémissement profond qui se termine par un soupir, comme un *pop* aspiré. J'ai entendu de la glace se fracturer en hurlant comme si une porte de l'enfer venait de s'ouvrir à toute volée et d'autres fois ça n'est guère plus sonore que le couvercle d'une machine à laver qui claque. Je n'en avais jamais entendu qui fasse le bruit du tonnerre. Les chiens se sont mis à gémir de plus belle.

Je me suis tourné vers Rebecca. Je crois que j'espérais qu'elle perçoive une dépression orageuse par infrarouge. Mais elle ne regardait pas dans son appareil. Elle attendait la suite, anxieuse.

Je me suis retourné avec les jumelles. Wyndham avait arrêté de travailler et, me tournant le dos, semblait tendre l'oreille. Vanderbyl l'avait dépassé et se dirigeait vers le camp, mais il s'est arrêté et s'est retourné quand Wyndham lui a crié quelque chose.

Nous avons entendu un craquement terrible qui nous a tous – tous ceux que je voyais du moins – mis à genoux. Hunter était encore sur son tracteur, occupé à labourer. Il est possible qu'il n'ait pas ressenti cette première secousse.

D'abord simple fissure, la faille qui est apparue avait ce bleu surréaliste d'une débâcle polaire, ainsi que l'on nomme ce genre de fracture. De là où je me trouvais, elle semblait longue de trois cents mètres, formant une plaie améthyste depuis la limite du camp jusqu'au pied de l'antenne radio. Hunter l'avait vue aussi et il a coupé le moteur de son tracteur, nous plongeant dans le silence.

Des débâcles comme celle-ci n'étaient pas rares. Pour réduire les risques qu'une telle fracture nous force à déménager, nous avions bâti Arcosaur au milieu de la plus haute chaîne, au centre de notre île de glace. Ce que personne n'avait prévu, c'était qu'une faille puisse s'ouvrir à angle droit dans les sillons de l'île.

Nous nous sommes relevés et nous avons regardé autour de nous pour voir comment allaient les autres. Ray Deville était sorti de quelque part et avait troqué sa parka contre une veste plus légère. Il était à genoux, aussi sonné que nous. Ma radio a grésillé et j'ai dû la ramasser dans la neige, où elle était tombée.

La voix de Wyndham, un peu secoué : Une énorme crevasse vient de s'ouvrir à moins de trois mètres de moi.

Écarte-toi, lui a ordonné Vanderbyl. C'est probablement terminé mais ne prenons pas de risque.

Je ne peux pas bouger. Mon traîneau s'est accroché à quelque chose.

Détache ton harnais, ne reste pas dans le coin.

J'essaie mais mes foutus doigts ne répondent pas.

Même à la radio on entendait le rire dans la voix de Wyndham : un rire nerveux mais aussi rempli d'autodérision. C'était totalement conforme à ce qu'il était et c'était aussi pour ça qu'il n'avait pas le moindre ennemi.

Je ne pense pas que Wyndham, ni aucun d'entre nous, n'ait réellement paniqué à ce moment-là. Nous n'étions pas encore conscients de l'ampleur du désastre. Vanderbyl, un grand type pragmatique qui devait mesurer un bon mètre quatre-vingts, s'est approché de Wyndham à grandes enjambées, rapide malgré la neige.

Les ailes d'un avion de ligne qui s'arrachent. C'est ça le bruit qui a secoué l'atmosphère à ce moment-là. Sur ma droite, notre bâtiment principal a implosé, le toit s'effondrant par le milieu quand les deux murs se sont écartés. La crevasse dans la glace s'est élargie à une vitesse horrifiante comme un éclair bleu pâle zébrant la surface.

Vanderbyl était de l'autre côté de la fissure. Du mien : Wyndham, Rebecca et Ray Deville, et, Dieu sait comment il était arrivé là, Dahlberg. Il n'avait aucune raison d'être dehors à ce moment-là, mais je n'avais pas le temps de me poser des questions. Le traîneau de Wyndham avait disparu. Lui était à terre et s'était fait traîner avant de parvenir à s'accrocher à une balise. J'ai couru vers lui. Rebecca semblait indemne. Elle était en train de se relever mais Deville restait à genoux, là où il était tombé. Sur son visage, l'expression vide et effarée d'un homme que l'on vient d'extraire sain et sauf d'un carambolage mortel.

Tout en courant, j'ai noté du coin de l'œil que Hunter avait redémarré son tracteur dont il avait relevé le soc et qu'il dirigeait l'engin pataud vers Wyndham. Et ça n'a été qu'à ce moment-là que j'ai compris quel danger Wyndham encourait. Le traîneau Nansen, avec tout le poids de son équipement, avait basculé dans la crevasse. Wyndham y était toujours harnaché. La seule chose qui l'empêchait de le suivre au fond de l'abysse était la balise rivée dans la glace à laquelle il se cramponnait désespérément. Sans cesser de courir, j'ai commencé à chercher mon canif dans mes poches.

Hunter allait sûrement l'atteindre le premier. Vanderbyl s'était arrêté devant le fossé bleu qui faisait maintenant une vingtaine de mètres de large. Le tracteur de Hunter fonçait sur eux.

Les événements qui ont suivi ont pris beaucoup moins de temps à se dérouler qu'il n'en faut pour les lire. Quelques secondes, entre trois et cinq tout au plus.

Il y a eu un boum retentissant et ceux d'entre nous qui étaient debout ont été projetés sur la glace. L'impact m'a renvoyé toute ma morve au fond des narines et a fait crisser une onde de douleur dans toutes les parties osseuses de mon corps. En me relevant, j'ai vu que la fissure était désormais onduleuse et s'était ouverte comme un coup de fouet juste devant Hunter. Il n'a pas eu le temps de réagir. Le côté gauche du tracteur est tombé en premier, faisant pencher l'engin et envoyant Hunter directement au fond de la crevasse. Ce qui est gravé le plus clairement dans mon esprit, ce n'est pas l'image de sa mort – sa laideur, ses gestes gauches – mais plutôt son silence absolu, l'absence du moindre cri, de la moindre protestation d'être ainsi arraché au monde des vivants. Le tracteur bascula avec une lenteur déchirante, s'arrêtant un instant sur le bord du précipice avec la grâce d'une ballerine avant de plonger en un saut périlleux hurlant.

Je me relevais, essayant de reprendre mon souffle, quand j'ai vu Vanderbyl en faire autant. Il n'allait pas pouvoir aider : la fissure était devenue un canyon. Derrière lui, l'antenne radio penchait à quarante-cinq degrés. J'ai réussi tant bien que mal à parcourir les derniers mètres jusqu'à Wyndham.

Il était allongé sur le flanc, enroulé autour de la balise. De là où il était, il n'avait pas pu voir ce qui était arrivé à Hunter. Il a même essayé de faire une blague.

Il n'y a pas le feu, Kit. Prends ton temps.

J'étais à genoux. J'avais mon canif à la main mais j'avais du mal à l'ouvrir. Il y en a qui feraient vraiment n'importe quoi pour attirer l'attention, ai-je répondu.

Un crissement métallique m'a fait lever les yeux. Je ne doute pas un instant que si nous avions eu ne serait-ce que quelques secondes de plus, j'aurais pu sauver Wyndham. L'antenne radio s'est encore affaissée de dix degrés et s'est arrêtée une demi-seconde avant de s'effondrer de tout son long sur la glace. Le tiers supérieur avait déjà été arraché et avait disparu.

Je ne peux pas l'affirmer – personne ne peut en être sûr – mais il paraît probable que le haut de l'antenne, en tombant dans les profondeurs, ait percuté le traîneau de Wyndham suspendu au-dessus du vide, ce qui lui a fait lâcher la balise. Avant même que je puisse balancer mon couteau pour l'attraper, il avait parcouru les derniers mètres et basculé dans le trou.

Encore ce terrible silence.

J'ai rampé jusqu'au précipice pour regarder par-dessus le bord. Au fond de ce canyon bleu miroitant, pas le moindre signe de vie. L'écume et les tourbillons de l'eau de mer qui s'engouffrait dans la crevasse trente mètres plus bas.

Vanderbyl appuyait frénétiquement sur sa radio en aboyant Mayday, Mayday. Va chercher une corde, m'a-t-il crié, il faut les sortir de là.

Il n'y avait pas de corde à aller chercher. La fracture serpentine du nord avait bifurqué vers le sud. Le bâtiment du labo pendait de chaque côté de la fissure initiale. Le reste des bâtiments – l'abri du générateur, celui des véhicules, les cabanons – étaient pour la plupart intacts et se trouvaient sur un morceau de glace qui s'était séparé du reste. Je me souviens m'être demandé ce qui était arrivé à Murray Wahsburn, notre intendant, et à Paul, notre cuisinier. Ils avaient rarement l'occasion de se rendre au labo et il était peu probable qu'ils s'y soient trouvés au moment où il a été détruit.

L'île de glace T-6 s'était divisée en trois îlots qui s'écartaient rapidement les uns des autres. Kurt Vanderbyl était à cent cinquante mètres, seul sur son iceberg, sa silhouette sombre se découpant dans le soleil. Rebecca a accouru jusqu'au bord de ce qui était désormais notre univers en criant le nom de son mari. Sa radio, inutile, se balançait le long de sa main gauche. Il leva lentement la droite en signe d'adieu.

14

À l'heure du déjeuner, Cardinal alla chez D'Anunzio, où il commanda un sandwich et un café. L'établissement faisait aussi primeur et pendant qu'il attendait, il acheta une demi-douzaine d'oranges, qu'il posa sur le comptoir. Tony D'Anunzio était aussi bavard que d'habitude mais Cardinal ne lui répondit que par quelques grognements. Quand son jambon-fromage arriva enfin, il le mangea en silence. Il avait cherché Delorme pour voir si elle voulait déjeuner avec lui mais elle était déjà sortie. Alors qu'il pensait à elle, son esprit passa en split-screen. D'un côté, l'image d'elle le soir de la fête, une image qui réveillait son désir de l'embrasser. De l'autre, elle était assise sur son canapé, un bol de pop-corn sur les genoux, pendant qu'ils regardaient un film. La facilité de leur amitié lui manquait, à tel point qu'il n'aurait su dire quel côté du split screen il aurait voulu voir occuper l'ensemble de l'écran.

Il saisit le *Toronto Star* que quelqu'un avait laissé sur le tabouret à côté de lui. La moitié de la page 5 était consacrée à l'affaire Flint-Lacroix. L'article était accompagné d'une photo du suspect prise à partir des bandes de la caméra de sécurité du Broadview Motel. Le portrait-robot était reproduit à côté : *Avez-vous vu cet homme ?*

Cheveux argentés, traits réguliers, gros nez. Qu'ils l'aient effectivement vu ou non, beaucoup de gens allaient penser qu'ils l'avaient croisé. Les appels allaient affluer, on allait perdre du temps et ils ne seraient pas plus près d'attraper le tueur.

Tony D'Anunzio remplit sa tasse sans rien lui demander.

« Merci, Tony, dit Cardinal. Combien je te dois ? »

Son téléphone sonna. Jerry Commanda, commissaire dans la police provinciale de l'Ontario et ancien flic du coin.

« Donne-moi une bonne nouvelle, Jerry.

– Tu n'es pas mort.

– Un vrai rayon de soleil.

– J'ai beaucoup cogité. » Jerry avait pour habitude d'employer des termes qui, sans être totalement obscurs, n'apparaissaient pas souvent dans les conversations. « Je me suis interrogé sur ta question de possibles dossiers similaires.

– Tu m'as dit que tu n'avais rien.

– Ce qui était exact à l'époque. Je n'ai pour ma part rien eu de semblable et, avant que tu demandes, c'est pareil pour les autres agents en détachement ou en réserve.

– Je t'ai déjà demandé.

– C'est vrai.

– Je ne parlais pas nécessairement de meurtres.

– Je sais. On n'a pas non plus eu d'agressions ou de tentatives qui pourraient venir du même type. Mais… »

Jerry se mit à flirter avec une de ses collègues qui passait derrière lui, lançant à Deandra Couchie qu'elle était terriblement provocante aujourd'hui. Deandra était une femme séduisante, pratiquement assez vieille pour être la mère de Jerry. Cardinal avait longtemps cru que ce n'était que le fait de Jerry, mais il avait fini par s'apercevoir que les membres des Premières Nations n'étaient pas forcément très regardants en matière de comportement en milieu professionnel, en tout cas entre eux. Si Cardinal avait dit à l'officier Flower qu'elle était très sexy dans sa nouvelle veste, il aurait eu droit à des remontrances du chef, voire à un blâme écrit.

« Laisse-la tranquille, dit-il à Jerry, elle pourrait te botter le cul.

– Je sais, c'était moi son entraîneur de kickboxing. Écoute, je viens d'avoir des nouvelles de nos gars à Parry Sound. Ils ont eu quelque chose : une femme de cinquante-huit ans, Brenda

Gauthier, qui est morte de froid en février, c'est quand il y a eu les chutes de neige record, tu te souviens ? Et les températures les plus basses jamais enregistrées ou presque. Bref, elle souffrait d'un Alzheimer précoce et avait commencé à se perdre. Elle avait disparu une ou deux fois, comme ça arrive aux malades. Alors quand on l'a retrouvée gelée au milieu de la forêt, elle n'a peut-être pas reçu l'attention qu'elle méritait.

– Qu'est-ce qui te fait dire qu'elle en méritait plus ?

– Déjà, l'âge. Mais ce qui m'a frappé en lisant le rapport, c'est que quand Brenda Gauthier a été retrouvée, elle portait des vêtements qui ne lui appartenaient pas.

– Il faut que je parle à son mari, dit Cardinal. Comment je peux le contacter ?

– Impossible et c'est pour ça que je me suis dit que ça t'intéresserait. Il s'est suicidé il y a deux jours. »

Une pile de messages attendait Cardinal sur son bureau. Il les balança sur son sachet d'oranges et composa le numéro que Jerry lui avait donné, celui de Timothy Gauthier, qui était rentré de la City pour enterrer son père.

Il porta les messages à Chouinard. « Pourquoi est-ce que c'est moi qui récupère ça ?

– Ça représente exactement un cinquième de ce qu'on a reçu depuis ce matin. Ne me regardez pas comme ça. Je ne vais pas essayer d'anticiper les réactions de quiconque à ce stade et c'est le dossier de Loach.

– Je suis sur l'enquête Flint.

– Alors la démarche la plus raisonnable pour vous est de déterminer quel message est en rapport avec Flint et lequel est lié à Lacroix puis de les répartir en conséquence. Bien sûr, pour pouvoir procéder ainsi, il vous faudra y répondre. »

Cardinal sentit la colère monter en lui mais se contrôla. « Je dois aller à Parry Sound, je pense qu'on a une troisième victime. »

Il y avait deux heures de route jusqu'à Parry Sound. Cardinal avait tout le temps de réfléchir au rapport que Jerry lui avait faxé. Pour les agents de l'OPP sur place, Brenda Gauthier n'était pas une affaire d'homicide mais de mort accidentelle, le résumé était donc laconique.

Personne disparue, femme de cinquante-huit ans souffrant de la maladie d'Alzheimer vue pour la dernière fois à 13 heures, le vendredi 15 février 2010. Signalement lors de sa disparition : chemisier crème, cardigan bleu marine, pantalon sombre.

Le mari, Frank Gauthier, déclare s'être absenté une heure pour un rendez-vous médical. À son retour, sa femme avait disparu. S'était déjà perdue auparavant.

Alerte à toutes les unités et autres tentatives sans succès. Battue lancée le lendemain, sans résultat. Recherche étendue le 17 février. Corps découvert à 16 h 30 au fond d'un ravin à vingt kilomètres (près de West Line Rd.). Au pied d'un piton rocheux, dans une forêt épaisse. Blessures multiples dont une fracture à la jambe et un important trauma crânien.

Le mari a exprimé à plusieurs reprises inquiétude/étonnement du fait que sa femme portait des vêtements qui ne lui appartenaient pas, en particulier ses chaussures et sa doudoune bleue, visiblement neuves. Accepte compte tenu de la démence de la victime qu'il y ait plusieurs explications possibles à ceci.

Le légiste présent sur la scène ne voit aucune trace de mauvais traitements. Autopsie négative. Rapports joints au dossier. Résolu : mort accidentelle.

Les rapports d'autopsie indiquaient que les blessures avaient pu être causées par la chute et attribuèrent la mort à une hémorragie cérébrale. La toxicologie indiquait de hauts niveaux de Donepezil et d'autres médicaments pour traiter la démence mais le reste était négatif.

Cardinal pensa à ces vingt kilomètres. Ça faisait loin pour une femme marchant seule, sous une forte neige, sans se faire repérer. Et il repensa aux vêtements.

À cinq kilomètres de Parry Sound, il fut pris dans un blizzard et dut se concentrer sur la route.

« Je ne vais pas y aller par quatre chemins, monsieur Gauthier : avez-vous remarqué quoi que ce soit de suspect dans la mort de votre mère ?

– Rien du tout. Je vis en Angleterre depuis trois ans. J'étais terriblement conscient de sa maladie, malgré la distance. Mon père m'envoyait des e-mails inquiets. C'était horrible pour lui, comme vous pouvez l'imaginer. Je savais qu'elle s'était perdue plusieurs fois auparavant. C'est fréquent chez les Alzheimer comme vous le savez certainement. Bien sûr, je me sentais hyper mal de ne pas rentrer comme un fils dévoué pour les aider.

– Et votre père ? Il était satisfait de l'enquête ?

– Oh, Papa se posait des questions, c'est sûr.

– Quel genre de questions ?

– Il disait qu'après s'être perdue une ou deux fois, ma mère avait commencé à avoir peur de sortir. Elle n'avait pas quitté la maison pendant plusieurs mois. Alors pourquoi partir tout à coup ? Personnellement, je n'ai pas trouvé ça si bizarre. Horrible, mais pas exceptionnel, au vu des circonstances. » Il poussa un profond soupir et se frotta le visage.

« Vous voulez vous asseoir ?

– Je n'ai pas encore encaissé le décalage horaire. Allons dans la cuisine. Vous voulez un café ou quelque chose ?

– Non, ça ira, merci. »

Gauthier se versa un verre d'eau et le vida d'un trait. Il reposa le verre dans l'évier et s'appuya contre le réfrigérateur. Cardinal resta debout près de la porte.

« Et les vêtements que votre mère portait quand elle a été retrouvée ?

– Ça, ça m'a semblé bizarre. Apparemment elle est sortie avec son manteau et ses chaussures habituelles mais quand elle a été retrouvée, elle portait un manteau neuf – bleu vif – et une paire de chaussures de randonnée que mon père n'avait jamais vues.

« Ça a commencé à l'obséder dans ses e-mails. *Bleu ! Elle n'a jamais eu un manteau bleu de sa vie ! Et ces chaussures renforcées, ce n'était pas un bûcheron non plus.* Ce genre de choses. C'est mystérieux, bien sûr, mais une fois que vous mettez l'Alzheimer dans l'équation, tout est possible.

– Quel rôle cela a-t-il eu dans le fait que votre père mette fin à ses jours ?

– Oh, je ne crois pas que c'était pour ça. Ces petits détails étaient simplement un caillou dans sa chaussure, quelque chose qu'il ne pouvait pas expliquer. Mon père était quelqu'un de très carré, un scientifique, il n'aimait pas les mystères. Non, il a simplement été de plus en plus déprimé, j'avais redouté ça auparavant. Mes parents étaient très fusionnels, toujours ensemble, surtout depuis la retraite de Papa, il y a longtemps. Ils étaient tout l'un pour l'autre, vous savez, et… »

Gauthier se retourna vers la fenêtre. Il prit un Kleenex pour se moucher. Cardinal lui laissa une minute.

« Monsieur Gauthier, je dois vous donner une information qui n'a pas été révélée au grand public et c'est très important que ça reste ainsi. »

Gauthier se retourna vers lui en s'essuyant les yeux.

Cardinal lui parla des deux autres femmes mortes, de leur tenue. Quand il eut fini, Gauthier resta immobile.

« Et elles ont été assassinées ?

– Oui. Ça ne fait aucun doute. C'est pourquoi j'espérais que vous me laissiez jeter un œil dans la maison. Il faut que l'on sache s'il y a quoi que ce soit d'autre qui puisse relier la mort de votre mère aux autres. »

Gauthier le conduisit dans une grande pièce lumineuse. Des rangées de livres bien alignés sur les étagères, une table de travail en L. Un grand écran d'ordinateur. Des fenêtres qui donnaient sur l'étendue blanche du lac, ses rives verdoyantes, ses îles rocheuses.

« Sacré ordinateur, dit Cardinal.

– Mon père était dans l'ingénierie médicale mais ma mère était assez branchée informatique elle aussi, c'était son ordi. Les gens s'imaginent que les bibliothécaires sont des êtres poussiéreux mais ils doivent suivre l'évolution des technologies de l'information. Comme vous pouvez le voir, elle était au milieu d'un grand projet de numérisation des vieilles photos de famille. Je pense qu'elle n'avait pas travaillé dessus depuis quelque temps. Même sa mémoire à long terme était affectée sur la fin. Ça m'étonne que Papa n'ait jamais rangé tout ça. J'ai vraiment sous-estimé... » Sa voix se brisa et il dut s'interrompre. « Désolé. Je suis encore sous le choc.

– Prenez votre temps. »

Gauthier se moucha à nouveau puis s'installa à l'ordinateur pour l'allumer. Quelques mouvements de spiritisme avec la souris et il fit apparaître l'agenda de sa mère, son carnet d'adresses et ses mails.

« Vous disiez que votre père était dans l'ingénierie médicale, c'est-à-dire les IRM et les choses comme ça ?

– La robotique. La chirurgie assistée par robot notamment et quelques applications prothétiques. Il avait eu beaucoup de succès mais vous ne l'auriez jamais su en le regardant. Il n'était pas du genre clinquant. Il a fini par vendre la boîte et quitter Montréal pour s'installer ici. Ma mère était originaire de la région. » Il se leva. « Je serai dans le salon si vous avez besoin de moi. J'ai des tonnes d'arrangements à faire.

– Merci. Je vais tâcher de faire vite. »

Gauthier s'arrête sur le pas de la porte. « Je vous donne accès à tout ça parce que si ma mère a été assassinée, je veux le savoir. Mais j'attends de vous que vous respectiez la vie privée de mes parents autant que possible. »

Cardinal regarda autour de lui. Des Post-it étaient collés sur les tiroirs et les placards : *Papier, Dossiers, Enveloppes, Stylos et crayons*. Des livres brochés, autant de romans que d'essais. Beaucoup d'auteurs étaient des noms que Cardinal connaissait mais n'avait jamais lu : Richler, Shields, Munro.

Les meubles étaient modernes – bois clair, lignes épurées – mais le fauteuil de lecture de Brenda Gauthier était rembourré avec une couverture colorée posée sur le dossier. Sur le rebord de la fenêtre, une petite plante pendait, épuisée, d'un pot posé sur une assiette ornée d'une impression bleu sur blanc représentant un castor, un arbre et des livres. Cardinal avait un souvenir vif de l'université, des repas bon marché proposés au grand réfectoire de Hart House, des jours anciens où il avait décidé de devenir flic.

Il ouvrit le carnet d'adresses et fit défiler les contacts. Au bout de quelques minutes, il sortit son portable pour appeler Delorme. Elle ne décrocha pas.

« Je t'envoie le carnet d'adresses de Brenda Gauthier, dit-il dans son message. Elle est morte de froid à Parry Sound. Il n'y a rien qui me saute aux yeux, mais tu pourrais peut-être le parcourir pour le comparer à ceux de Flint et Lacroix et me rappeler. » Il envisagea de lui dire qu'il espérait qu'elle n'était plus fâchée contre lui mais il se dit que si c'était le cas, ça n'allait pas aider d'en parler.

Les e-mails étaient surtout des reçus de Teaching Company, audible.com et des librairies en ligne. Dans son dossier « Envoyés », les seuls messages substantiels étaient des e-mails bavards à son fils. Ils cessaient environ quatre mois avant sa mort.

Cardinal s'assit dans le fauteuil et pensa au métier de Mme Gauthier. Une bibliothécaire, ça ne semblait pas avoir de rapport avec les autres affaires. Son mari avait travaillé dans la high-tech, comme le sénateur Flint des années plus tôt, mais lui ce n'était pas dans le médical. Laura Lacroix avait été agente administrative à l'hôpital, ce qui pourrait être un petit lien, mais son mari, Keith Rettig, était expert-comptable.

Il laissa un deuxième message à Delorme. « Autre chose. On a demandé le CV de Keith Rettig, est-ce qu'on l'a reçu ? Tiens-moi au courant. J'espère que Loach ne te rend pas trop folle. » Il raccrocha en regrettant que Delorme ne soit pas présente pour l'aider à fouiller cette pièce. Elle avait un œil de lynx quand il s'agissait de décrypter l'environnement des gens. Il aurait en fait voulu qu'elle soit là, tout simplement.

Il ouvrit le navigateur Internet et regarda ses favoris. Des sites de jardinage, des bibliothèques, des sites de régimes et plusieurs dossiers consacrés à la maladie d'Alzheimer : forums de patients, de familles, sites de cliniques et universités célèbres. Mme Gauthier s'était abonnée à de nombreux flux RSS et listes de diffusion et conservait des liens vers des articles du monde entier.

Un dossier intitulé « Frank » attira son attention. Il l'ouvrit et tomba sur des sites consacrés à MRG Robotics, l'ancienne entreprise de son mari et des URL vers des articles qui en parlaient. L'un d'entre eux était un portrait de son mari qui évoquait son enfance au Québec, ses études à Laval puis à l'université de Toronto, où il avait obtenu un master en ingénierie.

Son téléphone sonna. C'était Delorme, avec son ton strictement professionnel. « J'ai regardé, il n'y a aucune correspondance entre Marjorie Flint et Brenda Gauthier. Rien avec Laura Lacroix non plus. Tu es sûr que Gauthier a un rapport ? Elle est morte de froid mais est-ce qu'elle a été attachée ? Droguée ?

– Pas d'après les rapports, mais elle a été retrouvée avec des vêtements qui ne lui appartenaient pas. Qu'est-ce qui se passe de ton côté ? Il y a beaucoup de bruit. »

Delorme baissa la voix. « Un certain nombre d'entre nous rechignent à interroger tous les Canadiens français de plus de cinquante ans d'Algonquin Bay. Si tu savais les coups de fil qu'on reçoit. Chouinard crie à tout le monde d'arrêter de crier.

– Est-ce que Loach a ajouté "Canadien français" sur les affiches ?

– Tu plaisantes ? Il a envoyé l'enregistrement à la radio. Ils l'ont passé cinq fois déjà et les téléphones n'arrêtent pas de sonner. Tout le monde connaît quelqu'un qui parle comme le type de l'appel. Loach veut qu'on explore toutes les pistes, il n'arrive pas à comprendre qu'on n'est pas à Toronto. »

Tout en parlant, Cardinal observa les boîtes et les albums photos soigneusement empilés et accompagnés d'une étiquette : *Histoire*, *Amis*, *Travail*, plusieurs cartons *Vacances* et un intitulé *Histoire ancienne* et qui contenait les photos de bébés, d'anniversaires et de Noëls. Les Gauthier, comme Cardinal, étaient de la dernière génération dont l'enfance avait été photographiée en noir et blanc.

« Ce que je me dis, expliqua-t-il à Delorme, c'est que Lacroix et Flint n'étaient pas le coup d'essai de notre tueur. Je pense qu'il s'en est d'abord pris à Brenda Gauthier mais que ça ne s'est pas passé comme prévu.

– Quoi, elle n'était pas assez morte ?

– Elle n'avait pas l'air assez assassinée. À l'évidence, il a voulu la mise en scène des deux autres. Mais celle-là, on aurait dit un accident. Alors il a changé son mode opératoire. On a reçu le CV de Keith Rettig ? Si Laura Lacroix n'était pas connectée à ces gens, peut-être que son ex-mari l'était.

– Brunswick Geo jure l'avoir posté quand on le leur a demandé. Ils vont nous le faxer cet après-midi. Je dois y aller. Reviens vite, c'est la foire ici. »

Cardinal ouvrit la boîte intitulée *Histoire*. Des photos de la cérémonie de remise de diplômes au lycée, des exploits sportifs, l'équipe de crosse de Laval — un Gauthier chevelu et couvert de boue brandissant un trophée. Brenda Gauthier, hippie svelte avec bandeau dans les cheveux et pattes d'eph, serrant ses livres devant l'école des bibliothécaires de l'université de Toronto. Gauthier dans un champ à King's College Circle, casque jaune sur ses cheveux décoiffés, une cannette de Molson dans une main et un engin électronique disgracieux dans l'autre.

Et puis il le vit. Pas une photo mais la photocopie d'un article du *Varsity*, le journal de la fac. Cardinal reconnut les marches du bâtiment Sandford Fleming, où trois étudiants souriants posaient derrière une sorte d'araignée en métal sur roues. La couleur de ses cheveux mise à part, le sénateur n'avait pas beaucoup changé. Pour les deux autres, Cardinal eut besoin de la légende. *David Flint et ses camarades de l'école d'ingénierie Keith Rettig et Frank Gauthier ont survolé la compétition au RoboRama qui s'est tenue le mois dernier au MIT.*

Extrait du cahier bleu

En plus du camp central, il y avait trois autres sites répartis sur notre île de glace. Deux d'entre eux, la station météo de l'AES et mon baraquement, étaient désormais perdus pour nous mais pourraient peut-être servir à Vanderbyl. Il y avait une chance pour que la cabane sismique, qui se trouvait dans une autre chaîne, soit toujours rattachée à notre île, ce qui nous garantirait un abri, des vêtements supplémentaires voire du carburant.

Nous avons fait un inventaire. Aucun d'entre nous n'était correctement vêtu pour faire face à une chute de température, laquelle approchait zéro degré. Deville était le plus couvert avec une doudoune bleue par-dessus un polaire léger. Dahlberg et moi portions un polaire par-dessus un pull. Rebecca avait un anorak léger par-dessus un polaire. Nous étions tous plus ou moins mouillés à cause de nos chutes dans la neige. Dahlberg s'était salement tordu le genou et avait du mal à marcher. Il ne se plaignait pas et nous avait simplement informé de la situation mais la douleur lui faisait un teint livide.

Rebecca a laissé de côté la panique qu'elle ressentait pour Kurt et a adopté une attitude calme et pragmatique. Ray Deville était le seul à paraître encore en état de choc. Ses réponses à mes questions étaient poussives et il ne manifestait aucune émotion. Mais il a hoché la tête pour montrer qu'il avait compris que nous ferions mieux d'avancer.

Qui a une arme ? ai-je demandé.

Rebecca avait toujours son pistolet à fusées.

Dahlberg secoua la tête.

Je me suis tourné vers Deville; j'avais l'impression de sentir une odeur de poudre. Ray ? Tu as un pistolet ?

Non, moi, j'ai pas de flingue.

Nous étions tous munis de crayons mais personne n'avait vraiment de nourriture. Deville avait des bonbons aux fruits, Dahlberg des pastilles pour la toux et une barre au chocolat. Je n'avais rien à manger mais j'avais toujours mes jumelles autour du cou et un briquet au butane dans ma poche.

Nous avons décidé de marcher vers le sud dans l'espoir de retrouver la cabane sismique debout. Quand je dis vers le sud, c'est relativement à notre camp de base. Maintenir un cap est l'une des choses les plus dures à faire dans l'Arctique, surtout l'été, quand le soleil fait des cercles au-dessus de l'horizon, un horizon totalement blanc et, sauf à se trouver près d'un rivage, dénué de repères.

Disons simplement que c'était un trajet dur. Si vous n'avez jamais eu à marcher dans un environnement extrême sans équipement adéquat, rien de ce que je vais dire ne donnera une bonne idée de la douleur causée par une telle opération. C'était crucial d'avancer assez vite pour rester chaud. Arrêter de marcher, c'était mourir de froid en quinze ou vingt heures. Mais marcher ne serait-ce qu'un peu trop vite provoquerait une plus grande faim, une transpiration qui refroidirait ensuite et un épuisement qui saperait notre chaleur corporelle plus vite que tout le reste, le vent et la sueur mis à part.

Comme Jens n'arrivait pas à suivre, j'ai demandé à Deville de rester avec lui tandis que Rebecca et moi avancions le plus vite possible vers la cabane.

Jens a protesté. Gardez-moi dans votre champ de vision, je me débrouillerai.

Ne vous en faites pas, docteur Dahlberg, je serai avec vous, a dit Ray.

Rebecca et moi avons repris la marche avec des enjambées hautes et maladroites et nous avancions assez vite. Le nuage s'était levé et le soleil nous réchauffait. Nous gardions nos mains dans nos poches – je n'avais qu'un seul gant – mais nous les sortions souvent pour reprendre notre équilibre, comme des patineurs maladroits.

Je ne sais pas combien de temps nous avons marché, assez pour laisser Jens et Ray loin derrière nous. Deux heures, peut-être. Je ne pense pas que nous ayons échangé plus d'une dizaine de mots. Tant que nous ne connaissions pas l'état de la cabane, il n'y avait aucun moyen d'évaluer nos chances de survie. Rebecca n'a pas exprimé de faux espoir ou murmuré de prière. Nous nous contentions d'avancer.

Arrivés à l'emplacement de la cabane sismique, nous n'avons trouvé que la mer.

Raté, ai-je dit. Elle a disparu.

Tu es sûr ? Même si elle s'est détachée, on devrait pouvoir la voir, non ?

J'étais certain de moi. Rebecca n'y était jamais allée mais moi si, souvent. Je lui ai indiqué deux promontoires à trois ou quatre kilomètres de nous.

C'est toujours l'île Axel Heiberg. Il y a beaucoup de glace qui se retrouve poussée vers le sud quand elle s'entasse au bord. Avec un peu de chance, on pourra atteindre un morceau de terre près du fjord de Strand. La station de recherche LARS devrait encore être occupée à cette époque de l'année.

Rebecca a contemplé les deux collines en forme de pince, leur versant oriental en pierres nues, leur flanc ouest couvert de glace et de neige.

15

Delorme ouvrit son ordinateur sur la table de la salle à manger et tapa *Substitut du procureur Garth Romney.* Elle ajouta *Régine Choquette* à la recherche et de nombreux articles s'affichèrent. Elle alla dans l'onglet « Images » et la première, en haut à gauche, montrait Romney brandissant la cagoule retrouvée sur le corps de Choquette.

Cet horrible objet en cuir, noir, sale, un trou pour le nez, une fermeture éclair sur la bouche, fermée. *Certaines femmes aiment se faire peur.*

Romney le tenait à bout de bras comme un rat mort. Derrière lui, un portrait de la reine, le drapeau canadien et la bannière de l'Ontario.

Delorme cliqua sur une autre image, puis une autre, jusqu'à s'arrêter sur une photo de Fritz Reicher : plus maigre, ses cheveux blonds un peu plus épais. À ses côtés, son avocat, Richard Rota.

« La police ! s'exclama Richard Rota en sortant de la salle d'audience numéro 3. Qu'est-ce que j'ai fait ce coup-ci ? » Il posa sa mallette sur un banc et retira son pardessus. Il devait mesurer un mètre soixante, même avec les talonnettes, ce qui permettait à Delorme de le regarder dans les yeux sans lever la tête, une excellente chose chez un avocat.

« Je voulais vous parler de Fritz Reicher », dit-elle.

Il plissa les yeux et pencha la tête vers l'arrière. « Reicher, Reicher... ça me dit quelque chose...

– Régine Choquette...

– Je vous charrie. Je sais de qui vous voulez parler et je sais pourquoi. On peut aller là. »

Ils entrèrent dans une salle d'interrogatoire au bout du couloir. Rota posa sa valise sur le bureau et s'assit à côté. Delorme décida de rester debout quand il commença à la bombarder de questions. Comme beaucoup d'avocats, il parlait plus fort que nécessaire. Comment allait son bon ami R. J. (le chef de la police), et Ian McLeod et le nouveau, Roach ?

« Loach, rectifia Delorme. Il va bien.

– Et John Cardinal ?

– Très bien aussi. Je voulais vous demander...

– Il vous en faudrait plus, des comme lui.

– J'ai eu l'occasion de m'entretenir récemment avec Reicher, à un autre sujet.

– Les cadavres de femmes dans les grands espaces ? » Rota eut un haussement d'épaules excessif. « Bien sûr que vous avez eu envie de lui en parler. C'est logique. Une logique de flic en tout cas. Même si je n'ai pas vu d'allusion à une agression sexuelle dans les journaux.

– J'étais un témoin mineur dans l'affaire Choquette.

– Je m'en souviens. Je vous ai interrogée. J'ai été très poli, dans mon souvenir.

– Vous avez été correct. »

Rota rit. « Merci. Elles disent toutes ça.

– Dans sa déposition originale auprès de l'inspecteur Cardinal, Reicher a déclaré que tout le scénario était sous le contrôle de Leonard Priest. Priest a choisi la femme et l'a emmenée ici depuis Ottawa, spécifiquement dans le but d'arranger cette rencontre. Pour "jouer à des jeux", comme le dit Reicher.

– Cette déclaration a été faite avant qu'il puisse bénéficier d'un conseil. Où voulez-vous en venir ?

– Il a dit que Priest avait été là tout le temps. Que c'était lui qui lui avait ordonné de tirer.

– C'est une défense que les Allemands ont l'air d'apprécier. » Il leva les mains pour repousser la prochaine question de Delorme. « Et vous voulez savoir pourquoi le meilleur avocat pénaliste d'Algonquin Bay n'a pas réclamé que Leonard Priest soit arrêté et jugé.

– Alors ?

– Parce que ce n'était pas là que se trouvait l'intérêt de mon client. Voilà pour la réponse courte.

– Et la version longue ?

– C'est aussi la version longue.

– Est-ce que Leonard Priest a payé la défense de Reicher ?

– Fritz Reicher a payé lui-même ses frais d'avocat. Est-ce que Priest lui a fait un gros chèque par ailleurs, ça ne me regarde pas.

– Avez-vous déjà rencontré une amie ou une associée de Leonard Priest nommée Darlene ?

– Darlene ? Non, je n'ai jamais rencontré de Darlene. À ce jour, ma vie a été totalement dénuée de Darlene.

– Est-ce que vous savez au moins pourquoi le parquet a choisi de ne pas poursuivre Leonard Priest ? L'arme du crime lui appartenait. Elle a été retrouvée dans sa boîte à partouzes. Il y avait ses empreintes sur la scène.

– Qu'est-ce que vous voulez que je vous dise ? À l'évidence, ils ne pensaient pas avoir de preuves suffisantes. Vous savez, vous êtes plutôt douée. Vous avez déjà envisagé de faire votre droit ?

– De notre point de vue, le dossier était du tout cuit.

– Garth Romney a vu les choses différemment. Écoutez, Garth est un battant. Le défenseur des opprimés. Un vrai emmerdeur pour nous autres, petits avocats. » Rota se ressaisit soudain. Ses chaussures cirées brillèrent, ses manchettes blanches jaillirent quand il se redressa, tirant sa chaise vers elle avant de poser ses coudes sur le bureau. « Écoutez, j'ai des obligations de confidentialité à l'égard de mon client mais je peux vous dire ceci : si Leonard Priest avait été jugé, Fritz aurait été appelé à témoigner. Vous avez rencontré Fritz. Vous avez déjà rencontré Priest ?

– Brièvement.

– Alors vous voyez bien comment ça aurait tourné.

– Le parquet aurait pu faire une meilleure offre à Reicher.

– Aucune offre de ce genre n'a été faite ou demandée. Si Priest était passé devant le juge, il aurait dépeint Fritz comme un employé aigri avide de revanche, entre autres qualificatifs déplaisants. » Rota se leva et saisit sa mallette. « Je peux y aller maintenant ? »

Delorme s'écarta et Rota lui tint la porte. C'était un petit monsieur très poli, avait-elle oublié.

« Laissez-moi vous raccompagner à votre voiture, inspecteur, cette histoire de Darlene m'intrigue.

– Vous ne savez vraiment rien sur elle ?

– Rien du tout.

– Moi non plus. »

Curriculum vitae de Keith Charles Rettig, né le 7 juillet 1954. A rejoint Brunswick Geo en 2004. Employeurs précédents : Toyota Canada, 1996-2004 ; Inglis Appliances, 1990-1996 ; GeoLogic Solutions, 1988-1990 ; Argus Aquatics, 1984-1988.

Cardinal fit des recherches sur les deux dernières entreprises. Il ne trouva aucune trace de GeoLogic Solutions mais Argus Aquatics avait été racheté et revendu par plusieurs boîtes, la dernière en date étant Neptune Corp., fabricant d'insubmersibles allant du sous-marin trois places aux engins télécommandés utilisés pour fouiller l'épave du *Titanic*. Rettig était un homme de chiffres, pas un ingénieur, mais ses débuts dans la robotique se retrouvaient dans son CV.

Cardinal chercha de nouveau le sénateur David Flint dans le *Who's Who*. L'entrée était modeste compte tenu de ses succès dans les affaires et de son poste actuel. Il avait commencé à percer au début des années 1980 avec une entreprise nommée Momentum, qui produisait des systèmes électriques destinés aux espaces confinés comme les avions ou les sous-marins. Dans les années suivantes, il avait ajouté plusieurs brevets dans le photovoltaïque à la liste de ses exploits. Un passage chez Boeing n'avait apparemment pas bien marché et il était retourné au Canada après quatre ans à Seattle.

Frank Gauthier, ainsi qu'il le découvrit grâce à une recherche similaire, avait eu une longue histoire avec MRG Robotics. Vingt-cinq années dans l'entreprise qu'il avait fondée en 1986, son premier triomphe étant un assistant robotique pour les poses de hanches artificielles. Auparavant, il avait travaillé deux ans pour R-Tech, qui avait connu une sombre histoire de membres bioniques et de procès intentés par des humains de chair et d'os. MRG avait été un contributeur essentiel dans le développement du système Aesclepius, qui détecte les mouvements de la main d'un chirurgien et les transmet, considérablement réduits, à toute une gamme de micro-instruments.

Toutes ces informations étaient faciles à obtenir, à condition de prendre le temps nécessaire. Cardinal, qui n'était pas un as de la technologie, prit une feuille blanche et traça trois colonnes dans lesquelles il recopia les noms et les dates.

Il entra les trois noms ensemble dans la barre de recherche Google : Keith Rettig, David Flint et Frank Gauthier. Aucun résultat.

Il passa l'heure suivante sur diverses bases de données d'entreprises. Ce n'était pas difficile d'obtenir les listes des cadres de diverses sociétés encore en activité. Mais il ne savait pas où trouver les « historiques » des employés ni où chercher des informations sur des entreprises aujourd'hui disparues. Delorme saurait. Mais Delorme n'était pas là et Delorme était bizarre en ce moment et Delorme était fâchée contre lui.

Il ouvrit la liste des choses à faire sur son ordinateur et juste au-dessous de *Appeler Ronnie B.* il ajouta *Lise s/ les histoires d'entreprises.*

Il revint à son tableau manuscrit. En haut, il écrivit *Univ de Toronto, 1980.* C'était l'année de la photo dans *Varsity,* trois étudiants souriants et un insecte en ferraille. Aucune des trois colonnes retraçant leur carrière n'avait d'entrée antérieure à 1984.

Leonard Priest ouvrit le réfrigérateur, en sortit un large bol et referma la porte d'un coup de coude. Il prit deux grands verres dans un placard, les remplit à moitié et en tendit un à Delorme. Il leva le sien pour trinquer. Ils burent une gorgée.

« Très bon », dit-elle. À la différence de Richard Rota, la taille de Priest l'obligeait à lever les yeux vers lui.

« Je ne pensais pas que vous viendriez.

– Moi non plus », répondit Delorme, en songeant que c'était là l'euphémisme de l'année.

« Qu'est-ce qui vous a fait changer d'avis ? »

Les deux appels de Priest au cours de la journée n'étaient pas sans rapport. Premier message : il avait des informations pertinentes pour son enquête qu'il voulait partager avec elle. Deuxième message : il avait oublié de mentionner dans son premier message son attrait le plus important concernant les femmes – sans ironie –, à savoir qu'il était un excellent cuisinier. Le pire qui puisse lui arriver, c'était un super repas et une excellente bouteille de vin.

« J'avais faim, finit-elle par dire.

– C'est de bonne guerre. J'espère que vous ne serez pas déçue. Asseyons-nous. » Il pencha son verre en direction du salon et du canapé. « Ne vous inquiétez pas, je me tiens bien ce soir. »

Priest s'assit sur le sofa. Delorme choisit un fauteuil.

« Je suis désolé, je n'ai pas d'amuse-bouches. Je n'y croyais plus.

– Vous n'avez pas l'air d'être du genre à laisser tomber.

– Ouais, je suis sans doute de nature optimiste en règle générale : j'aime les défis, j'admire la persévérance et la détermination. Mais je n'aime pas me sentir con non plus et poursuivre quelqu'un alors que je me fais jeter. Difficile de différencier, parfois, l'abnégation de la bêtise. Comment ça va au boulot en ce moment ? »

Delorme haussa les épaules. « Compliqué.

– En général ? Ou pour une femme dans un monde d'hommes ?

– Les deux.

– J'imagine. » Il la regarda et secoua la tête. « Bon Dieu, que je suis con.

– Pourquoi ?

– De m'être comporté comme ça. Je sais que vous pensez que je me fous de vous...

– Oui.

– Bien. Toutes mes excuses. Point suivant... » Il saisit une télécommande sur la table vitrée et la pointa vers la plus grosse télé que Delorme ait jamais vue. Le logo d'une chaîne câblée apparut et il appuya sur Pause. « C'est *À la minute*, l'émission d'infos de Toronto. C'est souvent un peu niais mais ça a le mérite d'être en direct. »

Il appuya sur Lecture et la présentatrice lança l'émission. « Nous sommes le mardi 3 janvier et vous regardez *À la minute.* »

Pause. « Je suppose que la date est pertinente.

– Le jour où Marjorie Flint a été enlevée.

– Et l'heure ? L'émission passe à 17 heures.

– Et l'heure aussi. »

Priest saisit la bouteille et remplit leurs verres. Il rappuya sur Lecture et l'émission reprit.

« Le voilà, fit-il, dans toute sa gloire. »

L'intervieweuse lui parla d'abord de musique, avait-il un projet d'album solo ? Non, mais Priest dit qu'il avait eu l'honneur d'avoir été invité à jouer de la basse dans la dernière formation de Daniel Lanois. Il n'était fait aucune mention de ses clubs et, après quelques amabilités, ils parlèrent des objectifs et de la méthode de l'association de lutte contre la pauvreté dans laquelle il était impliqué.

« Pas besoin d'écouter la suite, conclut Priest en éteignant la télé. Excusez-moi une seconde. »

Il retourna dans la cuisine, mit ses lunettes pour regarder à travers la porte vitrée du four puis les retira avant de revenir.

« Le dîner est servi. »

Cardinal mit ses couverts dans le lave-vaisselle, se rassit à sa table de cuisine et fit défiler les contacts de son téléphone. Il appela Ronnie Babstock chez lui. Il avait déjà essayé au bureau et on lui avait dit qu'il était en train de rentrer d'un voyage d'affaires à Bruxelles.

« Ronnie. John Cardinal. J'ai un truc à te demander. Rappelle-moi quand tu as le temps, c'est assez urgent. J'espère que ça a été à Bruxelles. »

Il alla dans le salon et prit la télécommande, qu'il laissa sur ses genoux. Il repensa à sa journée. Loach qui avait débarqué pour lui crier dessus dans le bureau de Chouinard.

Loach : Je suis en charge de cette enquête, oui ou non ? Si oui, je veux que tout le monde y mette du sien.

Chouinard (à Cardinal) : Vous n'avez pas rappelé ?

Cardinal : Je suis sur une piste qui a vraiment une chance de mener quelque part. Ces femmes sont toutes liées par leurs maris qui étaient à la fac ensemble. Je pense qu'ils ont aussi travaillé ensemble à un moment donné, et si on retrouve quand c'était, on arrivera peut-être à découvrir qui ils ont foutu en colère à ce point.

Loach : On a un enregistrement de sa voix, commissaire, la voix du tueur. Moi, je dis que ça l'emporte sur une histoire ancienne entre les maris des victimes.

Cardinal : Laissez-moi suivre cette piste, commissaire.

Chouinard : Ils vivent dans des villes différentes, ces maris. Est-ce qu'ils ont eu des contacts récents ?

Cardinal : Pas que je sache. Pour le moment. Mais ça n'a pas forcément besoin d'être récent.

Loach : On a une voix au bout du fil qui avoue le crime et vous ne voulez pas creuser ça. C'est votre opinion, je m'en fiche.

Commissaire, il va nous falloir des renforts de la police d'État pour compenser la glandouille qui règne ici.

Ce fut à ce moment-là que Cardinal craqua, traitant Loach de petit connard prétentieux, de diva et de tout un tas de noms d'oiseaux, jusqu'à ce que Chouinard le vire de son bureau. Dans les films, ça avait toujours l'air si satisfaisant d'envoyer balader quelqu'un. Pourquoi, dans la vraie vie, se sentait-il aussi mal ? En fin de compte, Loach avait obtenu ses renforts de la police d'État. Cardinal avait hâte que Jerry Commanda lui raconte comment ça se passait.

Il alluma la télé et celle-ci essaya de lui vendre une Volvo, il l'éteignit et reposa la télécommande. Ça aurait été bien d'avoir Delorme avec lui à ce moment-là. Elle serait assise sur le canapé avec les pieds sur la table basse. De petits pieds, avec des chaussettes blanches. Elle s'était encore fait porter pâle et n'avait répondu à aucun de ses appels. Elle n'avait pas rappelé Loach non plus. Ce dernier était devenu très pénible mais il avait de bonnes raisons d'être agacé par Cardinal et Delorme.

Il prit son téléphone fixe et appela Delorme chez elle.

« C'est John. Décroche, Lise. Je m'inquiète pour toi. Je me suis mis dans une merde pas possible aujourd'hui avec Loach et Chouinard. J'aimerais beaucoup te raconter ça. J'espère que ça va. »

Il éteignit la lumière et alla à la fenêtre. La lune était basse, au-dessus du lac. Elle était presque pleine et il apercevait les ombres des Manitous au milieu de la glace.

Il alluma la douche et alla se déshabiller dans sa chambre. Il retira sa chemise et resta planté là. Au bout d'une minute, il la remit et retourna éteindre la douche. Il prit son manteau dans l'entrée et sortit.

La nuit était claire, la température approchait des moins vingt degrés et le chauffage de sa Camry n'était plus ce qu'il avait été. Il gravit la colline en direction de Rayne Street et de la maison de Delorme. Les lumières étaient éteintes et il n'y avait pas de voiture dans l'allée.

« Imbécile », dit Cardinal, s'invectivant lui-même.

Il fit demi-tour et descendit la côte. Au stop, il changea d'avis et tourna à gauche en direction du centre-ville. C'était une nuit calme, il y avait peu de voitures et il faisait trop froid pour les piétons, à l'exception de quelques personnes promenant leur chien. Il pensa à prendre un chien, un être vivant à retrouver le soir à la maison, mais il n'avait jamais tellement aimé les animaux de compagnie. Quand Kelly était petite, ils avaient eu un chien, un cabot aux oreilles pendantes nommé Gizmo qu'elle adorait. Mais il avait eu une tumeur au cerveau et s'était mis à mordre. Cardinal avait été obligé de le faire piquer et le souvenir du cœur brisé de sa fille lui avait fait passer le goût des chiens pour toujours.

Il se gara sur le parking du Quiet Pint et resta quelques minutes. Il ne reconnut aucune voiture.

Filet de bœuf avec une réduction au vin rouge divin, salade composée et en dessert, une crème au citron dont Delorme se serait bien resservie quatre fois.

« Eh bien, vous aviez raison, vous êtes un sacré cuistot, dit-elle en levant son verre.

– Merci. Allez donc vous asseoir dans le salon, je vous apporte un porto. C'est très sous-estimé, le porto. »

Il avait annoncé au début du repas qu'il ne voulait pas parler d'affaires policières pendant le dîner et ils avaient presque réussi à s'y tenir. Delorme lui avait posé des questions sur le milieu de la musique et ils avaient ensuite parlé de livres et de cinéma. Elle avait de plus en plus de mal à croire que Priest ait pu tuer qui que ce soit. Elle se sentait assez à l'aise, au vu des circonstances, et on n'aurait jamais pu deviner, en la regardant, qu'elle enfreignait toutes les règles du code de conduite des enquêteurs.

Priest le lui avait même fait remarquer. Ils étaient en train de rire d'une scène d'un film de Tom Cruise quand il dit soudain : « Sérieusement, Lise, vous n'êtes pas un peu irresponsable sur ce coup-là ? Si vous deviez me mettre en accusation, vous seriez totalement dans la merde, non ? D'avoir frayé avec le prévenu ? »

Delorme haussa les épaules. « Algonquin Bay est une petite ville. Il n'y a pas un inspecteur de l'unité qui n'ait dû un jour arrêter un voisin ou un ancien camarade de classe.

– Ce n'est pas tout à fait pareil, si ?

– J'imagine qu'on va le découvrir. »

Il revint dans le salon avec une bouteille de porto poussiéreuse, s'assit à côté d'elle dans le canapé et leur servit un verre. Alors qu'ils étaient sur le point de trinquer, le portable de Delorme sonna.

« Désolée. Une seconde, je le coupe.

– Je mets le mien dans un tiroir quand je n'ai pas envie d'être dérangé.

– J'adorerais, mais nous devons les avoir sur nous en permanence. » Elle remit le téléphone dans son sac et le posa à côté d'elle sur le canapé. Elle reprit son verre. « Excusez-moi. Santé. »

Delorme n'avait jamais bu de porto et n'avait jamais rien goûté de tel.

« Est-ce que par hasard c'est produit par des moines tout en haut d'une montagne ?

– Pas mal, hein ? » Le feu dans la cheminée faisait luire ses yeux bleus.

Il posa son verre, attrapa une fine chemise verte et l'ouvrit. Delorme ne savait pas pourquoi, mais ses moindres gestes exerçaient sur elle une forme d'attraction primaire. Pour contrer cela, elle repensa au masque, au corps tordu de Régine Choquette, aux « jeux » de Fritz Reicher.

« Regardez. »

Delorme saisit la chemise en prenant soin que leurs mains ne s'effleurent pas. Elle prit le premier papier. Un reçu du Windsor Arms Hotel, à Toronto.

« Je croyais que vous aviez une maison à Toronto.

– Un appart. Vendu. Regardez les dates.

– Je les vois.

– Regardez les autres. »

Elle regarda les reçus un à un : dîners dans des restos chics, tickets pour un concert de Cat Power, une location de voiture, un rendez-vous chez le dentiste. Elle referma le dossier.

« Vous pouvez les garder. Mon avocat a les originaux.

– Merci. Leonard, peut-on aborder encore un petit détail ?

– Bon Dieu, vous êtes impitoyable. Heureusement que vous êtes sexy.

– Pourquoi Fritz Reicher dit-il que vous lui avez ordonné d'abattre Régine Choquette ?

– Il ne dit pas ça.

– Mais il l'a dit. Puis il a changé d'avis ; ça fait donc deux petits détails en réalité. Pourquoi l'a-t-il affirmé et pourquoi s'est-il rétracté ?

– Fritz ? Vous l'avez rencontré ? Fritz est un gentil idiot. Je suis désolé, mais il est déficient intellectuellement – une qualité appréciable chez un serviteur mais assez inutile dans tout autre contexte.

– S'il est si bête, pourquoi a-t-il changé d'avis ?

– D'après ce que j'ai compris, il était défoncé quand il s'est fait arrêter et a dit ce qui lui passait par la tête. Ensuite, il est revenu à lui... »

Il pivota sur le canapé et joua avec une mèche des cheveux de Delorme. « Alors, je n'ai pas été un gentil garçon ? Je n'ai pas tenté le moindre geste de la soirée bien que vous soyez absolument splendide.

– Continuons ainsi.

– Vous ne pouvez pas vraiment croire que je suis un tueur de sang-froid.

– De sang-froid, peut-être pas. Mais si vous perdez le contrôle, peut-être.

– Alors pourquoi être venue, Lise ?

– Vous m'avez invitée. Je suis enquêtrice. Vous avez des informations.

– Ooh, comme vous êtes calculatrice.

– J'admets que je vous trouve fascinant. D'un point de vue clinique. Parfois vous ressemblez presque à une bonne personne.

– Même quand je suis mauvais, je ne suis pas *si* mauvais.

– Hmm. »

Il la prit par le coude et la secoua légèrement, comme pour la réveiller d'une sieste. « Vous n'avez jamais envie de briser les règles ? De faire quelque chose d'un peu interdit ? D'être vilaine ? »

Elle acquiesça. « Parfois je cède même à ces pulsions.

– Vous avez un sourire de chat, vous savez ? Pas le plus chaleureux qui soit, il faut bien le dire.

– Que pouvez-vous me dire à propos de Darlene ?

– Darlene. » Il se retourna pour se reverser du porto. Quand il voulut la resservir, Delorme posa la main sur son verre.

Il reposa la bouteille et prit une gorgée. « Je ne connais qu'une seule Darlene et je ne dirai rien sur elle.

– Allez.

– Désolé. Ce ne serait pas digne d'un gentleman. Ça vous plairait si je parlais de vous ?

– Il n'y a rien à dire.

– La nuit est jeune.

– Ça doit être terrible d'être accro. D'être un esclave. De ne jamais avoir le contrôle.

– Ce n'est pas une addiction si vous avez les moyens de vous l'offrir.

– Vraiment ? C'est ça, votre définition ?

– Elle fait l'affaire. Juste par curiosité, vous avez votre arme sur vous ? Peut-être un joli petit automatique à la cheville ?

– Pourquoi ?

– Parce que j'ai terriblement envie de vous embrasser et je ne tiens pas à me faire tirer dessus.

– Alors mieux vaut être prudent dans ce cas. »

Il se pencha vers elle et elle ne recula pas – cela aurait donné l'impression qu'elle avait peur – mais elle détourna le visage.

« Très bien, dit-il en s'arrêtant dans son mouvement. Elle ne veut pas qu'on l'embrasse. Mais que veut-elle alors ? Hmm, je me le demande. » Une main vint se poser sur son sein.

Delorme ne bougea pas et sentit la chaleur de sa paume à travers ses vêtements.

« Que veut Lise, je me le demande. » La main qui glisse sur l'autre sein et Delorme, totalement immobile, respire à peine, la main descend le long de son torse et sur sa taille, et Priest qui se penche pour la placer entre ses jambes.

Elle lui attrapa le poignet et reposa sa main sur le canapé.

« Merci pour ce délicieux dîner.

– Allumeuse.

– Je n'ai rien fait.

– Qui ne dit mot consent, chérie.

– En fait, pas du tout. Relisez le Code pénal.

– Tu n'es pas obligée de partir. Pas vraiment.

– Si, dit-elle en se levant, vraiment. »

Priest se releva et lui barra la route. « Tu sais avec qui tu joues ?

– Je ne vois pas ce que vous voulez dire.

– Si tu crois vraiment que j'ai demandé à cet abruti d'Allemand de tuer une femme sans défense, qu'est-ce que ça dit de toi ? Que tu viennes ici et que tu te mettes à l'aise, l'air chaude et puis agacée...

– Pas du tout. J'y vais. » Elle passa devant lui et gagna la cuisine.

« L'ambition n'est pas la seule phéromone que tu dégages, au cas où tu ne le saurais pas. Mais tu le sais, pas vrai ? Tu le sais parfaitement. Si tu veux jouer avec le feu, ma jolie, il va falloir supporter la chaleur.

– Je voudrais récupérer mon manteau.

– Bien sûr, pardon. » Son ton avait de nouveau changé et il redevint un hôte irréprochable. Il la raccompagna à la porte et lui tendit son manteau. Elle l'enfila, luttant avec la fermeture éclair.

« Allons, Lise. Le dîner c'est une chose, mais vous ne pouvez quand même pas encore croire que j'aie quoi que ce soit à voir avec Marjorie Flint ou Laura Lacroix.

– Je ne le crois pas. » La fermeture finit par se décoincer et elle referma sa parka. « Mais je pense que vous avez tué Régine Choquette et je vous enverrai à l'ombre pour ce meurtre. Voilà ce qu'elle veut, Lise. »

Extrait du cahier bleu

Le soleil bas brillait dans les yeux de Rebecca alors qu'elle me disait : Je pense qu'on va mourir. Je veux dire que c'est un fait.

Possible, ai-je répondu, remarquant l'absence de peur dans sa voix, prête à se confronter au destin, selon les termes qu'il aurait choisis. Mais essayons de faire ça sur la terre ferme plutôt que sur un morceau de glace.

Et pourquoi on ne reste pas là pour attendre l'avion ?

L'arrangement était que chaque station envoie un message à Resolute à un jour et une heure déterminés. Dans notre cas, tous les deux jours. Si un message n'arrivait pas et que la station ne pouvait être contactée, un avion décollait au bout de quelques heures. Malheureusement, nous avions envoyé le nôtre la veille.

Ça va être dur de nous repérer, ai-je dit. Kurt devrait s'en sortir – l'antenne radio est haute et il a sûrement une balise, mais un avion seul aura sans doute du mal à nous trouver.

Et il fallait réussir à s'abriter.

Mon idée était de nous diriger vers ce qui était maintenant l'extrémité occidentale de la banquise. Nous étions plus près d'Axel Heiberg mais le courant nous emmenait vers l'île Meighen. Le programme du plateau continental polaire avait eu un camp là-bas et il y avait une chance pour qu'il soit toujours en activité.

Ma mémoire plane sur nous quatre comme un fantôme, se distend pour protéger Rebecca, la prendre dans ma main géante et la tenir au chaud, mais bien sûr, elle ne me voit pas et ne sent pas ma présence. Le jeune Kit non plus. Je me souviens de la peur, de la panique dans ma poitrine, et d'une étrange sensation de culpabilité, comme si c'était moi, et non Kurt (ou sa propre curiosité et son ambition), qui avais entraîné Rebecca au nord du 80e parallèle, où elle allait très probablement mourir. J'étais une créature du haut Arctique, j'allais y randonner même quand je n'y travaillais pas, j'étudiais les cartes et les journaux des grands explorateurs. C'était comme si elle rencontrait ma famille et que celle-ci se montrait haineuse.

On dit que vous n'avez pas vraiment connu l'Arctique tant que vous ne vous y êtes pas perdu au moins une fois. Je m'y suis perdu bien plus souvent, deux fois sur Ellesmere, une fois au Groenland, au nord de Thulé. La peur avait été intense, mais sans commune mesure avec ce que je ressentais là. Et pourtant, mon esprit faisait aussi un bond de quelques années dans l'avenir : une maison, une rue calme, l'odeur des feuilles mortes, Rebecca assise dans un fauteuil en cuir. Un mur couvert de livres.

C'était un futur. Un autre s'amassait dans l'obscurité à l'ouest, guère plus qu'une trace informe pour le moment, entre la surface et le soleil. J'étais sur le point de le montrer du doigt quand j'ai entendu un coup de feu derrière nous. Nous nous sommes retournés, laissant les eaux indigo, pour scruter l'horizon. Jens et Ray ne s'étaient pas rapprochés de nous pendant notre pause. J'ai regardé dans mes jumelles.

Il y a quelque chose qui cloche.

Ils ont peut-être vu un avion et essayé de se faire repérer ?

Passe-moi le pistolet à fusées.

Pour quoi faire ?

Et la ceinture. Donne-les-moi. J'ai attrapé ma radio à l'intérieur de mon polaire et je la lui ai tendue. Garde ça. Kurt va peut-être réussir à faire marcher l'antenne. Ou un sous-marin passera dans la zone. Si je ne reviens pas, marche vite vers l'ouest

– garde Heiberg dans ton dos – et essaie d'envoyer un SOS toutes les demi-heures. Garde-la à l'intérieur de ta veste.

Kit, qu'est-ce que tu fais ?

Attends-moi ici. Je n'en ai pas pour longtemps.

16

Loin de la chaleur du foyer de Leonard Priest, sans parler de l'effet de ses attentions, Delorme grelottait. Le toucher de la nuit de février sur son cou, ses poignets, les interstices laissés par ses vêtements.

Alors qu'elle regagnait sa voiture, faisant attention dans ses jolies chaussures qui n'étaient en aucun cas supposées s'approcher de la neige, elle vit une voiture rouler vers elle et prendre à gauche sur Crozier, une Camry. Elle était trop éloignée pour pouvoir distinguer la plaque ou même être sûre de la couleur, mais on aurait dit celle de John Cardinal.

Paranoïa, se dit-elle en mettant le contact. La même paranoïa qui lui disait de démarrer rapidement pour aller voir cette Camry de plus près. Elle prit une profonde inspiration et réfréna cette envie.

Il ne faisait pas de doute que le frisson qui l'avait secouée en sortant de chez Leonard Priest n'était pas uniquement dû à la température et au froid cristallin qui lui avait fouetté le visage. La culpabilité, oui, une culpabilité immense. Celle de la petite catholique pervertie. Coupable d'avoir enfreint son éthique professionnelle. Coupable parce qu'elle était à peu près certaine d'être amoureuse de John Cardinal et qu'elle avait laissé un autre homme la toucher – et ce moins d'une semaine après sa soirée au club.

« Qu'est-ce qui m'arrive ? » se demanda-t-elle tout haut. Elle mit le chauffage à fond. Dans d'autres circonstances, elle aurait cassé le bras de cet enfoiré.

Certaines femmes aiment se faire peur.

Elle n'avait pas eu peur, en tout cas pas de Priest. Mais la peur faisait sans aucun doute partie de l'ivresse qui coulait dans ses veines, comme au Club Risqué. Puisque Priest n'avait pas été particulièrement menaçant, c'était forcément d'elle-même qu'elle avait eu peur.

John Cardinal n'a rien à voir dans tout ça, se répéta-t-elle, encore et encore, sur la route du retour. John Cardinal et moi n'avons pas de relation.

Elle n'avait pas fini d'enlever son manteau quand le téléphone sonna.

« Frank Troye, du bureau. J'espère que je ne vous réveille pas. On a eu un appel de l'hôpital, quelqu'un qui vous demande aux urgences, un dossier à vous. Le docteur a pas mal insisté, alors je me suis dit que j'allais voir avec vous avant de… »

« Elle m'a donné ça. » Le docteur, ridiculement jeune, sortit une clé de la poche de sa blouse blanche. « Elle m'a demandé de vous la remettre et de vous dire que c'était le tiroir en haut à droite de son bureau.

– En haut à droite du bureau. » Delorme mit la clé dans sa poche. Un brancard transportant un homme inconscient passa à côté d'elle. La perfusion se balançait. « Je peux la voir ?

– Pas pour le moment. »

S'occuper d'une femme battue trop con pour se sortir d'une situation autodestructrice n'était pas la première de ses priorités actuelles. D'un autre côté, elle n'avait pas envie que Miranda Heap change d'avis en se réveillant. Elle parcourut les quelques pâtés de maisons qui la séparaient du domicile de celle-ci et entra.

Miranda était quelqu'un de très organisé, l'une de ses nombreuses contradictions. Elle était bien plus soigneuse que Delorme, qui avait toujours un jean qui traînait sur un dossier de chaise et des piles de factures sur la table de la cuisine. Mais le métier de cette femme consistait à organiser les bureaux, les logements et les systèmes de travail des autres et elle avait visiblement un penchant naturel pour la chose.

Le vestibule avec ses deux étagères pour les chaussures et les bottes, le salon avec une pile nette de magazines posée sur une table basse impeccable, des coussins parfaitement arrangés sur le canapé. Mais il y avait aussi le chaos émotionnel de sa vie, un chaos auquel elle n'arrivait apparemment pas à opposer de résistance.

Comme si j'étais en position de la juger, se dit Delorme. Elle ressentit, dans son souvenir, la main de Priest entre ses jambes. Lise Delorme, salope en devenir.

Dans la cuisine, un régiment d'ustensiles alignés sur le comptoir. Un évier et un séchoir vides. Des casseroles accrochées au-dessus de la cuisinière. Pas la moindre trace de problème dans cette pièce étincelante, à moins de compter les quelques gouttes de sang sur le comptoir et la trace, plus grosse, sur le sol. À côté de celle-ci, une boîte de Kleenex vide écrasée.

Il y avait aussi du sang dans la salle de bains, du sang sur le téléphone et le bureau.

Delorme ouvrit le tiroir en haut à droite et en sortit une grande enveloppe avec son nom inscrit dessus. Elle était fermée et doublée avec de l'adhésif. Elle prit un coupe-papier dans le pot à crayons et la décacheta. Elle contenait une enveloppe plus petite, cachetée elle aussi, et un mot écrit à l'encre violette sur une feuille à en-tête *Bureau de Miranda Heap.*

Chère Lise,

Si vous lisez ceci, c'est que je suis dans une merde noire.

Vous vous rappelez que je vous avais dit qu'il faisait les plus belles excuses qui soient ? Je les gardais pour mon psy mais je voudrais que vous les entendiez aussi, ne serait-ce que pour que vous ne pensiez pas que je suis complètement idiote. Il n'y a pas seulement les excuses. Il y a aussi des bons côtés qui le sauvent, vous savez.

*Prenez mon téléphone et tapez *98 puis quand il vous demande mon code PIN composez le 4252. Puis appuyez sur 3 pour écouter les messages sauvegardés.*

Je ne sais pas si je peux me résoudre à vous donner son nom pour le moment. Il va falloir que je réfléchisse encore un peu.

Miranda

– Et puis merde. Écoutez les messages et regardez dans l'autre enveloppe.

La voix était presque aussi douce qu'un murmure. Les mots étaient étouffés, comme si l'homme avait effleuré le combiné avec ses lèvres. Il était terriblement désolé, il n'arrivait pas à contrôler ses humeurs ces derniers temps, elle ne devait pas croire qu'il ne l'aimait plus, il était fou d'elle.

Elle ne reconnaissait pas la voix. Avec ce murmure, ça pouvait être n'importe qui. Il avait l'air éduqué, sincère, affectueux. Tout en l'écoutant, elle ouvrit la petite enveloppe qui semblait contenir une poignée de reçus et une photo.

Les deux autres messages étaient aussi susurrés et romantiques, dans un genre excessif – mais aucun ne parut à Delorme particulièrement inspiré ou merveilleux. Voilà bien l'emprise de l'amour. Ou du moins de la passion.

Elle fit pivoter le fauteuil de bureau et regarda par la fenêtre sans cesser d'écouter. Une fine neige s'était mise à tomber, elle voyait les phares des voitures monter et descendre Algonquin Avenue. Le message suivant la fit se retourner et planter ses coudes sur le bureau pour observer la base du téléphone comme si son auteur y était visible.

C'était le même homme, mais cette fois-ci il avait abandonné les sifflantes des murmures sur l'oreiller pour des accents plus enflammés. *Chérie, je suis vraiment désolé ! Je ne sais pas ce qui m'est passé par la tête ! Parfois, je te jure, tu m'excites tellement que je vais trop loin. Mais j'ai été siiiiii vilain. Darlene a été une méchante fille, chérie, et il va falloir que tu la punisses. Tu vas devoir prendre la petite Darlene et lui infliger une correction.*

Puis, reprenant sa voix normale, *Sérieusement Miranda, je t'aime, tu me manques et je suis désolé si je me suis un peu laissé emporter. À bientôt, ma chérie.*

Delorme savait qui c'était.

Cardinal était en train de se brosser les dents quand le téléphone sonna. Il se rinça la bouche et alla au salon pour voir si c'était Delorme. C'était Ronnie Babstock.

« C'était comment, Bruxelles ?

– Prometteur. Très prometteur. Mais je suis claqué. Je devrais laisser ça aux jeunes, mais je ne sais pas, je suis vraiment bon là-dedans, tu vois ? Je ne pense pas que quelqu'un d'autre puisse faire un aussi bon boulot. Pas parce qu'ils ne sont pas assez malins – certains le sont bien plus que moi – mais je ne pense pas qu'ils *aiment* autant ça que moi et donc... tu vois ce que je veux dire.

– Merci de me rappeler. Tu dois être épuisé.

– Oui, mais assez excité aussi, ça doit s'entendre. Qu'est-ce que je peux faire pour toi ? Tu disais dans ton message que tu avais une question à me poser.

– Tu ne dois en parler à personne, d'accord ?

– Parole d'honneur.

– J'enquête sur David Flint, Frank Gauthier et Keith Rettig. Tu les connais ?

– De nom, en tout cas pour Flint et Gauthier. Flint est le sénateur dont la femme et morte et Gauthier est un grand nom de la technologie médicale. C'était qui, le troisième ?

– Keith Rettig. Il est cadre chez Brunswick Geo.

– Ah oui, exact, sa femme ou son ex-femme a disparu.

– Elle est morte. Son corps a été retrouvé entre-temps. Dans des circonstances similaires à celles de Marjorie Flint.

– Mon Dieu, ce n'est pas vrai. C'est horrible.

– Je me demandais juste – tu connais l'histoire de la high-tech mieux que personne – est-ce que tu sais si ces gars ont un passif ? J'ai noté qu'ils étaient tous à l'université de Toronto.

– Ouais, Flint était une ou deux années au-dessus de moi ou peut-être en dessous. Gauthier aussi, si je me souviens bien. Je ne crois pas qu'on se soit croisés, cela dit.

– Ils ont travaillé ensemble ?

– Dans la même boîte, tu veux dire ? C'est facile à retrouver.

– Pour quelqu'un d'autre, peut-être. Je ne suis pas arrivé bien loin, en dehors de cette histoire de fac. Je vise surtout la période 1980-1984.

– Ah oui, les âges sombres avant l'avènement d'Internet. Tu as pensé à demander à Gauthier et aux autres directement ? Je suis toujours partisan du chemin le plus court.

– Ce n'est pas la meilleure solution en l'occurrence. Déjà parce que Gauthier est mort.

– Frank Gauthier est mort ? Quand est-ce que ça s'est passé ?

– Il y a quelques jours. Suicide.

– Oh, c'est terrible. Je suis désolé de l'apprendre. Mais je suis sûr que tu vas trouver ce que tu cherches. Navré de ne pouvoir t'en dire plus. »

Le décalage horaire aurait suffi à pourrir le sommeil de Ronnie Babstock cette nuit-là, mais les questions de Cardinal avaient poussé son degré d'insomnie au maximum. Il aurait dû aller à la maison sur le lac. Il n'y avait pas autant de bruits là-bas que dans cette vieille bicoque.

Quand la voix se fit entendre cette fois-ci (son réveil indiquait 3 h 14), il était certain qu'il ne dormait pas. Ça ne pouvait pas être un rêve, ou alors un rêve éveillé, ce qui n'était jamais qu'un synonyme de folie.

Si froid. Mon Dieu, je n'ai jamais eu aussi froid.

La voix était dans la chambre avec lui. Babstock resta immobile, la sueur perlant sur son front, sous ses bras, dans son cou.

Je ne vais pas m'en sortir. Une voix de femme, secouée de frissons. La terreur. *Je ne vais pas m'en tirer.*

Babstock se redressa et sortit les jambes du lit.

J'ai tellement peur.

Il enfila sa robe de chambre, mit ses pantoufles, alluma la lumière et tendit l'oreille.

Serre-moi. Serre-moi fort. Oh, mon Dieu.

Babstock s'agenouilla pour regarder sous le lit. Il attrapa la lampe de chevet dont il retira l'abat-jour, la posa sur le sol et regarda de nouveau. Rien.

Il remit la lampe sur la table de nuit, alla au pied du lit et le tira vers lui. Il y mit tout son poids mais le lit ne bougea pas. Il retourna sur le côté et poussa l'un des montants. Le lit se décolla du mur. Il poussa encore.

Il alla à la tête du lit, s'agenouilla encore, posa la main sur le mur et attendit. L'ampoule nue projetait des ombres crues, sa tête prenait des proportions monstrueuses.

Je veux mourir.

Il tâta le mur à la recherche de vibrations. Du Placo peint et rien d'autre. Il toqua dessus à différents endroits et se rassit sur ses talons.

La voix revint. Elle gémissait maintenant. La femme, qui que ça ait pu être, pleurait et tremblait et il était difficile de déterminer d'où venait le son. Il recommença à palper le mur.

« Va te faire foutre », dit-il en attrapant la lampe, qu'il reposa sur le sol. Il s'allongea sur le dos et se glissa sous le lit. Quand il tendit la main pour prendre la lampe, il se cogna la tête et jura de nouveau.

La lumière de l'ampoule l'éblouissait. Il la masqua d'une main et passa l'autre le long du sommier.

Pitié…

La voix se faisait plus forte et se trouvait juste au-dessus de sa tête.

Mon Dieu, fais quelque chose.

La bande-son d'un film. Il percevait maintenant les effets sonores – le vent hurlant, la toile qui claque – étouffés et miniaturisés.

Il trouva un trou dans la couture et tira sur le tissu, fermant les yeux à cause de la poussière. Il passa les doigts sur les lattes successives jusqu'à faire tomber un petit objet qui atterrit sur sa poitrine puis sur le sol. Il sortit de sous le lit, reposa la lampe sur le chevet et observa ce qu'il avait dans la main.

Un téléphone portable.

Ça fait mal, gémit la femme, et Babstock balança l'appareil contre le mur.

Il ne faisait même pas encore jour et il y avait quelqu'un à la porte. Delorme finit de se sécher et enfila son peignoir. Puis elle alla dans le salon et écarta légèrement les rideaux pour voir qui c'était.

Cardinal tapait sur la porte avec la paume de sa main tout en enfonçant le bouton de la sonnette.

Delorme entrouvrit sans retirer la chaînette.

« Qu'est-ce que tu fous, John ? Il est 6 h 30.

– Pourquoi tu n'es pas venue travailler, Lise ?

– Je suis malade.

– Tu n'es pas malade et au cas où tu ne l'aurais pas remarqué, on a plusieurs meurtres à élucider.

– Je suis malade. Je reviendrai dès que possible. »

Elle voulut refermer la porte mais Cardinal la bloqua avec son pied.

« Je me gèle, John. Enlève ton pied.

– Pourquoi tu ne réponds pas au téléphone ?

– Si tu as des questions sur le boulot, j'y répondrai, quand je serai au travail. Mais là, je n'y suis pas, et je n'ai rien à te dire. Tu voulais qu'on ralentisse, je ralentis.

– Pas comme ça. Je voulais juste… Merde, Lise, c'est nouveau, tout ça. Tu ne peux pas avoir un peu de patience ?

– On bosse ensemble, John. Fin de l'histoire. C'est ce que tu voulais et c'est comme ça.

– Si tu es si malade, qu'est-ce que tu faisais chez Leonard Priest hier soir ? »

Delorme le dévisagea. « Tu m'as suivie ?

– Je m'inquiétais pour toi. Ça ne te ressemble pas de ne pas venir bosser, d'être fuyante, d'être froide avec moi...

– Tu m'as suivie. Je n'y crois pas.

– Je ne t'ai pas suivie, Lise. Oui, je te cherchais mais je ne t'ai pas prise en filature. On a besoin de toi au commissariat, j'ai besoin de ton aide avec Flint et... qu'est-ce que tu foutais chez Priest au fait ?

– Pourquoi ? Tu penses que je le baise, c'est ça ? »

Cardinal eut le souffle coupé. « Euh, non, Lise. Je n'y avais pas pensé.

– Qu'est-ce qu'elle pourrait bien y faire d'autre de toute façon ? Une enquêtrice aussi minable, ça ne peut pas avoir un rapport avec le boulot, hein ? Elle doit forcément le baiser.

– Lise, écoute. Oublions ça et reviens au travail. Tu ne peux pas dire que tu es malade alors qu'on a tout ce boulot. Tu sais que ce n'est pas bien. Ça ne te ressemble pas.

– Vire ton pied.

– Lise, allez.

– Dégage-le ! »

Il retira son pied, elle claqua la porte et la ferma à clé. Elle resta plantée là, le souffle court. Quand elle l'entendit démarrer, elle retourna dans sa chambre et sortit une valise du placard.

Après sa dispute avec Delorme, Cardinal en eut rapidement une autre, par téléphone, avec Chouinard, pour éviter une engueulade avec Loach. « Commissaire, il a cinq types de la police d'État pour interroger tous les Canadiens français du district, il n'a pas besoin de moi pour ça. Vous n'avez pas besoin de moi. Et vous savez que je ne pense pas que ça devrait être notre priorité. J'ai fouillé l'histoire commune des trois maris et il y a une piste à remonter. C'est à Gravenhurst.

– Qu'est-ce qu'il y a à Gravenhurst ?

– D'autres connexions, je l'espère. »

Chouinard lui énuméra les raisons pour lesquelles il devait venir à la réunion du matin, la plus pressante étant qu'ils étaient déjà un de moins du fait de l'absence de Lise. Est-ce qu'il avait eu des nouvelles au fait ? Cardinal maintint que non. Le commissaire s'arrêta avant de lui ordonner de venir.

Plus tôt je serai à Gravenhurst, avait dit Cardinal, plus tôt je pourrai, *et cetera*. Mais il n'avait même pas atteint l'autoroute quand son portable sonna. C'était Jerry Commanda.

« John, je suis déconcerté.

– Je suis navré de l'entendre. Tu as essayé le Metamucil ?

– Qu'est-ce qui se passe avec le dossier Lacroix ? On vous prête cinq gars et ils ne comprennent pas ce qu'on leur demande. Interroger des gens à cause de leur accent ?

– Non, non, c'est bien plus fin que ça, Jerry. Ce ne sont que des hommes, par exemple. Et il faut qu'ils aient au moins la cinquantaine.

– Ce n'est pas drôle, John. Sérieusement, il faut impérativement que tu fasses quelque chose. »

Quand il eut raccroché, Cardinal envisagea d'appeler certains de ses anciens collègues de la police de Toronto. Il y en aurait forcément un ou deux qui connaîtraient Loach. Peut-être qu'ils auraient une idée pour l'aider à travailler avec lui.

La neige de la veille avait fondu avec le soleil du matin. L'autoroute noire et luisante semblait toute neuve, certains tronçons l'étaient d'ailleurs, et Cardinal roula vite, sans s'arrêter, jusqu'à Gravenhurst et arriva en moins de deux heures.

C'était le genre de ville qui quadruplait en été mais en hiver elle faisait passer Algonquin Bay pour Manhattan. La neige y était plus haute et les parcmètres à l'ancienne étaient ensevelis jusqu'au cou. Cardinal se servit du GPS pour trouver l'adresse qu'il cherchait. Il s'était attendu à tomber sur un petit immeuble de bureaux mais c'était en fait une maison façon ranch en cèdre et briques pâles dans un lotissement des années 1960 que l'on avait réussi à bâtir à distance des innombrables lacs de la région.

Il était sur le point de sonner quand il remarqua l'écriteau artisanal qui disait « PORTE LATÉRALE POUR GOOD MONKEY ENTERPRISES », le *s* final ratatiné comme le dernier passager monté dans un bus bondé.

Le jeune homme qui ouvrit la porte devait avoir trente-cinq ans environ, il avait de longs cheveux sombres, presque noirs, qui lui tombaient en dessous des épaules. Il portait un tee-shirt blanc, très taché, qui disait : *J'aime NY mais on est juste amis.*

« Vous devez être l'inspecteur Cardinal.

– C'est bien ça.

– L'autre personne que l'on attend aujourd'hui doit venir chercher une poupée Yoda et vous ne collez pas vraiment au profil démographique, entre autres choses. Je suis Jackalope, ou Jack quand je suis hors ligne. »

Cardinal le suivit en bas de l'escalier. Good Monkey Enterprises se révéla être un sous-sol aménagé rempli d'étagères industrielles du sol au plafond.

« C'est mon frère, Wally.

– Salut, Wally. »

Wally portait un casque audio et avait les yeux rivés sur son écran d'ordinateur. Il leva une main blafarde pour le saluer. Cardinal avait croisé quelques vrais jumeaux au cours de sa vie mais les propriétaires assortis de Good Monkey Enterprises poussaient la ressemblance à un degré totalement inédit. Quand Wally retira son casque et se leva, il vit qu'il faisait exactement la même taille que son frère, qu'il avait la même longueur de cheveux et qu'il parlait avec la même voix que lui. Heureusement, leurs tenues n'étaient pas identiques, le tee-shirt de Wally disait simplement *Deadwood*. Il serra la main de Cardinal et se rassit.

Cardinal regarda autour de lui. Les rayons étaient densément peuplés de poupées de tailles et physionomies diverses, d'ours en peluche, de figurines, jeux de société et boîtes sur lesquelles il était écrit « Cartes postales » ou « Photos ». Il y avait aussi de vieux jouets, des DVD et CD, des jeux vidéo et des bidules électroniques que Cardinal aurait été incapable de reconnaître.

« Nous sommes des pros d'eBay, expliqua Jack. On achète et on vend à peu près tout ce qui est facile à livrer et qui n'est pas trop fragile. Pas de porcelaine, par exemple.

– Je ne vois pas de robots, remarqua Cardinal.

– Oh, on a *plein* de robots », répondit Jack en montant dans les aigus comme un adolescent. Il mena Cardinal jusqu'à l'extrémité d'une étagère et lui montra les différents objets. « Tous dans les boîtes. On a vingt Robbie par exemple.

– Vingt-trois, le corrigea Wally.

– Certains sont même dans leur emballage d'origine. On a Gort, Robosapien, quelques Dalek, toute une famille de Tekno Dinkie et même un Sparky *vintage*. Mais on a laissé tomber les Transformers.

– Ce ne sont pas les jouets qui m'intéressent.

– Non, je sais. Comment vous nous avez trouvés, au fait ?

– Vous êtes le principal contributeur de l'article Wikipédia sur la robotique canadienne. Je m'attendais à rencontrer un professeur ou un étudiant...

– Et pas un geek, je sais. Pas grave. La robotique, c'est ma passion, j'y suis arrivé par les jouets et les films et c'est devenu une sorte de talent inutile. Je suis comme ces types qui mémorisent tous les horaires de bus de villes dans lesquelles ils n'ont même jamais mis les pieds. Alfred Hitchcock était comme ça, croyez-le ou non.

– Je n'en savais rien.

– C'est le genre de truc qui excite les maniaques, lança Wally de l'autre bout du sous-sol.

– Ne faites pas attention à mon frère, ça n'a pas été facile pour lui de grandir dans mon ombre.

– Vous aviez des documents que vous deviez me montrer.

– Sur David Flint et Frank Gauthier. Ouais, j'ai aussi écrit leurs pages Wiki. J'ai déterré des trucs qui pourraient vous intéresser. Des dépôts de brevets du début des années 1980. Seigneur, quel *nerd*.

– Tu l'as dit ! » cria Wally.

Cardinal lut les dossiers. Il y avait des croquis et des schémas pour des systèmes de micromouvements et des microsystèmes électriques pour « des applications dans des véhicules télécommandés ». Deux d'entre eux comportaient les signatures de Flint et Gauthier. Plusieurs documents en avaient une troisième.

Cardinal releva la tête. « Ils ont travaillé avec Ron Babstock ?

– Cool, hein ? Qui l'aurait cru ? J'ai trouvé des trucs sur LARS, je vous les ai imprimés.

– Qui est ce Lars ?

– L-A-R-S. Laval Arctic Research Station. La base construite sur une minuscule île de l'Arctique. Ils font plein de tests là-bas pour la recherche spatiale, histoire de s'assurer que les engins marchent dans des conditions extrêmes. Regardez ça. » Il sortit une pochette transparente et la tendit à Cardinal. « Ça date de 1992 environ. État impeccable. Je pourrais sûrement en tirer un bon prix mais je vais sans doute la garder. »

Une brochure sur papier glacé de plusieurs pages décrivait l'installation. « Une base accessible uniquement en été et destinée à explorer des environnements terrestres isolés et extrêmes afin de servir de terrain d'entraînement aux explorations sur la Lune et sur Mars. Les équipes de développement y trouveront un environnement idéal pour tester leurs équipements destinés à la recherche spatiale. » Des photos montraient des paysages lunaires, des hommes tout sourire dans des parkas colorées, tout un tas d'appareils électriques aux antennes brillantes.

« Vous voyez ? » Un doigt osseux, à l'ongle rongé, se posa sur la photo de quatre hommes agenouillés ou debout à côté d'une machine qui ressemblait à une mante religieuse mécanique. « La brochure est pour l'année 1993, donc la photo doit au moins dater de l'année d'avant. Ce que vous avez sous les yeux, c'est l'une des premières versions de ce qui est finalement devenu le célèbre Marti.

– Marti le Magnifique ! cria Wally. On aime tous Marti !

– On en vend des modèles réduits quand on en trouve. »

Cardinal lut la légende à voix haute. « "David Flint, Ron Babstock, Frank Gauthier et Keith Rettig avec le prototype du robot explorateur REV 1." Ron Babstock a bossé avec ces gars ?

– Cool, hein ? Le type a tapé dans l'œil de la NASA et on connaît la suite. Ce petit enfoiré de Marti traverse la campagne martienne au moment où on parle.

– Je pensais qu'il y aurait plein d'infos sur Internet sur ces premiers temps, mais je n'ai rien trouvé, en tout cas rien sur ces gars-là.

– Internet est parfois imprévisible, comme les femmes. C'est pour ça qu'on l'aime.

– Mais coupe ton klaxon un peu ! lança Wally.

– Il parle par métaphores, dit Jack. Du moins j'espère. »

Extrait du cahier bleu

J'ai laissé Rebecca devant le bras de mer qui nous séparait de l'île Heiberg et je suis retourné vers Dahlberg et Deville. Le ciel était parsemé de cirrus élevés et le soleil bas baignait le paysage de rouge et d'or. À n'importe quel autre moment, ça aurait été sublime, mais il y avait cette tache sombre qui roulait vers nous, et la scène que j'avais sous les yeux.

Il est commun aujourd'hui d'être versé en psychologie. Ce n'est pas mon cas. À cette époque, cette année-là, j'avais été peu confronté à la folie pure et simple. Mes jeunes années de pilote avaient été tranquilles de ce côté-là. Dans la recherche, et sur le terrain, j'avais croisé des étudiants à bout de nerfs, des chercheurs hystériques, d'innombrables excentriques, mais je n'avais jamais fait face à une psychose violente comme celle que j'avais devant moi.

À environ cinq cents mètres, je voyais que Jens était à terre et que Ray le surplombait. Je n'essaierai même pas de donner une idée de mon état émotionnel. J'ai essayé de me vider l'esprit, d'être aussi prêt qu'un homme puisse l'être. Le soleil projetait mon ombre comme une longue tangente, comme si elle était arrachée de moi par le pôle magnétique.

Quelqu'un doté d'une connaissance approfondie de nos fonctionnements psychiques aura sans doute une opinion quant à ce qui aurait été la façon adéquate de gérer la situation. Mais la situation se présentait à moi et j'étais ce que j'étais. J'ai commencé à parler à Ray en approchant – à cent, cent cinquante mètres de lui – et je savais qu'il m'entendait. Mais j'ai choisi de faire semblant de ne pas avoir entendu le coup de feu, de ne pas avoir remarqué Dahlberg étendu, immobile, à ses pieds.

Il faut qu'on aille par là, ai-je dit, en pointant le doigt dans une autre direction. Le courant devrait nous emmener vers l'île Meighen. Ils ne vont pas nous envoyer un autre avion avant plusieurs jours. Ah ! et Jens, il va falloir qu'on s'occupe de ton genou. Ray et moi allons réfléchir et trouver une solution.

Alors que je parlais avec cette voix de l'homme calme malgré la tempête, Ray ne bougea pas d'un cil. Les pieds écartés, les bras légèrement décollés des flancs, la tête penchée vers le bas. On aurait dit un type qui venait de tirer par erreur sur un raton laveur ou sur un chat.

J'ai continué à parler tout en m'approchant, la main serrée sur le pistolet à fusées caché sous mon polaire. Ce pistolet n'est pas une arme. Il est en plastique, ne tire qu'un seul coup et n'est pas fait pour viser. Il fallait que je sois près de lui pour qu'il me soit d'une quelconque utilité. Mais je n'allais pas laisser Ray s'approcher de Rebecca. Il n'allait pas me blesser ni me tuer. Je n'allais pas le laisser vivre.

Il y a peut-être un sous-marin, ai-je poursuivi. On aura peut-être un coup de chance avec la radio. Ou l'expédition de souveraineté finira par passer.

C'était un mensonge. L'expédition de souveraineté, composée de chiens, de soldats et de réservistes inuits, avait remonté le détroit de Nansen et était à ce moment-là à mi-chemin vers le sommet d'Ellesmere.

Si on a le moindre signe d'eux, Rebecca enverra une fusée.

J'étais à trente ou quarante mètres, assez près pour voir le pistolet dans sa main, quand Ray a enfin bougé. Ce n'était peut-être pas une menace directe, peut-être pas grand-chose. Il n'a pas levé le pistolet vers moi. Il m'a simplement regardé. Il y avait quelque chose de mécanique dans son mouvement – peut-être l'immobilité du reste de son corps ou la façon dont il a relevé le menton et tourné le visage dans ma direction en deux temps distincts, comme s'il répondait à une commande programmée.

Un autre, plus héroïque, aurait peut-être attendu qu'il vise. Il lui aurait peut-être ordonné de lâcher son arme. Il aurait foncé sur lui. Sans cesser de parler, j'ai sorti le pistolet à fusées de ma poche et j'ai tiré.

La flamme a émis un sifflement strident et jailli vers lui en tourbillonnant. J'ai eu peur de l'avoir raté mais non. J'ai atteint sa parka et le phosphore a brûlé avec la blancheur incandescente d'une comète. Son manteau a pris feu et il a tourné sur lui-même en agitant les bras. J'ai vu son pistolet tomber et me suis précipité dessus.

Ray a réussi à éteindre la flamme qui embrasait sa veste. Le phosphore a continué de brûler dans la neige en faisant monter des nuages de vapeur. J'avais son arme maintenant et pendant qu'il essayait de retirer sa veste, je lui ai tiré dans le dos. Il est immédiatement tombé à genoux, j'ai tiré encore et il est tombé à plat ventre. J'ai pensé et je pense encore que son cœur s'était arrêté mais je me suis approché et je lui ai tiré une balle dans l'arrière du crâne pour être sûr.

La vue du sang se déversant dans la neige m'a donné un haut-le-cœur. Je me suis retourné et je me suis plié en deux par-dessus le corps inerte de Jens Dahlberg. Ray lui avait expédié une balle dans le cœur et il était étendu dans un nuage rouge sang. Pas de respiration, pas de pouls.

J'ai sorti le chargeur du Glock. Il restait deux cartouches. Ray avait sûrement utilisé les autres pour abattre Paul Bélanger et Murray Washburn avant d'être interrompu par la désintégration de notre île. J'ai glissé le pistolet dans la poche de mon polaire et je me suis retourné.

Rebecca m'avait suivi. Elle se tenait au bord du cercle de lumière vibrante projeté par la flamme sifflante, une main sur la bouche.

17

Cardinal monta dans sa voiture, ferma la portière, alluma le contact mais ne démarra pas. Assis là, avec le chauffage à fond, il pensa à Ronnie Babstock. Au bout d'un moment, il sortit son téléphone et vit que Loach l'avait appelé deux fois. Il n'en tint pas compte et composa le numéro de Ian McLeod.

« Delorme et toi, vous êtes en train de vous transformer en vrais connards, dit McLeod. Loach va vous faire virer, peut-être même avant qu'il soit nommé gouverneur général, sinon après. Sans déconner, qu'est-ce que vous foutez ? Je me sens seul sans vous. Personne ne m'aime.

– Je ne t'aime pas non plus, rétorqua Cardinal, et je ne peux pas parler pour Delorme.

– Elle m'aime en secret. »

Cardinal lui raconta ce qu'il venait d'apprendre.

« Ouah, Ronnie Babstock. On va le coffrer ?

– Pas encore. On sait maintenant qu'il a travaillé avec ces trois types à la fin des années 1980 ou au début des années 1990 et quand je lui ai posé la question, il a fait comme s'il n'avait rien à voir avec eux. Ce qui est vraiment bizarre, vu qu'au moins trois d'entre eux sont connus, c'est qu'il n'y a presque rien d'écrit sur le fait qu'ils aient bossé ensemble. Si ç'avait tourné au carnage entre eux, on trouverait des traces d'un procès sur le Net, mais il n'y a rien. Littéralement. C'est comme si ce n'était jamais arrivé. Dans tous les cas, Babstock ne ressemble pas du tout au signalement du suspect. Alors je m'interroge sur un possible tiers. Il y a peut-être eu une activité criminelle là-haut au même moment. Ils ont pu croiser le chemin de mauvaises personnes. On parle du Grand Nord, là, de l'Arctique.

– Ah merde, ces connards d'Esquimaux qui se foutent en l'air toutes les cinq minutes ou bien qui s'entretuent. C'est à cause de toute cette vitamine A. Sérieusement, de toi à moi, elle est vraiment malade, Delorme ?

– Delorme ne se serait pas fait porter pâle sans une bonne raison.

– Il vaut mieux qu'elle soit *vraiment* bonne, sa raison. Je te le dis, Loach veut monter une foutue guillotine. Tu peux me donner les dates et les lieux que tu as en tête ? Je vais regarder sur la base de données de la police fédérale.

– Je m'en occupe. Tu as des francophones à interroger. »

Hayley s'était levée tard ce jour-là et n'était donc allée à la salle de sport qu'après le dîner. Malheureusement, les seuls bons créneaux étaient tôt le matin, bien avant son premier cours, ou tard le soir. À n'importe quelle autre heure de la journée, il fallait attendre une éternité pour avoir accès à une machine, soit parce qu'une brindille faisait des séries interminables avec des poids de deux kilos et demi, soit parce qu'elle monopolisait l'elliptique en posant sa serviette sur le compteur pour cacher qu'elle avait dépassé trois fois la limite d'utilisation d'une demi-heure par personne.

Au bout de vingt minutes de tapis et de trente minutes de fonte, Hayley sentit enfin la tension de la journée la quitter. Elle serait assez alerte pour lire les articles terriblement mauvais qu'elle devait consulter pour la rédaction de son propre papier, à supposer qu'elle arrive à trouver une semaine pour travailler dessus entre les corrections et les rattrapages. Elle avait les douches pour elle toute seule et il n'y avait qu'une seule autre personne dans le vestiaire pendant qu'elle se rhabillait, une fille squelettique qui venait tous les jours et ne parlait à personne.

Hayley appela Kate Munk, sa chargée de cours, pour lui dire qu'elle pouvait passer chercher les copies qu'elle devait noter. Kate lui dit qu'elle serait là vers 21 heures.

Hayley accrocha une lampe clignotante rouge à l'arrière de son vélo et une blanche sur son guidon. La neige avait fondu et Bathurst Street semblait maculée de la lueur rouge des feux de stop. Sa séance de sport l'avait fatiguée et elle laissa trois cyclistes la dépasser sur le chemin de la maison.

En tournant dans la ruelle, elle vit une camionnette blanche garée derrière chez elle. Un homme ouvrit la portière côté conducteur quand il la vit arriver. Il leva la main.

« Serait-ce mademoiselle Babstock ? »

Hayley freina mais sans descendre de vélo. Elle ne le reconnaissait pas, c'était peut-être un ouvrier. Il avait l'air intelligent, peut-être un peu arrogant. Elle attendit la suite, un pied au sol, l'autre sur sa pédale.

« Navré de sortir de nulle part ainsi, surtout à cette heure-ci. J'ai glissé une carte de visite sous votre porte, mais quand je vous ai vue arriver, je me suis dit... » Il lui tendit un badge. « Ironclad Security. Votre père nous a demandé d'intervenir.

– Non, mais c'est pas vrai. Je lui ai dit que je ne voulais pas de garde du corps. Il fait n'importe quoi.

– Non, détrompez-vous, c'est une menace sérieuse et crédible.

– Je ne voudrais pas être désagréable mais vous n'êtes pas un peu vieux pour un garde du corps ? »

Il sourit. « Bien trop vieux. Je dirige l'entreprise. Vous ne me verrez plus après ce soir. En attendant, ça nous aiderait vraiment si vous pouviez remplir ce formulaire. Ça ne prendra qu'une minute. »

Hayley éteignit sa lampe de devant et la rangea dans son sac à dos. Elle fit de même avec la lampe arrière. « Si mon père vous a déjà engagés, pourquoi avez-vous besoin que je remplisse un papier ?

– Il nous faut simplement une description rapide des gens que l'on peut s'attendre à voir passer à votre domicile et à votre travail.

– Excusez-moi mais j'ai trois cent cinquante étudiants.

– Ne vous inquiétez pas pour ça. Donnez-nous simplement autant d'informations que possible. » Il lui tendit le bloc-notes. Il était surmonté d'une petite lampe.

Hayley parcourut la première page. « Je crois que je préférerais d'abord en reparler avec mon père. »

Quand elle releva la tête, elle vit son bras descendre sur elle, un petit objet brillant serré dans le poing. Il lui perça le cou avant qu'elle ait le temps d'attraper son poignet. Elle s'écarta de lui et saisit son guidon mais ses jambes se dérobèrent sous elle et elle sentit le vélo tomber. Ses yeux se fermèrent brusquement – un, deux battements – et elle entendit la chute métallique du vélo comme un événement lointain, une boîte de conserve dégringolant au fond d'un puits.

« Tu veux une autre Stella, Stella ? » La blonde derrière le bar portait un haut noir et une micro-jupe qui révélait l'agaçant dessin de ses muscles. « Désolée. On doit te la faire tout le temps.

– Ouais, je pense que je vais faire durer celle-là, répondit Delorme. Est-ce que Leo est là ce soir ?

– Leo, tu veux dire le patron ? Je crois pas.

– Je l'ai vu à Algonquin Bay l'autre jour, il m'a dit qu'il venait.

– Il va, il vient. Je suis juste une employée. Tu attends des amis ? »

Delorme secoua la tête.

« Ça ne devrait pas tarder à s'animer. Il est encore un peu tôt. »

Le restaurant en bas était plein – Delorme avait mangé un bon curry thaï avec un verre de chablis – mais le deuxième étage était mort. Un homme torse nu avec un chapeau gris massait les épaules d'une femme étendue sur un canapé. Ses mains passaient sous les fines bretelles de sa blouse. Un couple s'embrassait langoureusement dans une alcôve. La décoration et l'ambiance du Club Risqué de Toronto ressemblaient à celles du club d'Ottawa, il y avait simplement beaucoup moins de monde, du moins pour le moment.

« J'ai l'impression de t'avoir déjà vue, dit Delorme. Tu vas à Extreme Fitness ?

– Ouais, j'y suis tous les jours, répondit la barmaid en souriant.

– Ça se voit.

– Oh, merci. Mon coach est un vrai nazi des abdos. Je t'ai déjà vue là-bas ? Ta tête ne me dit rien, j'avoue.

– C'est la perruque, dit Delorme.

– Ah ouais, je comprends. Tout le monde n'est pas aussi ouvert d'esprit sur ces choses-là.

– Tu m'étonnes. Je crois que je vais la prendre, cette Stella, tout compte fait. »

La salle de sport, c'était un coup de chance mais ce n'était pas non plus si incroyable : il y avait un Extreme Fitness juste en face du Club Risqué. Des rangées de femmes qui pédalaient sur des vélos d'appartement sans quitter leur smartphone des yeux.

La barmaid se pencha pour attraper une bière et Delorme ne put s'empêcher de remarquer ses jambes lisses, ses mollets et ses cuisses fermes. Super, se dit-elle, une flic lesbienne. Une rencontre de plus et je deviens un cliché ambulant. Pour contrebalancer, elle convoqua l'image de John Cardinal, leurs baisers durant cette nuit d'hiver qui paraissait si lointaine. Imaginer son visage, ses yeux tristes, lui fit mal au cœur. Elle décida de penser à autre chose.

« Darlene est venue ces derniers temps ?

– Darlene ! T'es une amie à lui ou tu le connais d'ici ?

– D'Algonquin Bay.

– Il est de là-bas ? Darlene, quel personnage. C'était top avec lui l'autre soir quand il a fait s'aligner trois types et… oups. J'en dis trop.

– Il faut être discrète, hein ?

– Carrément. Je n'ai rien dit.

– Ça ne fait rien. Regarde ça. » Delorme ouvrit son sac à main et sortit la photo qu'elle avait trouvée dans la petite enveloppe chez Miranda Heap.

« Oh, ça alors, c'est ici ! » La barmaid serra la photo contre elle et regarda à droite et à gauche avant de se pencher. « Ils sont vraiment sérieux avec l'interdiction de photos. C'est vrai, je n'ai jamais vu personne en prendre ici. Ils mettent les gens dehors s'ils les surprennent.

– Tu vois qu'il y a le logo du club juste derrière, dit Delorme.

– Range ça, chérie, vraiment. Je n'ai rien vu, OK ? » Elle se précipita à l'autre bout du bar pour servir quelqu'un d'autre.

Ça commençait à se remplir. Delorme resta au bar à attendre… eh bien, elle ne savait pas quoi. Elle ressentait une drôle de pulsation, une envie au fond d'elle. Les gens font tout le temps des choses qui ne sont pas leur genre. Je ne sais pas pourquoi j'ai fait ça, disent-ils, c'était une impulsion. Ou j'avais trop bu et un moment, je ne sais pas, j'ai perdu le contrôle. La police entend ça tout le temps.

Pas son genre. Delorme réfléchissait à ça. De l'autre côté de la salle, une femme était étendue sur un gros canapé rouge pendant que deux hommes l'embrassaient et la caressaient. Si elle ressentait autre chose que du désir, elle ne le montrait pas, et les embrassait tour à tour en déboutonnant leur chemise. Encore quelques minutes et ils se dirigeraient vers le troisième étage.

Pas son genre. Qui n'a pas envie de faire quelque chose qui ne soit pas son genre de temps à autre ? Inspectrice dans la police d'une petite ville, avec une réputation de bosseuse mais guère plus. Célibataire et ses trente-cinq ans qui s'éloignent. Vigoureuse, ça oui. Portée sur le sexe, aucun doute là-dessus. Mais pas légère, du moins jusqu'à présent, et aussi peu excentrique en la matière que n'importe quelle Canadienne moyenne. Ou du moins c'est ce que je croyais. Pourquoi je ne me ferais pas défoncer ? Ce n'est pas comme si j'allais faire de la peine à mon mari ou honte à mes enfants.

Un homme s'approcha et lui demanda timidement si elle voulait le rejoindre, lui et sa femme, dans une alcôve.

Delorme tourna la tête vers le recoin sombre. Une petite femme dans un haut lamé argenté sourit et lui fit un petit signe de la main.

« Je vais réfléchir, d'accord ? Je ne suis pas vraiment habituée à…

– Pas de souci. C'est juste qu'on te trouve vraiment mignonne et que tu avais l'air d'être toute seule, donc…

– Je vais voir.

– Nous non plus, on ne vient pas très souvent. C'est seulement la deuxième fois.

– OK. »

Il retourna à l'alcôve. Sa femme l'enfourcha et il passa ses bras autour de sa taille. Ils étaient tous les deux très attirants et Delorme crut déceler une affection sincère dans leur façon de se toucher.

Peut-être que ce n'est pas une question de genre. Peut-être que ça revient à découvrir une autre facette de ma personnalité, comme de tomber sur une pièce secrète dans une maison que tu as habitée toute ta vie. Elle regarda de nouveau le couple, l'homme caressait le dos de sa femme. Et si elle allait s'asseoir à côté d'eux, l'homme tendant la main pourrait la toucher ou peut-être la femme. Le simple fait d'y penser provoqua une réaction chimique – une fine couche de sueur sur son front, son rythme cardiaque grimpant vers le haut de sa zone d'aérobie – et un cocktail noir se déversa dans ses veines : désir, peur, culpabilité avec de subtiles notes de désespoir.

Elle se retourna pour attirer l'attention de la barmaid, son sac serré contre elle. « Je peux avoir une clé ? Je voudrais ranger ça. »

Elle lui en apporta une, accrochée à un élastique. « On fait le grand saut, hein ? »

Delorme dut sortir son téléphone de son sac pour trouver son argent. Quand elle le posa sur le bar, il s'alluma et se mit à vibrer. Elle regarda l'écran. John Cardinal. Un sanglot gonfla dans sa poitrine. Elle prit l'appel.

« Bon Dieu, enfin tu réponds. Dans combien de temps tu peux être à Toronto ?

– J'y suis. Pourquoi ?

– Hayley Babstock a été enlevée. »

Quand Hayley revint à elle, elle crut qu'elle était sur le chemin de la plage. Sa mère et son père qui écoutaient de la musique classique ou les infos à l'avant pendant qu'elle se pelotonnait sur la banquette arrière. Chaque année, ils allaient à Cape Cod en voiture (alors qu'ils auraient facilement pu prendre un vol en première classe) parce que son père trouvait ça relaxant de conduire. Ils logeaient dans une véritable petite bonbonnière à Wellfleet.

Ses parents étaient si heureux pendant ces vacances. C'était le seul moment où Hayley avait l'impression de vivre dans une famille comme celles que l'on voyait à la télé. Tout le monde était si proche et joyeux, surtout son père. Août était le seul mois où elle pouvait passer beaucoup de temps avec lui. Il faisait des châteaux de sable avec elle, des puzzles sur la grande table de la salle à manger et ils jouaient à des jeux de société. Ils lisaient tous les trois, dévorant des piles de livres et de magazines.

Mais ce n'était pas leur voiture et elle n'était pas une petite fille. Ses bras et ses jambes lui semblaient épais et engourdis. Elle essaya de s'étirer mais elle avait les mains et les pieds attachés. Elle avait un mouchoir dans la bouche et un bâillon si serré qu'elle ne put pas le pousser avec sa langue. Elle n'avait pas les yeux bandés.

Elle se souvint de la ruelle, de l'homme de la boîte de sécurité, de l'objet dans sa main. Une aiguille, ça signifiait qu'il y avait eu préméditation, un plan élaboré, et elle eut une soudaine envie de hurler. Elle se força à prendre de profondes inspirations.

Une autoroute – surface lisse, vitesse constante – une grosse autoroute. Le bruit des camions qui les dépassaient mais pas celui du trafic venant en sens inverse. Il n'y avait pas de fenêtres mais des lumières traversaient l'habitacle à intervalles réguliers.

L'autoroute 400 ou 401 ou la QEW. À n'importe quel moment, la moitié du Canada se trouvait sur l'un de ces axes.

Ce qu'il lui avait injecté ne faisait plus effet. Elle pouvait agiter les doigts et les pieds et tourner la tête. Elle posa les doigts sur les parois métalliques de la camionnette. Elle appuya dessus autant que possible pour laisser des empreintes. Elle allait s'en sortir. Elle allait se tirer de là, on allait retrouver la camionnette et on allait la croire. Ses empreintes le feraient condamner.

Elle se tordit le cou pour le regarder. Une partie de son profil, le nez fort, des cheveux de la couleur d'une pièce sale, plaqués en arrière. Il se retourna vers elle et elle referma les yeux une seconde trop tard. Quelques instants plus tard, le balancement dû à l'inertie quand il changea de voie. Encore un mouvement vers la droite, puis il ralentit et s'arrêta. Le bruit des voitures qui passaient.

Hayley se pressa contre les sièges, s'attendant à le voir ouvrir la porte arrière. Mais un panneau latéral coulissa et il apparut juste à côté d'elle. Il tenait l'aiguille vers le haut, à hauteur d'épaule. Elle se débattit et essaya de lui mettre des coups de pied.

Extrait du cahier bleu

Je suis une personne douée d'une vision scientifique et matérialiste de l'existence. Pas un homme qui s'attache aux concepts de destin, prédétermination ou tragédie. Mais pour ce qui concerne le chapitre de ma vie qui s'est ouvert avec l'arrivée de Rebecca à Arcosaur, je suis régulièrement inspiré par l'idée médiévale de Fortune.

Je ne parle pas de la roue de la fortune, une jolie métaphore pour une situation commune qui consiste à passer du sommet au fond du seau d'une seconde à l'autre, ou du moins à emprunter une trajectoire résolument descendante. Mais la chance, oui, la chance, bonne ou mauvaise, imprime sa patte dans les affaires d'un homme bien plus que les efforts ne sont récompensés ou que l'amour ne guérit tout. On voit régulièrement des idiots tout en haut et des hommes bien tomber en disgrâce.

Ma formation scientifique ne m'était d'aucune utilité pour expliquer ce qui s'était passé jusqu'alors, sans même parler de ce qui était à venir. Pour ne prendre qu'un exemple, quelle était la probabilité pour que ces deux catastrophes – l'une un désastre géodynamique (enfin, relevant de la dynamique des glaces plus précisément), l'autre un drame de la psychologie humaine – frappent simultanément ? Prise individuellement, chacune était assez vraisemblable. Les îles de glace craquent et se fissurent toutes les heures. Et les affres du froid et de l'isolement tourmentent tous ceux dont la psyché n'est pas assez robuste. Mais leurs chances de cooccurrence sont infinitésimales et le fait qu'elles se soient produites ensemble est une injure au sens commun et à la moindre notion de justice. Mais il n'y a rien à faire contre cela. Et la Fortune s'est faite sans nous.

Nous étions toujours devant les corps de Jens Dahlberg et Raymond Deville quand le soleil s'est voilé. Nous avons regardé la tempête qui approchait.

Il nous faut leurs vêtements, ai-je dit, en m'agenouillant pour retirer la veste de Ray. J'ai dû l'asseoir pour tirer sur ses manches. Je me suis relevé et je l'ai tendue à Rebecca, qui a reculé.

Je ne peux pas faire ça.

Mets-la. Le vent va nous tuer. Enfile-la. Tant que l'humidité ne transperce pas, ça fera office d'isolant.

Kit, pour l'amour de Dieu.

Dieu n'est pas disponible. On a besoin de tous les vêtements qu'on peut trouver.

Rebecca m'aida à retirer le pantalon de Ray sans cesser de pleurer.

Mets-le par-dessus ton jean.

Je ne peux pas.

Il le faut. Je vais t'aider.

Je l'ai soutenue pendant qu'elle retirait une de ses bottes et enfilait le pantalon. On a ensuite recommencé l'opération avec l'autre jambe. Ray était assez petit mais malgré cela son pantalon était bien trop grand. Nous avons retroussé le bas et avec mon couteau j'ai fait un trou de plus dans sa ceinture. La veste n'était pas trop brûlée et avait une capuche fine, sans ficelles, pour la pluie. J'ai pris le polaire de Ray et je l'ai enfilé par-dessus le mien.

Il y a des gants dans les poches ?

Elle secoua la tête. Nous avons récupéré tout ce que nous pouvions : les crayons, la barre au chocolat, les pastilles pour la toux.

Je suis désolée d'avoir pleuré, a dit Rebecca. Je ne paniquerai plus, je te le promets. Qu'est-ce qu'on va faire ?

Il faut aller vers la tempête. Il n'y a que le mouvement qui nous permettra de rester chauds. Et au bout de l'île, il y a plein de rides de pression dans la glace, on pourra s'y abriter. Aide-moi à découper le reste de leurs vêtements, tout ce qui est sec.

Même pour quelqu'un vêtu de l'équipement adéquat, une tempête arctique est une expérience terrifiante. Des vents freinés par aucune colline et aucun arbre et réfrigérés par des étendues infinies de glace et d'eau gelée, des vents si puissants qu'ils vous coupent le souffle. Pour peu qu'ils aient soulevé de la neige, il faut aussi survivre à l'aveuglement et à une désorientation complète.

J'ai coupé le tissu pour en faire des bandeaux et des moufles de fortune et nous avons marché droit vers la tempête. Au début le vent était dépourvu de neige. Mais c'était un vent humide qui a rapidement fait geler nos sourcils. Mes bras et mon tronc, grâce aux doubles couches, ont conservé leur chaleur. Mais mes jambes et la peau de mes cuisses étaient brûlées par le froid.

Il n'était pas question de s'arrêter. Quand le vent était insupportable, nous lui tournions le dos et nous marchions à reculons. C'était comme d'essayer de pousser un bateau au sommet d'une montagne. Quand il baissait, nous nous retournions et repartions, toujours en mouvement.

Nous luttions depuis une heure quand la neige nous a frappés, de gros flocons qui se collaient à nos visages et aspiraient la chaleur comme des sangsues. La visibilité est tombée à vingt, trente mètres. Nous n'avions pas de boussole. De toute façon, ça ne nous aurait servi à rien ou presque si près du pôle magnétique. Nous marchions, guidés par rien d'autre que la direction du vent.

Le vent emportait avec lui une masse terrible de peur. On pourrait croire que le fait de ne pas savoir où on allait n'aggraverait pas l'adversité physique à laquelle nous étions confrontés, mais c'était bien le cas. Quand, durant les heures qui ont suivi, la neige a cessé, elle a été remplacée par le brouillard, un brouillard si dense qu'il s'accrochait à nos yeux comme la cécité elle-même. Le soleil était réduit à une trace gris clair sur le gris du ciel.

Nous devions négocier cette fine ligne que j'ai déjà mentionnée entre perdre de la chaleur par hypothermie et par sudation.

Parfois, nous devions ralentir notre allure jusqu'à ne plus pouvoir supporter le froid et l'humidité. Puis nous marchions plus vite, en regardant nos pieds (un sol lisse est une chose très rare dans l'Arctique), jusqu'à ce que notre propre sueur menace de nous tuer.

Il était impossible de savoir quelle proportion de notre île de glace il restait. Je ne savais même pas ce qui avait provoqué la débâcle – peut-être un haut-fond sur lequel la marée nous avait fait craquer comme un œuf. Non pas que ça ait eu la moindre importance.

Nous avons traversé le brouillard, dépassant les premiers abords de la douleur – aux hanches, dans le dos, les genoux, les chevilles – et poursuivi en direction de l'épuisement. Nous avons mis en place un programme de pauses : trois minutes toutes les demi-heures, cinq minutes toutes les heures. Il s'est avéré que cinq minutes, c'était trop : nous ne tenions jamais plus de quatre. Rebecca ne se plaignait pas. Aucun de nous ne disait quoi que ce soit. Nous nous arrêtions, prenions l'autre dans les bras, et nous nous frottions le dos et les bras, serrés l'un contre l'autre. Je sentais sa poitrine, sa respiration, sous les couches de vêtements. Son courage me transperçait.

Après des heures de marche, presque sept si j'en croyais ma montre, nous avons atteint une ride de pression dont les angles et les recoins coupaient admirablement du vent. Mais celui-ci était retombé et nous en avions moins besoin. Avec le brouillard, la température était descendue. Nous ne pouvions rester immobiles bien longtemps.

Ses bras autour de moi. Le battement de son cœur comme un soleil distant, invisible.

Elle s'est un peu reculée pour me regarder. L'épuisement dans ses yeux, là où je n'avais vu jusqu'alors que la jeunesse, la jeunesse et un millier de nuances d'émotions que je n'aurais pu nommer. Elle m'a dit qu'elle était désolée d'avoir été « aussi méchante » avec moi.

Je me suis dit qu'elle plaisantait.

Il y a deux choses que je regrette, a-t-elle dit. La première, c'est de ne pas avoir été honnête avec Kurt et avec moi-même. De ne pas avoir admis que je savais que je confondais admiration et amour et que je le conduisais dans un piège qu'il ne comprenait pas et dont il ne pourrait pas s'échapper. Et la deuxième, c'est d'avoir été méchante avec toi.

Être méchante. Ça avait quelque chose d'adolescent, comme on regrette d'avoir maltraité un animal de compagnie, le débile de la classe ou quelqu'un qui ne recherchait rien d'autre que de l'amitié.

J'ai joué à des jeux et je n'aurais pas dû. Je voulais tout ce que tu avais à offrir mais sans rien donner en échange. J'ai toujours été très égoïste.

Mais bien sûr, c'était moi qui avais été idiot, faible et égoïste. J'ai essayé de le lui dire et je me suis aperçu que la pureté de son esprit me rendait presque incapable de parler. J'aurais dû être fort et t'admirer à distance.

C'est tout ce que j'ai réussi à dire. Je ne pouvais qu'espérer qu'elle comprenne qu'il y avait bien plus.

Le brouillard qui s'accrochait. Nous avons dû nous relâcher et mettre nos mains dans nos poches.

Il faut continuer à bouger, ai-je dit.

Oui. Mais dans quelle direction ?

J'ai montré du doigt une trace gris pâle. Étant donné là où on a laissé Axel Heiberg, je pense que c'est le sud. Il devrait y avoir d'autres chaînes de rides, si on en a besoin. Et ça nous rapprochera du rivage.

Malgré l'incertitude, nous avons marché dans cette direction. Nous avions tous les deux très faim mais nous n'osions pas en parler. Le brouillard commençait à se lever et nous sentions sur nos visages la première caresse de la lumière.

Oh, mon Dieu.

C'était la première fois que Rebecca parlait depuis que nous avions exprimé nos regrets. Ce ton était nouveau. Un degré de désespoir plus profond. Je savais déjà, pour l'avoir vu dans les jumelles, ce qu'elle venait de comprendre. J'avais attendu qu'elle le découvre elle-même, ne pouvant me résoudre à le lui montrer.

Oh, mon Dieu, Kit. Mon Dieu.

Je sais.

Elle s'est arrêtée et j'ai cru qu'elle allait pleurer, mais elle était au-delà des larmes.

Je me suis arrêté à mon tour et nous sommes restés l'un à côté de l'autre, quelques centimètres d'Arctique entre nous, les yeux vers le rivage. Le soleil éclairait maintenant le flanc occidental enneigé des promontoires, les deux mêmes promontoires d'où nous étions partis plusieurs heures auparavant.

On n'a pas bougé, a dit Rebecca.

Le vent contraire avait transformé notre île en un tapis de course géant.

Nous n'avions pas bougé.

18

Cardinal attendait Delorme au bout de la ruelle, côté College Street. Elle arriva en taxi, ce qui était en soi inhabituel, et il y avait quelque chose chez elle qui semblait… clocher. Il n'aurait pas su dire ce que c'était exactement.

« Tout va bien ?

– Très bien. Pourquoi ça n'irait pas ?

– Eh bien, tu as dit que tu étais malade et…

– Qui a signalé l'enlèvement ? demanda-t-elle en s'engageant dans la ruelle en direction des lumières.

– Une chargée de cours qui venait chercher des copies. Hayley savait qu'elle devait passer. Quand elle est arrivée, elle a trouvé le vélo qui traînait par terre mais aucune trace d'Hayley.

– Comment ils ont su qu'il fallait t'appeler ?

– J'ai travaillé avec Art Drexler, le numéro 1 de la division 52 il y a une éternité. »

On les fit passer sous les rubans qui délimitaient la scène de crime et Cardinal présenta Delorme à Drexler. Il ne perdit pas de temps avec les amabilités.

« Pas besoin d'enfiler les combinaisons, on a terminé. »

Deux agents chargeaient un vélo de femme à l'arrière d'un fourgon.

« C'est le sien, précisa Cardinal. On dirait bien qu'elle n'est jamais arrivée chez elle.

– Elle non, mais lui oui », dit Drexler.

Il les conduisit au deuxième étage par l'échelle de secours. À l'intérieur, les agents de la scientifique remballaient leur matériel, leurs appareils photo et refermaient des mallettes.

« Je leur ai demandé de laisser quelques éléments sortis pour que vous puissiez les voir. D'abord le téléphone fixe. » Il prit le combiné, qui était enveloppé dans du plastique et couvert de poudre blanche, et appuya sur plusieurs touches. « Il y a une fonction pour retrouver automatiquement les messages archivés. Je le mets sur haut-parleur. » Le téléphone bipa une ou deux fois et une voix préenregistrée annonça qu'il y avait cinq messages sauvegardés. Drexler passa les quatre premiers. « Des étudiants et des chargés de cours. Mais écoutez ça. »

Coucou, ma chérie, c'est encore moi. Pourquoi je n'arrive pas à t'avoir sur ton portable ? Tu dois être en cours. Écoute, je sais que tu ne veux pas avoir de garde du corps mais j'ai quand même contacté une entreprise de sécurité. Leur meilleur gars va passer demain à 8 h 30.

« C'est Ronnie Babstock, dit Cardinal à Drexler, je le connais.

– Il l'a vu venir ? s'étonna Delorme. Et il ne nous a rien dit ? »

C'est capital que tu l'écoutes, disait encore Babstock. *Ces gens-là savent ce qu'ils font et il ne te fera pas perdre ton temps. Si tu as la moindre raison de craindre pour ta sécurité – n'importe laquelle –, appelle la police et dis-leur de contacter l'inspecteur John Cardinal de la police d'Algonquin Bay. Hayley, je t'en prie, sois prudente.*

« On dirait bien que quelqu'un d'autre a reçu le message, dit Drexler. Et regardez ça. »

Quelqu'un avait inscrit un chiffre sur le petit bloc posé à côté du téléphone.

« 79, lut Delorme. Ça pourrait être n'importe quoi. C'est son écriture ?

– C'est trop court pour qu'on puisse être sûrs, dit Drexler, mais les 7 et les 9 inscrits dans son carnet de chèques sont assez différents.

– On a eu des chiffres sur deux autres scènes, expliqua Cardinal. 25 sur l'une, 45 sur l'autre. Nous ne sommes pas cent pour cent sûrs de ce qu'ils veulent dire non plus.

– Eh bien, je pense qu'on peut raisonnablement penser que ce n'est pas l'adresse où on pourra le retrouver.

– Non, mais ça renferme peut-être une autre information.

– Vous êtes à la 52, fit Delorme, vous n'avez pas bossé avec un certain Loach par hasard ? Il est chez nous maintenant.

– Ouh là, vous pouvez le garder, ce connard.

– On aurait pu arriver ici plus vite, renchérit Cardinal, mais Loach fait tourner tout le monde en rond.

– Pour courir après ça. » Delorme appuya sur la touche Lecture de son téléphone et l'homme-mystère leur annonça avec un fort accent canadien français qu'il allait frapper de nouveau.

Drexler se décomposa. « C'est lui, votre suspect ?

– Celui de Loach.

– Est-ce qu'il y a dans ce message quoi que ce soit qui ne soit pas connu du public ? Une info confidentielle ?

– Oui, répondit Cardinal, il fait allusion au 25 et au 45, indirectement. On ne sait pas comment il a eu ces infos, il a dû y avoir une fuite. Ce n'est pas de courir après cette voix le plus fou, c'est juste que...

– C'est juste que ça ne devrait pas être la priorité. Loach est comme ça. Et c'est clair que vous avez une fuite. Et Loach, comme vous avez dû le remarquer, est une vraie pipelette. Incapable de la fermer. » Il se tourna vers le dernier agent présent sur la scène qui attendait, mains croisées et tête baissée, près de la porte. « Jackson ! Désolé ! Vous pouvez y aller, les gars, on arrive dans une minute. »

Quand il fut parti, Drexler reprit : « Je n'aime pas dire du mal de mes anciens collègues mais avec Loach je vais faire une exception. Ce qu'il faut savoir sur lui – bon, il y a beaucoup à dire – mais le plus important, c'est que quand il a une idée en tête, elle ne le lâche plus.

– On a remarqué.

– Deuxième chose, Vernon Loach ne joue pas en équipe. Vous réussissez quelque chose, c'est son œuvre. Personne d'autre n'a participé. Si ça foire, il n'a rien à voir là-dedans.

– Notre commissaire est assez impressionné par le dossier Montrose, dit Cardinal.

– Normal, vu la couverture médiatique. Mais l'affaire a été résolue parce qu'une vingtaine d'enquêteurs ont travaillé le soir et le week-end pour recouper tous les petits détails qui font les bons dossiers. Et puis on a eu de la chance que M. Montrose utilise une arme à feu qui apparaissait dans un autre dossier vieux de huit ans.

– C'est Loach qui a remonté cette piste ?

– C'était moi mais ça aurait pu être n'importe lequel d'entre nous. Je ne peux même pas vous dire combien de dossiers ont foiré au tribunal à cause de Loach. Des chaînes de preuves criblées de conneries. Des témoignages qui capotaient. Rien que d'y penser, ma tension remonte, s'esclaffa Drexler. Et pendant tout ce temps, il n'arrête pas de jacter et de dire que son heure va venir.

– Pour l'heure, il semble s'attendre à une biographie réalisée par la CBC », dit Delorme.

Drexler secoua la tête. « C'est à se rouler par terre, sauf que ça donne aussi envie de pleurer. Je ne peux même pas dire que je détestais Loach car je m'efforce de ne détester personne, mais c'était le cas de beaucoup de monde. En particulier un agent nommé Chuck Rakov. Rakov se foutait tout le temps de lui, ouvertement. Il refusait de le prendre au sérieux. Loach a fini par le faire virer pour une connerie – il l'a fait *renvoyer* –, ce qui est pratiquement impossible comme vous le savez. Venez au commissariat avec moi. Les autres vont mettre du temps à rédiger leurs rapports, autant que vous ayez tout directement. »

Drexler était tout l'inverse de Loach. Il convoqua tout le monde rapidement et demanda à Cardinal et Delorme de se lever pour les présenter.

« Hayley Babstock a été enlevée dans notre ville et ce dossier est sans conteste le nôtre mais ces deux inspecteurs sont nos alliés. Ils en savent largement plus que nous à l'heure actuelle et je leur demanderai de vous mettre à jour une fois que tout le monde aura été briefé.

« On a un chiffre inscrit sur la scène du crime qui correspond peut-être à l'écriture du maniaque. Ce chiffre est le 79. Cardinal et Delorme m'ont signalé que des chiffres avaient été retrouvés sur les deux autres scènes : le 25 et le 45.

– C'est peut-être une combinaison, dit quelqu'un, pour ouvrir un cadenas. »

D'autres évoquèrent un code d'ordinateur ou un mot de passe.

« Ça peut être beaucoup de choses, dit Drexler. Il va falloir qu'on y réfléchisse ensemble. »

Les enquêteurs se levèrent les uns après les autres pour donner un résumé de leurs découvertes. Une caméra de surveillance de l'autre côté de College Street avait filmé une camionnette blanche qui débouchait de la ruelle. Les services techniques étaient en train d'essayer d'agrandir l'image pour pouvoir lire le numéro de la plaque. Mais il y avait deux autres issues qui elles n'étaient pas filmées.

Cardinal se leva pour faire le point sur ce qu'ils savaient pour le moment. Quand il eut terminé, quelqu'un demanda s'il avait une idée de la direction qu'avait pu prendre le ravisseur.

« Peut-être Algonquin Bay : il y a tué deux personnes, dont l'une enlevée à Ottawa, mais sa première victime était à Parry Sound. Sinon... un endroit froid. En ce moment, j'explore une hypothèse selon laquelle les meurtres ne visent pas directement les victimes mais leur mari – et dans ce cas précis, son père. Tous ces hommes ont travaillé ensemble il y a des années, un fait qu'ils ont réussi à cacher jusqu'à aujourd'hui. Dès que j'en sais plus, je vous tiens au courant.

– De notre côté, je veux qu'on mette le paquet sur cette camionnette blanche, dit Drexler. Je veux que tous les voisins soient interrogés avec soin. N'oubliez pas que ce type a probablement traîné sur les lieux pour faire des repérages, qu'il a peut-être suivi la victime. Il y a forcément quelqu'un qui l'a vu. »

Alors que son équipe s'éparpillait, Drexler emmena Cardinal et Delorme dans une salle de réunion où était installé un ordinateur noir tout neuf équipé d'un écran extra-large.

« J'arrive dans une minute », dit-il, les laissant tous les deux.

Ils restèrent silencieux. Du matériel coûteux tout autour d'eux, des meubles de bien meilleure qualité que les leurs. Chouinard a raison, pensa Delorme, nous ne sommes pas Toronto.

« C'est bien que tu sois venue », dit Cardinal.

Elle le regarda. « Ouais.

– Ça ne me plaît pas quand tu n'es pas dans le coin. »

Delorme n'avait rien à ajouter. Ou au contraire, beaucoup de choses à dire. Elle fut prise d'une soudaine envie de dormir. De perdre conscience. Elle voyait bien que Cardinal était transformé en fox-terrier, prêt à bosser toute la nuit.

Drexler revint avec une clé USB qu'il inséra dans l'ordinateur. Il posa le clavier sans fil sur ses genoux. Quelques clics et l'écran s'alluma sur un groupe de gens flous. Des tintements de verres, des rires, des conversations qui se superposaient. Une voix s'élevait au-dessus des autres.

« C'est Loach », dit Delorme.

Non, j'en parlais avec les gars de leur cabinet, ils envisagent vraiment de me désigner comme candidat.

Drexler sourit. « Il n'a pas changé, pas vrai ? Mais regardez, et désolé pour la qualité. Le type qui a filmé était bourré, à l'évidence. Ce qui est intéressant, pour vous, c'est que ce n'est pas Loach justement… »

La caméra bougea à nouveau et se posa sur un homme au physique de bouledogue vêtu d'une veste de chasseur et d'un chapeau.

« C'est Chuck Rakov. Un marrant de service, ce Chuck, mais c'est un bon enquêteur. Le genre de type qu'on veut avoir pour partenaire, ça ne fait pas un pli. »

Rakov porta un téléphone à son oreille. *C'est bien ça, chérie… Le Premier ministre… Je sais… Ouais, moi personnellement. Il faut que j'y aille.*

« Super imitateur, dit Cardinal en se levant, il devrait passer à la télé. Art, est-ce qu'il y a un bureau que je pourrais emprunter pendant quelques heures ?

– Attends, attends, il faut que tu voies ça. » Drexler accélérait la vidéo. « Voilà, on y est. »

Des cris enthousiastes et Rakov, toujours vacillant sur sa chaise, se lança dans une nouvelle imitation. *J'vais vous dire la vérité, là ! On est arrivé à la cahute et là, la blonde et son chum sont assis côte-côte sur la balancelle. Et le chum, là, il avait pô d'vêtements, rien du tout !*

Cardinal et Delorme se regardèrent.

« C'est lui, dit Delorme. Merde, c'est l'homme-mystère. »

Drexler mit sur Pause. « Loach a gonflé tous ceux qui ont bossé avec lui. Comme vous le savez sans doute. » Il désigna l'écran avec la télécommande. « Mais je vous garantis que personne ne le déteste autant que Chuck Rakov. »

Drexler trouva un bureau inoccupé pour Cardinal, qui y resta après que Delorme fut retournée à son hôtel et Drexler chez lui. Il regarda la brochure qu'il avait achetée aux frères eBay : les quatre jeunes hommes et leur prototype. Le brouhaha d'un commissariat de grande ville finit par disparaître à mesure qu'il se concentrait sur sa tâche.

Il ouvrit les moteurs de recherche, commençant par taper *Arctique, crime* et *1992*. À chaque réponse, il réduisait un peu le champ. *LARS, recherches, robotique*. Il ne trouva rien de convaincant. Il finit par ajouter *meurtre, île Axel Heiberg*, ce qui fit apparaître un JPEG d'une vieille coupure de presse. « DRAME DANS UNE STATION POLAIRE : UN CHERCHEUR ACCUSÉ DE MEURTRE ».

L'article était court mais une lecture rapide donna suffisamment de noms et de dates à Cardinal pour lui permettre d'affiner encore sa recherche. Cette histoire étrange se résumait à ça : le massacre perpétré par un chercheur devenu fou avait été interrompu par la désintégration de leur camp situé sur une île de glace. Cardinal avait un vague souvenir des événements – très vague car cet été-là il était lui-même aux prises avec une enquête extrêmement compliquée. Et puis Catherine était hospitalisée juste à ce moment. Il n'avait pas de temps à accorder à des faits divers qui se déroulaient à des milliers de kilomètres de sa juridiction.

L'île Axel Heiberg appartenait au Nunavut, tout au nord du pays. Il allait devoir attendre le lendemain matin pour pouvoir contacter leurs services pénitentiaires. Il éteignit sa lampe de bureau, laissa un mot de remerciement à Drexler et rentra à l'hôtel.

Il neigeait depuis cinquante ou soixante kilomètres. De gros flocons paresseux qui n'étaient pas pressés de toucher la chaussée. Ils tourbillonnaient dans la lumière des phares, près des vitres et s'accrochaient au pare-brise, en dehors des arcs sales laissés par les essuie-glaces.

La circulation était moins dense et il n'avait pas vu la moindre voiture de police depuis Toronto. À l'arrière, la fille était silencieuse et ne semblait pas particulièrement angoissée. Son inquiétude principale était de ne pas rater la sortie, la neige rendait beaucoup de panneaux illisibles. Elle finit par apparaître sur la droite et il la vit assez tôt pour mettre son clignotant, ralentir et bifurquer.

Autre route, autre voyage. Plus étroite – les arbres épais se refermaient sur eux –, plus sombre. Les déneigeuses n'étaient pas passées par là et la neige redoublait. La visibilité chutait.

Ils allaient rouler quinze ou vingt minutes sur cette route avant de bifurquer encore. Au-delà de ses phares, les ténèbres. Aucune autre lumière à l'horizon. Il alluma le plafonnier et regarda la fille. Toujours HS. Le virage serré ne l'avait pas réveillée, pas plus que la route cahoteuse.

Quand ils furent percutés, il ne sut pas ce qui les avait frappés. Il n'avait même rien entendu. Il se retourna vers l'avant, le pare-brise fondit sur lui et la camionnette fit un tête-à-queue. Il ne voyait rien à travers le verre brisé et le volant était rendu poisseux par le sang. Il y avait de bonnes chances pour qu'ils fassent un tonneau mais par miracle ils tournoyèrent sans basculer.

Durie était aveuglé, il ne savait pas où il allait atterrir pendant que le van tournoyait et il n'eut aucune idée de la direction dans laquelle ils étaient tournés quand il s'arrêta.

Sa tête était une sphère remplie de nuages noirs, il était incapable de réfléchir. Il gardait les yeux fermés à cause du sang et quand il essaya de les frotter, son bras fut retenu par quelque chose. Il n'avait pas mal mais il se disait que c'était peut-être simplement le choc. Il était sur le flanc et quelque chose pesait lourdement sur sa hanche et ses jambes. Le siège du conducteur était démonté, ça, il le sentait. Il penchait loin vers l'arrière si bien qu'il était sur le point de basculer.

Il entendit un reniflement. Il tourna la tête. Le pare-brise éclaté, l'obscurité. D'étranges formes qui dépassaient se découpaient sur le siège passager. Des bois. Le reniflement était le dernier souffle de la bête.

La pression sur son flanc, c'était l'airbag.

Il se dit que la fille devait être saine et sauve, il l'avait bien attachée. Il libéra son bras gauche et s'essuya les yeux. Oui, elle était un peu tordue et la couverture avait volé mais autrement elle avait l'air d'aller.

Il essaya de se hisser en s'accrochant au siège passager mais n'arriva à rien. Il trouva la boucle de la ceinture de sécurité, se détacha et parvint presque à s'extraire de son siège. Il était couvert de sang mais c'était peut-être celui de l'animal. Le reniflement avait cessé.

Une portière claqua.

Durie chercha la boîte à gants à tâtons et en sortit le Glock. Il se libéra de l'airbag, ouvrit la portière passager et s'extirpa du van, un bracelet de neige froide sur ses deux poignets.

« Nom de Dieu, fit quelqu'un, ça va ? »

Durie n'entendit aucun bruit de pas. Il attrapa la poignée et se redressa en soufflant. Il glissa son pistolet sous son manteau mais garda la main dessus. La crosse était collante de sang.

Il tituba jusqu'à l'arrière du van en s'appuyant contre la carrosserie et mit sa main en visière pour se protéger de la lumière des phares et de la lampe de poche qu'avait sortie l'automobiliste.

« Nom de Dieu, dit-il encore, immobile, sa lampe braquée vers Durie. Tout va bien ?

– Ouais.

– Vous êtes sûr ?

– Ouais.

– Vous êtes couvert de sang.

– Du sang de caribou. Je vais bien.

– Pas le caribou. C'est rare qu'ils s'aventurent aussi loin au sud. » Il fit un geste avec sa lampe de poche. « Il y a quelqu'un d'autre à l'intérieur ?

– Non. »

L'homme s'approcha de la camionnette. Elle était sur le bas-côté, pratiquement à angle droit, le caribou mort à moitié enfoncé dans l'habitacle.

Durie serra le Glock dans sa poche. Il reprenait un peu ses esprits mais malgré cela, il ne voyait pas beaucoup d'alternatives.

« Pas si gros pour un caribou, remarqua l'homme. La camionnette est foutue. Dites-moi ce qu'il vous faut.

– Laissez tomber, dit Durie, déposez-moi quelque part, ça ira. »

L'homme tira la poignée de la porte latérale.

« Laissez ça », dit Durie.

L'homme tira encore et la porte coulissa. « Qu'est-ce que c'est que ce bordel ? »

Il fit un pas en arrière et dévisagea Durie, debout dans la lumière des phares.

Il se pencha dans le van et quand il se redressa, il dit : « La fille a l'air d'aller mais elle est assommée. Vous avez dû prendre un choc à la tête, mon vieux, vous avez dit qu'il n'y avait personne dans la camionnette. Vous ne devriez pas laisser vos passagers dormir derrière comme ça, même s'ils sont attachés. »

Il mit sa main dans sa poche.

« Ne faites pas ça.

– Il faut que j'appelle une ambulance.

– On n'a pas besoin d'ambulance.

– J'appelle.

– Aidez-moi à la mettre dans votre voiture, ça ira.

– Hors de question, je ne vais pas déplacer une personne inconsciente. » Il tendit son téléphone devant lui pour se masquer les yeux. « Ça va ? Et si vous alliez vous asseoir dans mon camion, hein ? »

Il approcha le téléphone de son visage pour composer le numéro. L'écran éclaira ses traits – bonhomme, inoffensif, vieillissant – et le nuage de flocons qui l'entourait.

Extrait du cahier bleu

Le vent contraire nous avait rapprochés des rives d'Axel Heiberg, une île riche en glaciers, dont un que je connaissais bien. Elle offrait au chercheur enthousiaste tout ce que l'Arctique a à offrir : désert, calotte glaciaire, eau de fusion et lacs fermés par les glaces. Montagneuse au centre, mais son altitude reste en grande partie proche du niveau de la mer. Quelques petites années plus tôt, j'avais prélevé des carottes du champ de glace de Midden, suivi le glacier de Crusoé jusqu'à son terminus et observé sa source d'eau de fusion qui venait de commencer à couler. J'avais découvert de larges dépôts de glace morte qui était restée cachée pendant des siècles sous des couches de toundra et de terre : la trace d'un glacier antérieur et un aperçu dans les recoins les plus profonds du temps planétaire.

Rebecca et moi dérivions maintenant vers le sud du glacier Iceberg, le seul de Heiberg qui atteigne la mer. Mais nous faisions face à trente mètres d'eau qui nous séparaient du gravier préglaciaire. Trente mètres que nous n'avions aucun moyen de franchir.

La terreur de l'hypothermie montait en moi. Le fait est que peu d'explorateurs du XIXe siècle sont morts de froid. Ils ont été emportés par le scorbut, la malnutrition et dans certains cas par un empoisonnement au plomb causé par des conserves défectueuses. Ils recevaient l'aide des chasseurs inuits qui avaient une connaissance intime du paysage et possédaient des cartes manuscrites qui pourraient encore servir aujourd'hui ainsi que des tenues qui, en dehors de leur poids, n'ont jamais été surpassées en matière de protection contre le froid.

Les températures auxquelles Rebecca et moi étions confrontés n'étaient pas si sévères pour l'Arctique. Pour ce que je pouvais en juger, elles oscillaient entre moins dix et quelques degrés au-dessus de zéro. Mais nous n'étions pas correctement vêtus. Malgré tout, le corps humain conserve très bien sa chaleur, jusqu'à ce que d'autres facteurs entrent en jeu : humidité – que nous avions jusqu'à présent réussi à éviter en grande partie –, faim, épuisement. Nous marchions depuis des heures, sans nourriture. Notre température baissait et l'hypothermie, malgré les vêtements que nous avions récupérés sur les cadavres, était imminente.

Il y a un promontoire juste au-dessus du Strand Fiord, ai-je dit. La glace dérivante a tendance à s'y entasser, on arrivera peut-être à atteindre la rive. Si oui, on pourra rejoindre la station LARS.

Le visage de Rebecca était gris et ses lèvres avaient une teinte bleutée – un mauvais signe. Elle a hoché la tête sans rien dire.

J'ai sorti ma radio et j'ai cherché une fréquence de transmission. Rien que le halètement et les craquements des tempêtes solaires. J'ai tiré l'antenne que j'ai pointée dans la direction de la station. Il est parfois possible d'atteindre des récepteurs normalement hors de portée comme avec une CB. Les chances de succès étaient maigres mais j'ai lancé un autre appel à l'aide malgré tout.

Je ne sais pas combien de temps nous avons ensuite marché. Les conditions polaires n'aident pas à avoir la notion du temps. Le brouillard s'était levé mais, sans idée de la durée, impossible d'évaluer la distance parcourue. Je savais que nous étions sûrement près du Strand Fiord, mais je ne savais pas où.

Et puis, enfin, nous avons eu un brin de chance. Nous étions coincés non pas contre le rivage, mais contre une autre glace flottante. Elle n'était pas parfaitement encastrée, mais nous avons trouvé un point où l'écart était d'environ un mètre cinquante, peut-être un peu moins. Ça ne paraît pas énorme mais le sol était couvert de neige fondue et nous étions exténués.

C'est quoi ton record à la longueur ? ai-je demandé.

C'est impossible. Le bord va se détacher.

C'est de la glace qui s'est accumulée depuis plusieurs années, c'est pour ça qu'elle est bleue. Elle fait plusieurs mètres d'épaisseur jusqu'au bord. Tu veux que j'y aille en premier ?

Je m'en fiche.

Elle frissonnait violemment, son corps était de moins en moins capable de générer de la chaleur.

J'ai décidé de passer en premier. J'allais ainsi pouvoir l'attraper si jamais elle avait du mal à atteindre l'autre rive. Nous savions tous les deux que même quelques secondes d'exposition à l'eau seraient synonymes d'une mort certaine.

Si je tombe, a-t-elle dit, attrape ma main si tu y arrives mais ne me sors pas de l'eau.

Tu ne vas pas tomber.

Nous avons reculé de quelques mètres et j'ai commencé ma course d'élan sans prévenir. En atterrissant de l'autre côté, j'ai trébuché et j'ai plongé les mains et les avant-bras dans la neige fondue : la garantie de finir mutilé par des engelures. Puis Rebecca a couru vers moi, elle a franchi le précipice et je l'ai réceptionnée.

Nous avons déchiré le tee-shirt de Ray Deville en morceaux pour m'envelopper les mains et les avant-bras puis nous sommes repartis. Nous avons atteint la terre en moins d'une heure. La glace flottante avait atterri loin sur le rivage pierreux et il n'a pas fallu longtemps pour trouver un point où le saut jusqu'à la plage de galets n'était pas trop haut.

Si on atteint le Strand Fiord on peut arriver à la station LARS, ai-je répété. À cette époque de l'année, il y aura forcément quelqu'un. Et même s'il n'y a personne, on trouvera un abri et des vivres.

Rebecca ne disait rien.

Tu m'as entendu ?

Quoi ? Oui, j'ai entendu, a-t-elle dit, mais elle restait immobile, les yeux rivés sur les galets. Elle tremblait encore, je l'ai serrée contre moi et je lui ai frotté les bras. Les miens, en particulier le gauche, commençaient à s'engourdir. Heiberg a un paysage austère – de là où nous étions, on ne voyait que des graviers et des rochers chauves – mais la sensation de la terre ferme sous mes bottes était encourageante.

Alors allons-y. En route. Tu passes devant. Et je veux que tu me parles.

Je vais mourir, Kit. Je vais mourir et je n'ai pas envie de parler. Je n'ai pas envie de marcher non plus. Je veux simplement m'allonger.

Je l'ai fait marcher devant moi et je l'ai forcée à me parler. Elle m'a décrit des lieux où elle avait vécu : une ferme dans la vallée de la rivière Qu'Appelle, dans la Saskatchewan, une petite chambre dans une maison qu'elle partageait avec cinq personnes. Elle a décrit les couleurs des champs, les millions de teintes de vert et d'or et m'a parlé d'une cabane en rondins qu'elle et Kurt avaient louée un été à Georgian Bay, et des éclats blancs qui semblent s'élever du lac Huron selon les marées et selon la lumière.

Je voulais qu'elle continue de parler pour pouvoir juger son état mental. Elle est restée cohérente durant les deux ou trois heures suivantes. Malgré les larmes.

Ce n'est pas moi qui pleure, Kit. C'est seulement mon corps. Il est si froid, mon corps. Il n'a jamais été aussi froid.

Tu as parlé d'une autre maison où tu étais en coloc. Qui vivait dedans ? Où c'était ?

Ottawa, quand j'étais en master. Une nuit, je suis rentrée tard, tous les autres étaient partis en vacances. Je suis rentrée et le proprio était assis là, dans le noir. Il s'était dit que je me sentais peut-être seule, et c'était vrai, mais il m'a flanqué une peur bleue.

Peu à peu, son esprit a commencé à s'égarer. Elle me parlait d'un chat qu'elle avait quand elle était petite, je crois, et l'instant d'après d'un homme – un camarade de promo ? – qui démontait sa moto et posait le moteur sur la table de la cuisine pour le décrasser.

On dirait Wyndham, ai-je remarqué.

Oui, Wyndham était là. Et Kurt aussi, plus tard. Tout le monde était là.

À Ottawa.

Oui. Enfin, je crois. Qu'est-ce que je viens de dire ?

Ses divagations étaient peut-être causées par la fatigue mais je l'ai fait parler encore et j'ai bien vu que c'était autre chose : un signe d'une hypothermie plus profonde. Nous disposions alors de deux sources de chaleur potentielles : le pistolet à fusées et le briquet jetable que je gardais toujours sur moi pour chauffer les serrures gelées par exemple. Nous n'avions rien qui ressemblait à du petit bois et Rebecca avait surtout besoin de chaleur interne. Avec mon briquet et les restes du tee-shirt de Ray nous aurions pu faire fondre de la neige pour la boire, mais nous n'avions pas de réceptacle, pas de tasse, pas de boîte de conserve, rien.

Nous étions tous les deux assoiffés. Un campeur peut manger de la neige pour s'hydrater mais ça aurait fait baisser d'autant plus notre température corporelle. Nous avons trouvé de l'eau de fusion au creux d'un rocher et nous nous sommes allongés sur le ventre pour la boire. Elle avait été réchauffée par le soleil et, bien que froide, elle était loin d'être glaciale.

La confusion de Rebecca allait et venait. Elle se croyait parfois seule et s'arrêtait alors brusquement pour appeler Kurt. D'autres fois, elle me prenait pour son frère ou son père.

Tu te souviens de la fois où Maman a pris le bateau et s'est perdue ? Est-ce que Mamie sera là pour Noël ?

Puis elle me regardait, atterrée.

Le vent était si fort que l'engourdissement avait gagné le dos de mes mains et mes poignets. Nous faisions une pause à l'abri de deux blocs de glace striés et Rebecca a fait passer mes mains sous ses vêtements pour les réchauffer.

Je ne veux pas te voler ta chaleur, ai-je dit.

Impossible, elle est déjà à toi.

Nous nous sommes arrêtés trop longtemps cette fois-ci et la fatigue a manqué de nous consumer. Nous marchions depuis un jour et demi sans rien d'autre à manger que quelques pastilles pour la gorge et des morceaux de barre chocolatée. Nous avons mangé les derniers puis j'ai escaladé une formation rocheuse lisse, suivi de Rebecca. La pente était raisonnable mais ça nous donnait l'impression de gravir une montagne. Quand nous avons atteint le sommet, j'ai tendu la main vers le lointain.

C'est le Petit Cervin, et là, Bastion Ridge. Nous ne sommes pas trop loin.

Rebecca était allongée sur un rocher.

Lève-toi, la pierre va aspirer toute ta chaleur corporelle.

Elle ne disait rien. Je me suis approché et je l'ai tirée par le poignet. Elle pleurait, m'insultait et m'ordonnait de la laisser tranquille.

Je ne vais pas te laisser mourir ici. En avant.

Nous avons repris notre marche. Je peinais, mon pas était faible, mais les jambes de Rebecca ne lui obéissaient plus. À chaque degré qu'elle perdait, elle s'enfonçait dans une hypothermie dont la guérison était de plus en plus improbable. Elle titubait et tombait, titubait et tombait encore, et chaque fois, comme un boxeur qui a subi plus de coups que ce que n'importe quel être humain est capable d'endurer, il lui fallait plus de temps pour se relever.

Je savais que nous n'atteindrions pas la station LARS. Un trio de rochers apparut sur notre gauche, nous n'allions rien trouver qui s'apparente davantage à un abri. Rebecca s'assit sur les graviers, s'adossa à un rocher et ferma les yeux.

Tu ferais mieux de t'accroupir pour limiter le contact avec la roche.

Elle n'a pas réagi.

J'ai sorti la radio pour parler une nouvelle fois dans le silence et les craquements, ne recevant aucune réponse. J'ai déchiré notre tas de loques et j'en ai fait une petite pile. J'ai brisé la petite collection de crayons que nous avions pris sur les corps et je les ai posés dessus. J'ai mis le feu au tissu.

J'ai dû secouer Rebecca violemment pour la réveiller. Elle s'est décollée du rocher et s'est pelotonnée près du minuscule feu.

Non, ma chérie, il faut que tu t'assoies.

Un gémissement léger. Des sanglots secs.

J'avais observé mes propres facultés vaciller au cours des dernières heures. J'avais cru un moment que nous étions en marche vers le camp sur Ellesmere – le souvenir d'un événement vieux d'une douzaine d'années au moins. Quand j'ai entendu un bourdonnement lointain, j'ai cru d'abord à une sensation interne, un acouphène, puis à une hallucination, car rien ne bougeait dans le paysage en dehors des nuages gris et violets.

Mais la chaleur des crayons et du tissu brûlés, pour faible qu'elle fût, m'avait légèrement requinqué. Et quand j'ai cru voir un flash sur une crête un peu plus loin au nord, j'ai attrapé le rocher et je me suis redressé. Des voix. La voix d'un homme. Qui en appelait d'autres. Un autre flash, comme le reflet du soleil sur le métal.

Des gens, ai-je dit. Il y a des gens.

Je me suis agenouillé à côté de Rebecca et j'ai fouillé sous ses couches de vêtements pour trouver le pistolet à fusées et notre dernière cartouche.

19

Delorme savait qu'elle aurait dû rester avec Cardinal. Avant qu'elle quitte le commissariat la veille, il lui avait dit qu'il passerait la chercher de bonne heure à son hôtel. S'ils n'avaient pas d'autre piste, ils suivraient peut-être Drexler quand il irait parler à l'ancien agent Rakov – et probablement l'arrêter.

Mais elle lui avait répondu qu'elle voulait boucler l'affaire Priest/Choquette et qu'elle était à peu près certaine de pouvoir y arriver en un jour, deux au maximum. Elle s'était dit que Cardinal allait lui faire la morale mais il s'est contenté de la fixer sans un mot avec ses grands yeux tristes. Puis il déclara : « Lise, fais ce que tu as à faire. Je te retrouve à Algonquin Bay. » Traduction : c'est *toi* qui t'expliqueras avec Chouinard.

Il faisait encore sombre quand elle quitta la ville. Même Toronto était calme quand on se levait avant 6 heures. Elle remonta la vallée de Don, prit la 401 et arriva à Kingston sans le moindre souci. Même le personnel de la prison se montra raisonnable.

On fit entrer Fritz Reicher – menotté cette fois-ci – et il s'assit face à elle, lui jetant un regard méfiant sous sa frange blonde.

« Je vous ai apporté un cadeau. »

Elle fit glisser un petit sac plastique sur la table. Les menottes cliquetèrent quand il en sortit un beau livre. *Chiens de New York*. Il le posa devant lui et tourna les pages.

« C'est pour moi ?

– Vous m'aviez dit que vous aimiez les chiens.

– Oui, bien sûr. Je... Vous vous en êtes souvenue. Merci. Il est beau. » Il continua de feuilleter le livre. Il le retourna pour lui montrer une photo. « Les caniches. J'adore les caniches.

– Fritz, je voulais vous parler d'une ou deux autres choses.

– Ha ! Regardez ça. » Il retourna le livre. Une photo d'une femme promenant cinq chiens dans Central Park. « J'adore.

– Fritz, j'ai besoin que vous soyez attentif.

– Oui, bien sûr. » Il ferma le livre en marquant la page avec un doigt.

« Je voulais vous dire que j'avais rencontré Darlene.

– C'est vrai ? Qui c'est ? Elle est comment ? C'est une vieille femme riche, c'est ça ?

– Vous l'avez rencontrée aussi.

– Non, pas moi. Je n'ai jamais vu cette personne. »

Delorme lui montra une photo de Garth Romney.

« Mais c'est le procureur. Je ne comprends pas ce que vous me dites.

– Il s'avère que le procureur adjoint est un client régulier du Club Risqué – celui de Toronto, pas d'Ottawa – et ce depuis un certain temps. » Elle lui montra la photo de Romney en Darlene. « Il est bien connu au club, surtout pour leurs soirées Feux de l'enfer du jeudi. Leonard Priest le connaît bien aussi, évidemment.

– Oui, Lennet adore ces soirées, répondit Fritz qui ne comprenait toujours pas. Parfois il aime beaucoup être celui qui est enchaîné. Il aime se faire peur.

– Intéressant. Mais écoutez, Fritz, c'est pour ça que Romney ne l'a jamais poursuivi. Il ne pouvait pas se permettre de voir sa vie nocturne, en Darlene, révélée au tribunal. C'est pour ça que Leonard a pu s'en sortir et que vous moisissez ici.

– Oui, bien sûr. Je vois. » Reicher regarda ses mains toujours accrochées au livre. Ses menottes. Delorme lui laissa un peu de temps. Ce n'était clairement pas le criminel le plus malin que vous puissiez rencontrer mais elle espérait qu'il soit capable d'établir les connexions nécessaires. Certaines synapses devaient se remettre en marche et elle attendait que ses neurotransmetteurs s'enclenchent. Ils finirent par s'y mettre.

« Mais si c'est vrai, il aurait pu me laisser filer aussi. Lennet aurait pu lui dire : "Laissez partir Fritz, il n'a pas fait exprès, je lui ai dit de le faire."

– Il y avait trop d'éléments contre vous : vos confessions initiales, vos empreintes sur le pistolet, le témoin qui vous a vu avec la victime.

– Oui, bien sûr. Il a dû essayer. Je suis sûr qu'il a essayé. Il est si bon avec moi, Lennet. Il m'envoie de l'argent, vous savez.

– Oui, vous me l'avez dit.

– C'est vrai. On n'a pas droit d'avoir beaucoup d'argent ici mais il m'en envoie un peu et il m'en met de côté sur un compte. Il m'a envoyé une copie des papiers.

– Vous avez vérifié que le compte était à votre nom ?

– Non, il n'est pas à mon nom. J'étais ici, je ne pouvais pas signer les papiers. » Son visage se voila. « C'est de l'argent pour moi, pas pour Lennet. Il le met de côté pour moi.

– Si c'est à son nom, comment en bénéficierez-vous, Fritz ?

– Il me le donnera quand je sortirai. Vous ne faites confiance à personne, je crois. Vous devez être très seule ou très en colère. Ou peut-être que vous n'aimez pas les gays et les bis et vous ne comprenez pas. Mais Lennet m'adore et nous nous retrouverons quand je sortirai et il a mis de l'argent de côté pour moi parce que c'est un bon ami et qu'il m'aime.

– Eh bien, je suis navré de vous dire ça, Fritz… » Et c'était vrai – après avoir vu son ravissement devant le livre, sa gratitude et sa foi dans l'amitié et la loyauté, Delorme était vraiment désolée. Elle sortit son téléphone – son autre téléphone, celui dont elle se servait uniquement pour enregistrer – et le mit sur haut-parleur.

Fritz ? Vous l'avez rencontré ? Fritz est un gentil idiot. Je suis désolé, mais il est déficient intellectuellement – une qualité appréciable chez un serviteur mais assez inutile dans tout autre contexte. Delorme avait un jour vu à la télé la démolition d'un grand immeuble, une barre HLM quelque part aux États-Unis. La déflagration qui se propageait sous vos yeux avant même que vous ayez entendu l'explosion, la façade du bâtiment qui se plissait et s'enfonçait. Un affaissement au milieu, des nuages qui en sortaient puis l'ensemble de la misérable structure qui tombait à genoux et terminait réduite en une pile de gravats fumants.

Ça ressemblait à ce qu'elle voyait sur le visage de Fritz Reicher. Les fines lèvres de sa bouche s'entrouvrirent, ses joues se creusèrent. Un coup d'œil, vide, sur le côté, puis il revint au téléphone qui déversait son poison. Le cliquetis des menottes quand il porta ses mains à sa bouche et puis toute la charpente, d'une délicatesse surprenante, qui s'effondra vers l'avant, ses yeux plissés de douleur, son visage venant se poser sur le livre, tandis que les épaules du meurtrier étaient secouées de sanglots.

La chambre de Cardinal au Delta Chelsea était ridiculement surchauffée et il n'y avait aucun moyen d'ajuster la température. Il s'était réveillé, assoiffé et desséché, à 4 heures du matin. Il avait bu un verre d'eau lourdement chlorée mais il avait mis plusieurs heures à se rendormir puis n'avait pas entendu son réveil, à moins qu'il ne l'ait éteint.

Il était 10 heures passées. Il versa de l'eau dans la cafetière miniature et entra dans la douche. Alors qu'il se séchait, il passa mentalement en revue un dossier intime et extrêmement répétitif intitulé *Delorme, Lise (relations)*. Il avait toujours vu Delorme comme une personne forte. Inébranlable. Il n'en était plus si sûr désormais. Comme si tu connaissais les femmes si bien que ça, se dit-il. John Cardinal, homme du monde.

Il se versa son café et s'assit au bureau. Il commença par appeler les services pénitentiaires du Nunavut, le vaste territoire du Nord qui comprenait l'île Axel Heiberg. Non, lui dit-on, aucune personne associée à un meurtre de 1992 n'avait été incarcérée au Nunavut, pour la bonne raison que le Nunavut n'existait pas en 1992. À l'époque, la province faisait encore partie des Territoires du Nord-Ouest, désirait-il le numéro des services à Yellowknife ?

Yellowknife avait deux heures de décalage avec Toronto, le bureau du contrôleur judiciaire ne serait pas encore ouvert. Cardinal alluma son ordinateur portable et rechercha les centres de détention du coin. Il y en avait quatre pour les hommes : une prison pour mineurs et deux qui assuraient une sécurité basse à moyenne. Le seul centre de détention qui comprenait un quartier haute sécurité était le centre correctionnel des Esclaves du Nord. Le nom évoquait un goulag soviétique mais il faisait en fait référence au grand lac des Esclaves voisin. La page web était rudimentaire mais elle comprenait le numéro du directeur, Bruce Saxton, que Cardinal composa prestement.

« Ici Saxton, j'écoute. »

Cardinal se présenta et s'excusa d'appeler aussi tôt. « Nous faisons face à une série de meurtres par ici et une chose en entraînant une autre, je suis tombé sur un procès pour homicide et une incarcération qui date de 1992. Un groupe de chercheurs vivait et travaillait sur ce qu'on appelle une base dérivante et...

– Vous recherchez un suspect qui boite, je parie.

– Oui, en effet.

– Et avec une prothèse manuelle peut-être ?

– Aussi.

– Vous cherchez Karson Durie, dit Kit.

– Oui.

– Je suppose que vous savez que je ne vais pas pouvoir vous le passer.

– Vous allez me dire qu'il a été libéré.

– Je sors son dossier en ce moment même. Karson Durie a été relâché le 15 novembre 2009.

– Et le contrôleur judiciaire n'a pas jugé bon de prévenir qui que ce soit ?

– Son service n'a rien à voir là-dedans. Durie n'est pas sous contrôle judiciaire. Il a été condamné à dix-huit ans de prison et il les a toutes faites, la raison étant qu'il a toujours refusé de reconnaître la moindre responsabilité pour les vies qu'il a prises : une victime pour laquelle il ne nie pas et les trois ou quatre autres qu'il a abattues de sang-froid. En dehors de ça, c'était un détenu exemplaire. Il a donné beaucoup de cours ici au fil des années. Vers la fin, il avait une vie aussi normale que possible pour un prisonnier : tous les livres qu'il voulait, accès illimité à l'ordinateur, même si on gardait un œil sur ses historiques de recherche et tout ça. Comme vous le savez, quand un individu purge l'intégralité de sa peine, il n'est pas suivi par un contrôleur à sa sortie. Il peut aller où bon lui semble. La dernière note de son dossier indique *libéré dans les Territoires du Nord-Ouest*, il n'y avait donc aucune raison d'en informer l'Ontario ou une autre province. Il a payé sa dette à la société, c'est un homme libre. Il pourrait être n'importe où. Vous saviez qu'il avait été pilote de coucous ?

– Non.

– Eh ouais. Avant de devenir chercheur puis meurtrier, il transportait des gens vers des zones assez inaccessibles. Vous voulez que je vous faxe ses numéros de contact et tout le reste ?

– Je préférerais un mail, je pourrai le lire sur mon téléphone.

– Ça va me prendre une heure ou deux, les secrétaires ne sont pas encore arrivés, mais je vous envoie ça dès que possible. »

Cardinal s'habilla, enfila son manteau et descendit au parking. Des croûtes de neige sale s'accrochaient aux trottoirs et la lumière du matin rendait l'atmosphère lugubre. Chaque fois qu'il venait à Toronto, il était surpris par les bouchons. Il prit Bay Street jusqu'à College Street puis se retrouva coincé derrière un tramway et dut avancer au ralenti jusqu'à ce qu'il dépasse l'université, les bars étudiants et les magasins d'informatique.

Il tourna dans la ruelle et se gara à l'arrière du bâtiment où vivait Hayley Babstock. Il ne restait plus rien des bandeaux délimitant la scène de crime, aucune trace du passage de la police. Il resta dans sa voiture pour réfléchir pendant que le moteur tournait. Au bout d'un moment, il vit du mouvement par la fenêtre de la cuisine. Une ombre.

Il sortit de la voiture et referma doucement la portière. La porte grinça un peu quand il la poussa. Il sortit son Beretta et s'engagea dans l'escalier de secours. Aucune trace d'effraction.

Il prit une inspiration et retint son souffle en tournant la poignée. La porte n'était pas verrouillée. Il l'entrouvrit et il aperçut de l'autre côté de la grande pièce un homme assis au bord du lit. Coudes sur les genoux, les yeux rivés au sol, visiblement épuisé, un téléphone à l'oreille. Cardinal était sur le point de crier « Police » quand l'homme releva la tête.

Il baissa son Beretta. « Ron ? »

Ronnie Babstock termina sa conversation. « Merci d'avoir appelé, David. Je dois y aller. Mon ami John Cardinal est là. » Il rangea son portable dans sa poche. « Mais je ne pense pas que tu voudras rester mon ami. Pas quand tu sauras qui je suis réellement. »

Extrait du cahier bleu

Il y a des environnements où le simple fait d'être seul revient à être en grand danger – dans le désert, en altitude, en haute mer – et le haut Arctique doit en faire partie. Dans ces zones, on part du principe que si vous croisez une personne seule, elle a probablement besoin d'aide, sauf indication contraire. Aucun signal de détresse ne doit être ignoré, c'est d'ailleurs un crime de le faire en mer.

J'ai passé les quelques minutes suivantes de ma vie à attirer l'attention du groupe qui se trouvait sur la crête. Mon cerveau était embrumé et mes mouvements maladroits. Ma première tentative – agiter les bras et crier – était purement instinctive et totalement vaine. La déshydratation avait réduit ma voix à un faible croassement et avec le vent contraire ils ne pouvaient de toute façon pas m'entendre.

Malgré mes mains pratiquement sclérosées, j'ai réussi à insérer une cartouche dans le pistolet à fusées. J'ai levé le bras le plus haut possible et j'ai tiré.

La fusée est partie à la verticale et a explosé en un parachute de lumière verte qui se découpait sur la couverture nuageuse. On ne pouvait pas le rater. J'ai regardé dans mes jumelles et j'ai vu la silhouette d'un homme portant une capuche s'arrêter, incertain, dans son ascension. Il a regardé la fusée et s'est tourné dans ma direction.

J'ai retiré ma veste et je l'ai agitée au-dessus de ma tête.

Je pense qu'ils nous ont vus, ai-je dit – même si Rebecca ne pouvait pas m'entendre.

J'ai sorti le Glock de la poche de mon polaire et j'ai tiré en l'air. L'écho du coup de feu a rebondi contre la crête et les montagnes plus loin.

Une autre silhouette est apparue, les mains sur les hanches, et a regardé dans ma direction.

Ils nous ont vus. Ils nous ont vus.

J'ai posé le pistolet et j'ai sorti la radio. J'avais l'impression d'avoir un bloc de bois entre les doigts. J'ai appuyé sur les boutons et j'ai tourné la molette en répétant mon signal d'urgence sur toutes les fréquences possibles.

Aucune réponse radio. Les silhouettes ont disparu et j'ai entendu le bruit de moteurs qui démarraient. Des véhicules tout-terrain. Ça n'allait pas être long.

Rebecca était toujours inanimée.

Ils vont bientôt arriver, ai-je dit. Je vais aller à leur rencontre. Ça ne va pas être long. Tu vas t'en sortir. On va s'en tirer tous les deux.

Il n'y avait qu'un seul chemin pour nous rejoindre : descendre la crête et passer par la vallée. J'avançais sur mes jambes vacillantes dans la direction par laquelle ils devaient arriver. Selon la qualité du terrain qu'ils devaient traverser, ça prendrait une demi-heure, une heure tout au plus, avant que l'on se croise.

Tout en marchant, je tendais l'oreille pour entendre leurs moteurs. Quand le son s'est dissipé, je me suis arrêté pour écouter. Ils avaient peut-être un problème logistique, géologique, qui les retenait. Ou une panne mécanique. J'étais certain d'avoir entendu plus d'un moteur. Ils n'avaient pas pu tous tomber en panne.

J'ai beau avoir toujours été sujet aux idées noires, je ne me décrirais pas comme cynique ou pessimiste. Un scientifique est toujours curieux, toujours ouvert, il suppose qu'une réponse sera trouvée, sinon par lui, alors par quelqu'un d'autre. En considérant les nombreuses manières dont nous pourrions mourir dans ces circonstances, il ne m'était jamais venu à l'esprit que quelqu'un qui aurait nos vies entre ses mains refuserait de nous sauver.

Aucun bruit, en dehors du vent dans les collines. Ma respiration haletante.

J'ai scruté les crêtes avec mes jumelles, la vallée qui s'ouvrait devant moi. Rien.

Combien de temps ai-je attendu, je ne sais pas. La température était légèrement négative, mais c'était insupportable de rester immobile.

Non.

Je me souviens avoir prononcé le mot à voix haute. À peine un murmure, une unique syllabe, et pourtant elle est restée suspendue dans ce silence, m'enveloppant comme un linceul.

Je me suis retourné. J'ai contourné une petite butte et le soleil bas m'a réchauffé le visage. J'ai marché, les bras serrés autour de mon torse, en regardant le sol pierreux. Je suis revenu auprès de Rebecca et j'ai allumé entre nous un autre morceau de tissu volé. J'ai attiré Rebecca vers moi, le plus près possible. Elle ne s'est pas réveillée, n'a pas fait un geste. La chaleur, piteuse, était comme une liqueur sucrée, et je me suis endormi pendant que les petites flammes vacillaient.

Je ne sais pas combien de temps j'ai dormi. Quand je me suis réveillé, le feu était éteint et froid.

Rebecca était partie.

Pendant un court instant de délire, la joie m'a envahi. Elle doit aller mieux, elle a dû se remettre, elle n'est pas loin. Rester allongé sur le sol avait causé de gros dommages aux muscles de ma jambe droite. Ça a été une torture de me relever.

Rebecca ? J'ai répété son nom, encore et encore, de ma voix desséchée. J'avais envie de rire. Elle doit aller mieux. On allait pouvoir repartir. On allait atteindre la station LARS et on serait en sécurité.

Je l'ai retrouvée pas très loin, au milieu de rochers. Des rochers qui avaient été empilés les uns sur les autres par la rencontre de deux glaciers, plusieurs siècles auparavant. Rebecca était allongée dans un creux ombragé, en position fœtale, et ma joie s'est envolée.

C'était l'« enfouissement terminal », le dernier stade de l'hypothermie. On voit normalement ça sur des corps trouvés à l'intérieur, recroquevillés dans un placard ou sous un lit.

Elle avait les yeux ouverts et regardait dans le vide. Je me suis blotti contre elle comme j'ai pu. J'ai passé mon bras autour d'elle et pressé ma tête contre son épaule. Elle a cligné des yeux une, deux fois. Ses lèvres bougeaient comme si elle allait parler et j'ai attendu en regardant sa bouche sèche et craquelée mais aucun mot n'est sorti. Quelques minutes plus tard, elle a cessé de respirer.

20

Cardinal referma la porte et s'assit au petit bureau en bois de Hayley Babstock. On n'aurait jamais cru que c'était la résidence d'une personne issue d'une famille extrêmement fortunée. La pièce, un grenier sommairement aménagé en studio, était chichement décorée de vieux tapis et de meubles chinés aux puces. Elle n'avait rien de particulièrement féminin mais c'était clairement la demeure d'une jeune femme. La seule fausse note était la bouteille de Jack Daniel's sur le bureau.

« Tu veux un verre ? »

Cardinal déclina l'offre.

Babstock se servit un doigt de bourbon. « Je l'ai achetée en chemin. Hayley ne boit pas. Enfin, pas plus d'une bière ou d'un verre de vin à table. C'est le genre de fille à qui l'alcool monte facilement à la tête et elle s'en méfie. De femme, devrais-je dire. Tu vois toujours Kelly comme une fille ?

– Pas vraiment. Quand elle a fini ses études…

– C'est vrai. Je suis juste…

– On n'a pas beaucoup de temps, Ron. Raconte-moi toute l'histoire. Quelle est l'origine de tout ça ?

– L'histoire. C'est l'histoire de quatre jeunes hommes. Quatre jeunes hommes qui ont fait tout ce qu'il fallait. Pendant un temps. Il y avait moi, il y avait David Flint – c'était lui qui m'appelait à l'instant – il y avait Frank Gauthier et Keith Rettig. Comment on s'est trouvés, je ne sais pas. Un coup de chance incroyable.

« Moi, c'était l'ingénierie robotique avec un intérêt particulier pour les logiciels, David la robotique mais il avait déjà un master en ingénierie électrique, Frank était un génie de l'intelligence artificielle mais il était aussi doué en mécanique : une combinaison totalement unique. Et Keith, c'était l'aspect financier. Il avait eu ses diplômes de comptable alors qu'il n'avait même pas vingt ans, avant son MBA. Keith et Frank étaient en coloc, c'est comme ça qu'ils se sont rencontrés. Quant à David et moi, nous avions le même théologien comme directeur de recherche.

– Théologien ?

– Un professeur d'intelligence artificielle à l'université de Toronto. Nous le détestions tous les deux mais c'était le meilleur dans son domaine à l'époque. Bref, on s'est tous les quatre entendus tout de suite. Rien de tel que l'ambition partagée pour forger une amitié, surtout dans un champ où le travail en équipe est essentiel. La robotique, l'informatique, l'intelligence artificielle : ce ne sont pas les maths où les solitaires ont toutes les chances de briller.

« Nous savions que nous voulions faire quelque chose de grand et que nous voulions le faire ensemble mais nous ne savions pas quoi. À cette époque – c'était le début des années 1980 –, il était évident que la miniaturisation allait devenir l'enjeu dominant, l'équivalent de la sélection naturelle, dans le secteur de la technologie. Il était aussi clair que l'exploration spatiale se ferait bientôt sans humains.

« David – en plus d'être un ingénieur brillant – est un animal politique. Il sait faire du réseau et il a un charme naturel, ce que tu sais déjà puisque tu l'as rencontré. David avait de bons contacts à Caltech et par eux à la NASA et il savait qu'ils allaient avoir besoin de véhicules téléguidés, des rovers qui soient assez légers pour être transportés tout en étant suffisamment costauds pour supporter des terrains difficiles et des températures extrêmes.

« Alors on s'y est attelés. Nous étions comme les quatre mousquetaires. Je te le dis, John, tu penses peut-être que j'ai réussi – beaucoup le pensent –, même chose pour David et Frank. Mais il ne passe pas un jour sans que je me dise que je suis un raté et je te parie tout ce que tu veux que David et Frank pensent comme moi. Nous sommes ce que nous sommes, mais ensemble nous aurions pu être beaucoup plus. J'ai envie de comparer ça à Apple, mais c'est une entreprise qui a quelque chose de banal dans le fond, de showbiz.

« À cette époque, nous étions de grands espoirs du monde de la tech. Nous avions reçu des offres incroyables, vraiment incroyables. Je n'en reviens toujours pas que nous ayons eu le culot de les refuser. Mais nous avions décidé de parier sur nous-mêmes. Keith est allé explorer le circuit du capital-risque – un pacte faustien comme on en fait peu – mais nous ne voulions pas encore travailler avec le secteur public.

– Mais la NASA et les autres institutions devaient sans doute investir dans la recherche dans ce domaine aussi.

– Ils le faisaient. Je sais, nous étions incroyablement arrogants. Nous nous disions qu'ils ne nous avaient pas, *nous*, et qu'ils ne pouvaient donc pas arriver à un résultat aussi bon que le nôtre. C'est vrai, c'étaient eux qui essayaient de nous recruter, non ?

« Bref, on a réuni assez d'argent pour passer au cahier des charges. Seulement, notre investisseur nous laisse trois ans, au lieu de cinq, pour arriver au produit fini. Le cahier des charges prend un an, à travailler tous les trois, dix-huit heures par jour, sept jours par semaine. Je n'ai jamais bossé aussi dur de ma vie. Je n'ai jamais été aussi intelligent non plus. Je repense à cette époque et je me dis que mon esprit était comme une main. J'étais capable de saisir un concept, de le faire pivoter, de le retourner, l'ouvrir, le réarranger, le simplifier, l'améliorer, l'embellir. Et tout ça, rapidement. Pareil pour Frank et David. On développe le cahier des charges, on séduit les financiers et on obtient le feu vert pour le prototype.

« Un an se passe. On pourrait croire que trois jeunes hommes égocentriques et ambitieux auraient fini par se détester mais c'est l'inverse qui s'est produit. Je n'ai jamais été plus proche de qui que ce soit – en dehors de ma femme, mais c'est différent. L'effort partagé, une entreprise grandiose, il n'y a que ça.

« Tu sais, dans les films, tu vois plein d'explosions à ce moment de l'histoire, des incendies dans le labo, ce genre de choses. Nous n'avons jamais rien vécu d'aussi dramatique. Ça pétillait, on n'arrêtait jamais. Développer des roues motorisées indépendantes nécessitait un effort intellectuel intense. Et les systèmes électriques : comment construire une batterie rechargeable capable de tenir des années tout en étant suffisamment petite ? Tu as la moindre idée de la taille que faisaient les batteries rechargeables à l'époque ? Et tout ça devait être contrôlé par ordinateur depuis la Terre ? Où en était l'informatique sans fil à l'époque d'après toi ? Mon Dieu, nous étions géniaux.

– Je n'en doute pas, dit Cardinal, mais tu ferais mieux de me dire ce qui est allé de travers. »

Babstock prit la bouteille de whisky et se resservit un verre. Il but une gorgée et dit : « LARS.

– La station de recherche arctique ?

– C'est un site sur Axel Heiberg qui reproduit les conditions de vie sur Mars. L'idéal aurait été la station de Haughton Crater sur l'île Devon mais la NASA l'avait réservée.

« Keith a réussi à nous avoir un créneau à LARS pour tester notre prototype. Pour tout dire, aucun d'entre nous ne se rendait compte à quel point c'était loin dans le Nord. Beaucoup de gens l'ignorent, mais le pays est aussi large que long, au moins quatre mille kilomètres. Ce n'est pas aussi glamour que Haughton – il n'y a qu'un baraquement pour les recherches, un autre pour dormir, quelques tentes Parcoll et guère plus – mais nous étions surexcités.

« Le jour de notre arrivée, une autre équipe partait. Ils avaient testé des combinaisons spatiales, je crois, nous avions donc les lieux pour nous. Laisse-moi te dire que le haut Arctique, ce n'est pas fait pour tout le monde. Certains, quand ils y goûtent, deviennent totalement accros et s'y sentent chez eux. Mais la plupart des gens vont trouver ça pour le moins déconcertant et d'autres doivent être évacués immédiatement. En gros, tu n'as plus aucune attache.

« Nous avions déjà réalisé beaucoup d'essais à Toronto mais pour avoir un vrai impact, il fallait que le rover fonctionne dans un environnement difficile, froid. Le moment était venu. Il n'y aurait plus d'argent à investir, pas de retour à la table de dessin. C'était quitte ou double : soit on gagnait, et on gagnait beaucoup, soit on devenait quatre types à la recherche d'un boulot.

« Le plan était de tester Rocky – c'était le nom du prototype – sur différents types de surfaces : pierres, neige, graviers, glace. Les trois aspects les plus importants étaient la caméra, la manœuvrabilité et la réponse aux commandes. À l'évidence, c'est ce dernier point qui est capital, autrement, ce que tu as, c'est un presse-papiers.

« Nous avions programmé une série de quatre tests et j'avais mis en place un algorithme pour enregistrer les commandes envoyées à Rocky et les déplacements qui en résultaient.

– Comment vous le contrôliez ? demanda Cardinal. Avec un joystick ?

– Non, non, non. Ce n'était pas un jouet. Chaque mouvement était contrôlé par le clavier. Ça marche toujours comme ça aujourd'hui. Bref, on prend une grande inspiration et on l'envoie pour la mission numéro 1. Très simple : va là-bas, tourne à gauche, tourne à droite, filme vers le haut, vers le bas, fais un cercle et reviens. Il n'y avait pas de bras manœuvrable dans cette version.

« Ça a marché à merveille. C'était un terrain assez plat mais il y avait des surfaces différentes. Crois-moi, il y a eu de la joie au camp ce soir-là. Jusqu'ici, tout allait bien. Pour la mission suivante, on l'envoie dans une direction différente. C'était à peu près la même séquence de commandes, mais le terrain était plus compliqué – il y avait quelques montées – et on le laissait ensuite posé dehors pendant vingt-quatre heures. Tu sais bien ce que le froid peut faire aux batteries et je peux te dire que David a beaucoup transpiré pendant cette mission-là.

« Là encore, ça a marché comme sur des roulettes. Nous étions des dieux, John. Des dieux. La mission numéro 3 était la plus ardue. Nous savions qu'elle avait de bonnes chances d'échouer. Il y avait du soleil vingt-quatre heures sur vingt-quatre, bien sûr, et outre la neige fondue, à laquelle on ne voulait pas se confronter, il y avait des zones où le permafrost avait fondu et où la surface était, au mieux, ramollie. L'idée était de tester les moteurs-roues indépendants et l'étendue de ses mouvements potentiels.

« Bon, il n'a pas fallu longtemps pour que Rocky s'enlise. Mais il s'en est mieux sorti que n'importe lequel d'entre nous l'aurait cru. Garde à l'esprit que nous ne voyions pas les roues depuis le camp, nous pouvions seulement voir la même chose que Rocky, la caméra ne tournait pas à cet angle-là, à l'époque. Mais les tours/minute nous indiquaient quelles roues étaient coincées, je pouvais les faire pivoter et réessayer. Ça a globalement été un nouveau triomphe. Nous l'avons sorti de plusieurs ornières et nous savions que nous tenions le bon numéro – même quand il s'est coincé dans trente centimètres de neige et qu'il a fallu aller le rechercher. Nous étions alors complètement euphoriques.

« Malheureusement, il nous restait la mission numéro 4. Nous avons décidé de la rendre relativement facile. Nous avons envoyé Rocky vers l'ouest. Nous voulions qu'il descende une grande colline et qu'il s'arrête de temps en temps pour filmer autour de lui. Il devait ensuite s'éteindre pendant trois nuits et nous devions le redémarrer le quatrième matin. Nous avions prévu un trajet de retour jusqu'au camp, relativement facile.

« Il ne faisait pas vraiment froid, pour l'Arctique, deux degrés peut-être. Mais inutile de dire que ces quelques jours ont été tendus. Enfin, le moment arrive, je démarre le logiciel et… rien. On n'arrivait pas à le réveiller. Il y avait beaucoup d'activité solaire cette semaine-là, c'était incroyable. Et il y avait aussi des orages sur la côte ouest mais nous n'étions pas touchés et de toute façon, ce n'est pas ça qui endommage les communications radio, c'est l'activité solaire.

« Rocky était équipé d'une balise mais nous n'arrivions même pas à repérer ce signal. Bien entendu, nous savions où il s'était éteint. Alors nous avons pris notre équipement et nous nous sommes dirigés vers ce dernier point, à quelques kilomètres à l'ouest. On marche une heure, on arrive à l'endroit en question, Rocky n'y est pas. Nous n'avons aucune idée d'où il se trouve. Le terrain est argileux mais il n'y a aucune trace. Très mauvaise nouvelle.

« Nous n'avons pas mis longtemps à restreindre les hypothèses. En dehors d'une interférence humaine ou animale, il était très peu probable voire impossible que Rocky soit allé dans une autre direction que l'ouest. La question était : jusqu'où ? Combien de temps avait-il roulé ? Selon le moment où il s'était rallumé, il pouvait avoir parcouru cent cinquante kilomètres.

« Mais ce n'était pas réellement possible, Heiberg n'est pas si vaste. Et puis il avait forcément été gêné par le premier affleurement rocheux, le premier hummock, tout ce qui pouvait ressembler à un nid-de-poule. Nous avons tous sauté dans des véhicules tout-terrain et nous sommes partis vers l'ouest. On ne pouvait pas prendre de motoneige car la moitié de l'île était déneigée, en fonction du sens du vent.

« Notre plus grande crainte était qu'il soit tombé dans l'eau. Nous espérions au moins le retrouver retourné dans une ravine.

– Il avait bien dû être freiné par un arbre, dit Cardinal.

– Il n'y en avait pas, John. L'île se trouve à mille cinq cents kilomètres au nord de la limite des arbres, les seules choses qui mesurent plus de vingt centimètres, ce sont les animaux, et il n'y en avait pas beaucoup non plus. L'absence d'arbre jouait pour nous, bien sûr. Il n'a pas fallu longtemps pour retrouver Rocky : il s'était fourré dans une zone pierreuse, sa roue avant gauche s'était bloquée et il avait fini par épuiser sa batterie.

« Nous étions tous soulagés mais plus particulièrement David et Frank, car la mécanique et le système électrique avaient visiblement fonctionné. Le problème allait venir du logiciel.

Pourquoi ce petit enfoiré ne s'était-il pas éteint ? Pourquoi s'était-il rebellé ? Nous devions présenter nos résultats à la NASA deux semaines plus tard exactement. Il n'y avait aucune chance qu'ils s'intéressent à un rover qui n'en faisait qu'à sa tête. Pour nous, si ça se savait, c'était terminé.

– Je ne comprends pas, dit Cardinal. Il avait si bien marché jusqu'alors, je pensais que vous aviez une pépite entre les mains.

– Nous étions à l'aube d'un grand succès ou d'un terrible échec, pas d'entre-deux possible. Quand on a retrouvé Rocky, on était déjà totalement paniqués. Nous n'arrivions pas à déplacer les rochers autour de lui. Alors David et moi sommes montés sur le sommet de cet affleurement avec des cordes pour avoir un peu de marge de manœuvre. Nous étions là-haut depuis, quoi, vingt minutes, et je criais sur Keith et Frank qui essayaient d'attacher la corde à Rocky en évitant de lui arracher un bras ou la tête.

« Soudain, David me dit : "Regarde !" Je me retourne et je vois une grande lumière dans le ciel. Elle est assez éloignée, quatre ou cinq kilomètres peut-être. Aucun doute : elle est bien là, cette lumière verte, qui retombe vers le nord. "Ce n'est pas à nous qu'ils font signe, si ? demande David. – C'est sûrement l'expédition de souveraineté qui est en manœuvre. Ou la gendarmerie royale qui fait des exercices de sauvetage", dis-je.

« David avait sorti ses jumelles et scrutait ce paysage incroyablement morne. "Ah ouais ? Tu crois que c'est ça ? C'est vraiment ça, ton opinion définitive ?" David parlait déjà comme un cowboy à l'époque. "Qui tu veux que ce soit ? Il n'y a rien d'autre sur cette île." Il faut comprendre, John, nous n'avions pas encore entendu parler de la base Arcosaur. Personne n'était au courant. "Peut-être que quelqu'un s'est perdu. Peut-être qu'ils essaient de se débarrasser d'un ours affamé."

« Bien sûr, nous savions tous les deux qu'on ne tire pas une fusée dans les airs pour faire fuir un ours. Les instructeurs nous avaient appris ça avant même que l'on pose un pied sur l'île. Il faut viser les pattes ou juste au-dessus de la tête. J'entendais dans la voix de David qu'il voulait croire qu'on n'avait pas besoin de nous, que personne n'était en danger. Alors j'ai encore dit que c'était sûrement l'expédition de souveraineté et qu'il valait mieux qu'on ramène Rocky au camp car autrement on ferait face à un échec total.

« David me dit alors qu'il voit quelqu'un. Un homme. Je lui demande ce qu'il fait et il me répond qu'il a l'air de marcher, d'escalader les rochers. Il me donne les jumelles pour que je regarde. Je l'ai vu, John.

« Tu es la première personne à qui je le dis. Ça fait vingt ans et on a tous les quatre gardé le secret. Quand nous sommes revenus au camp, nous avons juré de ne jamais en parler, pas même à nos femmes. Ça a empoisonné notre amitié. Nous avions travaillé ensemble pendant des années, de la fin de nos études aux prémices du succès, mais une fois rentrés chez nous, quand nous avons appris que des personnes étaient mortes, que d'autres étaient dans le pétrin, nous n'avons plus supporté de nous regarder, de nous retrouver avec d'autres personnes qui savaient ce que l'on avait fait – ou pas fait. Nous avons décidé que nous étions tous libres d'exploiter nos brevets et nous sommes partis chacun de notre côté. J'ai appelé David l'autre jour quand sa femme a été retrouvée, c'était la première fois que je lui reparlais depuis vingt ans.

« J'ai vu un homme dans ces jumelles. Ce n'était guère plus qu'un petit point flou. Il aurait pu faire partie d'une patrouille, il aurait pu être n'importe quoi. Je l'ai vu trébucher mais il s'est relevé rapidement et il a agité les bras. Il a agité un tissu ou quelque chose. C'est ça que j'ai vu, ce que je n'ai jamais pu effacer. En vingt ans. Il nous faisait signe, John. J'ai honte de le dire. Il nous faisait signe.

« Avant que j'aie pu dire quoi que ce soit, David avait demandé aux deux autres de nous rejoindre sur la crête. Nous avons fait le point tous ensemble. David leur a dit que nous avions vu une fusée, que nous voyions un homme en train de marcher mais que nous ne savions pas si c'était quelqu'un qui avait besoin d'aide ou si ce n'était rien. Nous revenions sans cesse à la patrouille de souveraineté. C'était forcément eux.

« Toute la responsabilité, la faute, me revient. Je n'ai pas dit aux autres que j'avais vu un homme nous faire signe. Je ne sais pas à ce jour si David l'a vu faire. Si oui, il n'en a rien dit. Mais les deux autres n'ont rien vu, c'est certain. Et nous n'avons pas réussi à le repérer de nouveau avec les jumelles.

« Aucun d'entre nous n'était un aventurier chevronné, mais nous savions tous qu'on ne peut pas tourner le dos à une personne en détresse, pas à cette latitude.

« Nous avons soupesé nos options et on est arrivés à cette conclusion : personne ne savait que nous étions venus ici et il fallait que ça reste ainsi. Il aurait fallu expliquer pourquoi, admettre que nous avions un robot dysfonctionnel et ça aurait condamné Rocky, tous ses descendants et nous avec. Notre petite excursion devait être effacée des tablettes ou notre avenir était fichu.

« C'était juste la patrouille, nous disions-nous. Rien qu'un exercice. Mais je suis sûr que les autres ont plus tard fait comme moi et ont regardé où était la patrouille ce jour-là. Elle était passée à Axel Heiberg un mois plus tôt et elle devait alors se trouver près de la pointe d'Ellesmere.

« Nous avons mal agi, John. *J'ai* mal agi. Nous avons tourné le dos à un homme en détresse et cet homme est revenu régler ses comptes. Il a ma fille, John. C'est lui qui a ma fille. »

Cardinal sortit son carnet de sa poche et le feuilleta. « C'était à quel parallèle déjà ?

– À soixante-dix-neuf degrés nord. À quatre-vingt-dix degrés nord, c'est le pôle.

– Regarde ça. » Cardinal lui montra la page avec les différentes combinaisons qu'il avait envisagées à partir des chiffres trouvés sur les scènes de crime. « Qu'est-ce que ça t'évoque ?

– Aucune n'est juste, dit Babstock. Passe-moi ton stylo. » Il prit le stylo entre ses doigts manucurés et copia les chiffres dans un ordre différent. Puis il tapota la page avec la pointe du stylo et les lut à voix haute. « Soixante-dix-neuf degrés, vingt-cinq minutes nord, quarante-cinq degrés ouest. Ajoute quelques minutes vers l'ouest et tu obtiens les coordonnées du lieu. Là où on a retrouvé Rocky et là où on a vu cet homme. »

21

Cardinal démarra la voiture et consulta son portable en attendant que le moteur chauffe. Le centre correctionnel des Esclaves du Nord avait envoyé les informations qu'il demandait. Il les transmit à Chouinard et à Drexler puis les appela.

« Et tu penses que c'est là qu'il va ? demanda Drexler. À l'endroit exact où ça s'est passé ?

– Pourquoi il laisserait les nombres sur les scènes de crime autrement ? Il sait piloter un avion et je pense qu'il nous a fourni les coordonnées pour que l'on essaie de monter une mission de secours – qui arrivera trop tard.

– D'accord. J'appelle la police fédérale. Ils ont des avant-postes là-haut. Quelque part par là-bas en tout cas.

– Il faut surveiller les aérodromes privés aussi, surtout les plus petits. Il voyage avec une personne inanimée, il va vouloir éviter la sécurité autant que possible. »

Cardinal prit Parliament Street puis King Street sans cesser de maudire les tramways. Il dut ensuite se débattre dans un labyrinthe de rues à sens unique, recouvertes de neige grisâtre, avant de trouver l'adresse qu'il cherchait. Il se gara sur une plaque de neige sale et alla frapper à la porte de la maison de briques rouges. Par la fenêtre qui donnait sur la rue, il vit un grand piano encadré par des rideaux rouges.

Alison Durie était une femme mince et élégante quoique mécontente de recevoir la visite d'un policier venu d'une autre ville. Elle devait avoir cinquante-cinq ans mais avait toujours un éclat dans le visage et une posture majestueuse, une grâce naturelle. Elle ne portait pas d'alliance.

Cardinal lui demanda s'il pouvait entrer pour lui poser quelques questions.

« Non, vous ne pouvez pas. C'est à quel sujet ?

– Vous pourriez peut-être me dire si vous avez vu votre frère récemment ?

– Je ne veux pas être désagréable, mais pourquoi devrais-je répondre à cette question ?

– Il est recherché pour être interrogé dans le cadre d'une enquête sur un crime grave.

– Foutaises. Quel crime ?

– Je suis sûr que vous avez entendu parler de l'enlèvement et du meurtre de Marjorie Flint et Laura Lacroix. »

Mme Durie éclata de rire. « C'est tellement absurde, je n'ai pas de réponse. Vous feriez bien de trouver quelque chose de mieux à faire de votre temps, inspecteur.

– L'homme que nous recherchons boite et a probablement une main artificielle. »

Sa majesté vacilla. La main fine et dépourvue de bague d'Alison Durie monta vers sa gorge, ses doigts se posant sur son col. « Même s'il était le meurtrier sanguinaire pour lequel vous le prenez, pourquoi ferait-il cela ? Comment ? Beaucoup de personnes boitent et mon frère n'a rien à voir avec ces deux femmes. » Elle commença à fermer la porte.

« Madame Durie, attendez. Vous a-t-il déjà parlé de ce qui s'était passé dans le Nord ? À la station dérivante ?

– Karson n'irait jamais tuer qui que ce soit. Et si vous le croyez capable de faire du mal à une femme, vous vous trompez lourdement. Quand il est revenu ici à sa sortie de prison, notre mère vivait les derniers mois de sa vie. Il n'aurait pas pu se montrer plus prévenant, plus tendre. Même deux décennies en prison n'avaient pu détruire ça chez lui. Quoi qu'il en soit, je ne l'ai pas vu depuis au moins deux mois et je n'ai aucune idée d'où il peut être.

– Je pense que si. Dites-moi où je peux le trouver. S'il est innocent, ça ne devrait pas être difficile à prouver.

– Comment osez-vous dire ça ? Nous n'avons absolument aucune raison de faire confiance au système pénal. Mon frère a purgé une peine de dix-huit ans et ses demandes de libération ont été systématiquement refusées. Systématiquement. Eh bien, maintenant il est sorti, c'est un homme libre et là où il se trouve, ça ne regarde personne – ni vous, ni qui que ce soit.

– Il n'a pas obtenu de libération parce qu'il n'a pas exprimé de remords.

– Il n'a pas exprimé de remords parce qu'il était innocent. Il était innocent à l'époque et il est innocent aujourd'hui. »

Elle referma la porte et Cardinal resta planté quelques instants sur le perron. Il sortit finalement une carte de visite de la poche de sa veste et la glissa dans la boîte aux lettres.

Quand elle se réveilla, Hayley eut l'impression qu'elle se trouvait près d'un magasin de motos. Toutes les dix minutes environ lui parvenait le cri strident d'un moteur mal réglé.

Elle était allongée sur le dos, sur un canapé, trop fatiguée ou assommée pour pouvoir bouger. Elle essaya de tourner la tête mais un haut-le-cœur l'en empêcha. Le plafond, en pin, était baigné de lumière. C'était une lumière d'une douceur particulière tout en étant assez vive et il lui fallut quelques instants pour se souvenir de ce qu'elle lui évoquait. Le chalet à Collingwood. La lumière venait de la neige. Ce devaient donc être des motoneiges qu'elle entendait. Elle était sûrement quelque part dans le Nord, peut-être près d'un lac, le soleil se réverbérait sur la neige et inondait la pièce.

La terreur revint quand les effets de la drogue, quelle qu'elle fût, se dissipèrent. Elle arrivait maintenant à tourner la tête. L'homme passa à côté d'elle en clopinant, torse nu, un bandage de fortune autour de la cage thoracique. Il s'assit avec un grognement de douleur. Au bout d'un moment, sa respiration se fit plus lente et plus profonde. Il dormait.

Elle avait les mains liées dans le dos. Ses chevilles étaient attachées aussi. À l'instant où elle entreprit de desserrer ses liens, une douleur terrible la traversa. Elle avait déjà les poignets entaillés par ses tentatives précédentes. Elle se souvint du camion. De l'aiguille. Ensuite, le trou noir.

L'homme se réveilla et se leva de son fauteuil en haletant. S'était-il fait tirer dessus ? Est-ce que cela avait pu se produire sans qu'elle s'en aperçoive ? Elle l'écouta se déplacer dans la maison ou le chalet. Le frigidaire s'ouvrit. Une porte de placard. De l'eau qui coulait. Puis une odeur de pain grillé, le claquement du grille-pain, le frottement du couteau étalant du beurre ou de la confiture sur la tartine. Elle avait le sentiment qu'il connaissait les lieux.

Hayley n'était pas certaine qu'il puisse la voir d'où il se trouvait. Elle essaya de repousser son bâillon avec sa langue, de se tordre le cou pour détendre le tissu, et recommença. C'était la seule chose qu'elle avait réussie à rendre plus lâche.

Une chaise qui grattait le sol. Quelque chose était tombé. Un juron. Des bruits de pas, puis la porte du placard de la salle de bains. Le bruit de grelot d'une boîte de pilules puis l'eau qui coulait.

Elle repoussa encore le bâillon, leva la tête et la tourna à gauche et à droite, se forçant à ravaler sa nausée. Elle repoussait le tissu avec sa langue, son menton, sa mâchoire, et finit par réussir à le sortir de sa bouche. Il était désormais serré contre sa lèvre inférieure. Elle allait pouvoir crier.

Un cri qui ne serait certainement pas entendu. Et qui lui apporterait quoi ? L'aiguille – ou même pire. Elle se redressa pour regarder autour d'elle. Une grande pièce façon chalet. Des livres partout. Un petit piano à queue.

L'homme revint en boitant, lentement. Il s'approcha pour la toiser. Il croisa son regard, considéra le bâillon. Il se pencha vers elle pour l'attraper.

Hayley secoua la tête. « Pitié. Non. »

Il la jaugeait, envisageait la courte liste des mouvements qu'elle aurait pu effectuer, le visage dur, usé. Un universitaire, peut-être. Ou un juge. Les yeux fermés et le teint pâle, une main accrochée au bandage. Il boita encore plus pour regagner le fauteuil et se rassit, cette fois en silence.

Hayley attendit quelques secondes puis demanda : « C'est votre maison ? »

Les mots restèrent suspendus dans les airs, enseigne lumineuse sans aucun lien avec les relations humaines dans cette pièce : victime et meurtrier. Ils auraient aussi bien pu être là pour des raisons banales, deux invités à une fête. Hayley gardait les yeux rivés au plafond. Peut-être qu'il la regardait, peut-être qu'il dormait.

« Vous avez beaucoup de livres. Je me demande s'ils sont tous à vous, mais il y en a pas mal qui ont l'air assez vieux. Je me dis que ce sont peut-être ceux de votre famille, de vos parents, je ne sais pas. »

Aucune réponse de l'autre côté de la pièce. Un léger froissement quand il changea de position, peut-être pour la regarder ou pour regarder par la fenêtre. Elle avait encore trop peur pour vérifier. Un regard direct serait peut-être excessif, le cri qui provoque l'avalanche.

« Les livres ont toujours beaucoup compté pour moi. Je dois être la dernière personne à éviter le tourbillon des réseaux sociaux. C'est parfois un problème. Les étudiants vous demandent d'être sur Facebook ou Twitter mais les e-mails c'est suffisant. C'est déjà trop en fait. La moitié de mes étudiants n'ont aucune idée de ce qu'est la vie privée et je trouve ça triste, mais je suis peut-être trop introvertie. »

Hayley retint son souffle. S'il était aussi intelligent qu'il en avait l'air, il comprendrait ce qu'elle essayait de faire. La pauvre petite fille qui cherchait à se présenter comme une vraie personne, quelque chose de plus dur à tuer qu'une créature dont vous ignorez tout. Mais les personnes, les gens, les êtres humains, c'était précisément ce que cet homme entreprenait de tuer.

Elle se força à tourner la tête pour le regarder. Il était assis dans un fauteuil de l'autre côté de la pièce, de biais par rapport à elle. Ses mains étaient agrippées aux accoudoirs et il se tenait très droit, une posture qui avait quelque chose d'hiératique. Il avait les yeux ouverts – elle le vit ciller – mais il ne la regardait pas. L'expression de ses traits durs – si tant est qu'elle puisse parler d'une expression plutôt que d'une absence totale – révélait une fatigue insondable.

« Je ne sais rien de vous – ça va sans doute ressembler à de la psychologie de bazar ou à une remarque ouvertement intéressée – mais ça me semble évident qu'il vous est arrivé quelque chose de terrible. Peut-être récemment ? Ou il y a très longtemps sinon, je ne sais pas, mais quelque chose de terrible. » Elle eut l'image d'une créature au bord de l'extinction, le dernier *T. rex*, prenant son ultime souffle dans une jungle figée par la glace.

Pas de réponse.

« Mes parents avaient beaucoup de livres aussi, c'est toujours le cas. Pour mon père en tout cas. C'est un scientifique mais je crois qu'il n'a jamais voulu que je le sois à mon tour. Il m'a toujours poussée à faire des choses artistiques. J'écrivais des poèmes affreux et il les accrochait un peu partout, même les plus déprimants quand j'ai eu ma phase Sylvia Plath – ce qui est assez drôle quand on y pense.

« La poésie est si puissante qu'on pourrait se croire capable de voir sur le visage de quelqu'un s'il en lit ou non. S'il y est sensible. Mais je vous regarde et je n'en ai aucune idée. Vous lisez de la poésie ? Vous en avez lu ? »

Il tourna son visage vers la fenêtre, ses traits se découpant sur la lumière vive.

Hayley leva les pieds et bascula pour s'asseoir sur le canapé. La pièce tournait et vacillait et son envie de vomir était terrible.

Son mouvement attira l'attention de l'homme mais il ne se leva pas.

« Je lis de la poésie, poursuivit Hayley. J'ai un père. J'ai été une petite fille, puis une adolescente. Maintenant je suis prof. Autrement dit, vous pourriez considérer que je n'ai rien de spécial. Mais c'est ça, le truc, avec les humains, non ? Vous n'avez pas à être spécial. Vous n'avez qu'à être humain. »

Elle continua de parler. L'idée lui vint qu'elle ne mourrait pas tant qu'elle parlerait. C'était un mythe connu : la danseuse qui ne doit pas cesser de danser, la conteuse qui doit continuer de narrer ses histoires pour repousser le destin.

« Je lis de la poésie, dit-elle encore. J'essaie d'en écrire. J'essaie de l'enseigner ou du moins d'en transmettre le goût. Je veux devenir maîtresse de conférence. Je veux me marier un jour. Pour le moment, bien sûr, tout ce que je veux c'est rester en vie. Vous pouvez me dire votre nom ? »

Il soupira, bougea un peu dans son fauteuil mais ne la regarda pas.

« Puis-je savoir qui m'a emprisonnée et pourquoi ? Non ? Je veux écrire un livre. J'aimerais écrire sur Leonard Cohen. Je parlerais de Catulle et de Villon, du livre des Psaumes, de la poésie comme chant. Mais les milieux académiques ne sont pas vraiment fous de lui. Il est trop accessible, trop populaire. Atwood, ce serait mieux. C'est l'une des leurs, l'une des nôtres, c'est une chercheuse, même si elle n'est pas rattachée à une université. Bien sûr, si je travaille sur l'un ou l'autre, tous les départements de littérature américains me claqueront la porte au nez. La littérature canadienne n'est pas un sujet très en vogue à New York ou Chicago. Mais que voulez-vous, j'adore la poésie et c'est le seul sujet que je connaisse vraiment.

« Sauf que maintenant je sais ce que ça fait d'être terrorisée. »

L'homme restait immobile dans son fauteuil comme un vêtement jeté négligemment sur le dossier. Supplier était peut-être la meilleure solution, se mettre à genoux et promettre tout le sexe, l'argent ou l'adoration qu'il pourrait désirer. Elle n'aurait jamais pu mesurer, avant cet instant, toute l'immensité de son désir de vivre. Il hurlait et hurlait dans la pièce et pourtant cet homme ne l'entendait pas, n'en était pas conscient – il n'était pas particulièrement pressé de lui faire du mal tout en n'ayant aucune envie d'épargner sa pauvre petite vie. Elle n'était rien de plus que tous les moustiques qu'elle avait écrasés, toutes les araignées qu'elle avait noyées et qui agitaient leurs minuscules pattes, emportées dans le siphon de la baignoire.

Un sanglot lui échappa. C'était la dernière chose qu'elle voulait.

Quand il parla, sa voix était aussi sèche que le vent, que le vent dans l'herbe sèche. Il pencha la tête en arrière et ferma les yeux. « La poésie. Non, je ne lis pas de poésie... »

Hayley ravala ses sanglots, reprit son souffle et retint sa respiration.

« ... mais j'ai connu quelqu'un. Il y a longtemps. Quelqu'un qui en lisait. »

Tout se passa relativement vite, une fois Delorme revenue à Algonquin Bay. Loach était au téléphone quand elle entra dans le commissariat mais il raccrocha sur-le-champ en la pointant du doigt. « Vous ! Je veux vous parler immédiatement.

– Bonne idée, rétorqua Delorme. Installons-nous ici. » Elle se pencha pour allumer la lumière dans une salle de réunion. « Je reviens tout de suite. »

Elle alla toquer à la porte de Chouinard qui traversa le commissariat derrière elle sans cesser de crier. Delorme ne dit rien. Elle lui tint la porte de la salle de réunion et la referma derrière lui. Ils étaient maintenant deux à lui hurler dessus. Elle sortit un DVD, ce qui les fit taire, puis elle l'inséra dans le lecteur.

« Qu'est-ce que vous foutez ? demanda Loach. J'essaie de mener une enquête majeure et vous désertez. »

Delorme s'adressa à Chouinard. « Je suis désolée, commissaire. J'ai dit que j'étais malade mais j'étais en réalité en train d'enquêter à Toronto.

– Et qui vous a demandé d'aller à Toronto ?

– Cardinal, intervint Loach. Je sais ce qui se passe. J'ai des yeux.

– Ce sont vos oreilles qu'il faut utiliser en l'occurrence, dit Delorme. Écoutez attentivement. »

L'image s'afficha sur l'écran. Le pub bondé et un inspecteur éméché qui montait sur un tabouret.

« C'est Chuck Rakov, dit Loach. Qu'est-ce que vous foutez avec une vidéo de Chuck Rakov ?

– Qui c'est, celui-là ? demanda Chouinard.

– L'un des pires flics avec lesquels j'ai travaillé. Ça m'a pris un peu de temps mais j'ai réussi à faire partir cet enfoiré. »

Delorme avait mis sur Pause. « Je peux continuer ? »

Chouinard hocha la tête. Elle appuya sur Lecture et Rakov se lança dans son imitation de Loach.

« Hilarant, fit-il, mais je n'ai pas le temps pour ces conneries. » Il se leva pour éteindre l'écran.

« Laissez, ordonna Chouinard.

– Vous êtes sérieux ? Chuck Rakov était et est toujours un poivrot.

– Ce n'est pas la bonne partie, dit Delorme, ça arrive. »

À l'écran, Rakov se lançait dans son imitation de Canadien français. Même ivre, il maîtrisait l'art de la transformation immédiate propre aux bons imitateurs. Le corps du flic de Toronto était habité par l'esprit – et l'accent – d'un véritable Québécois.

« Oh, bon Dieu, souffla Chouinard, dites-moi que ce n'est pas vrai. Dites-moi que ce n'est pas ce type qu'on recherche depuis des jours.

– Attendez une seconde, protesta Loach, on ne sait pas si c'est lui qui a appelé. Rakov est un énorme connard.

– Un connard qui vous déteste, corrigea Delorme. Un connard que vous avez fait virer. Un connard que la police de Toronto a interpellé pour entrave à la justice. Je leur ai donné votre enregistrement, ils ont déjà mené les analyses nécessaires.

– C'est des conneries », insista Loach. Il se tourna vers Chouinard. « Elle essaie de me savonner la planche. C'est ridicule. Je la cite pour insubordination, pour mauvaise conduite, pour détournement de fonds, pour…

– Rentrez chez vous, le coupa Chouinard. Vous n'allez citer personne.

– Non. C'est injuste, bégaya Loach en secouant la tête. C'est totalement injuste.

– La brigade scientifique de Toronto a confirmé que c'était la même voix ? demanda Chouinard à Delorme.

– C'est sûr que c'est Rakov.

– Vous êtes déchargé de ce dossier, Loach. Rentrez chez vous. »

Loach se leva. « Vous avez tort, tous les deux. J'ai fait ce qu'il fallait. J'ai pris la bonne décision. Étant donné ce qu'on avait à ce moment-là, j'ai pris la bonne décision.

– *Rentrez chez vous.* »

Après avoir glissé sa carte de visite dans la boîte à lettres d'Alison Durie, Cardinal retourna s'asseoir dans sa voiture pour réfléchir à ce qu'il allait faire ensuite. Il était peu probable que l'appel à toutes les unités permette à un agent en uniforme ou à une voiture en patrouille d'arrêter exactement la bonne camionnette. Si quelqu'un devait le pincer, ce serait la police provinciale de l'Ontario et si Durie comptait achever sa vengeance sur une île de l'Arctique, il se dirigeait forcément vers un aérodrome.

Il sortit une photo de Hayley Babstock de sa mallette. Vingt-sept ou vingt-huit ans, un bel âge pour une femme. Toujours cette naïveté d'étudiante mais une grande confiance en elle qui se lisait dans ses yeux bleus. C'était probablement une personne avec une bonne idée de ses capacités. Il sortit un stylo pour écrire au dos de la photo : *C'est Hayley Babstock. Elle est enseignante et c'est la fille d'une personne que votre frère a des raisons de haïr.* Il sortit de la voiture et alla glisser la photo sous la porte d'Alison Durie.

Son téléphone sonna au moment où il revenait à sa voiture.

« C'est Drexler. Tu ne serais pas chasseur par hasard ?

– Non.

– Je suis au bord d'une route juste au nord de King City à regarder deux types passer un harnais sous un caribou mort. Il n'a pas été tué au fusil, cela dit. Il a été percuté par une camionnette blanche.

– Qu'est-ce qui se passe ? Est-ce que la fille est saine et sauve ?

– Elle n'est pas là. Karson Durie non plus.

– Envoie-moi une photo du van. Est-ce qu'il y a un logo sur le flanc ?

– Je te l'envoie tout de suite. Bon Dieu, si tu voyais les bois de cette bestiole : ils ont dû prendre un treuil pour le désencastrer du pare-brise. Il doit bien peser sept cent cinquante kilos. Je reconnais que je suis toujours surpris par la place de la chance dans la trajectoire des criminels – sans parler de celle des victimes.

« M. le Criminel – en route pour un aérodrome à cinq kilomètres d'ici où il s'avère qu'il avait réservé un Twin Otter sous un faux nom – a le malheur de percuter un caribou. Mais, surprise, la roue tourne et il a la bonne fortune de voir arriver un Samaritain. Ce n'est pas de bol pour M. Samaritain qui a arrêté son camion pour l'aider. "Merci bien, tenez, acceptez cette cartouche de .45 en guise de remerciement." Le type est mort. Il a deux enfants de moins de douze ans et une femme qui se demande pourquoi il ne répond pas sur son portable.

– On est sûr que c'était Durie ?

– Eh bien, il n'y avait pas d'empreintes de notre ami ganté mais la petite Babstock a oublié d'être bête. Elle a laissé des empreintes partout à l'arrière de la camionnette. Elles sont parfaites, comme si elle avait cherché à bien appuyer rien que pour nous.

– On sait dans quoi il roule maintenant ?

– Le véhicule du Samaritain était une Dodge Laramie.

– Ça devrait être facile à repérer.

– Ça devrait. Ça l'a été. La police provinciale de l'Ontario l'a retrouvée à soixante kilomètres d'ici sur la 400 et maintenant on n'a aucune idée de ce qu'il conduit. Et aucune d'idée de sa destination. Au point où on en est, c'est un dossier ouvert dans trois juridictions et on ne sait pas du tout où ce type se trouve.

– Attends une seconde, Art. Je crois que j'ai une piste. »

Alison Durie traversait la rue pour venir à sa rencontre.

Delorme avait hâte de ressortir du bureau après son entrevue avec Loach et Chouinard. Elle les entendait encore se hurler dessus tandis qu'elle gagnait la porte. Elle alla rendre visite à Miranda Heap, qui s'était réveillée à l'hôpital. Elle avait les lèvres enflées et était groggy à cause des médicaments mais elle semblait avoir les idées parfaitement claires. Elle était aussi parfaitement décidée. Vous avez écouté les messages ? Et vous savez qui c'est. Très bien. Vous avez trouvé le reçu aussi ? La photo ? Parfait. Ce fils de pute croit qu'il va devenir juge...

Delorme repassa chez elle et découvrit, comme Miranda s'y attendait, que Garth Romney avait laissé un autre message. *Darlene a été une vilaine fille, ma chérie...*

« Oui, dit Delorme, on peut le dire... »

Elle retourna au commissariat pour faire des copies de toutes les pièces.

Assise face à Chouinard, elle le regarda parcourir le dossier, l'air sombre, secouant la tête à cause de ce qu'il entendait dans ses écouteurs. Il finit par les enlever et murmura : « Garth, Garth, Garth... Détournement de fonds, manquement au devoir...

– Sans oublier l'agression.

– Agression. Bordel. Dites-moi une chose, inspecteur Delorme. Dites-moi comment ça se fait que des personnes apparemment si intelligentes arrivent à se fourrer dans de tels pétrins.

– J'aimerais porter ça au procureur Hartman immédiatement.

– Non, non, c'est un dossier trop chaud pour être traité en local. Il faut le transmettre à Sudbury, au niveau régional.

– Mais ça va prendre une éternité.

– Non, croyez-moi, ils vont vouloir régler ça rapidement, avant que Romney ne soit désigné comme juge. Le dossier ne nous appartient plus, ils voudront que la police de l'Ontario, ou plus probablement celle de Toronto, prenne le relai.

– Mais tout le travail est fait.

– Je sais. Vous avez tout fait pour eux. Et maintenant on sait pourquoi Priest n'a jamais été poursuivi. »

Elle lui parla de son entretien avec Fritz Reicher.

« Il est prêt à témoigner ?

– Complètement. J'aimerais arrêter Priest le plus tôt possible. Pourquoi pas ce soir ?

– Attendez un peu, ça ne pourra pas être ce soir. Il faut d'abord que l'on mettre le procureur régional sur le coup. Il voudra voir et entendre tout ce qu'on a. Il va demander une enquête externe et alors il lancera le filet. »

Delorme se leva. Alors qu'elle ouvrait la porte, Chouinard donna un coup de poing sur son bureau. « *Putain.*

– Qu'est-ce qu'il y a, commissaire ?

– C'est bon, hein ? C'est ça qui est bon. C'est pour ça qu'on fait ce boulot, pas vrai ?

– J'imagine. »

Il tapa encore son bureau. « Fantastique. Fantastique, putain, et vous savez que je ne jure jamais.

– Absolument, commissaire, je vous ai toujours admiré pour ça. »

« Après vous avoir renvoyé aussi rudement, je suis allée regarder dans les affaires que mon frère a laissées, dit Alison Durie. Mais il faut que je vous parle un peu de lui avant de vous les montrer. »

Cardinal était assis à la table de la cuisine sur laquelle était posée une théière encore chaude. Il observa son visage. Large front, port altier, une majesté défaite par une insondable tristesse.

« J'ai pris l'avion pour Yellowknife le jour de la libération de Karson et je l'ai ramené chez moi. Il a vécu ici pendant six mois environ.

– Que faisait-il de son temps ? Il avait un emploi ? »

Elle secoua la tête. « Mon père nous avait laissé de l'argent. La part de Karson a généré des intérêts au fil du temps. Cela lui offre un revenu suffisant sans qu'il ait besoin de travailler, à condition de faire attention. Mais ce n'est pas un homme avec des besoins matériels très importants. »

Elle parla de son frère, oubliant le thé, les tasses et les cuillères posés entre eux.

« Il passait le plus clair de son temps à la bibliothèque universitaire. Ça m'a fendu le cœur la première fois qu'il est rentré ici après y avoir passé un après-midi. La joie sur son visage. Karson n'est pas quelqu'un de très expansif mais il m'a inondé d'histoires sur les avancées dans son champ de recherche. Il y est retourné tous les jours, a obtenu un accès aux revues en ligne et j'ai vu – l'espace d'un instant – du bonheur dans ses yeux. Je savais aussi qu'il y allait parce qu'il ne voulait pas être un poids pour moi, ce qui était idiot car il s'occupait en réalité beaucoup de notre mère. Mais je suis certaine qu'il voulait éviter d'être dans mes pattes. Son bonheur s'est vite dissipé. La prison – ou peut-être moins la prison que l'injustice – l'a privé de cette capacité.

– Je suis surpris qu'il n'ait pas voulu avoir un endroit à lui, louer un appartement.

– Mon frère est un homme capable de traverser l'île d'Ellesmere en tirant un traîneau de cent kilos. Seul. Il a passé des hivers entiers avec des Russes, des Lapons et des Inuits dans des lieux qui sont à peine inscrits sur la carte et sont désignés par des numéros plutôt que des noms. Il est resté échoué pendant des semaines dans la baie du Vendredi-Saint et été sauvé par un chasseur inuit sur un iceberg de la mer de Beaufort. Mais dix-huit ans en prison ? Dix-huit années, inspecteur. Marcher dans la rue, c'était perturbant. Il était comme un homme sujet au vertige qui sort sur une passerelle au quarantième étage d'un immeuble. Il était forcé de raser les murs, de se reposer sur les pas de porte.

« Les distances, l'échelle de la ville, c'était trop pour lui. Vous imaginez ? C'est un homme qui a traversé des icebergs grands comme Manhattan. Mais après vingt ans en prison, il fallait l'accompagner partout. Il avait besoin de temps pour retomber sur ses pieds et il était suffisamment intelligent pour le savoir.

– Ça a dû être difficile pour vous.

– Pas du tout. Karson a trois ans de plus que moi. J'étais en adoration devant lui quand j'étais petite. Même adolescent, il absorbait des connaissances de la même façon que nous retenons des chansons pop. Il dissertait sur la relativité, la fission nucléaire et les calculs complexes comme les gens de notre génération parlaient de Led Zeppelin ou de la dernière sitcom. C'est sans doute pour ça que je me suis tournée vers les arts – et la musique –, pour éviter d'être en compétition avec lui. »

Cardinal la laissa parler un peu plus longtemps. Puis il dit : « Vous aviez quelque chose à me montrer ?

– Oui. Quand vous êtes venu, je ne vous ai pas réellement écouté. Je n'arrivais pas à vous entendre. Je ne *voulais* pas vous entendre. Mais je vous ai vu attendre là dehors et j'ai regardé la photo de cette jeune fille et... Karson a laissé des affaires. Pas grand-chose – il voyage léger et n'a pas tellement de biens – mais il y a un petit carton à lui dans le garage.

– Il faut que je le voie.

– Dites-moi, inspecteur, vous êtes absolument sûr que c'est Karson que vous recherchez ? »

Cardinal sortit son portable et ouvrit la photo que Drexler avait envoyée. « Vous reconnaissez cette camionnette ?

– Oh, Seigneur.

– Les empreintes de la fille sont partout à l'intérieur. Il semble qu'ils soient partis tous les deux mais on ignore dans quel véhicule et on ne sait pas où il se dirige. Il faut que je voie ses affaires.

– Oui, bien sûr. C'est par ici. »

Elle se leva, enfila un manteau et des bottes et ils traversèrent un petit jardin derrière la maison pour atteindre le garage. Il était éclairé par des néons. Il y avait des outils de jardinage, un établi et des étagères le long d'un mur. Des taches d'huile sur le sol trahissaient la présence d'un véhicule qui n'était cependant plus garé ici.

« Je ne viens jamais en hiver, je n'ai pas de voiture, mais je laisse un voisin s'en servir. Il avait un petit commerce jusqu'à ce qu'il fasse une crise cardiaque il y a plusieurs années. Je ne sais pas pourquoi il n'a jamais vendu sa camionnette. Bref, il y a quelques semaines, son fils m'a dit qu'elle avait disparu et il m'a demandé si j'avais vu quelqu'un entrer dans le garage. Il ne m'était jamais venu à l'idée que Karson avait pu la prendre.

– Quel genre de commerce ?

– Fleuriste. On distingue encore le logo. Mais ce que je voulais vous montrer… »

Elle désigna une boîte de rangement en plastique posée sur les étagères.

Cardinal retira le couvercle. Chemises et jeans soigneusement pliés. Une paire de chaussures. Posés sur les vêtements, plusieurs cahiers d'écolier perforés avec une carte du Canada sur la couverture et un emploi du temps à remplir à l'arrière.

« Je pense que vous devriez commencer par le bleu. Attention, les agrafes ont été retirées. Ce doit être le protocole de la prison, je suppose. »

Cardinal ouvrit le cahier bleu. L'écriture était propre, déliée, facile à lire. Il parcourut les premières pages.

J'ai rêvé que je gravissais une montagne de verre éclairée par un soleil de plomb. J'étais accompagné d'un homme et d'une femme qui disaient connaître le chemin alors que c'était faux. […] Quand je me suis réveillé dans l'obscurité, j'avais les yeux qui pleuraient.

« Je viens de remarquer autre chose. »

Cardinal releva la tête. Elle contemplait le mur du fond.

« Ma mère, je vous ai dit qu'elle avait vécu ici durant les derniers mois de sa vie ? Elle était le plus souvent en fauteuil. Elle avait un fauteuil électrique pour la maison mais elle en avait un autre, basique. Il était replié et stocké ici. » Elle tendit un doigt fin vers le fond du garage. « Il a disparu. »

22

Delorme tira la porte de la douche, réfléchit un instant, puis la referma. Elle alla à la baignoire, la boucha et fit couler l'eau. Elle garda la main sous le robinet jusqu'à avoir trouvé la bonne température.

Elle alla dans sa chambre, tira les rideaux et se déshabilla. Elle resta assise quelques instants au bout du lit, écoutant l'eau couler dans l'autre pièce. Maintenant qu'elle était là, elle hésitait, tentée de laisser tomber le bain et de se glisser directement sous les draps. Tu n'arriveras pas à dormir, se dit-elle. Tu vas rester allongée là à te repasser le film de la journée.

Elle retourna à la salle de bains et versa un bouchon de produit moussant dans l'eau, qu'elle fit tournoyer. Elle se plaça devant le miroir pour remonter ses cheveux et les attacher avec un bandeau puis plongea le pied gauche dans l'eau. Juste assez chaude pour picoter un peu. Elle ouvrit l'eau froide et remua le bain avec son pied pendant une minute. Elle pensa à la lumière, appuya sur l'interrupteur et alluma la veilleuse près du lavabo.

Quand elle s'assit, la mousse lui arriva à la poitrine. Elle voyait son reflet dans la cabine de douche et derrière elle la porte ouverte de la salle de bains. Elle imbiba un gant de toilette, l'essora un peu et s'allongea en se couvrant les yeux. Le bruit de l'eau dans les tuyaux. Elle s'enfonça jusqu'aux épaules.

La sensation de la vapeur dans ses poumons était agréable, elle inspira profondément et laissa échapper un soupir. Elle resta allongée quelques instants en ordonnant à ses muscles de se détendre, mais elle ne croyait pas réellement à ce genre de chose et laissa tomber. L'eau commença à refroidir et elle se redressa pour atteindre le robinet d'eau chaude.

Pendant qu'elle coulait, elle crut entendre le parquet craquer et éteignit l'eau. Elle tendit l'oreille, la main sur le robinet qui gouttait. À l'évidence, un bain chaud ne suffisait pas à guérir ses tensions d'un seul coup. Elle mit du savon sur son gant et se frotta tout le corps, des orteils aux épaules, avant de s'allonger encore pour un dernier rinçage. Elle ferma les yeux et l'image de son lit, de ses draps frais, lui traversa l'esprit.

Un autre bruit. Un mouvement, pas vraiment identifiable. Elle immergea ses mains silencieusement pour faire cesser le bruit de gouttes et écouta. Elle était dos à la porte mais le rectangle sombre se reflétait dans la cabine de douche. La réaction instinctive consistait à rester immobile, à attendre que le danger s'éloigne même si son cœur battait déjà à toute vitesse. Son peignoir était accroché à la porte ouverte.

Elle s'imagina se précipiter dans la chambre, vers la commode, son arme. Tant pis pour le peignoir. À trois, se dit-elle. Un, deux...

Il apparut alors dans l'encadrement. Leonard Priest – en chair et en os, bronzé et costaud – totalement nu sur le pas de la porte.

« Bon Dieu, dit-il à son reflet, j'ai bien cru que tu ne te déshabillerais jamais. »

Delorme regarda son reflet quand il entra dans la salle de bains. Il vint se placer juste à côté de la baignoire, son pénis juste au-dessus de la tête de Delorme, et croisa les bras.

« Un petit bain pour se détendre ? Petit spa maison ? Sympa. Très sexy. »

Delorme envisagea de lui coller un coup de poing dans les couilles. Il était un tout petit peu trop loin.

« Tu as peur, chérie. Ça se voit sur ton visage. Mais un peu d'adrénaline au bon moment peut apporter un petit plus, transformer une rencontre plan-plan en un souvenir vraiment inoubliable. À quoi tu penses ? Quelles images traversent ta vilaine petite caboche ?

– Vous voulez dire à part l'image de vous à poil dans votre voiture pour venir ici au milieu de l'hiver ?

– En taxi. Habillé.

– Ou l'image de vous en train de forcer ma porte de derrière ?

– Une empreinte à la cire, quand tu es venue dîner. Un petit tour que j'ai appris en maison de redressement. Mais on peut toujours parler de *ta* porte de derrière, si tu veux. » Il s'accroupit pour être à sa hauteur. « Je te connais, Lise. Peut-être mieux que tu ne te connais toi-même. Regarde ça – je vois le battement de ton cœur à travers la mousse. Incroyable.

– Je vais vous dire ce que je trouve incroyable, Leonard. Je trouve incroyable que vous puissiez entrer par effraction dans la maison d'une flic – une flic qui vous soupçonne de meurtre – et attendre, nu, dans sa cave qu'elle rentre chez elle. Ce qui est vraiment incroyable, c'est que vous puissiez faire tout ça sans vous rendre compte que vous avez un sérieux problème.

– Aucun problème, chérie.

– Vous n'avez jamais entendu parler d'addiction, j'imagine.

– Le sexe n'est pas une drogue, c'est naturel.

– Vous prenez un vrai risque de vous faire abattre et vous ne considérez pas qu'il y ait un problème ?

– Comme je le disais, Lise, c'est l'adrénaline. Ça fait partie du fun.

– Hm-hm. Donc il n'y a pas que les femmes qui aiment se faire peur.

– Pas du tout. »

D'un geste souple, Delorme attrapa les bords de la baignoire pour se relever. Priest se redressa et fit un pas en arrière. « Ouah. Alerte à la chatte.

– Passez-moi cette serviette.

– Très jolie. »

Delorme passa devant lui pour attraper la serviette. « Laissez-moi une minute.

– Je ne quitterai pas cette maison avant d'avoir fini ce qu'on a commencé. Ce que *tu* as commencé pour être tout à fait franc.

– Leonard.

– D'accord. Mais j'emporte ça. » Il décrocha le peignoir de la porte.

« Donnez-moi le peignoir.

– Non, désolé.

– Vous me cherchez vraiment, hein.

– Oh, que oui. » Il tendit le peignoir et le secoua une ou deux fois à la manière d'un torero.

« Vous cherchez mon côté sombre.

– J'ai une nouvelle pour toi, trésor : tu n'en as pas d'autre. »

Il sortit de la pièce sans fermer la porte et elle entendit ensuite le bruit de son matelas s'affaissant sous son poids.

Delorme se sécha rapidement. Elle enroula la serviette autour de sa taille puis changea d'avis et la retira. Elle entra dans la chambre où Priest était assis au bord du lit, son Beretta dans les mains.

Il leva la tête et dit : « Quel corps. Ça suffit à vous faire croire en Dieu. »

Delorme tendit la main. « Donnez-moi ça. »

Il leva l'automatique à deux mains et le pointa sur elle. « Et si je dis non ?

– Deux choses. D'abord je vous désarmerai, ce qui sera très déplaisant. Ensuite, vous ne baiserez pas.

– Beaucoup de femmes aiment jouer les dures.

– Je sais au moins ça sur moi : je préférerais littéralement mourir.

– Vraiment ? Mourir ? Mourir plutôt que de coucher avec moi ?

– Plutôt que d'être contrainte. » Delorme attrapa le Beretta par le canon, sans forcer. La sécurité était enclenchée, mais quand même.

« Oh, tu es cash. » Il tira sur le pistolet. « Voilà ce qu'on va faire, on va le laisser juste ici. » Il roula de l'autre côté du lit et posa le pistolet sur le rebord de la fenêtre, derrière le rideau. Puis il s'allongea sur le flanc et tapota le matelas.

Delorme posa un genou sur le lit et s'assit sur le bord.

Il tendit la main et posa son doigt sur le genou de Delorme.

« J'ai aussi trouvé tes menottes.

– Je m'en doutais.

– Elles sont sous l'oreiller. Tu en as déjà mis pour t'amuser ?

– On nous les a fait essayer à l'académie. Pour savoir ce que ça faisait, comment les serrer, etc.

– Ça t'a plu ?

– Le contexte ne s'y prêtait pas beaucoup.

– Mais ça pourrait. »

Delorme prit sa main et la serra entre ses paumes. Elle était très froide.

« Leonard, tu sais ce que je pense ?

– Non, quoi ?

– Je pense que c'est toi qui aimes te faire peur.

– C'est vrai que tu me rends un peu nerveux.

– Je vois ça. Je pense que je sais quoi faire pour arranger ça. » Elle frotta sa paume avec son pouce. « Te réchauffer un peu.

– Ah ouais ? »

Elle se mit à genoux, lui offrant une vue complète.

« Oh là là, fit-il, oh oui. »

Il commença à faire glisser sa main hors des paumes de Delorme. Elle la serra et lui tordit le poignet.

« Putain ! »

Il était maintenant sur le ventre, Delorme sur lui, le poignet à hauteur de sa nuque.

« Putain de merde ! » Il agitait l'autre bras pour essayer de l'atteindre. « Lâche-moi !

– Je n'ai même pas encore commencé. Tu as fouillé mon placard ?

– Quoi ? Non. »

Elle tira son bras vers le haut.

« Oui ! Oui !

– Ah, tu as trouvé les jouets alors.

– Quels jouets ? Il n'y avait pas de jouets.

– Dans la boîte bleue. Sur l'étagère. J'ai des trucs là-dedans qui devraient t'intéresser, Leonard. Des choses qui vont t'apprendre à respecter la loi. Mais d'abord, je crois que j'ai envie de te voir en position de soumission. Passe-moi les menottes, Leonard.

– Aucune chance.

– C'était un non, esclave ? »

Elle lui tira sur le bras et attrapa les menottes de son autre main. Elle s'agenouilla sur son bras replié et lui referma la menotte sur l'autre poignet, faisant passer la chaîne derrière les barreaux du lit.

« Je sens tes poils de chatte sur mon… »

Elle lui flanqua une grande baffe derrière la tête. « L'autre main. Tu ne vas pas faire d'histoires, si ? Tu vas faire des histoires ?

– Jamais. Je n'oserais pas. »

Elle desserra un peu son étreinte. « Parce que plus vite je t'aurai attaché à ce lit, plus vite je pourrai sortir ces jouets et me mettre au boulot.

– Putain, j'étais sûr que tu serais douée pour ça.

– La ferme. Tu as le choix, esclave : les jouets ou le flingue. Choisis.

– Les jouets, sans hésitation.

– Alors passe ton poignet dans cette menotte.

– Non. Aïe ! T'es une putain de petite fasciste, voilà ce que tu es. »

Delorme lui abaissa le bras et Leonard poussa un soupir de soulagement. Elle tira son poignet jusqu'à la menotte et il se laissa attacher.

« Heureuse ? demanda-t-il en agitant les bracelets. Je suis totalement à ta merci. J'ai l'impression que tu vas me le faire regretter.

– Oh, que oui.

– Avec tes instruments de destruction.

– Je vais peut-être même devoir appeler d'autres officiers.

– Non. Je préfère qu'on s'arrête avant ça. On devrait se mettre d'accord sur un *safeword* : "avocat", ça t'irait ?

– Bon, si tu penses que ça peut m'arrêter. Mais d'abord, je voudrais te murmurer quelque chose à l'oreille. » Elle se pencha et vint placer sa bouche tout près de son visage. Il allait sentir son souffle, il n'oublierait jamais ce moment. « Leonard Priest, susurra-t-elle, je vous arrête pour le meurtre de Régine Choquette. Vous avez le droit de garder le silence. Tout ce que vous direz pourra être retenu contre vous. Vous avez le droit à un avocat… »

23

Ronnie Babstock part travailler. Il ne peut pas rester chez lui. Il ne peut pas rester seul. « Ce serait peut-être mieux de nous laisser assurer ta protection, avait dit Cardinal. Durie ne s'en est pas pris aux autres hommes mais il ne reste que toi sur la liste et tu seras peut-être sa dernière cible.

– J'espère qu'il viendra s'en prendre à moi, avait répondu Babstock. Je serai heureux de mourir si ça permet à Hayley de vivre. Elle est si jeune, John. C'est une fille qui n'a jamais fait de mal à personne. »

Il y a beaucoup de boulot. La prochaine mission pour Mars est dans moins de six mois. Les roues sur la dernière version de Marti refusent de se rétracter, rendant l'atterrissage impossible. Et le développeur du spectromètre à alpha-particules n'arrive pas à respecter le cahier des charges. Dans les deux cas, les discussions entre les chefs d'équipe et les directeurs de département sont dans une impasse et seule une conversation sereine au sommet permettrait de faire avancer les choses.

Il ne peut se résoudre à passer ses appels. Il a le visage de sa fille devant lui. Un degré d'obsession qu'il n'a pas connu depuis qu'il est tombé amoureux de sa mère et qu'il était loin d'être certain qu'elle l'épouse. Son esprit l'avait serrée contre lui quand ses bras ne le pouvaient pas. Le temps s'était effacé.

Il voyait maintenant sa fille devant lui à tous les âges, en train de faire son rot, de ramper, puis la petite patineuse maigrichonne, l'ado aux sweats déchirés, l'effrayante poétesse gothique, l'étudiante, la chercheuse, l'enseignante. De son bureau d'Airport Hill, il a vue sur la ville et la baie gelée, le ciel bleu, l'étrange étendue sans neige formée par le lac. Il ne voit rien de tout ça. Il ne voit que le visage de Hayley. Il essaie de sélectionner ses moments préférés : ses visites, trop rares, à Toronto, quand Hayley l'emmène dîner avec ses collègues, le traîne au musée d'art de l'Ontario et même à des lectures de poésie. Sa fille, l'adulte, qu'il apprend tout juste à connaître. Cette personne qu'il a côtoyée toute sa vie devenant soudain une nouvelle amie.

Il ne supporta plus de rester assis là, il fallait qu'il sorte. Il mit son manteau et, alors qu'il venait d'ouvrir la porte, la sonnerie d'un appel Skype retentit depuis son ordinateur. Il était rare qu'on le contacte directement par ce biais.

Il regarda son assistante. « Grace, est-ce que vous venez de me transmettre un appel Skype ?

– On n'a rien reçu ici. »

Il retourna à son bureau et s'assit.

Appel entrant : Hayley Babstock.

À sa connaissance, Hayley n'avait pas de compte Skype. Il cliqua sur le bouton Répondre.

Une coupure de presse apparut à l'écran.

« Hayley ? Hayley, tu es là ? »

Les flics pouvaient récupérer des traces sur les lignes téléphoniques mais ils n'auraient jamais le temps de remonter cet appel. Il appuya sur Enregistrer.

L'image zooma sur un article vieux de vingt ans. « CATASTROPHE SUR UNE BASE DÉRIVANTE : UNE SCIENTIFIQUE PÉRIT ». Il y avait une photo. La jeune femme aux beaux cheveux et au sourire timide. Vingt-sept ans. Spécialiste des formations nuageuses arctiques et des échanges d'énergie. Il n'avait jamais oublié son visage, bien qu'il ne l'ait vu qu'une fois, quand l'histoire était sortie.

« Monsieur Babstock, ici Karson Durie. » Il n'y avait que la voix et la coupure de presse. Une voix polie, calme. « Je voulais m'assurer que vous sachiez qui c'était.

– Rebecca Fenn. Je sais qui elle était. Elle était jeune, belle et prometteuse.

– Tout comme votre fille.

– Monsieur Durie, je ferai tout ce que vous demanderez, je paierai n'importe quel prix, je donnerai ma vie – tout ce que vous voudrez – si vous épargnez ma fille.

– Vous ne pouvez rien faire. Vous n'avez rien fait il y a de nombreuses années.

– Je l'ai regretté tous les jours depuis.

– Ça ne fait aucune différence à mes yeux.

– Détestez-moi. Haïssez-moi autant que vous voudrez. Mais pas ma fille. Pas Hayley. Ce n'est pas quelqu'un que vous pouvez détester si vous prenez la peine de faire sa connaissance ne serait-ce que cinq minutes.

– Je ne la déteste pas. Je ne vous déteste même pas, vous. Je suis indifférent. Comme vous l'avez été. Vous avez été indifférent à un homme et une femme qui mouraient à vos pieds. Aussi indifférent que le glacier de Crusoé, la chaîne de Piper, la calotte de Stacey. C'est dans la nature des choses. Ce qui est remarquable, c'est qu'il y ait eu des moments dans l'histoire humaine où quelqu'un n'a pas été indifférent.

– Je n'étais pas indifférent. J'ai été avide, égoïste, stupide, ambitieux, irresponsable, immature.

– Vous aviez environ trente-cinq ans d'après mes estimations, vous n'étiez plus un enfant.

– Je sais. Et je ne vais pas vous mentir : j'ai vu la fusée. Et je sais qu'on n'ignore pas une fusée dans l'Arctique. Les enjeux étaient immenses pour nous et nous avons pris la mauvaise décision. C'était mal et je le regrette. J'ai voulu revenir dessus pendant des années mais c'est impossible. Je le dirai au monde entier, si ça peut aider en quoi que ce soit.

– Ça ne changera rien.

– Puis-je voir ma fille, s'il vous plaît ?

– Bien sûr. »

Ça faisait longtemps que l'escouade n'avait pas eu l'occasion de sortir « l'artillerie lourde », le surnom donné au matériel prévu pour les opérations spéciales. Chaque inspecteur reçut un fusil, une combinaison en Kevlar, des cartouches de secours et des chargeurs pour Beretta.

Au milieu de l'agitation, Cardinal dut se rendre dans une salle de réunion pour essayer de calmer Ronnie Babstock. Il était arrivé avec son ordinateur portable qu'il avait ouvert sur la table pour montrer un enregistrement vidéo de sa fille. Elle était vêtue comme les autres victimes, avec une doudoune bleue, des chaussures neuves, pas de gants, pas d'écharpe. On ne voyait rien d'autre dans le cadre si ce n'est de la glace.

Elle avait le souffle court et on distinguait de la buée par intermittence contre le bleu de son manteau. Elle semblait essayer de parler mais aucun mot ne sortait.

« Elle va mourir, John. Il faut que je sache ce qui se passe.

– Ron, on a regardé ça à la minute où tu nous l'as montré. Ça ne comprend rien qui nous soit utile et on doit suivre une autre piste pour le moment, une piste solide. On va sortir dans quelques minutes. Toi, tu retournes chez toi et je t'appelle dès qu'on en sait plus.

– Il est sur Axel Heiberg, John. Dis aux fédéraux qu'il est là-bas.

– Ils sont en route. Ils n'ont pas de poste sur cette île mais ils sont en vol en ce moment même. Écoute, Ron, c'est uniquement pour vérification, on ne pense pas qu'il soit arrivé là-bas.

– Il a laissé les chiffres. Les coordonnées.

– Oui, c'était son plan. Il voulait qu'on arrive trop tard. Mais il a eu un accident de la route. Il est blessé, il n'a pas pu piloter un avion sur une telle distance. On pense qu'il est ici. Il n'y a rien dans la vidéo qui ne pourrait pas se trouver juste ici, à Algonquin Bay.

– C'est un enregistrement. » Babstock montrait l'écran, l'image de sa fille recroquevillée sur la glace, une chaîne se devinant dans le bas du cadre. « Ce n'était même pas en direct quand il me l'a envoyée. »

Le chalet était près de la pointe de Cole's Landing. L'assaut devait être coordonné par Jerry Commanda et l'équipe d'intervention de la police provinciale. Il avait demandé à Cardinal à quoi ils pouvaient s'attendre.

« On n'en sait rien. La sœur de Durie nous a dit qu'il n'y avait jamais d'armes dans le cabanon quand ils étaient jeunes. Leur père ne chassait pas. Mais il a eu tout le temps de le remplir avec ce qu'il voulait. Nous avons envoyé les agents en civil le plus près possible. Pour l'instant, aucun signe de vie, aucune activité récente. On ne sait pas s'il est là, si la fille y est, rien. Si elle est avec lui, il pourrait lui tirer dessus à l'instant où il nous verra. »

Un grand calme était tombé sur le lac, aucune trace des vents sauvages de la semaine précédente, pas la moindre brise. Le soleil était bas sur les îles Manitou et ne diffusait que le froid. Le calme fut fendu en deux par la motoneige qui passait entre les cabanes de pêche. Peu d'entre elles devaient être occupées par une journée comme celle-ci. Moins trente au soleil. Difficile de croire que quiconque puisse mourir par une si belle journée, mais si Hayley Babstock était dehors par ce temps, elle ne survivrait pas.

« Bon Dieu, c'est l'enfer, dit Cardinal, et on est équipés pour. »

Delorme ne dit rien. Elle s'était montrée distante toute la matinée. Il l'avait félicitée pour l'affaire Priest et voulait organiser un dîner ou trouver un moment pour discuter mais elle avait sorti son téléphone et feint un intérêt soudain pour un texto.

Non pas qu'il ait eu le loisir de s'inquiéter de ça à cet instant. Il avait McLeod et Szelagy cachés derrière un rocher à l'ouest du chalet, prêts à intervenir. De là où ils étaient, ils avaient une ligne de tir dégagée si quelqu'un décidait de s'enfuir en direction du lac.

Delorme et lui étaient déployés vers l'avant de la maison, mais les gars de l'OPP passeraient devant. Cardinal les avait longuement briefés et il n'avait aucune raison de craindre qu'ils foirent l'opération.

« Je crois que j'ai vu un rideau bouger, dit Delorme.

– Pas moi.

– Je peux me tromper. Je regarde depuis trop longtemps. »

Les rideaux étaient restés tirés toute la matinée. De la fumée sortait de la cheminée mais ça ne voulait rien dire. Toutes les maisons restaient un peu chauffées en hiver pour éviter que les canalisations explosent.

La voix de Jerry Commanda leur parvint par la radio. « Tout le monde est en place ? »

Cardinal lui dit qu'ils étaient prêts.

« D'accord. Espérons qu'elle est là. »

Ils avaient beau se trouver au milieu de la côte, il ne vit Jerry et l'équipe d'intervention que lorsqu'ils sortirent des fourrés comme autant de ninjas, des ninjas alourdis par leurs parkas et leurs armes. Il vit la première équipe lever le bélier devant la porte et il l'entendit voler en éclats une demi-seconde plus tard.

Delorme et lui dévalèrent la pente.

« Ils ne sont pas là, annonça Jerry, mais visiblement ils sont passés. »

Il y avait de la vaisselle dans l'évier, des bandages sanguinolents dans la salle de bains. Ils trouvèrent un manteau par terre que Cardinal reconnut comme étant celui de Hayley Babstock. Il alla à la fenêtre qui donnait sur le lac. Au nord, les silhouettes cubiques des cabanes de pêche se découpaient dans la lumière. À l'ouest, le reflet du soleil était presque trop aveuglant pour être vrai. C'est alors qu'il comprit que celui-ci venait de la maison sur le lac de Babstock, le rectangle de verre renvoyait les rayons comme des éclairs enflammés.

« On a la moindre idée d'où il a pu aller ensuite ? demanda Jerry.

– Un endroit froid.

– Ça pourrait être n'importe où.

– En effet.

– Et on ne sait pas quelle voiture il a.

– Non.

– Tu vas faire venir la scientifique ?

– Ils sont en chemin, dit Cardinal.

– Qu'est-ce qu'il y a ? Qu'est-ce que tu regardes ?

– La maison de Ronnie Babstock. Celle tout en verre, par là-bas.

– Je croyais qu'il avait la baraque immense sur McClintock. »

Cardinal était sur le point de répondre quand il y eut un grand éclair suivit d'une détonation assourdissante. Tous ces scintillements disparurent derrière des nuages noir et gris.

« Mon Dieu », souffla Jerry.

Ils sortirent tous deux leur portable. Jerry demanda le renfort des pompiers et des ambulances. « Il est bien sur Outlook Drive, hein ?

– Ouais. »

Jerry leur donna l'adresse, raccrocha et ordonna à tout le monde d'aller vers l'incendie.

Ronnie Babstock répondit à l'appel de Cardinal et celui-ci lui demanda de patienter un instant. Il couvrit le téléphone. « Jerry, il essaie de faire diversion.

– Je sais, mais on est obligés d'intervenir. Elle est peut-être prise dans l'incendie. »

Cardinal s'écarta et se boucha une oreille pour se couper du chaos ambiant. « Ron. Non, on ne l'a pas encore trouvée. Mais j'ai une question.

– Qu'est-ce qui se passe ? C'est quoi, tout ce bruit ? Vous l'avez attrapé ?

– Non. Écoute, Ron. La fusée, ce jour-là dans l'Arctique, tu dirais qu'elle était à quelle distance de vous quand il l'a tirée ?

– Quoi ? Je ne comprends pas.

– À quelle distance ? À ton avis ?

– Je ne sais pas. Plus de quatre kilomètres. Moins de six. »

Delorme l'attrapa par le bras. « Tu viens ?

– Monte avec Jerry, j'arrive dans une minute. »

Delorme le regarda mais il fut incapable de lire l'expression sur son visage, cette femme qu'il pensait connaître si bien était maintenant un mystère. Elle se retourna pour suivre les autres.

« Pourquoi tu me demandes ça, John ? Que se passe-t-il ?

– Karson Durie visait une forme de symétrie. Il a voulu emmener Hayley à l'endroit exact où il a failli mourir mais il en a été empêché. Quatre à six kilomètres, alors ? Quel angle il y avait ?

– Quoi ?

– De l'endroit où tu te trouvais. Tu étais sur une crête, non ? Entre l'endroit où tu te trouvais sur la crête et là où la fusée est montée.

– Tu es courant pour la crête ? Je ne t'en ai pas parlé.

– L'angle, Ron, l'angle. *Vite.*

– À deux heures environ.

– À deux heures. Donc, quoi, dix degrés ?

– À deux heures, ça fait sept degrés cinq, mais bon, je n'ai pas sorti de boussole ce jour-là.

– Compris. Une autre question : il y a quelqu'un dans ta maison sur le lac en ce moment ? La femme de ménage, la cuisinière ? Quelqu'un d'autre ?

– Non, je n'y vais pas quand il fait aussi froid. Pourquoi ? »

Cardinal se rendit dans la première maison qu'il trouva et tambourina à la porte en criant « Police ». Il y avait deux voitures dans l'allée et une remorque pour motoneige. Quelqu'un devait être à la maison.

Un homme en peignoir ouvrit la porte.

« Mais qu'est-ce qui se passe ? J'étais sous la douche, nom de Dieu !

– Je crois que vous possédez une motoneige.

– Ouais, et alors ?

– Plus vite vous me donnerez les clés, plus vite vous pourrez retourner sous la douche. »

Une épaisse fumée noire s'élevait toujours en nuages orageux de la maison de Ronnie Babstock. Cardinal n'était pas un expert, mais il en savait assez pour diriger l'engin dans la bonne direction et à une vitesse qui lui parut insensée.

Le froid lui écorchait le visage et le temps de s'aligner sur l'incendie, il regrettait déjà de ne pas avoir pris de passe-montagne. Il avait laissé tomber son bonnet au chalet ou ailleurs et il ne sentait plus ses oreilles.

À cet instant, il était le seul point mobile sur la glace, la seule source de vacarme. Il coupa par une pointe rocheuse et se trouva à deux cents mètres de la fumée. Les camions de pompiers étaient arrivés mais il n'était pas sûr que leurs pompes fonctionnent avec le gel.

Il fit faire un quart de tour à la motoneige pour se tourner vers le sud, nez vers le lac. Il dut essuyer ses lunettes de soleil pour y voir plus clair. Les bosses sombres formées par les îles Manitou, les quelques cabanes. En tournant le dos à la maison de Ron, c'était la plus petite des îles qui se trouvait à deux heures. Dans cinq kilomètres, il tomberait dessus. Mais il y avait beaucoup de cabanes sur le chemin.

Il accéléra et la motoneige s'élança. À certains endroits, le vent de la semaine précédente avait totalement nettoyé la surface. Elle luisait sur son passage, dans un flou nerveux de noir et d'argent.

Toutes les cabanes qui avaient été déplacées par le vent n'avaient pas été remises en place. Des panneaux orange étaient disposés à côté des trous mis à nu. Ils étaient de nouveau gelés mais ils ne pouvaient pas supporter le poids d'une personne, encore moins d'une motoneige.

Un petit objet noir attira l'œil de Cardinal, il ralentit et s'arrêta. Il descendit pour voir ce que c'était. Une petite caméra, encore accrochée à son trépied. Une trace de sang sur la marque.

« Tu n'emmèneras personne sur cette île, dit Cardinal. Tu n'es pas loin d'ici. »

Il laissa la caméra où elle était et remonta sur sa moto, se dirigeant vers les cabanes qui se trouvaient entre lui et l'île la plus proche. Il dut zigzaguer entre les trous dans la glace. Le froid lui plantait des hameçons dans le visage. Ce sera encore pire si la douleur disparaît, pensa-t-il.

Il y avait généralement de la fumée qui sortait de la cheminée des cabanes. Pas aujourd'hui. Il en compta trois pour lesquelles c'était le cas et les élimina. Si Hayley était dans une cabane, elle n'aurait pas de chauffage, et si elle était vêtue comme les autres victimes, elle serait morte ou sur le point de mourir.

Cardinal avait entendu dire que la gendarmerie royale du Canada – ou était-ce l'armée ? – travaillait sur un modèle de motoneige silencieuse et il aurait bien aimé en avoir une à ce moment-là. Si Durie était dans l'une de ces cabanes, il allait l'entendre arriver. Et il saurait qu'il était seul.

Parfois, se dit Cardinal, il faut faire semblant de ne pas savoir. Je ne fais aucun bruit. Je suis invisible.

Il alla à la porte de la première cabane. Il n'y avait aucun engin à côté, mais il n'y en aurait pas si Hayley était seule de toute façon. C'était un taudis pas plus grand qu'un cabanon de jardin. Il descendit de son engin, Beretta à la main et enfonça la porte d'un coup de pied. Un poêle, des caisses vides, des magazines pornos.

La cabane suivante avait des fenêtres couvertes de givre. Il en cassa une d'un coup de coude et constata qu'elle était vide.

Il passa à celle d'après. Ses doigts lui obéissaient à peine et il dut mettre la main qui tenait son Beretta dans sa poche. Là encore, pas de motoneige. Des fenêtres opaques. Des traces laissées sur la glace par le déplacement de la cabane. Un trou de pêche non signalé à proximité, le panneau danger à plat sur le sol.

La cabane était plus grande que les autres et il y avait du sang sur le chambranle. Cardinal sortit son arme et vérifia que la sécurité n'était pas enclenchée. Le cadenas était gros mais ça n'avait pas d'importance. En deux coups de pied, il fit sauter le fermoir. Il poussa la porte.

Hayley Babstock était recroquevillée sur un banc. Un manteau bleu, comme les autres. Des chaussures neuves.

« J'ai un Glock .45 pointé sur votre colonne vertébrale, fit une voix derrière lui. Posez le pistolet sur la glace et faites-le glisser vers moi.

– Laissez-moi seulement aider cette fille, dit Cardinal.

– Le flingue sur la glace, inspecteur. Vous ne sauverez personne aujourd'hui. » C'était une voix sèche, épuisée. La voix d'un fantôme.

« Regardez-la, Durie. Elle est jeune. C'est une prof mais c'est pratiquement une gamine. »

Le coup de feu arracha une partie du chambranle.

« Le flingue sur la glace. »

Cardinal posa le pistolet et le fit glisser d'un coup de talon. Il entendit l'homme le ramasser avec difficulté.

Cardinal se retourna. Le visage de Durie allait parfaitement avec sa voix – gris, creusé, desséché – le visage d'un mort-vivant. « Mettons-nous au moins à l'abri, dit Cardinal.

– Pas dans celle-là, rétorqua Durie en désignant du bout du pistolet la cabane dans le dos de Cardinal.

– Je pense qu'on devrait aller là-dedans avec Hayley. Vous devriez voir ce que vous faites. Qui vous tuez.

– Je l'ai déjà vue.

– Vous parlez de Rebecca. »

Il flancha. Des étincelles noires au fond de ses yeux vides.

« J'ai lu votre cahier. Je sais que vous avez dû la regarder mourir. Mais je ne pense pas que vous ayez regardé Marjorie Flint, Laura Lacroix ou Brenda Gauthier.

– C'est Ronald Babstock qui devrait regarder. Quelques problèmes techniques malheureusement…

– Vous pouvez détester Ron Babstock autant que vous voulez mais sa fille est une personne différente. Hayley ne vous a jamais fait aucun tort.

– Tout le monde me prête de la haine. La haine n'est pas nécessaire. Les hommes qui ont laissé mourir Rebecca ne la détestaient pas. Je serais mort, moi aussi, si des chasseurs inuits n'étaient pas passés par là. Ces hommes ne me détestaient pas.

– Vous n'êtes pas comme ça, Durie. Ce n'est pas vous. C'est évident quand on lit votre journal – le cahier bleu. Vous êtes un homme intelligent, passionné. Un homme capable d'aimer. Un homme qui reconnaît les qualités des autres. Un scientifique. Observateur. Curieux. Vous avez aimé, vous vous souvenez ?

– C'était dans un autre pays. » La voix sèche. Un murmure dans les roseaux. « Il suffit d'appuyer sur ce bouton et l'amour devient autre chose, mais ce n'est pas de la haine.

– Je sais aussi...

– Vous ne savez rien.

– D'après votre cahier. Rebecca était aussi une scientifique aimante et passionnée – curieuse, rationnelle, courageuse. Elle vous aimait. Elle aimait son mari, je crois. Mais elle a vu tout le bien qu'il y avait en vous.

– Je lui faisais peur.

– À vous lire, je pense qu'elle avait surtout peur de ses propres sentiments. »

Durie secoua la tête.

« Je crois chaque mot que vous avez écrit. Mais je ne comprends pas pourquoi le jury ne vous a pas cru. Pourquoi ont-ils pensé que vous aviez tué les autres ?

– J'avais l'arme du crime sur moi quand ils m'ont trouvé.

– Il y a plein de raisons à cela.

– Si vous avez lu la fin de mon cahier, vous savez que son mari a réussi à faire marcher sa radio et qu'il a été secouru par un sous-marin russe. Il a témoigné contre moi. Il leur a dit que j'étais devenu fou après une tentative désespérée pour lui voler sa femme. Ça, c'est de la haine. Le plus bizarre, c'est que je n'en veux même pas à Kurt, vraiment. Même à l'époque, je l'ai compris. J'aimerais le lui dire, mais il est mort avant que j'en aie eu l'occasion.

– Vous avez eu une peine lourde.

– Dix-huit ans pour quatre meurtres. Le juge a été incroyablement clément, compte tenu des circonstances. Il a pris en compte le stress de l'Arctique.

– La femme que vous aimiez est morte trop jeune. Hayley n'a pas à subir ça.

– Rebecca non plus n'aurait pas dû.

– Honorez sa mémoire alors. Elle vous supplierait d'arrêter. C'est là, dans tout ce que vous avez écrit sur elle.

– Rebecca n'en a plus rien à faire. Vu qu'elle est morte.

– Durie, écoutez. Nous sommes dans des circonstances identiques à celles où vous vous trouviez il y a vingt ans. Une jeune femme est sur le point de mourir de froid, seulement cette fois-ci ça n'est pas forcé de se produire. Cette fois-ci, vous pouvez la sauver. D'une certaine façon, je pense que c'est pour cette raison que vous avez fait tout ça – en espérant que, d'une façon ou d'une autre, contre toute attente, ça finisse bien. C'est possible. Cette fois, vous pouvez la sauver.

– Et moi ?

– Vous mourrez probablement en prison.

– Je plaisantais.

– Mais serez un homme meilleur. Plus humain. Celui que cette jeune femme a aimé il y a longtemps.

– Karson Durie est mort il y a vingt ans, inspecteur. Je ne suis qu'un fantôme.

– Très bien. Au moins ils ont le chauffage en prison.

– Vous croyez que j'ai peur du froid.

– Je ne pense pas que vous ayez peur de quoi que ce soit.

– Je suis fait de froid. »

Durie ouvrit sa parka. Il passa le pistolet d'une main à l'autre pour en retirer les manches et laissa le manteau tomber sur la glace. Il portait en dessous un sweat sombre et un pantalon kaki.

« C'est ce que je portais ce jour-là. Vous vous rendez compte ? Ils me les ont rendus dans un paquet le jour de ma sortie. Ils sont un peu grands pour moi maintenant. Ça aurait été sympa s'ils avaient pu me rendre mes doigts et mes orteils. »

Cardinal fit un pas vers lui. Une douleur fulgurante lui saisit le bras avant qu'il entende le coup de feu.

Durie fit quelques pas de côté en boitant sévèrement. Puis il se plaça sur le trou de pêche comme s'il empruntait un escalator, les deux pieds au milieu du cercle.

Un infime instant de flottement.

Au cours du mois qui suivit, Cardinal dut expliquer à de nombreuses reprises pourquoi Durie avait, selon lui, choisi d'agir ainsi. Il répéta, chaque fois, qu'il l'ignorait. Durie aurait pu tuer Cardinal et la fille serait morte comme il l'avait prévu. Peut-être sa soif de vengeance s'était-elle assouvie plus tôt qu'il ne l'aurait cru. Peut-être qu'il était fatigué de tuer. Ses propres blessures étaient graves – l'autopsie révéla des plaies profondes, sept côtes fracturées, un poumon perforé et la rate éclatée – et il devait savoir qu'il avait peu de chances d'y survivre. Ou peut-être que Hayley Babstock ressemblait trop à la femme qu'il avait aimée et qu'il lui était en fin de compte insupportable de prendre sa vie. Ou peut-être que, comme il le lui avait dit, Karson Durie était mort depuis des années.

La glace céda sous son poids et il disparut. Cardinal se jeta au-dessus du trou mais il ne vit rien en dehors des éclats de glace. L'eau était noire d'encre. Il plongea le bras jusqu'à l'épaule et hurla de douleur. Il se redressa, le souffle court.

Durie réapparut, un peu plus loin. La surface n'était pas totalement claire, mais son visage, hébété et incrédule, était net, tout comme ses mains gantées qu'il pressait, si vainement, contre la glace.

Hayley respirait encore mais son pouls était faible. Cardinal appela les ambulanciers, ils n'auraient pas beaucoup de chemin à faire depuis la maison de Babstock. Il leur donna les mêmes indications que celles fournies par Ronnie. Puis il lui téléphona.

« Mon Dieu, dis-moi qu'elle va bien.

– Elle est en hypothermie, Ron. C'est assez grave, mais les médecins sont en route. Elle va bientôt se réchauffer. »

Il n'y avait rien pour chauffer la hutte. La cheminée sortait toujours du toit mais les marques sur le sol montraient que le poêle avait été traîné jusqu'au trou de pêche. Une luge était accrochée au mur. Cardinal la prit et fit rouler Hayley dessus. Il la traîna jusqu'à la cabane suivante.

Il la fit entrer et l'installa près du poêle déjà en marche, même s'il était assez bas. Il ressortit. Le corps du mort était toujours visible sous la glace mais Cardinal détourna le regard. Il prit le manteau de Durie et retourna envelopper la jeune femme inconsciente dedans.

Pendant tout ce temps, il lui parla, lui dit qu'elle allait s'en sortir, qu'elle aurait bientôt chaud. Sa peau était d'un bleu si pâle, mais elle n'avait pas été exposée au vent et il n'y avait aucun signe d'engelure. Il pensa à la jeune scientifique morte de froid tant d'années auparavant. Il pensa à sa fille si distante. Et pour une raison qu'il ignorait, il pensa à Lise Delorme.

24

Delorme s'était montrée si déconcertante depuis quelques semaines que Cardinal fut surpris quand elle décrocha le téléphone à la première sonnerie et encore plus étonné quand elle accepta d'aller dîner avec lui pour fêter les événements récents.

« Tu voulais aller où ?

– Je ne sais pas. Un resto un peu chic.

– Pas trop chic, d'accord ? Et on ne fêtera pas trop non plus. »

Ce qui voulait apparemment dire qu'elle était d'accord pour fêter le rétablissement rapide de Hayley Babstock et son imminente sortie de l'hôpital. D'accord pour célébrer l'arrestation de Leonard Priest et la chute de Garth Romney. Mais elle ne trinquerait pas avec lui à *Delorme, inspectrice senior.*

« Ce n'est même pas un vrai rang, dit-elle.

– Non, mais tu mèneras tes propres enquêtes sur des meurtres à partir de maintenant. Chouinard est ton plus grand fan.

– C'était avant qu'il ait les détails sordides.

– Comment ça ? »

Le serveur arriva et déclina une liste de plats du jour richement détaillés. Cardinal le remercia et lui dit qu'il leur fallait encore quelques minutes.

« Allez, John, tu as entendu les rumeurs. »

Il secoua la tête.

« Ça ne va pas tarder. Priest a choisi Bob Brackett pour le défendre et tu peux être sûr qu'il va les sortir. J'ai dû prévenir Chouinard et il va sûrement devoir en parler au chef. Je vais même devoir avertir le procureur. Ça va être drôle.

– Qu'est-ce que tu as fait, Lise, tu as couché avec lui ?

– Pas exactement. »

Et elle lui raconta. Le serveur revint mais ils se contentèrent de commander le vin. Quand il fut reparti, Delorme décrivit à Cardinal comment Priest s'était introduit chez elle et la façon dont elle lui avait passé les menottes.

« Il est entré par effraction, Lise. Ce n'est pas ta faute si tu n'étais pas habillée. Je ne vois pas pourquoi tu es si gênée. Tu n'as pas couché avec lui, si ?

– Non.

– Et même si tu l'avais fait, tu aurais pu plaider la contrainte. Il est entré chez toi par effraction, nom de Dieu. »

Delorme baissa les yeux sur la nappe. « J'ai l'impression d'être de retour au confessionnal. J'ai tellement peur de ce que tu vas penser de moi.

– Tu crois que je suis si prompt à juger ?

– Il y a autre chose, malheureusement. »

Elle lui parla de la soirée chez Priest. À côté de lui sur le canapé.

« J'ai laissé les choses aller trop loin. Et j'ai, euh...

– C'est bon, Lise. Tu n'es pas obligée de me le raconter. »

Sa voix n'était plus qu'un murmure. « Je l'ai laissé me toucher. »

Cardinal se redressa. Il détourna le regard vers les tables, les banquettes, les nappes blanches et les verres étincelants. « Mais tu étais en opération, non ? Tu enregistrais la conversation et tout ça. On a une marge d'appréciation, tu sais, dans ces circonstances. »

Elle posa la main sur la table, près de son verre à vin. « Je ne te parle pas de ça pour les implications juridiques.

– Non. Non, je comprends bien.

– Donc... ça t'inspire autre chose ? »

Cardinal hocha la tête. « Ça ne me fait pas de bien, Lise. C'est même assez affreux, si tu veux tout savoir.

– Je pensais que je ne comptais pas pour toi. Que tu regrettais cette nuit après la fête et...

– Je ne savais pas où j'en étais, Lise. J'avais tellement peur de perdre ce que l'on avait. Ce que l'on a. Mais plus maintenant. » Il lui toucha le poignet. Elle ouvrit la main et referma ses doigts sur les siens. « Depuis cette nuit, sentir que tu t'éloignes de moi. Que tu me fuis. Bref. Je n'arrive pas à croire que ça ne te saute pas aux yeux.

– Ce n'est pas évident.

– Je suis complètement amoureux de toi. Je ne veux être avec personne d'autre. Et je ne veux pas qu'on soit *juste amis*. Je ne sais pas pourquoi je ne l'ai pas dit plus tôt. Je suis tout simplement idiot, parfois. Comme tu le sais. »

Delorme eut un sourire pincé et retira sa main. Elle se redressa en soupirant.

« C'est comme Chouinard.

– Chouinard. Il va falloir que tu m'expliques.

– Tu n'as pas tous les faits.

– Je sais tout ce que j'ai besoin de savoir. Fais-moi confiance.

– Je te fais confiance, John. C'est de moi que je doute.

– Tu n'as pas à m'en dire plus. Nous ne sommes plus des enfants. En tout cas moi non. Tu ne me dois rien. Tu ne m'as fait aucune promesse. Tu n'as rompu aucun vœu. Pourquoi ne pas commencer là où on est ? Est-ce qu'on peut repartir de là et ne plus faire de confessions ?

– Je ne sais pas, il faut que je réfléchisse. Je suis – c'est juste que je ne suis pas le genre de personne que je veux être. Et je pense que tu mérites quelqu'un de mieux. »

Cardinal éclata de rire. « Tu dis ça et tu ne te rends pas compte comme c'est ridicule. C'en est trop. Est-ce qu'on peut simplement commander à manger ?

– Une dernière confession et on commande, d'accord ?

– OK.

– Moi aussi, je t'aime. C'est tout. Fini les confessions. Pour ce soir en tout cas.

– Tant mieux. »

Cardinal ouvrit son menu. Il le regardait sans le voir. Il n'aurait pas su dire ce qui était écrit dedans. Lise regardait le sien. Le bruit d'une douzaine de conversations flottait autour d'eux. Des bruits de bouchons, de verres, des rires.

« C'est un peu bizarre, non, après toutes ces années ? dit-elle.

– C'est vrai. Mais c'est bien aussi.

– Ça me plaît vraiment. Mais je dois dire que j'ai toujours peur. Enfin, c'est génial. On s'aime, mais...

– Oh oh, dit Cardinal. On s'aime. Et maintenant ?

– Exactement. Et maintenant ? »

REMERCIEMENTS

Je pense que la plupart des romanciers rêvent de pouvoir écrire un jour un livre qui ne nécessite aucune recherche. Ce n'est pas le cas ici. Je suis profondément redevable et reconnaissant à chacune de ces personnes :

Janna Eggebeen, Anne Collins et Helen Heller ont toutes lu le manuscrit dans ses premières moutures et se sont montrées encourageantes jusqu'à sa version finale.

Pour leur aide sur les sciences arctiques et les conditions de vie dans le Grand Nord, je remercie Richard Logan, Derek Mueler et Robert Sprachman qui ont tous relu les sections concernées.

Pour les détails sur la médecine arctique, je veux remercier Mike Webster et le Dr David Johnson de Wilderness Medical Associates International.

Le substitut du procureur Paul Larsh a été d'une grande aide sur les questions en rapport avec son institution et le sergent Rick Sapinski, une fois encore, m'a conseillé sur l'aspect policier.

Les autres informations techniques et historiques m'ont été généreusement prodiguées par Elizabeth Legge.

Je suis chanceux de recevoir l'assistance d'une mini Académie française, *mes vieux** Paul Giard, Breen Leboeuf, Daniel Johnson et Emilie Johnson.

Toutes ces personnes ont évité de nombreuses erreurs et ne sont en rien responsables de celles qui ont pu rester.

La chanson que Durie cite approximativement à la page 92 est « It'll Be a Breeze » de George Meanwell.

FSC
www.fsc.org
MIXTE
Papier issu de
sources responsables
FSC® C003309

Les papiers utilisés dans cet ouvrage
sont issus de forêts responsablement gérées.

Imprimé en France par CPI
en avril 2021
N° d'impression : 3042933